文春文庫

罪人たちの暗号

上

カミラ・レックバリ
ヘンリック・フェキセウス
富山クラーソン陽子訳

文藝春秋

罪人たちの暗号　上

主な登場人物

ヴィンセント・ヴァルデル……メンタリスト
ミーナ・ダビリ……ストックホルム警察本部特捜班の刑事
ユーリア・ハンマシュテン……同特捜班班長　息子ハリーが生まれたばかり
クリステル・ベンクトソン……同班の刑事　最古参　犬を飼い始めた
ルーベン・ヘーク……同右　好色漢
ペーデル・イェンセン……同右　三つ子の父
ミルダ・ヨット……法医学委員会所属の監察医
ナタリー……ミーナの娘
オッシアン・ヴァルテション……誘拐された男の子　五歳
リッリ……誘拐殺人の被害者
マウロ・マイヤー……リッリの父
イェンニ・ホルムグレーン……リッリの母

ノーヴァ……………自己啓発団体〈エピキューラ〉の指導者
本名イェシカ・ヴェンハーゲン
ヨン・ヴェンハーゲン……………ノーヴァの父　故人
マリア……………ヴィンセントの妻
ベンヤミン……………ヴィンセントの長男　二十一歳
レベッカ……………ヴィンセントの長女　十七歳
アストン……………ヴィンセントとマリアの息子　十歳
アネット……………ペーデルの妻
トルケル……………ユーリアの夫
アストリッド……………ルーベンの祖母

ストックホルム市街

Vårtahamnen
Stadion
Vasastaden
エストラ・レアルス高校
ノルマルム地区
エステルマルム地区
Karlaplan
ストゥーレプラーン
Ladugårdsgärdet
Hötorget
Brunkebergstorg
クングスホルメン
Kronobergs-
parken
Bleikholmstorget
王立公園
ユールゴーシュブルンス湾
Gustav
Adolfs
torg
Stadshuset
Mynttorget
シェップスホルメン島
Skansen
Djurgården
Mälaren
旧市街
(ガムラ・スターン)
Riddarfjärden
Kastellholmen
ロングホルメン・ホテル（元刑務所）
ロングホルメン島
ベックホルメン島
Södermalmstorg
Vasadjupet
レイメシュホルメ島
Mariatorget
セーデルマルム地区
Tjärhovsplan
Masthamnen
ファートブシュ公園
Medborgarplatsen
holmen
Tantolunden
Nytorget
Åsötorget
Danvikskilppen
Färgarplan
Årstadal
Färgargårdstorget
Årsta holmar
Anna
Lindhs
park
ハンマルビー・
シェースタード

第一週

1

ビニール袋の中が透けて見えないようフレードリックが確認するのは、もう百回目かもしれない。サプライズがすぐにばれるのが嫌だからだ。夏の日差しで顔が火照る。確実に二十九度はある暑さだ。なのに、スカンストゥル地区のオフィスからシンケンスダムのそばにある息子オッシアンが通う幼稚園（スウェーデンでは、保育所と幼稚園が一緒になっている）まで歩くことに決めた。今日は水曜日だが、いつもより早く会社を出られた。こうも暑いと、勤務時間を忠実に守ってなどいられない。ほとんどの同僚はすでに、どこかのテラス席の日陰で冷えたビールを満喫している。

徒歩だと二十分の距離だが、それでも暑さに備えて水を入れたボトルを持参すべきだった。ジャケットを脱いで、シャツの袖もまくり上げてあった。汗でシャツが背中にはり付いている。だけど構わない。今日はすべて順調に進んでいる。

彼はまた袋を確かめた。《レゴテクニック》のキットが入ったパッケージはとても大きいので、袋の取っ手よりも上まではみ出ている。マクラーレン・セナＧＴＲのキットだ。どうしてオッシアンが車に関心を示すのかいまだに謎だ。フレードリックもヨセフィンも、車にはまるで興味がないからだ。それでも、レゴを組み立てて何かを作ることに関しては、父と子の興味は一致している。

パッケージに表示されている対象年齢は十歳で、オッシアンはまだ五歳だが、難なく組み立てられるはずだ。あの子は頭がいい。このパパより頭の回転が速いときもある。そう考えながら、フレードリックは太陽に目を向けて大笑いした。そう、剃刀のように頭が切れるこのパパは、ついさっきサプライズを買ってしまった。ということは、夏の最良の時期に何時間も屋内で過ごすことになる。まあ、仕方がない。きっと明日だっていい天気だろう。

それに、オッシアンは今日すでに一日中戸外にいる。あの子には必要なことだ。家でレゴに没頭していないときは、壁をのぼったりする。ヨセフィンはよく、息子には障害があるのではないかと気にしている。でも、医者に診てもらおうと考えてはいない。少なくとも、今はまだ。携帯電話にはまっている同じ幼稚園の子供たちと比べると、オッシアンの活発さは今のところ長所に見える。五歳にしてすでに、迎えにきた保護者たちのｉＰｈｏｎｅに飛びつく園児たちに比べれば。嘆かわしい。

バッケンス幼稚園に到着して、フレードリックは時計に目をやった。この暑さにもかかわらずかなり速く歩いたので、早く着いてしまった。子供たちは恐らくまだ、シンナルヴィークス公園にいるだろう。

「エー、セクシーレイディー……」幼稚園の裏の坂を上りながら、彼は鼻歌を歌った。〈江南《カンナム》スタイル〉は目下、オッシアンのお気に入りの歌だ。無理もない。フレードリックはそう考えて、ひとりで微笑んだ。二人は振付まで一緒に練習してきたくらいだ。

坂を上ると大きな遊び場があって、木々で遊ぶことができる。オッシアンにとっては森のようだし、彼は森に行くのが大好きだ。

「オッパ、カンナムスタイル！」フレードリックが歌うと、身長がせいぜい彼の膝の高さほどの子供たちが当惑した目を向けたが、すぐにまた遊びに戻った。

子供たちは、それぞれの幼稚園のロゴ入りの黄色いベストを着ている。この公園は人気がある。叫び声や笑い声が場を盛り上げている。《レゴテクニック》で遊ぶのは、別の機会にしよう。今日は、木々の間でかくれんぼの日だ。急いで帰宅する必要もない。ヨセフィンが夕飯を作ると約束してくれている。フレードリックが見回すと、バッケンス幼稚園の教員の一人であるトムが目に入った。

「こんにちは」フレードリックは言って、一人の子の青っぱなを懸命に拭き取っているトムに微笑みかけた。

「オップ、オップ、オップ、オップ」トムは馴染みのメロディーにのせて、楽しそうに答えた。

「今日の運動の歌を選んだのがだれか、見当がつきますよね」

「警告したじゃないですか。週末までに、〈江南スタイル〉の振付を覚えた子供たちが三十人ってことになりますって。それより、わが天才ダンサーの息子がどこにいるか知りませんか？見当たらないんですが」

子供の鼻水を拭き終えたトムは少し考えた。

「ブランコじゃないかな。息子さんはブランコによく乗っていますからね」

そうだった。オッシアンがそれほどはしゃいでいないときは、楽しそうにブランコで遊んでいる。もっと正確に言うと、楽しそうにブランコに腰掛けている。あそこはだれにも邪魔されずに大きな空想に浸れる、あの子にとっての安らぎの場所だ。

フレードリックはブランコ乗り場へ向かった。すべてのブランコに子供が座っているが、オッシアンの姿はない。オッシアンの年上の友達フェリシアが乗り場を離れるところだったので、フレードリックは急いでその子に駆け寄った。

「やあ、フェリシア、オッシアンを見なかったかい?」

「見たけど、さっき」

彼は眉間にしわを寄せた。フレードリックはどことなく違和感を覚え始めた。馬鹿げた気の迷いだし、過保護な親の〝レーダー〟が起動したにすぎない。何かおかしいかもしれないというだけで、そういう感覚は襲ってくる。証拠があろうがなかろうがおかまいなしに。サバンナでは役立つ生存本能なのだろうが、現代ではまるで不要——そう考えるのが理性的だと分かってはいる。なのに、少し冷た過ぎるくらいのかすかな風を首筋に感じたような気分になった。少し前まではとても楽しみに思えたレゴの大きなパッケージは、もはや、トムのところへ急いで戻る彼にとって邪魔でしかなかった。

「ブランコ乗り場にもいません」彼は言った。

「おかしいですね」

トムは、子供たちの名前の横にチェックボックスの並ぶ手元の名簿に目をやった。

「オッシアンなら……あっ、そうだ。イェニヤが小さい子供たちのグループを連れて園に戻っていったので、オッシアンはトイレに行きたくてついて行ったのかもしれません。それから中に残っているのかも。すみませんでした。連れていったことをイェニヤがぼくに報告すべきでした。でも、状況が状況なだけに」

もちろん、状況が状況だったから仕方ない。フレードリックは安堵のため息をついた。トムもイェニヤも優秀な教員だが、子供にも子供なりの意思があるし、いるだろうと思っている場所にまずいてくれないという才能の持ち主でもある。きまり悪そうなトムを見て、フレードリックは少し気の毒に思った。とはいえ相手が幼児だと、うっかりしたでは済まないときもある。ちょっとしたことで騒ぎ立てる保護者もいることだろう。

「それはそうですよね」フレードリックは言った。「よい週末を、トム。また月曜日に会いましょう！　オッパ、オッパ、オッパ！」

フレードリックは軽くジョギングするように坂を下りて、幼稚園へ戻った。ドアが開いている。彼は、子供たちの名前が付いているフックと着替えが入っている箱がある玄関ホールへ入った。オッシアンのフックには何も掛かっていない。だからといって、それが何かを意味するわけではない。オッシアンがトイレに行きたくて戻ってきたのなら、上着は恐らくトイレの床に脱ぎ捨ててあるだろう。でなければ、この暑さだから、遊び場に置いたままかもしれない。こんな日に上着を着せた自分が馬鹿だった。さぞかし暑かったに違いない。

フレードリックは靴も脱がずに園内に入った。

「オッシアン？」大きな声で言いながら、二つあるトイレのドアのひとつをノックした。「オッシアン、中にいるのか？」

イェニヤが廊下を歩いて、フレードリックのところへやってきた。彼女の後ろでは、二歳児たちが笑ったり怯えたりしながら、フィンガーペイントを飛ばし合っている。

「こんにちは、フレードリック」彼女が言った。「何か忘れ物ですか？　オッシアンなら、トムと一緒に遊び場にいますよ」

何かがおかしい、という感覚が一瞬にして戻ってきて、その衝撃にフレードリックは倒れそうになった。もはや首筋に感じるかすかな風どころではなく、腹部をこぶしで殴られたような感覚だ。

「遊び場にはいないんです」彼は言った。「今、あそこから来たところなんです。息子はあなたと一緒だろう、とトムが言っていたので」

「いいえ、ここにはいませんが。ブランコはチェックしましたか？」

「しました。だから、いないって言ってるじゃないですか」

彼は踵《きびす》を返して外へ出た。子供が幼稚園を抜け出したことなら過去にあった。例えば、フェリシア。教員たちが気づく前に、見事に家まで歩いて帰ったことがある。あの子の両親はあれ以来、胃を痛めているに違いない。そんな気持ちにいつか慣れるものなのだろうか。彼としては、そんな気持ちになるのは嫌だった。

フレードリックは、また坂を駆け上った。レゴのパッケージが脚に当たるのがうっとうしい。あちこちにいる子供たちが邪魔だ。その中に息子の姿を必死で捜しながら、気持ちを静めようと努めた。自分がパニックに陥ったところで、事態はよくならない。でも、どの子を見ても、オッシアンではない。

どの子も息子ではない。

戻ってきたフレードリックを見て、トムは目を大きく見開いた。すぐに事態を理解したようだ。

「息子はここにいるはずだ」フレードリックは言って、遊び場の中を素早く動けるよう、袋を地面に落とした。

トムが、オッシアンを見なかったか、そばにいる子供たちに訊いた。遊び小屋は。オッシアンは遊び小屋に隠れている可能性がある。フレードリックは小屋に向かって走ったが、中にだれもいないのは遠くからでも明らかだった。あそこ以外のどこに……木立の奥は考えにくい。ましてや一人でなんてことはない。ともかく、息子がどこでだれと一緒なのか知っている人物がいるはずだ。

そうだ、フェリシア。

あの子は、さっきオッシアンを見たと言っていた。

彼は、トムと他の子供たちのところへ走って戻った。緊張で喉がひりひり痛み、額と背中に汗が流れている。フェリシアはすぐそこで、バケツで砂の塔を作っている。特別なことなど何も起こっていないかのように。世界は崩壊しかけてなどいないかのように。

「フェリシア」荒々しい口調にならないよう自分を抑えながら、彼は言った。「さっきオッシアンを見たって言ったね。それっていつのこと?」

「オッシアンが、あの馬鹿なおばさんと話をしてたとき」砂の塔から視線を上げずに、フェリシアが答えた。

「あの馬鹿な……」そう言った彼は、自分の喉がサンドペーパーに早変わりするような感覚を覚えた。「その女の人は年を取ってた?」

塔をシャベルで叩いて平らにしながら、フェリシアは断固として頭を左右に振った。

「年は取ってない」そう言った。「わたしのママくらい。このあいだ、ママの誕生日だったの。ママは三十五歳になったのよ」

フレードリックはゴクリと唾を呑んだ。ここにだれかが来た。ここに来て、息子と話しただれかが。教員でも保護者でもないだれかが。見知らぬだれかが。フェリシアの横にしゃがんだフレードリックは、この子に手をかけて揺すぶりたい衝動を抑えた。

「その人がだれか知ってる?」叫ばないよう堪えながら彼は言った。「その人はどうして馬鹿なんだい?」

フェリシアは涙を浮かべた目で、砂の塔から彼に目を移した。彼はよろけまいと一歩後ずさりした。少女の目を見て悟った。何が起きたのか、自分はすでに分かっている。分かり過ぎるほど分かっている。起こってはいけないこと。起こり得ないこと。

「わたし、あのおばさんのおもちゃの車なんていらないもん」フェリシアは言った。「オッシアンは気にいってたけど、わたしは好きじゃなかった。子犬は撫でたかったけど。車の中にいるっておばさんが言ってた。でもね、わたしは来ちゃダメなんだって。子犬を見ていいのはオッシアンだけだって。それで二人は歩いていったの」

フレードリックは自分の心にぽっかり空いた黒い穴に真っ逆さまに落ちていった。

2

入口から中に入ると、ミーナは様子を確かめた。この日の午後のジムは、それほど人が多くない。よかった。それに、年配者たちがほとんどだ。高校生やクロスフィットに取り組む女性たち、それに筋肉隆々たる男性たちはもう帰った。平日の午後三時のジムは高齢者の独占状態だ、少なくともあと一時間は。そのほうがありがたい。高齢者は器具をきちんと拭くからだ。自分たちの使用後だけでなく、自分たちの前に器具を使用した汗かきの利用者の跡までしっかり拭き取ってくれる。だからといって、ミーナとしては危険を冒すつもりはなかった。ジャージの上着のポケットには、いつものように薄手の使い捨て手袋、小さな消毒液スプレーボトルが二本、マイクロファイバークロス、それと、使用後のそれらを入れるジッパー付きのビニール袋が入っていた。

今日の予定は、脚と体幹の筋トレだ。彼女は手袋をしてから空いているレッグプレスへ向かい、器具の全パーツに念入りにスプレーした。グリップだけにスプレーをかける人を見たことがある。もっとひどくなると、座面シートのみだ。他人の汚れや細菌は、どこに付着しているか分かったものではない。ミーナは、いい加減な人間たちが理解できなかった。

クロスをたたんでジッパー付きの袋に入れ、新しいクロスを取り出した。ジムに足を踏み入れるのは、感染巣かもしれない場所に足を踏み入れるようなものだ。だから警察本部のジムでトレーニングするのは不可能なのだ。どんなに汚らわしい連中があそこにいるのか、嫌というほど知っている。少なくとも、ここではそういう汚物に晒されずに済む。

ここの空気に何が撒き散らされている可能性があるかを考えると、できることならマスクをしてトレーニングをしたいところだ。聞いた話だと、ウェイトリフティングをしているときに放屁する人間が多いのだという。換気装置を通して飛び回る糞生菌を頭に浮かべただけで、呼吸するのが嫌になった。かといって、マスクをして余計に注目を集めたくもない。呼吸筋を鍛える人が使用するようなトレーニングマスクならいいだろうか。

「トレーニングをするつもりですか、それとも掃除しているんですかね？　終わったのなら、その器具を使いたいんですがね」

ビクッとして、ミーナは拭いていた背もたれから視線を上げた。小さくて丸い眼鏡をかけた白髪の七十歳前後の男性が、当惑した表情で彼女の前に立っていた。赤いシャツを着ている。通気性のいい素材のトレーニング用トップスではなく、普通のコットンのTシャツで、胸部には大きくて濃い色の汗の染みがある。彼女は身震いした。

「お召しのコットンのTシャツがどれほど非衛生かご存じですか？」彼女は言った。「その汗が器具にべったり付くんです。そういう格好でトレーニングをするのは許可されるべきじゃないと思うんです」

男性は鋭い目でミーナを睨んだ。それから、頭を左右に振ってその場を去った。彼女に時間を費やすのは無駄という態度だった。でも彼女は、そんなことはまったく気にならなかった。クロスでさらに数回拭き、手袋とともにジッパー付きのビニール袋に入れてから、レッグプレスに座って負荷を調節した。赤いTシャツの男性は、彼女に背中を向ける形でラットプルダウンに着いた。もちろんその背中にも、胸部と同じくらいのサイズの汗の染みが付いている。ミーナは顔をしかめた。もしも好かれることと健康でいられることの二者択一を迫られたら、彼女がどちらを選ぶかは明確だ。自分以外のだれかが細菌と好意の両方を選ぼうと、彼女には関係ないことだ。

他人に宇宙人扱いされることには慣れている。そんなふうな他人など、彼女の人生に必要ない。他人に抱く親近感なんてものは、「心の友」とか「真の愛」といった非現実的な概念と同様、ハリウッドによって売り込まれたものにすぎない。それでどうなるのか？　一般人は不安の中に置き去りにされるのだ。それを証明した研究まである。ラブ・コメディーを観たあと、人間は自分の恋愛関係もパートナーも低く評価するという研究結果を読んだことがある。現実の恋愛関係が、でっち上げの「永遠の愛」にかなうわけがない。

彼女自身が親近感を抱いている人物は、現在まったくだれもいない。過去にもいなかった。例外は娘と過ごした短期間だが、以前一緒に住んでいた男性に熱い思いなど抱いたことはほとんどなかった。そう、だれにも親近感など覚えなかった。

一人を除いては……。

あの男を除いては……。

あのメンタリストを……。

でも、ずっと前のことだ。

ミーナは、フェイスブックでヴィンセントの新しいショーの広告を目にしていた。チケットを買う寸前までいった。でも、やめておいた。ステージに立つ彼を見て、自分がどう反応するか分からなかった。観客に紛れて座る自分に彼が気づかなかったらどうしよう？

あるいは気づいたら？

彼女は顔をしかめた。距離を置くほうがいい。それが賢明だ。所詮、彼は何の連絡もしてこなかった。理由ならもちろん分かっている。そもそも彼は既婚者だ。彼の妻が、自分の夫とミーナの行動をよく思わなかったとしても、彼女を非難することはできない。あの事件からもうすぐ二年になる。妻のマリアはひどく嫉妬深いと、ヴィンセントから聞かされていた。あの島で起きた出来事で、事態が好転するとはとても思えない。ミーナはヴィンセントとともに死にかけたのだ。それだけでもヴィンセントの妻がミーナを嫌って当然だ。ミーナのせいではなかったにせよ、彼女は警官なのだ。

それでなくとも、彼女とヴィンセントは、他人には説明できない何かを共有していた。リード島でのあの事件で二人の絆は強まった。

連絡を取り続けるのが困難になったのは、その絆ゆえでもあった。二人の間がうんと近くなった。彼女の手に負えないほどに。だから、今のほうがいい。一人だと、自分の要塞にいられるから安心だ。彼だって、きっと同じ気持ちでいるだろう。

それでも、なお……

3

「忘れないでください」ヴィンセントは言った。「皆さんが今から目にすることは、現実には起こらないということを。わたしはこれから、実際には自分に備わっていない超能力を、いかにもあるように実演してみせます。嘘ではありません、わたしにそんな能力など本当にありません」

彼は片方の眉を上げて、無言でですよね？と尋ねた。観客の半分ほどが笑った。でも、作り笑いだ。曖昧な笑いだった。彼の狙いどおりの反応だった。

リンシェーピン市のクルセル・ホールは、週の半ばにもかかわらず満席だった。水曜日の晩に〝達人メンタリスト〟を一目見ようと、市内のみならず市の周辺地区からもやってきた千二百人の観客。ヴィンセントの好みからすると多過ぎると言いたいところなのだが、二年前、あの殺人事件の捜査にかかわったことが、メディアの大きな注目を惹いてしまった。事件前には有名人でなかったとしても、事件後にはそうなってしまっていた。無論、彼自身そのものではないにせよ。ヴィンセントという人間を知る者はいない。でも、この〝達人メンタリスト〟は、メディアのお気に入りだった。そして、観客にとっても。水槽の中で死にかけたというニュース以降、彼のショーのチケット売り上げは倍増した。

だが、事件とヴィンセントの個人的な関係については、マスコミに漏れないようマネージャーのウンベルトが手を尽くしてくれた。だからこそヴィンセントはこの仕事を続けていられる。三人が殺害された事件の間接的な理由が彼だと知ったら、人々は恐らく違った目で彼を見たことだろう。もちろんヴィンセントは無実だ。少なくとも、一連の殺人事件に関しては。だが、「無実」とは、マスコミにおいては常に相対的な用語だ。だから、彼とマネージャーは、できる限りを尽くして、イェーンの動機や彼女がだれなのかを隠しとおした。イェーンとケネットが姿を消したことで、その作業は楽になりもした。

〈エクスプレッセン〉紙が一時期、ヴィンセントの母親に関するネタを漁っていたが、それを知ったウンベルトが鷹のごとく素早く、同紙に対処した。公表するなら今後一切、自分が担当するアーティストに関する報道発表は伝えないしインタビューもさせないと脅したのである。

たったひとつの不快な話のために、スウェーデン芸能界の半分へのパイプを犠牲にする覚悟は彼らにはなかったようだ。ヴィンセントは、ウンベルトのイタリア人気性も一役買ったと思っている。

ただし、殺人犯が犯行の日付の暗号でヴィンセントの名前を綴っていたという事実の詳細はマスコミで公表されてしまった。載せずにはいられないほど最高のネタだったからだ。

それ以来、なぞなぞやパズルや頭の体操などを考案してヴィンセントに送り付ける人が出始めた。それがどんなに無神経なことか考えもせずに。ただ、人間が理解しやすい生き物だったなら、ヴィンセントがメンタリストになる必要はまったくなかった。

「わたしが今から披露するのは、前世紀のことのように思えるかもしれません」彼は続けた。「ですが今でも、新しい宗教をスタートさせるのに同じ手法が用いられているのです。すなわちカルトなどで」

舞台には一八〇〇年代の社交室のような装飾が施されており、ヴィンセントはその時代にふさわしい衣装を身に着けていた。革張りの安楽椅子が二脚、斜めに向かい合わせになる形で置いてある。うちの一脚には男性が一人座っていて、見るからに緊張していた。

ヴィンセントはあらかじめ、観客の中に医学を学んだ人、あるいは少なくとも脈の測り方を知っている人がいないか訊いていた。この男性は挙手したうちの一人だった。ヴィンセントに舞台に上がるよう頼まれたときには、極めて冷静だった。笑ったほどだ。しかしヴィンセントが彼に、今から起こることに対して彼は医学的にも法的にも何の責任も負わず、彼の行うことについてはヴィンセントが全責任を負うと記された書面に署名するよう言われると、明らかに緊張が増した。彼のみならず、観客全員の緊張感が。ヴィンセントはご満悦だった。同意書に署名させることでドラマチックな効果が容易に生み出せる。でも、ヴィンセントは署名を依頼するたびに、この演目が大失敗になる可能性もあることも、自分に言い聞かせていた。

「さあ、アードリアン」ヴィンセントは言って、男性の斜め向かいの安楽椅子に腰掛けた。「あの世と接触してみましょう。死者たちと。亡くなった身内で話がしたい人物はいませんか？　あなたにはどうしても会いたいだれかがいるように思えるのです。でもそれは、母方のお祖母さんではない……その方はまだご健在だと感じるからです……ですが、もしかして……母方のお祖父さん？　お祖父さんを亡くして、寂しい思いをしているのではないですか？」

男性はかすかに引きつった笑いを見せながら、そわそわした。

「ええ、エルサはまだ生きています」そう言った。「でも、アルヴィードは十年前に他界しました。母方の祖父のことです」

簡単なトリックだ。どんな霊媒にもできる。実に簡単だ。容姿からして、この男性はほぼ三十歳。ということは、両親は五十歳から六十歳。その両親は八十歳から九十歳ということになる。男性よりも女性の寿命が長いことから、統計的に、母方の祖父よりは祖母の方が健在の可能性が高い。他の状況に置かれていたら、ヴィンセントはこんなインチキを恥じるところだ。自分の前に座るこの男性の動揺ぶりを目にすると、なおさらだ。でも、この演目は、相手の心を摑んで信用を得てから、最終的に金を騙し取る方法を披露することにある。となると、どんな手段を取ることもいとわない。

「では、お祖父さんのアルヴィードを見つけてみましょう」ヴィンセントは言った。

それから、観客を見渡した。

「もう一度言いますが、本当にそうしているわけではありませんよ」

彼は真剣な表情で、アードリアンに向きを変えた。

「今からあの世に接触してみます。ですが、それを実行するには、まずわたしが……あちら側に行かなくてはなりません」

彼はベルトを取り出して、みんなに見えるよう掲げた。それから喉に巻き付け、先をバックルに通して引っ張り、輪になるようにした。男性に向けて左腕を伸ばすと、男性の顔はどんどん青ざめていった。

「わたしの脈をみていてください」ヴィンセントが言った。「そして、みんなに聞こえるよう、脈に合わせて足踏みしてください」

男性はヴィンセントの手首を握って、しばらく人差し指と中指で探った。それから、ヴィンセントの脈拍に合わせて、リズミカルに足踏みを始めた。ヴィンセントは彼の目を見つめていた。

「わたしが戻ってこられたら、また会いましょう」ヴィンセントは言った。「そう祈るばかりです。足でわたしの脈をずっと追っていてくださいね」

それから喉に巻き付けたベルトを引っ張って、顔を歪めた。ここについては、そのふりをする必要などなかった。本当に痛かったからだ。アードリアンが脈に合わせて足踏みする中、ヴィンセントはベルトをきつく締め続けた。数秒すると、アードリアンの足踏みが減速し始めた。

ヴィンセントは目を閉じてうなだれていたが、ベルトは離さなかった。アードリアンの不安定な足踏みは、数回続いて、とまった。観客の間にショックと緊張のざわめきが広がった。アードリアンはまだヴィンセントの手首を握っていた。でも、足踏みはしていない。それが何を意味するかは、あまりにも明白だった。ヴィンセントの血流がとまった。自分を絞め殺したということだ。

ヴィンセントは、観客が椅子の上で身をよじる音が聞こえるまで待った。それが本気で恐れ始めたサインだ。そこで彼はゆっくりと頭を上げて、ベルトを離した。それからアードリアンのほうを向き、ぼんやりとした目で相手を見つめた。

「アードリアン」そう呟いた。

アードリアンはビクッとした。

「アルヴィードと名乗る霊が、ここにいます」こもった声で、ヴィンセントは続けた。「本当にあなたのお祖父さんなのか確かめることにしましょう。あなたとお祖父さんしか知らないことを訊いてみてください。子供時代のこととか。アルヴィードが何か言っています……あなたに自転車の乗り方を教えたと。そのときのことを訊いてみるのはどうですか?」

明らかに当惑しつつ、アードリアンはうなずいた。

「ぼくが体のどこを怪我したか、訊いてみてください」彼が言った。

自分にしか聞こえない声に耳を傾けるかのように、ヴィンセントは数秒黙った。

「膝を擦りむいた」そう言った。「そして、母親には内緒ということで二人の意見が一致した。その傷跡はまだ残っている」

アードリアンがヴィンセントの腕を離した。見るからにショックを受けていた。実際のところ、大半の人々は子供時代に膝を擦りむいた思い出がある。それ以外に言ったことは、単なる当てずっぽうだ。しかし記憶は影響を受けやすい。ヴィンセントの言ったことが百パーセント一致しなかったとしても、すでにアードリアンの頭の中では一致したことになっていた。

「アルヴィードからあなたへメッセージがあります」ヴィンセントは続けた。「お祖父さんが言うには……諦めずに自分自身を信じなさい。実現する、予想より少し時間がかかっているだけだ。だけど、希望は捨てちゃいけない。これが何の話か分かりますね？」

アードリアンは無言でうなずいた。

「ぼくの会社のことだ」彼は言った。「祖父が亡くなる前、二人で最後に話したことです。でもまだ再建できなくて」

「お祖父さんは『申し訳ない』と言っていますが、何のことですか？」

「最後の一年は、二人で話す機会があまりありませんでした」アードリアンが小声で言った。

「言い争いをしてしまって」

「なるほど、お祖父さんは後悔していますよ。あの頃あなたを愛していたし、それは今も変わらないとも言っています」

涙がアードリアンの頰を伝い始めた。ここはこの日のショーで重要な局面だったが、これが人間の心をひどく揺さぶってしまうのを見るのは嫌でもあった。彼は、いわゆるバーナム効果を示したにすぎない。特定の人物の話をしているように聞こえるが、実はどうにでも解釈できて、だれにでも当てはまりそうな発言のことだ。霊媒が活用する昔ながらの手口は、相談者自身に「霊」の言葉を解釈させることだ。そうすれば霊媒が間違いを犯すことはない。腑に落ちないことがあれば、相談者がきちんと熟考していないからだと責任を押し付ければ済む。「交信が弱ってきました」ヴィンセントは張り詰めた声で言った。「今のうちに言っておきたいことはありませんか？」

「ありがとう……それだけです」アードリアンが呟いた。「ありがとう」

ヴィンセントは腕を差し出し、またうなだれた。意識を失ったように見えた。会場全体が静まり返った。アードリアンはためらいがちにその手首を取り、指で探った。少ししてから、静かに足踏みを始めた。最初はゆっくりで、一定ではなかった。それからヴィンセントの脈が平常に戻るにつれ、足踏みはどんどん規則的になり、音も高まっていった。

ヴィンセントが目を開けた。穏やかな笑みを浮かべながら、アードリアンの手を握った。この演目で拍手喝采が沸き起こることはまずない。観客があまりにも呆然としているからだ。自分が何を目にしたのか、確信が持てていないからだ。でも、彼らが今後数か月これを話のタネにすることを、ヴィンセントは知っていた。

「忘れないでください」彼は、演目の前と同じセリフを観客に言ったが、今回はずっと柔らかな口調だった。

観客たちは今、不安になっている。そのことに配慮する必要があった。

「わたしには霊と交信することなどできません。だれにもできないと思っています、というのも、わたしは霊の存在を信じていないからです。ですが、もっともらしい霊媒のふりをすることならできます。百五十年前に使われていた心理的なトリック、あるいは言葉によるトリックが、いまだに用いられているのです。そうやってあなたの愛する故人と交信できるふりをして、高額な謝礼を取る。いつの時代も変わらず、話がうますぎると思ったなら、正しいのはあなたなのです。今晩はご来場、ありがとうございました」

観客が拍手し始める前に、ヴィンセントは舞台を去った。観客たちにじっくり考えてもらいたかった。

喉が痛んだ。あのベルトのせいで、ひどい痛みを感じていた。もう少し慎重にやらなくては。それに、今日は脈をとめる時間が長過ぎた。霊との交信は見せかけでも、脈拍の停止は本物だ。ベルト以外の方法にせよ、体全体でなく腕だけを圧迫して脈をとめるにせよ。体の一部の脈をとめるやり方は、メンタル・マジックでは門外不出で、ヴィンセントも人に教えたことはない。だが、腕の脈だけであろうと、三十秒を超えると極めて危険になり得る。脈がとまるや否やヴィンセントの腕から手を離す人が多いが、アードリアンは握ったままで、ヴィンセントとしてもどうしようもなかった。このツアーが早く終わってほしかった。こんなに何度も血流を妨げるのはよくない。

楽屋に戻ると、テーブルの上にあるミネラルウォーター〈ローカ〉が目に入った。三本。彼は歯を食いしばった。三本のミネラルウォーターを見るのは、不協和音を耳にするのに等しい。急いで冷蔵庫を開けて一本取り出し、テーブルの上に置いた。これで四本になった。やっと口元の緊張が緩んだ。それから洗面台でコップを水道水で満たし、ソファに座って一息ついた。

観客はまだ手を叩いてアンコールを求めていたが、彼は楽屋に残ったままだった。今、舞台に戻って満面の笑みを浮かべてしまったら、観客たちの体験を当たり障りのないものに変えてしまいかねない。だから、観客には落ち着かない状態で物思いに浸ったままでいてもらいたかった。

少し休んでから、着替えるつもりだった。ショーが終わったあと、毎回床に横にならないでもいられるよう練習してみた。うまくいくときもあるが、駄目な場合が多い。彼は携帯電話を取った。セーンス・ベリヤンデル。イリュージョン製作者でヴィンセントの友人。例の殺人事件の捜査の際に協力してくれた人物。彼が観客席に座っていたので、ヴィンセントは今回の新しい演目について意見を聞きたいと思っていた。案の定、セーンスからメッセージが届いていた。時間表示によると、ヴィンセントが舞台を下りると同時に送られている。だけれどセーンスのメッセージは後回しだ。他の人たちからもメッセージが届いている可能性がある。

より具体的に言うと、あの人から。

ヴィンセントは受信箱を開けた。もちろん未読メッセージはいくつもある。ただ、彼が探しているものはなかった。彼の人生の一部となり、彼の人生を変えた女性からのメッセージ。勇気を奮って心を分かち合った相手。そのあと、彼の人生に入り込んだのと同じくらいの速さで消え去っていった人。

最後に彼女に会ったのは十月。それから冬が来て、春と夏と秋が過ぎ、新たな夏を迎えている。彼女とは一年半以上、連絡を取り合っていない。もうすぐ二年になる。どんなに連絡を取りたくても、そうせずにいた。妻のマリアと一緒にカップルカウンセリングに通い始めたこともあり、妻の嫉妬を不要に引き起こすようなまねはしたくなかった。

だが二人は、そのカウンセリング通いをやめた。期待したほどの効果がなかったからだ。その時点でずいぶん長い時間が過ぎてしまっていた。かくも長い沈黙のあと、突然猛アタックするのも気が引けた。彼女は彼女自身の私生活を守っているし、彼だって、そのことには配慮する必要がある。その一部になれないのは残念だが。

彼女だって、ヴィンセントに連絡をしてくる理由がない。自分のことはできる限り自分で何とかするという彼女の意志ははっきりしていた。彼女が今どんな日々を送っているのか、彼には分からない。結婚しているかもしれない。家族がいるかもしれない。外国で暮らしていることだってあり得る。

しかし、彼は自分を抑えられなかった。彼女と初めて会ったのは、あるショーを終えたときだった。あれからずっと、舞台を下りるたびに彼女を探してしまう。でも受信箱を見れば一目瞭然だ。

彼女は今晩も連絡をしてこなかった。

4

彼女はメガネを外して、彼に微笑みかけた。それから脚を組んで、椅子から身を乗り出した。向かい合って座る二人の間にテーブルはない。最初の頃、ルーベンはひどく居心地が悪かった。晒し者になったような気がした。でも、もう慣れた。彼に向って前かがみになる彼女の襟ぐりから見える胸元に注意を払わなくなるほど慣れっこになっていた。もう目も向けなくなっていた。アマンダは魅力的でないとはとても言い難いというのに。

「終わりですか?」ルーベンはそう言って、時計を見た。

ここに来てから三十分しか経っていない。なのに、アマンダはすでに、面談を終わらせるつもりらしい。

「終わることはないと思いますよ」彼女は言った。「ですが、新たな悩みごとがないのなら、あなたにはここへ通い続ける大きな理由がなくなりますね。無論、それを決めるのはわたしではありません。今の気持ちを教えてもらえますか？」

ルーベンはアマンダを見つめた。一年以上にわたり、隔週木曜日に面談してきた心理カウンセラーだ。今の気持ちだって？　何てふざけた質問だ。でも、当初ほど苛立つことはなくなっていた。

「おれの気持ち？　フロイトにでも訊いてくださいよ」彼は言った。「学んだことがあるとすれば、自分が感情だと思っていたことが、必ずしもそうではなかったということかな。感情に任せて行動することはやめました。代わりに合理的な判断に従うほうを選ぶということです。半年間、セックスを控えてきたのと同じように。どんなにやりたい気分でもね」

暗黙の質問にアマンダは片眉を上げた。

「相手を探し回るようなことはまったくしなかった」そう明言した。「そう決めたじゃないですか。そのことを言っているんです。完全に店じまいする気はないですけどね。何てったって、おれはまだ男盛りだ。とはいえ、昔ほど大事に思わなくなりました。そういう行為で満たされるニーズが何なのか、今では分かってるから」

「そのニーズとは？」

ルーベンはため息をついた。またこの話か。例の感情の話か。

「女性をものにできたと思うことで、権力を実感すること。同時に、もっと深い別の欲求も……」

彼はまた、ため息をついた。

「だれかのそばにいたいという欲求も満たす」彼は気まずそうに答えた。「これで満足ですか?」

そばにいたい。まさか自分がこんな言葉を口にするなんて思ってもみなかった。ゲイじゃあるまいし。だけれど、こんなふうに考えることも防衛機制なのだと学んだ。なんてこった。グンナルを筆頭に、彼がカウンセリングに通っていると知ったら、同僚の刑事たちは死ぬほど笑うだろう。グンナルはよく、自分はスウェーデン北部の木材でできていると言っている。問題を解決したいときは、麦芽汁をタンクに詰めて森に行くのだという。ルーベンがアマンダのオフィスに座って何を言ったのか知ったら、連中は彼のヘルメットをピンク色に塗りたくるだろう。彼はまた、壁の時計にちらりと目をやった。八時半を少し回ったところだ。もう警察本部にいなくてはならない時間だ。彼が朝にときどきどこに寄っているのか不思議に思われ始めたらまずい。前夜にお持ち帰りした女性を追い出すのに手間がかかったというお決まりの言い訳だって、そう何度も使えるわけじゃない。

お持ち帰り。どうやっていたのか、もうほとんど思い出せなかった。初めてのセッションのとき、彼は当然アマンダを口説こうとした。成功とはとても言えない結果だった。

「するべきことはあとひとつ」彼は言った。「エリノールに会うこと」

「ルーベン」アマンダは警告するように言った。「前に進むよう言ったことを覚えていますか？　エリノールは亡霊のようにあなたにつきまとっているのです。あなたの問題行動も、それに対する反応だった。自分を解放なさい。亡霊を追い払わない限り、終わることはありませんよ」

「分かってますって。だからこそ会いたいんですよ。終わらせるためにね。約束しますって、挨拶をしに行くだけです。おれは自分の手でエリノールを立派な台座に飾った。それを下ろすんです。それで昔のルーベンとおさらばしたいんですよ」

「あなたにしては珍しく……冷静な判断ですね」アマンダは目を細めて彼を見つめた。「できる自信はあります？」

「最悪の結果でも、あなたにまた何時間か分のカウンセリング料金を払えば済む」彼はそう言って笑った。

でも、彼は確信していた。今のルーベンは、一年前よりまともな人間だ。グンナルには言わせておけ。

二人は立ち上がり、ルーベンは彼女に握手の手を差し伸べた。これで五十回目かもしれないが、一杯飲まないかと誘いたい気持ちを抑えた。行動に移さなければいい、頭に浮かべるだけなら大丈夫だ。何だかんだ言っても、自分はまだルーベンだ。そもそも他にすることもある。エリノールの住居は調べてある。「やあ」と挨拶するだけ。あいつが元気にしているか知りたくもあった。あとは「悪かった」と言えばいい。そうすれば、彼の悩みは解決する。

5

朝食を作りにいく前に、ヴィンセントは深呼吸をした。妻のマリアは、すでに一時間ほどキッチンで準備をしている。ということは、彼は凄まじく煩わしいにおいに襲われるということだ。案の定だった。アロマキャンドルやハーブサシェや石鹸やルームスプレーでできたにおいの壁が、濡れた毛布のように彼を包み込んだ。

「ねえ、いつまでそれをうちに置いておくつもりなんだい?」彼はそう言って、マグカップを出そうと戸棚に手を伸ばした。

選んだのは、〝自分が未熟なんじゃなくて、きみがくそ野郎なだけ〟と書かれたマグだった。マグにコーヒーメーカーのコーヒーを注いでから、キッチンテーブルに着いた。

「カウンセラーが言ったこと、まるで覚えてないの?」床に座るマリアが言った。「事業を始めるわたしをあなたが支援するのが大切だって言ってたじゃない」

背中を向けて座る妻は振り向くことすらせずに、磁器の小さな天使を大きな箱に詰めていた。

「もちろん覚えているさ。それに、きみが着手したいものすべてをぼくが支援していることだって知っているだろ。きみが始めたこのネットショップだって、まあ、面白いアイデアだと思うよ。ただ、在庫は……倉庫に保管したほうがいいような気がするけどね」

マリアは深くため息をついた。背中を向けたままだ。

「倉庫を借りるのは高いって、ケヴィンが言ってるの。それに、あなたの新しいショーの収益が、まだ製作費を回収できていないことを考えると、この家にいる大人で、支出の責任を負っているのはわたしってことになるじゃない」

ヴィンセントは妻を見つめた。これほど健全な議論を妻の口から聞くのは何年ぶりだろう。彼女が参加した起業セミナーは無駄ではなかったのかもしれない。正直なところ、あのセミナーの講師であるケヴィンの名前が頻繁に挙がるのにはうんざりしていたが。ヴィンセントは、マリアがフォロワー気質なのを知っている。自分がついていくべきだれかを探すのが彼女の性分だ。でも彼女の最新の導師が起業コンサルタントだというのは予想外だった。

「責任？」レベッカがぶらぶらとキッチンに入ってきた。「これだってお金がかかるじゃん。こんながらくた、だれが買うの？」

レベッカのむっつりした表情は、いまや彼女の顔に永久に貼り付けられているかのようだ。彼女は不快そうに、大きな白木のプレートを手に取って、そこに書かれているテキストを読み上げた。

「『生きろ、笑え、愛せよ』って書いてあるけど、『死ね、泣け、嫌え』のほうがよくない？」

「よしなさい」ヴィンセントは言いつつも、内心、娘に同意していた。

「わたしには人気の出そうなものを見極める素晴らしい才能があるって、ケヴィンが言ってるのよ」マリアはそう言って、継娘を睨んだ。

レベッカは彼女を無視して冷蔵庫へ向かい、扉を開けた。

「ちょっと、何これ？　アストン！」

彼女が居間に向かって叫ぶと、怒鳴り声が返ってきた。

「何だよ？」

「残ってたミルクを全部シリアルに使ったわけ？　で、空のパックを冷蔵庫に戻した？」

「空じゃない！　少し残ってるだろ！」

アストンの声が壁と壁の間を跳ね返った。レベッカは当て付けがましくヴィンセントを見ながら、牛乳パックをゆっくりと逆さにした。ゆっくり床に滴ったのは三滴だけ。

「何するの？」マリアが立ち上がった。「そこを拭いてちょうだい」

立ち上がったせいで、膝に置いていた天使が落ちて、ばらばらに砕けた。葉っぱのように薄いものでできているようだ。

「ああ、もう！　あなたのせいよ、レベッカ！」

「わたし？」十代の娘は、やじるように言った。「こっちのせいにしないで。そっちが相変わらずドジだからでしょ。なのに、わたしのせいにするなんて、あなたらしいよね。何でもかんでもわたしのせい。パパだって、ちっともわたしの味方になってくれないし。わたしがこの人にどんな扱いを受けようとお構いなし。もうこんなところにはいられないからドゥニのところへ行く」

ヴィンセントが口を開けたときには遅かった。レベッカはすでに玄関へ向かっていた。

「遅くても八時には帰ってきなさいよ」マリアが彼女に向かって叫んだ。「週末じゃなくて、木曜日なんだから！」

「夏休み中なんですけど！」レベッカはそう叫び返してから薄手のサマージャケットを摑み取り、勢いよくドアを閉めた。

「はいはい、わざわざどうも」マリアはそう言ってから、腕組みをしてヴィンセントを睨みつけた。「アストンを児童館に連れていってよね、すでに遅刻なんだから」

ヴィンセントは口を閉じた。余計なことは言わないに限る。こみ上げる感情にどう対処したらいいのか、いまだに分からなかった。何を言おうと、間違った方向に進む危険を伴う。だから、彼の新しい戦略は、できるだけ黙っていることだった。

カップルカウンセラーが言った役立ちそうなことを思い出そうと記憶をたどってみた。容易なことではなかった、というのも、自分のほうが知識で優っている分野の人物に手を借りるというのは受け入れ難かったからだ。

当初は、彼だけでカウンセリングも受けたほうがいいという話だった。子供時代に起こった母親の事件に対処するのが目的ということだった。彼が四十年間抑圧してきた、あの出来事。でも、彼は断った。だれかに自分の過去を探らせようという気にはなれなかった。彼の中には影があって、それががっちり守っている部分が心の中にある。そこに入れても構わないほど信頼できる人間はだれもいなかった。

夫婦のカウンセリングは、自分とマリアがよりを戻すための特効薬であることを期待していた。かつてのように妻の考えを理解できるようになれればいいと思っていた。彼が地方に行くたびに、彼女が嫉妬しなければ済むことではあった。しかしヴィンセントの仕事はツアーで成り立っていることもあり、二人にとっては非常に骨が折れることだった。二人は本当に努力してきたが。とくにマリアが。

カウンセラーが言ったのは、あまりに明々白々なことだった。つまり、嫉妬の根源はマリアの自尊心の欠如であるというのだ。そして、ヴィンセントが当時の妻であるウルリーカから、その妹のマリアに乗り換えたという、二人の特異ななれそめが、すべての根源である可能性があるとも言った。

だが、そんなに簡単な話ではないことくらい、ヴィンセントには分かっていた。マリアには、彼女自身もカウンセラーも気づかない他の何かがあるのだ。ヴィンセントが彼女と家族以外の人物や物事に注目するや否や、攻撃という形で反応する何かが。マリアに何か責任があるとはヴィンセントも思ってはいない。本能なのだ。彼女が今、まるでUFOでも見るような顔で彼を見つめているのだって、同じ本能によるものだ。そして彼は、もう何度も思ってきたように、妻が自分に何を求めているのかを知りたかった。

関係が始まった頃は簡単だったのだ。愛情ゆえに他のことは気にしなくていられたし、自分たちの愛に関係のないものや人は目に入らなかった。あの頃の気持ちをヴィンセントは今でも覚えている。心のどこかにまだ残っている。相手が何を言いたいのか分かり、目だけで思いを伝えられた頃の記憶。だが年月とともに、二人はどんどん共通の言葉を失ったかのようだった。どんどんお互いを理解できなくなったかのようだった。その逆であるべきなのに。こんな状態を続けたくなかった。ただ、何をしたら、また妻の心を動かせるのか分からなかった。お互いを取り戻す方法が分からなかった。

マリアが、彼が何か言うのを待っているのは明らかだった。だったら、カウンセリング中に受けた提案の中の、ちょっとした名案を使ってみよう。マリアが興奮しているときには、たとえ彼女が理不尽であったとしても、常にマリアに思いやりを示すというものだった。それが安心感を生むのだという。その安心感から、マリアは自分の思いをもっと建設的に表現できるような、よりよい基盤が得られるそうだ。結果、感情が怒りに変わるのを防げるそうな。この手はうまくいかないことが多い。でも試してみたところで損をすることはない。

「マリア、怒ってるよね」意識的に優しくて穏やかな声で、ヴィンセントは言った。「でも、怒ると体によくないよ。気づいているとは思うけど、筋肉と関節を緊張させている。血行の速度も落ちるから、神経系や循環とかホルモンとかの面で、自然なバランスが崩れてしまう。脈拍やテストステロン含有量につられて血圧が上昇して、胆汁過剰につながり、本来溜まるべきでない体内の箇所に溜まってしまう」

マリアは驚いた表情で彼を見つめた。カウンセラーのアドバイスは効果があったようだ。

「怒ると脳の活動にも変化が生じる」彼は続けた。「とりわけ、側頭葉と前頭葉で。だから、そうやって腹を立てるのは、きみにとってよくない。もっと建設的にレベッカと話をするほうがいいんじゃないか？」

話を終えた彼は、控えめに微笑んでみせた。マリアは彼をじっと見た。それから、レモンでもかじったかのように唇をすぼめ、向きを変えてその場を去った。

6

戻ってこられた喜びで、目頭が熱くなった。ユーリアは、クングスホルメン地区にある、正直言ってかなりひどい外観の警察本部に復帰することを、自分がこれほど待ち望んでいたとは信じられなかった。この日に〝敬意を表する〟かのごとく、サウナのように暑い日だった。ストックホルムが観測史上最も暑い夏を迎えている真っ只中に、換気装置が故障していた。彼女は紙で扇ぎながら、会議室のドアを開けた。同僚にとってはただの木曜日かもしれないが、彼女にとっては極楽だった。

少なくとも、みんなに集まってもらった理由を述べるまでは。

「ユーリア！」彼女が中に入ると、髭を生やした男性が明るい表情で言った。

それがペーデルだと気づいて、ユーリアは目を丸くした。

「ヒップスター（サブカル好き）髭じゃなくて、パパ髭ですよ」彼女の視線に気づいて、彼は満足げに言った。

「おまえがどう主張しようと、ヒップスター髭だろ」続いて入ってきたルーベンが、不明瞭な声で言った。「おれたちにとっては、おまえが春中ずっとかぶってたあの小さな帽子を、暑さのあまり脱ぎ捨てたのはラッキーだよ」

すべて通常運転というわけか。でも、ユーリアの見間違いでなければ、ミーナとクリステルも、彼女を目にしてそれなりに嬉しそうな顔をした。

「遅ればせながら、おめでとう」クリステルがぼそっと言った。

ゴールデン・レトリバーのボッセが、クリステルの横で息を荒くして横たわっている。半年前にユーリアがボッセを最後に見たときと、まさに同じ場所で。でも、今日は暑過ぎて、きちんと挨拶にくる気力はないようだ。それでも彼女に目を向けて、ワンと一声鳴いてくれた。

「おめでとうございます！」ミーナが怯えた目でユーリアのジャケットを見つめながら言った。

ミーナが注視している自分の左肩の一点をちらりと見て、ユーリアは大声で悪態をついた。

「まったくもう！　どの服を着ても吐いた染みだらけ！」

ジャケットを脱いで椅子の背もたれに掛けようとして、ちらっとミーナを見て手をとめて、ドアの横のフックに掛けにいった。

「今はまだ、吐くといってもヴェリング（薄い粥状の離乳食）でしょう」訳知り顔で笑みを浮かべてペーデルが言った。「簡単に落とせる染みです。でもバナナや瓶詰のストロガノフになると、そんなわけにはいきませんよ。落とすコツはですね、まず、例のド派手なピンクの容器でお馴染みの〈ヴァニッシュ〉（欧州でポピュラーな洗剤）、あれを水で薄めて漬けるんです。パウダーのが一番ですね。それから、九十度の熱湯で洗う。漂白剤を入れるほうがいいので、当面は白い服しか着られなくなっちゃいますが……」

「記憶に留めておくわ」ユーリアはそう言って、控えめに手を掲げた。「そして皆さん、おはよう！」

六か月の赤ん坊につきものの果てしない仕事でてんてこ舞いの今、子供がもう少し大きくなったときに待ち構える苦労をあらかじめ知るつもりはなかった。

「復帰できて嬉しいです。それに、皆さんの顔を見られるのも素晴らしいことです。もちろん休暇中も、皆さんの仕事ぶりをしっかりと見てきましたし、誇らしい気持ちになりました。とくにミーナ、わたしがいない間、班のリーダーを見事に務めてくれました。しかし、こうして今ここに戻ったことを嬉しく思っています。張り切る覚悟でいますからよろしく。ゆっくり休息を取れたとは言えないですが、世の中、すべてが得られるわけではありませんから」

彼女は中途半端に笑った。彼女の中には、自分が今日、警察本部の門をくぐる原因となった耐え難い口論について語りたい気持ちがあった。その口論で分かったのは、自分は対等な関係の夫婦生活を送っていると信じていたのに、それが幻想にすぎなかったことだ。そのことに長いこと気づかなかったのは、彼女がこれまで子供を持つストレスに晒されたことがなかったからに他ならない。夫のトルケルに言われた言葉は、女性の友人たちからさんざん聞かされた愚痴と何の変わりもない。――生物学的に言って赤ん坊の世話に適しているのは彼女のほうだ。彼は今、仕事を離れるわけにはいかない。そんなことをしたら大変なことになる、彼の会社は倒産し、スウェーデンのGNPは減少し、ユーロは暴落して全世界が惨禍に見舞われ、この世の終わりがやってくる云々《うんぬん》。

だが、ユーリアが一番腹立たしく感じたのは、二人の間であらかじめ話がまとまっていたではないか、ということだった。最初の六か月は彼女が育児休暇を取り、その後の六か月はトルケルが取る。二人とも休暇を申請し、認可されていた。ただ、トルケルのほうはあくまで世間向けのポーズだったことに、彼女は気づいていなかった。育児を二人で分担すると本気でユーリアが考えているなんて夢にも思っていなかったのだ。先週ユーリアが、次週から仕事に復帰すると改めて告げたときの、トルケルのショックの表情が、今でも頭に浮かんでくる。

〝ハリーと家にいたいから仕事には復帰したくない、とユーリアは自発的に悟るはずだ〟とトルケルは信じていたらしい。

二人は数日間、口を利かなかった。

ほんの一時間ほど前、彼女が出かける準備をしていたときに目の前に立っていたトルケルは、まるで見知らぬ人のようだった。パニックに満ちた怒りの目を向け、髪の毛を逆立て、「絆」だの「生物学的遺産」だの「上司と話す必要がある」だのとまくしたてていた。最後に彼女は彼にハリーをポンと手渡し、急いで外へ出た。以降ずっと彼女は携帯電話を敢えて見ないようにしていた。

「お帰りなさい」ルーベンが、オオカミのように彼女に微笑みながら言った。

彼の目が自分の胸に据えられているらしき事実を、ユーリアは無視しようとした。一週間前に授乳をやめたのに、そのメッセージは胸まで届いていないようだった。授乳前のBカップに早く戻りたかった。彼女とEカップは、どうも相性がよくない。

「お疲れなのでしたら、会議の前に、最高に元気が出るものをお見せしましょう」ぺーデルは、嬉しそうに携帯電話を出した。

「えー、また？」ミーナとクリステルとルーベンが声を揃えて言った。

ぺーデルには、そんな三人の声は耳に入らないようだ。自分の携帯電話をユーリアに持たせ、動画をスタートさせた。

「わが家の三つ子です！」彼は大声で言った。「『ユーロビジョン・ソング・コンテスト』のスウェーデン国内予選のときのアニス・ドン・デミナの歌に合わせて歌ってるんです。もうめっちゃくちゃかわいいでしょう!!」

オムツをした三人の幼児が大型テレビの前でばらばらながらも夢中で体を揺する様子をユーリアは見た。とてもかわいいとは思った。ただ、子供を抱っこすることだけは避けたい日の筆頭である今日、こんな動画を見せられても心底楽しめなかった。

「ちょっと待って、ボリュームを上げますから」ペーデルが言った。「歌だって歌うんですよ」

室内の他のメンバーの不平の声は高まる一方だった。

「なるほど、ありがとう」彼女は携帯電話を返した。「すごくかわいかった。さて、でもそろそろ始めましょう。実は昨日の午後、誘拐の通報がありました。オッシアン・ヴァルテションくん。五歳。ところが手違いでこの通報は優先扱いになっていなかった。ミスが判明したのは今朝になってからです」

「ひどいな」ペーデルが言った。「そんなこと、あってはならない」

「そのとおり、でも起こってしまった。とにかく、階上《うえ》は本事案をわたしたちの担当としました。最優先事項とのこと」

ミーナはうなずき、水をウォーターボトルから一口飲んだ。ペーデルの髭からなるべく遠ざかるよう、細心の注意で机上にボトルを置いた。すると動きに気づいたボッセは起き上がり、舌をだらりと垂らして感謝の眼差しを向けながら、よろよろとミーナのほうへ歩いてきた。

「クリステル！」ミーナが言った。「ボッセをここにいさせるのなら、水くらい飲ませてやってください。あの犬があと一センチでもわたしのウォーターボトルに近づこうものなら、ボトルを新調してもらいますから」

「そんな言い方しなくても」クリステルはため息をついた。「犬の舌ってのは実に清潔なんだぞ。だけど、みんなこれから長いことこの部屋で時間を過ごすわけだから、犬用の水入れを置くほうがいいだろう。でないと、ボッセだって困るだろうしな」

クリステルに手招きされたボッセは、ミーナに咎めるような視線を送ってから、ご主人様の足元に座った。ユーリアは、犬の舌はまったくきれいではなく、人間の舌とはまるで異なる種類の細菌がいることが分かっていて、なかには危険をもたらすものもあると、クリステルに話そうか迷った。でも、クリステルがボッセに注ぐ愛情のこもった目を見て、やめることにした。

「この部署がどれほどカオス状態になるか、すっかり忘れてました」彼女は言った。「本事案に集中し、取り組んでください。同様の事件を扱った経験のある人員が一人、この班に加わることになっています。その人物の今までの所属先は、交渉団……いや、交渉班？……正直な話、正式名がないのでこう言うしかないのですが、どの部署かは分かりますね？」

　彼女は一息入れて、一様に驚いた表情の並ぶ室内を見やった。

「分かりますが、どうしてあそこには名前がないんですかね？」ペーデルが言った。

「単に心理学的な理由から」ユーリアが言った。「名前がなければ、彼らは班として存在しない。ゆえに犯罪者に正体がばれづらくなる」

「へえ」ペーデルは両眉を上げた。

「だけど、先ほど言ったように、彼はもうその部署には属しておらず、わたしたちの新しいメンバーです。彼にはオッシアンくん事件について考えがあるそうですし、もうそろそろ来てもいい時間です」

「本当に増員が必要なんですか？」ミーナは顔をしかめた。

「おれたちだけで、もううんざりってことか？」くすくす笑いながらクリステルがミーナに肘鉄を食らわすふりをしてみせた。ミーナのことは分かっているので、直接は触わらないようにした。ユーリアとしては、あのミーナの反応は想定内だった。ミーナ・ダビリは変化を好まない。とりわけ新しい人間関係となるとなおさらだ。けれど一方で、変化でプラス効果を得られるメンバーがいるとすれば、それもミーナだった。二年前の秋の、ヴィンセントとの捜査が終了して以降、ミーナが同僚以外の人物と話したり、同僚以外のだれかの話をするのをユーリアは見ていなかった。ユーリアが育児休暇中に、突然ミーナが社交的になったとも思えない。ミーナの交友関係が少し広がっても困ることはないはずだ。

「きっと上のほうの政治的な思惑だろ」クリステルが言った。ボッセの首を掻いてやると、感謝を込めた眼差しが返ってきた。「今じゃ、何でもかんでも平等と多様性だからな。女ならすでに二人いるから、ゲイか〝輸入もの〟じゃないのか？」

「クリステル！」ペーデルは年上の同僚を睨んだ。「そういう言い方をするから、ここに異動になったんですよ。警視庁が費用を負担した高額なセミナーがあったでしょう、でも先輩を石器時代から解放するには、まるで効果がなかったってわけですかね」

クリステルはため息をついて、ボッセの片耳の後ろを掻いてやった。

「ふざけただけだよ」彼はきまり悪そうに言った。「最近みんな、すぐに神経を尖らせる。それに、こっちの言ったことを額面どおりに受けとめないでくれよ。おれと同じセミナーに参加したおまえなら気づくはずだろ？」

「ですが、いくらなんでも行き過ぎの言葉も……」

控えめなノックの音でペーデルの話が遮られ、一同がドアのほうに向きを変えた。

「絶妙なタイミング」ユーリアは言って、大きく伸ばした腕で戸口を指した。「班の新メンバーを紹介します、アーダム・バロンデム・ブローム」

「見事な発音ですね」そう言って、男性が笑顔で部屋に入ってきた。「でも、アーダム・ブロームで結構です」

7

おばさんはすっごくすっごく馬鹿。子犬がいるって言ったのにいない。だけど、おばさんの車は本物のレーシングカー。おばさんが持ってるおもちゃの車みたいだけど、大きくて本物の車。

昨日おばさんが幼稚園に来たとき、レーシングカーの中に座ってみたいか訊いてきたから、座りたいって答えた。だけど、そのあと、車が走り出した。おばさんは元のところに戻るって言ったんだ、走らせるのは一分だけって。レーシングカーがどんなに速いか、ぼくが感じられるようにってね。なのに、戻らなかった。ぼくたちは戻らなかった。

だから、ぼくは怖くなった。すっごく怖くなったんだ。

お腹の中は、お風呂のお湯が渦を巻きながら流れ出ていくときみたいな感じだった。下とか中に向かって吸い込まれるみたいに。

おばさんにもそう言ったけど、返事をしてくれなかった。

それから、すっごく長い間、車で走った。今はおばさんのうちにいる。ママとパパのところへ帰りたい。ここにいるのは嫌だ。「もう少ししたら」っておばさんは言う。ずっと「もう少ししたら」って言うんだ。あと、泣くのはやめろ、って。

ここには他の人もいる。大人の人たち。知らない人ばっかり。あの人たちが怖い。出たり入ったりしているんだ。好きなだけｉＰａｄを使って〈ロブロックス〉で遊んでいいって言われたけど、遊びたくない。ここは変なところだし、おうちと同じにおいがしない。

夜はずっと天井を見ている。真っ暗。明かりはぜんぜんない。

パパって呼んでみる。それからママって。でも、二人とも来ない。

「オッシアン、ここにいるのはあと少しだけ」って、朝になるとおばさんは言う。「あと一日くらい。そしたら、おうちに帰ってもいいから」

ご飯はもらえるけど美味しくないし、食べたくもない。どうしてここにいなくちゃいけないのって訊いても、おばさんは答えない。だれも答えてくれない。みんな、泣くのはやめなさいって言うばかり。あと、すぐに大丈夫になるからと。

あの人たちの声は優しいけど、目は優しくない。

8

ミーナは好奇心に駆られて新メンバーを観察した。なるべく節度をもって。だが全員が彼女みたいに気を遣ったわけではなかった。ルーベンは抑制などまるで見当たらない露骨な態度で見つめており、ちょっとした敵意すら混じっていた。ミーナにとっては意外な反応ではなかった。アーダム・ブロームは肉体美の持ち主で、よく発達した上腕二頭筋と割れた腹筋が、体にフィットした白いＴシャツの上からでも目立っていた。ルーベンが無意識に背筋を伸ばしてお腹をへこませる様子を、ミーナは面白おかしく見ていた。

彼女個人は、たくましく均整の取れた肉体には惹かれなかった。姿勢がよくて、細身でエレガントな体格のほうがいい。肉付きがいい体形よりは細身を好んだ。そしてすてきなスーツを着こなしていれば……。そこでミーナはたじろいだ。彼女の思考はおかしな方向へ飛んでしまうことがある。しゃきっとして、ホワイトボードの前に立つユーリアに耳を傾けるよう自分に言い聞かせた。ユーリアの真剣な表情から、重要な話が始まるのだと分かった。

「さっき言ったとおり、行方不明のオッシアン・ヴァルテションくんの捜査を、わたしたちが担当することになりました」

「五歳か」ペーデルが憂いに沈んだ声で言った。

ミーナには理解できた。子供の失踪はすべての保護者にとって悪夢であり、経験を積んだ警察官でさえ心を痛めずにはいられない。そのうえペーデルには子供がいる。ミーナに子供がいたのは過去のことだが、自分が同じ境遇に置かれたら、とつい考えてしまう。

「そのとおり。オッシアンくんは昨日、セーデルマルム地区の幼稚園から誘拐されたと疑われています。まずは速やかに関係者全員の聴取を行なわなければなりません。しかし同時にオッシアンくん誘拐事件は、別の過去の事件との類似点が指摘されています。その事件についても調べるよう、上から要請がありました」

ユーリアは新顔のほうを向いた。

「アーダム、その過去の事件のことを話してもらえますか？」

彼は咳払いをした。ユーリアは腰を下ろし、話を引き継ぐようアーダムに目で指示を出した。

アーダムは立ち上がり、胸を張ってホワイトボードの前へ行った。自分と初対面で、おまけに自分に懐疑心を持っているだろう一団の前に堂々と立てる彼を、ミーナは羨ましく思った。彼女自身は、どっしり構えてよい状況であっても、どこか常に落ち着かない気持ちになる。

「まずは、簡単に自己紹介と、自分がこれまでどこにいたかなどを申し上げます」

クリステルがペーデルに意味ありげな視線を送った。もしもクリステルが、アーダムの言う「どこ」がケニアかそれともガンビアかなどと訊くつもりなら、ミーナはこの手で、あのおやじを追い出してやろうと思った。犬とその他もろもろと一緒に。

「自分は交渉班から来ました」アーダムは言った。「一年前のリッリ・マイヤーという少女の事件において、交渉班は捜査の初期段階で出動を要請されました。少女の失踪が、両親の親権をめぐる泥沼の争いに関連していると信じるだけの根拠があったからです。つまり、身内のだれかが犯人である可能性があった。そこで誘拐犯と交渉する必要に備えて、自分に声がかかりました」

「結局、遺体で発見された少女ですよね？」ペーデルがくぐもった声で言った。

あの悲劇的な事件から丸一年が経っていたが、ミーナは今もはっきり覚えていた。事件の反響は凄まじかった。死体が発見されたのはハンマルビー・シェースタード地区の桟橋にあった防水シートの下で、人気のアイスクリーム屋台からわずか数メートルしか離れていない場所だった。遺体の身元がすぐに判明したのに容疑者すら浮かんでこない状況が知れ渡ると、メディアは捜査員を散々叩いた。両親もマスコミを通じて意見を発信した。この事件は、まるで伝染病のようにストックホルム警察内を不気味に漂っていた。そして何にもまして、この事案は未解決のままだ。

ボッセはペーデルの気持ちを悟ったようだ。机の下を通ってペーデルのところへ行き、その膝に鼻を押し付けた。ミーナは不愉快そうに、そこに付いた濡れた鼻の跡を見た。

「そうです。リッリちゃんは初夏に行方不明になり、他殺体となって発見されました。発見場所は〈ルグネッツ・テラス〉、ハンマルビー・シェースタード地区の大きなピクニック用桟橋です。ノッラ・ハンマルビーハムネンの水域の向かい側ということです」

「だけど、その件は親権争い絡みじゃなかったですかね?」ルーベンがトゲのある口調で言った。「あんたも自分でそう言ってた。だったら、今回の事件とどんな関連性があるんですかね。あと、われわれ特捜班に、なぜ交渉の人間が要るんです?」

ルーベンがまだお腹に力を入れてへこませていることにミーナは気づいた。かなり苦しいに違いない。

「答えはイエスでもありノーでもあります。誘拐犯はまだ特定されていませんし、目撃されているのは、初老のカップルが近くにいたというものだけです。これもストレス状態にあった幼稚園教員によるもので、そもそもはっきり見てもいなかった。おっしゃるとおり、身内による犯行の疑いはまだ残っていますし、捜査対象から外したわけではありませんよ。ですが、自分には身内の犯行ではない気がするのです。とりわけ今こうして、ほぼ同じ手口によるオッシアンくん誘拐事件が行われた状況下では―」

「ほぼ同じというのは?」ミーナが眉をひそめながら言った。

「幼稚園から見も知らずの人間に連れ去られたということです」アーダムが言った。「こうした誘拐事件は、『リアル』とされるテレビのミステリードラマを見て思うほど頻繁に起こるものではありません。現実の誘拐事件は、大抵親族によるものです。子供を母国へ連れ戻そうとしたり、片方の親が親権争い後に子供を自分の元に連れてこようとしたり。今回の事件はどうでしょう。警察にとっても幼稚園にとっても、未知の人物による犯行なんてゼロに近い。なのに二度も起きた。だから上は、リッリちゃん事件での自分の知識が皆さんのお役に立つと思ったわけです。それほど時間は残っていません。自分になら、迅速かつ効果的に、すべての情報を皆さんに伝えられます。報告書にあるようなものも、そこには書けないようなものも両方です」

「アーダムがこの特捜班にとって貴重な助っ人だという上の見解に、わたしは全面的に同意します」ユーリアは言って、ルーベンにじっと目を注いだ。「そろそろ話を再開してもいいですか、ルーベン？」

ルーベンは不明瞭な声で何か呟いて、それからうなずいた。

「リッリちゃんが発見されたのは三日後だったな？」クリステルはそう訊き、シャツの袖で額の汗を拭った。

会議室は蒸し暑かった。ミーナも不快感を懸命に我慢していた。

「オッシアンくんが行方不明になったのが昨日。同じ手口だとしたら、その子を見つけて救出するまで時間はそれほどないということか」クリステルが続けた。

「ちょっと待ってください」ペーデルが言った。「同一人物の犯行というのは前提なんですか？」

「今のところ、そうするだけの根拠はありません」ユーリアは咳払いをした。「ですが、繰り返しになりますが、手口が類似している。なので、時間はわずかしかないという前提で捜査を進めます。今夜、記者会見を開いてほしいという要請が来ています。それまでに、アーダムとルーベンはオッシアンくんの幼稚園の職員から、ミーナとペーデルはオッシアンくんの両親から、それぞれ話を聞いてください」

「アーダムとクリステルに幼稚園のほうを任せられませんか?」ルーベンは時計に目をやった。

「もうすぐ行かなきゃいけない用件があるんで」

「クリステルには、性犯罪前科者登録データに目を通してもらう必要があります」ユーリアが言った。「昨年釈放された全性犯罪者を拾ったリストを作ってもらいたい。念のためということで。それからルーベン、わたしの知る限り、あなたは警察官ではありませんでしたか? であれば本件を最優先とすべきではないかと思いますが」

「〈ティンダー〉つながりのデートはお預けみたいね」ミーナが言った。

「性犯罪者登録データか」クリステルはため息をついた。「またかよ」

「おれは〈ティンダー〉なんてやってない」ルーベンは鼻を鳴らした。「そんな必要ないんだよ。おたくとは違うんだよ、ミーナ。あわよくば修道院に入りたい系の女とはね」

ミーナは携帯電話を取り出して、ルーベンの顔の前に掲げた。それから、その目の前で〈ティンダー〉を検索し、ダウンロードしてみせた。

「これでいい?」彼女は言った。「わたしの幸福感に対する心配が治まって、そろそろ自分の仕事を始める気になってきたでしょ?」

会議が終わると同時に、このアプリは削除するつもりだった。

「静粛に」ユーリアが大きな声で言った。「仕事に取り掛かりましょう。重大事案ですから」

彼女の横に立つアーダムは、当惑している様子だった。

「ごらんのとおり」ため息をついたユーリアは、彼に目をやった。「あなたが加わってきたチームの中で、最も統制の取れた班とは言い難いかもしれないけれど、みんな優秀よ。まあ大抵の場合はね」

「でしたら結構です」アーダムは、真剣な表情になった。「先ほどおっしゃったように、すでに一日が過ぎています。急ぎましょう」

9

暑い自分の部屋で仕事をする気力がないクリステルは、オープンプラン式のオフィスにパソコンを持ち込み、腰を据えた。携帯電話を取り出して、画面上の黒白の六十四マスを見つめた。ゲームの勝敗はとっくについていたが、彼は結果を受け入れられなかった。

チェスはまあまあの腕前だと常に考えていた。人生において、それほど多くのゲームをしてきたわけではないが、自分はうまいはずだと思っていた。自分の他の趣味や性格――ウイスキー、孤独、ジャズ――とも相性がいいと思っていた。まあ、孤独についてはボッセが現れてからはそれほどではないにせよ、犬を飼うことだって、いかにも自分っぽい。

だが、自身のチェス能力に対する査定は、無料のチェス対戦プログラムを見つけたその日に変わった。それ以来、ほぼ毎日、携帯電話とパソコンの両方でゲームをしてきた。始めてからもうすぐ半年になるのに、彼はいまだに初心者レベルだ。まだ一度も勝ったことがない。ため息をついてクリステルはアプリに負けの印を付け、また携帯電話を置いた。本当にすべきことを後回しにし続けるわけにはいかない。

ミーナがノートパソコンを手にやってきて、彼の隣に腰掛けた。

「お手伝いします。始めましょうか?」彼女は言った。「一刻を争いますからね」

「ああ、そうだな」彼はため息をついた。「性犯罪前科者の登録データか。万々歳だな」

クリステルは、けだるそうに自分のコーヒーカップの中に目をやった。冷めている。淹れてから、ずいぶん時間が経っているようだ。彼が大きなため息を漏らしたので、ボッセが心配そうに首を傾げた。

「ボッセ、横になってろ。パパは少しパソコンを使って仕事をするだけだ。おまえには水があるだろ。籠だってあるしな」

彼はボッセの耳の後ろを掻いてやった。目を向けてもらえたことに満足した犬は、敬意を表して床を踏みつけるように三周歩き回ってから、籠の中に横になった。

「それじゃ」クリステルはプログラムを開いた。「どんなゲス野郎がいるか見てみるとするか」

この手の仕事となると、クリステルはいつも、矛盾した感情に悩まされる。何時間も座り続け、何ページも目を通し、干し草の山の中から一本の針を探す。わびしくて報われない仕事だ。それがよりによって何度も何度も彼に宛がわれる。まあ、今回は親切なことにミーナが手助けしてくれるのだが、大抵は彼一人に任されるのだ。

近頃では、町で悪漢どもを追いかける任務に自分が加えられることはまったくなくなった。たとえ加わりたいわけではない。それでも、時折声をかけてもらえば悪い気はしないだろう。たとえ単なる同僚同士の気遣いであっても。長年の経験や、彼がパトカーで過ごした長い出動した年月へのちょっとした称賛とかでもいい。そういう仕事から免れられるに越したことはないが、それでも、なお。

「リッツちゃんに関連していそうな、これはという人物がいないかチェックしますね」ミーナが言った。「わたしたちが追っているのが常習犯である場合に備えて。ですから、そちらは現在釈放中なのはだれかを調べてもらえますか?」

「いい考えだ」クリステルは言って、スクロールを始めた。

何列にもわたって次から次へと登場する人間のくずども。どれほど多くのとんでもない連中が世にのさばっているかを市民が知ったら、外出する者はだれもいなくなるだろう。極右政党〈スウェーデンの未来〉は、気をつけるべき危険はアフマドとかムハンマドとかいう名前の人間だけだと、人々に吹き込んでいる。でも、クリステルの目の前に次々現れるのは、スヴェン・ヴェスティーンとか、カール＝エーリック・ヨハンソンとか、ペーテル・ルンドベリとかいった、典型的なスウェーデン人の名前だった。雪のように白い、見事なまでの白人。そして、子供が大好きな連中。揃いも揃って外見的には、いかにも「とてもいい人で、まさかあの人が……」とか「何かの間違いです。うちの子どもたちにはいつも優しい人でしたから」とか言われそうなタイプだ。

ボッセが眠りながらクンクン鳴いて、駆けているかのように足を動かしている。何を追いかけているのだろう、とクリステルは考えた。少なくとも小児性愛者ではなさそうだ。むしろ追いかけてもらいたいのに。やれやれ。クリステルはユーリアが間違っていることを祈った。画面を通り過ぎていく男や女は、オッシアンの失踪とは何の関係もないことを願った。世界が今以上に恐ろしくなってはいけない。

クリステルは、周りの机にぐるりと目をやった。オープンプラン式のオフィスは、いつもほど人が多くない。休暇か。同僚の多くは、サンドハムンに浮かべたヨットでビールをがぶ飲みしているか、ゴットランド島で奇岩群の写真でも撮っているか、あるいは別荘で大工仕事をしているのだろう。

ミーナが立ち上がった。

「コーヒーを飲まなくちゃ」そう言った。「ここがどんなに暑くても。先輩にも持ってきましょうか？　もう少しお手伝いしたら、ペーデルと一緒にオッシアンくんのご両親に話を聞きにいくことになっています」

クリステルは沈んだ表情でうなずいた。オッシアン誘拐犯を見つけるまで残された時間はあとわずかだ。時を刻む音が聞こえる気がする。調べるのにはまだ何時間もかかるだろう。警察に登録されている最悪のくそ野郎の中を探り回るということだ。となると、確実にさらなるカフェインが必要になる。

10

「この任務に最もふさわしいのって、本当にぼくたちなんでしょうか?」気乗りしない声でペーデルが言った。

ミーナは、彼が言いたいのは〝ぼくたち〟ではなく〝ぼく〟であると解釈した。〝子供がいるこのぼくが?〟みたいな。

「こなせないと思うなら、残っていいですよ」彼女は優しく言った。「わたしが一人でやります。大丈夫」

ペーデルは頭を振った。

「いえ、これも仕事の一環ですから。分かってます。済ませてしまいましょう」

二人は地下にあるパトカーのうちの一台に向かい、ミーナはペーデルを運転席に座らせた。運転することで、彼は自分たちを待ち構える任務以外のことに意識を向けられる。さらに彼女は念のため、会話を子供の方向に持っていった。この作戦は、いつもうまくいく。隣に座るペーデルがひっきりなしに喋る間、彼女はぼんやり窓から外を眺めていた。

「……それで、今朝突然メイヤが『オートミール粥』って言ったんですよ」彼が言った。どうやら何かの話の途中なのは明らかだった。「あの子がどれほど賢いか分かります? まだ三歳ですよ、大抵の三歳児だったら『きゃゆ』としか言えないじゃないですか。でも、うちの子は『オート＝ミール＝粥』って言うんですから。娘を天才児のための特別支援学校に入れなきゃって、本気で思ってるんです。特別な才能の子を持つのって、違う意味での支援を必要としている子供を持つのと同じくらい大変なことらしいですよ。だけど、そういう学校に入れられてもやっていけるって、アネットもぼくも言ってるんです。それに、うちにはマイケンがいます。

あの子はスポーツ面で成功を収めるって思いますね。幼稚園でジャングルジムを登るあの子を見たら納得しますって。バランスにしてもパワーにしても、一流のアスリートになること間違いなし。だから自分は頻繁にトレーニングとかの送り迎えをすることになるだろうから、もう覚悟ができているんです。あとはモッリ。あの子は動物を扱うのが信じられないほど上手でね。先日翼を怪我した鳥を拾ってきたので、綿を敷き詰めた靴箱に寝かせてやったんです。そうしたら、娘がまさにかわいい母鳥のごとく、見守っていたんです。まあ、残念ながら、その鳥は死んじゃいましたけど、あの子は動物を上手に扱えると心底感じました。動物と話ができるんじゃないかって本気で思えるくらいです。だから将来、〈コールモーデン動物園〉とか〈パルケン・ソー〉あたりで獣医になるんじゃないかな。あと、ぼくが思うに……」

ミーナはまた窓から外を見つめていて、ペーデルの熱弁は右の耳から入り、左の耳からすぐに抜けていった。二人は、高級サングラスやしゃれた衣服を身に着けて完璧に日焼けした人びとで溢れかえっている、中心街のストゥーレプラーンを通り越した。レストラン〈ストゥーレホーフ〉の屋外座席は満席で、ロゼワインの入ったグラスが日光を浴びて輝いていた。彼女は、日向で楽天的に時を過ごせるくらい時間がたっぷりある人たちが羨ましかった。彼女自身は胸を痛めながら車に乗って、自分の五歳の子供がどこにいるのか分からない両親と話をしにいくところだ。そして、残された時間は少ない。リッリちゃんのときと同じように。

11

幼稚園の教員トムは、ひどく落ち込んでいた。ルーベンは、大の男がここまで落ち込めるものかと驚いた。バッケンス幼稚園の狭い職員室には、トムの同僚のイェニヤと園長のマティルダも同席していた。そこにルーベンとアーダムが加わり、部屋は満杯状態だった。窓はすべて開け放されていた。にもかかわらず効果はない。トムの額の汗は、鼻と頬に流れ落ち始めていた。

ルーベンは気を取り直そうとしていた。ユーリアが朝の会議を始めたとき、彼の頭の中は、エリノールを訪れることでいっぱいだった。何と言おうか思案していた。会議はすぐに済むと思っていた。ユーリアの復帰を歓迎したら、もうエリノールのところへ車で向かえると。ところがオッシアンの事件を担当することになった。そうなったからには、十年以上も自分の心を悩ませてきた人物を訪れることなど考えず、事件のほうに集中しなくてはならない。この捜査のあとでもエリノールのことを考える時間は十分ある。だがオッシアンはすぐにでも発見しなくてはならない。オッシアンのために、ルーベンは自分の仕事を遂行する必要がある。

彼は頭からエリノールを追い払って、幼稚園の職員室に詰め込まれた人たちを見つめた。ルーベンが口を開く前に、アーダムが話し始めた。

「さっそくですが」新しい同僚は言った。「昨日の出来事についてです。オッシアンくんがいなくなったことにだれも気づかなかったのはなぜでしょう?」

おいおい、単刀直入にもほどがあるぞ。アーダムは交渉の専門家じゃなかったのか? 聴取を非難で始めてはいけないことくらい、ルーベンですら知っている。教員たちは自分たちは刑務所に入れられると思い始めたようだ。プレッシャーを感じている人間から重要なことを聞き出すことは自分にもアーダムにもできない。トムが一方の壁に貼ってある絵をじっと見つめた。子供たちが描いた先生の絵らしい。出来栄えは様々だ。

「オッシアンくんが誘拐されたとき、皆さんがどこにいらっしゃったのか確かめたいと思いまして」ルーベンができる限り穏やかに言った。

トムは穴があったら入りたいような様子だ。テーブルの上の箱からティッシュを一枚引っ張り出して、目を拭いた。

「シンナルヴィークス公園には、たくさんの子供たちを連れていきます」トムが言った。「常に全員に目をやっているわけではありません。年上の子たちは、年下の子ほど気を配らなくても大丈夫ですから。ですが、黙って公園から離れてはいけないことはみんな知っていますし、わたしたちも定期的に子供たちをチェックしています。わたしが数分間オッシアンの姿を見なかったのだって、何もおかしいことではありません」

トムは話すのをやめ、また壁の絵に目をやった。そのうちの一枚は驚くほど細密に描かれた男性の絵で、大きなハートで囲われていた。男性のセーターには緑でTと書かれている。その絵の隅には、不均等ながらも一生懸命に書かれた〝オップ、オップ〟という文字と画家の署名が添えられている。オッシアンか。急に胸がいっぱいになって、ルーベンは咳払いをした。

「子供たちの世界……」トムはこもった声で言った。「わ﹅た﹅し﹅た﹅ち﹅の世界は、通常は安全な場所なんです」

「分かります」アーダムが言った。「ですが、安全を保障するという面でも、十分に注意を払うという面でも、園側に不備があったという事実は残ります」

それはないだろう。ルーベンは、アーダムが交渉班を去らなくてはならなかった理由を悟り始めた。いまや、涙がトムの頰を伝っていた。

「人間ですからやむを得ません」アーダムは続けた。「あなたのおっしゃったことに当否の判断を下すつもりは自分にはありません。ですが、これからあなたたちはそういった批判に相対することになります。とりわけ、他の保護者たちから。何があったのかこちらが知れば知るほど、否定的な声を共感に変えるお手伝いもできるのです」

アーダムはトムから園長のマティルダに視線を移して、彼女の目を見た。

「今日は登園している園児は少ないですから、そちらにとっても望ましいことではありませんか？」アーダムが言った。

ほほう。こいつもそこまで役立たずではないかもしれないぞ。だけど、今やってるのは交渉じゃない。会話だ。アーダムに会話の経験が大してないのは明らかだ。ルーベンは満足感を覚えずにいられなかった。腹筋が割れて身長百九十センチのアーダムくんは、座っていてくれればそれでいい。最終的にこの場を仕切るのは、このルーベンということだ。

「お聞きしたいのは」彼は言った。「皆さんが見た、あるいは聞いた、捜査に役立ちそうな情報です。例えば、オッシアンくんを連れていった女性はだれなのかといったような」

イェニヤが頭を左右に振った。彼女はヒジャブをつけているにもかかわらず、トムほど汗をかいていなかった。布で頭を覆っているとひどく暑いんじゃないかと訊きたい衝動をルーベンは抑えた。数えきれないほど何度もその質問を受けたことがあるのだろうと想像がついた。

「子供たち全員に話を聞きました」彼女は言った。「あの子たちは、お互いの保護者や兄弟姉妹のことを驚くほどよくチェックしているんです。ですが、その女性を見たことがあるという子はいませんでした」

アーダムは立ち上がって、オッシアンがいなくなった丘に面している窓へ向かった。思案している様子だった。それから戻ってきて、また座った。

「では、話を最初に戻しましょう」アーダムは言った。「あなたたちがその女性を見なかったのはなぜでしょうか？　子供たちは見ていたのに。どうも筋が通りません」

「うちの職員がかかわっているとでもおっしゃりたいのですか？」マティルダ園長が目を丸くして言った。「何か隠しているとでも？　トムもイェニヤも、わたしが一緒に仕事をしてきた教員の中で、最優秀だと断言できます。わたしは二人を完全に支持しています。そちらがわたしたちを非難するおつもりなら、弁護士の同席なしにお話を続けるべきか判断しかねます」

ルーベンは謝罪するように両手を広げた。そうきたか。弁護士か。それはそうだ。アーダムが根掘り葉掘り訊くことでおれたち二人の墓穴を掘ることになるなら、ルーベンは今後、事態を収拾するためにシャベルを持参しなくてはならなくなる。アーダム一人が自滅するところを見られるなら、シャベル持参だって大いにありだ。でも、半端な結果しか得られず、こっちまでとばっちりを受けかねないような場合だと、話は別だ。

「いえ、今はだれも皆さんを責めてはいません。われわれは、問題の女は目撃されるのを避けたのだろうと考えています」ルーベンは穏やかに言った。「適切な機会を待っていた。これは衝動的な犯行ではないということです」

その言葉で、マティルダは幾分落ち着いたようだった。

「最後にもうひとつ」アーダムが言った。「どうも腑に落ちないことがありましてね。なぜオッシアンくんは自発的に女について行ったのか。オッシアンくんは見知らぬ人を信用するような子なのでしょうか？」

「いいえ。ですが、レーシングカーとなると話が別です」トムが静かに言った。「ランボルギーニとかケーニグセグとかポルシェとか、あの子はどんなメーカーもモデルも知っています。本物じゃなくても、段ボールで作られているようなものでも。速く走りそうな車ならお構いなしです。赤い車が特にお気に入りです」

「そして問題の女は車を持っていたようだ。自分の理解によれば」アーダムはうなずきながら言った。

「少なくともその女はフェリシアにそう言ったようです。車と子犬があると。フェリシアがそんなことをでっち上げる理由などありません。もっとも、子犬が本当にいたのかは疑問です。フェリシアは一匹も見せてもらっていません」

「そして、だれもそれ以前に、その女を見たことがない」ルーベンは言って、メモ帳に目を落とした。「だからといって、女性がオッシアンを知らないということにはなりませんね。最近のオッシアンくんの様子はいつもと変わりませんでしたか？　あるいはご両親でも」

トムは頭を振った。「すべて今までどおりでした。ごくありふれた夏の週でした。昨日……昨日までは」

「分かりました」そう言ったアーダムは立ち上がった。「ご協力ありがとうございました。今日はもう結構です」

マティルダ園長は、二人を見送ろうと立ち上がった。ルーベンは感心した。警察が来ると、人々はおとなしくなり、率先して行動を取らなくなる。でもマティルダは違った。必要とあれば、自分の群れを守るメスライオンのごとく振る舞った。ルックスもそこそこいい。問題は、彼女がベッドでも同じくらい支配的かどうかだ。以前のルーベンなら、それを確かめるのに躍起になっていただろう。でも今は想像にとどめるしかない。あのくそカウンセラーのアマンダのおかげで。

「もちろんこちらでも、徹底した内部調査をするつもりです」マティルダはそう言って、ルーベンに手を差し伸べた。「ですが本日はまだ、こちらで把握できていることしかお話しできませんでした。今後、捜査に関する情報を随時連絡していただければ助かります。今回の件に関するわたくしどもの責任は理解しております。そこは信じていただいて結構です」

ルーベンとアーダムは、三人全員と握手をした。トムの手は弱々しく、まるで死人のようだった。彼が職場に復帰するまで、しばらく時間を要することだろう。

「うまくいきましたね」その場を離れたときに、アーダムが小声で言った。「〝いい警官と悪い警官〟を演じたことですよ。三人が知っていることを手早く全部聞き出せました。目下、いちばん大事なのは迅速さです」

ルーベンは彼を凝視した。交渉人ってのはみんな、自分は映画に出演しているとでも思っているのか？　交渉人というのは悪党どもと個人的な関係を築き上げて信用させる専門家だと思っていた。アーダムの言動は、まさにその逆だった。けれどルーベンは反論もできなかった。ほしい情報は確かに全部手に入ったからだった。

「でも、次回は」アーダムが言った。「自分がいい警官を演じたいですね」

ああ、いいとも。ルーベンはシャベルを持参しようと心に留めた。

12

ヴィンセントは、ストランド通りにあるエージェンシー〈ショーライフ・プロダクションズ〉のオフィスの窓から外を眺めた。高く上った午後の太陽が、外の水域を美しく輝かせている。しかし彼は水面を照らす日差しには気を留めず、脳内の想像に没頭していた——カタパルトから射出されたり昆虫だらけの部屋を這い進んだりする自分、身につけているのは体にぴったりしたトレーニングウェア。ヴィンセントは身震いをした。頭の中の光景は、間違っても好感が持てるようなものではなかった。

「そんな嫌そうな顔をしなくたっていいだろ」彼の後ろに立つウンベルトが言った。「売り込み法としてはいいと思うぞ。おまえのもっと……人間的な面を見せる必要があるからな。できることなら」

ヴィンセントは窓際を離れて、また腰掛けた。いつもオフィスのテーブルの上にある手製のクッキーがない。彼とウンベルトの関係が、また密接に、つまりくだけたものになったということかもしれない。一方で、ウンベルトが彼にうんざりし始めているとも考えられる。ただし、工場生産のプンシュロール（昔の掃除機のような形をしたリキュール味のお菓子）が四本テーブルに載っているところをみると、多少の関心は持ってもらえているようだ。

「だけど、『要塞脱出大作戦《フォール・ボワヤール》』だって？」疑わしげにそう言ったところで、ウンベルトがお菓子をひとつ取ろうとしていることに気づき、ヴィンセントは自分もすかさずひとつ取った。これで、皿に残っているお菓子は二本。何としても偶数にしたかった。

「もっと……ぼくらしい他の番組だってあるだろ」彼は言った。「どうしてもテレビに出なくちゃいけないっていうんなら」

ウンベルトはため息をつき、顎に指先を当てて前かがみになった。

「よき友ヴィンセント、よく聞け。おれの仕事は、できるだけ多くの人におまえのショーや講演会のチケットを購入してもらうよう取り計らうことにある。買ってもらえなかったら、どうなる？」

「きみの収入がなくなる」ヴィンセントが言った。

「そのとおり。とりわけ、おまえさんの収入がなくなるってことだ。簡単だろ、経済の基礎だよ。今のような生活を続けたいなら、こちら側のコスト増を考えると、チケットをもっと売らなきゃならない。イエーンの事件があったせいで、チケットは一時期飛ぶように売れた。だけど、興味はいつまでも続くわけじゃない。つまり、多くの人におまえの存在を思い出させ、何より、おまえに注目させる必要があるってことだ。そうするには、おまえさんはときどき、テレビで大砲から撃ち出される必要があるということさ」

ヴィンセントは、自分がこのアイデアにひどくストレスを感じていることを認めないよう努めた。『要塞脱出大作戦《フォール・ボワヤール》』、スウェーデン語でFångarna på fortet。ＦＰＦ。アルファベットの順番を数字に置き換えると6、16、6。６１６６。ベンヤミンが子供の頃、ヴィンセントは、いろいろなサイズのレゴのセットを買ってやったことがある。あの頃はベンヤミンと、この頃はアストンと、レゴのモデルについて真剣に話し合うときには、モデルの商品番号で言う。同じものが作れるセットが数種類あるかもしれないからだ。そして、ヴィンセントは、ベンヤミンが持っていたピース入りボックスの番号が6166だったと確信している。『要塞脱出大作戦』とレゴのつながりは、もちろん単なる偶然だ。その一方で、LEGO《レゴ》のアルファベットの順番を数字に置き換えると12、5、7、15となる。#125715は十六進数カラーコードではモスグリーンだ。番組が撮影されるフォール・ボワヤール要塞の周りの水の色と似た緑色。少なくとも引き潮のときはそうだ。すべてがつながる。そう思い込もうとしたら、つながる。

「ヴィンセント?」ウンベルトが声を尖らせて言った。「何を考えてる?」

どうやら数回ヴィンセントの名前を呼んだようだったが、ヴィンセントは気づいていなかった。

「レゴ」彼は答えた。

ウンベルトは、頭を左右に振った。

「これをやるんだ」ウンベルトが言った。

ヴィンセントは、提案をきちんと検討したか不確実なまま、ゆっくりうなずいた。でも、ウンベルトが正しいのだろう。ハードトレーニングを始めなくては。『要塞脱出大作戦』に出演するとなると、かなりの身体能力が要求される。今の彼では不十分だ。夏の間トレーニングに打ち込めば、思考が間違った方向にさまようこともない。

例えばミーナはどうしているだろうとか。

ウンベルトが、残っていたお菓子から一本取った。ヴィンセントはため息をついた。一本目だって食べたかったわけではない。それが二本目となると、ますます食べる気がしない。でも、選択肢などなかった。皿の上の一本のプンシュロールは卑猥にすら見える。それは駄目だ。最後の一本を取った彼は、マネージャーの口元に微笑が浮かんでいることに気づいた。くそっ、ウンベルトめ。わざと取ったな。

「分かったよ、やればいいんだろ」彼は言った。「『要塞脱出大作戦』に出るとなると、ぼくが出演するのはいつなんだ？」

「一か月ちょっとあとだ」

アラック味のお菓子の屑がヴィンセントの喉に詰まった。一か月ちょっとだって？　今日の午後のトレーニングの個人トレーナーを予約しなくてはならない。

13

怖がっちゃいけないとあの人たちは言う。そんなのおかしい。そんなの無理。だって、ママとパパに会えないから。それに、二人がどこにいるのか教えてくれない。ママとパパに何かあったのかもしれない。

幼稚園のエッバのママが死んだ。エッバのママのほうのおばあちゃんとおじいちゃんがエッバを迎えにきて、先生たちはエッバはおうちに帰らなきゃいけないって言った。ママはカンとかいう病気で死んだ。

ぼくのママとパパもカンだったらどうしよう？

そして死んじゃったら？

だから、幼稚園に迎えがきたんだ。だったら、ママの方のおばあちゃんとおじいちゃんが迎えにこなかったのはどうして？ 彼はマットレスの上でうずくまった。マットレスはへんなにおい。すべておかしなにおいがする。

指をしゃぶるのはずっと前にやめていた。もう大きいんだから。大きい男の子は指しゃぶりなんてしない。それに、長いこと指をしゃぶったら歯が曲がるって、ママのほうのおばあちゃんが言ってた。だけど今は、指をしゃぶりたい。

体が疲れて重い。一晩中眠れなかった。ずっとママとパパとカンのことを考えていた。遠くから声が聞こえてくる。でもママとかパパの声じゃない。

彼は目を閉じた。

少し寝たら、二人はすぐにでも来てくれるかもしれない。

14

ベルマンス通りのアパートは、小さいけれど居心地がよさそうだった。子供がいるのは一目瞭然だ。ドアの内側に、靴に混じって未開封のレゴモデルが入ったビニール袋が置いてある。レーシングカー。玄関ホールのあちこちにおもちゃが散らばっている。活発な家族なのは間違いない。冷蔵庫の扉には、休暇で撮った写真とともに、絵が貼ってある。子供が残した朝食が食卓に残っている。プラスチック製の深皿にこびりつく乾いたシリアル。

「散らかっていてすみません、わたしたち……」

オッシアンの母親ヨセフィンは最後まで言えなかった。彼女の虚ろな眼差しを目にして、強い精神安定剤を服用しているのだろうとミーナは推測した。だが、オッシアンの父親フレードリックは、しっかり冷静な目をしていた。〈イケア〉の白いユニット式ソファを指さす手がわずかに震えていて、それが彼の内心を物語っていた。

「ここに座りなさい、ダーリン、さあ」

彼はそっとヨセフィンの腕に触れ、ソファのほうに軽く導いた。それに従って、妻は倒れこむようにソファに座った。彼女はソファの布を撫でた。白い生地に大きな染みが付いている。

「子供が生まれてすぐに白いソファを買うなんて馬鹿なことをしてしまって。でも……母親向け雑誌とかテレビで見ると、赤ちゃんはよく寝てくれるし、かわいくてキャッキャッとはしゃいでるし、だからわたしたち、思ったんです……自分たちなら問題なく赤ん坊の世話ができるだろうって。フレードリックとわたしは十代の頃、よく馬に乗っていました。気まぐれな馬を扱えるんだから、子供一人問題ないって。でも……あの子が生まれたら……」

「ヨセフィン、今そんなこと言わなくても……」

フレードリックは彼女の腕に手を置いたが、彼女はすすり泣きながらその手を払いのけた。

「あの子は、とにかく泣いてばかりでした。常に。一日中。ずっとすごく怒っていて……なのにどうしてあの子があれほど腹を立ててばかりいるのか、わたしには分かりませんでした。まるで世界を嫌っているみたいに、わたしたちを嫌っているみたいに、あの子は泣くばかりでした。それでわたしは……子供なんて儲けなきゃよかったたって思ったりしました。あの子が生まれる前のあの頃に戻って、二人だけの生活で満足すべきだったたって考えたりしました。そんなことを言っちゃいけないのは分かっています。子供を儲けたことを後悔するなんてとんでもないことくらい。でも、わたしたち二人で楽しかったわよね、フレードリック。どんなに楽しく暮らしてたか覚えてる？」

妻に顔を向けられて、彼はうなずいた。

「ヨセフィン、きみはショックを受けているんだ。罪悪感に駆られて、なんとか説明をつけようとしている」フレードリックは言った。「でもそんなことしないでいいんだよ。でも、ああ、覚えてるよ」

彼がまた妻の腕に手を置こうとすると、今度は妻は逆らわなかった。

「最初の頃、すごく大変だったのを覚えているさ」彼は言った。「そこについては、きみは正しい。だけど、乗り越えたじゃないか。違うかい？　乗り越えたんだよ、二人で。あの子は怒るのをやめた。今じゃ明るくて元気な男の子だ。〝オッパ、カンナムスタイル〟ってね、だろ？　そりゃ、たまには癇癪を起こすよ、だけど大抵は嬉しそうだ。それに、レゴを組み立てているときのあの集中力といったら。そうだろ、ダーリン？」

ヨセフィンは彼と目を合わさずに、無言でうなずいた。

「ええ。あの子は明るい。だけど、この子なんていなきゃいいのにって、最初の頃何度も思ってしまった。そういうのが積み重なって、それを耳にとめただれかが、わたしが本気でそう願っていると思ったとしたら？　それがこれ、そう、それが実現しちゃったのよ」

フレードリックは顔を歪ませた。彼女の腕から手を離して、床の白い模様のじゅうたんを見つめた。

「そんなことないって、きみだって分かってるだろ。あの子は帰ってくるさ。ぼくには分かる。戻ってくるって。あの子はただ……少しの間いないだけだ」

彼は時計を見た。それから視線を上げて、ミーナと目を合わせた。

「そうですよね？　そういう子供たちって、おおむね戻ってくるものですよね？　たった一日しか経っていない。ちょうど丸一日。もうすぐ帰ってきますよね？」

ミーナは感情を呑み込んだ。彼女は、人が姿を消すことがあるとだれよりもよく知っている。そして、戻らないこともあると。ただ、彼女は自分の意志で姿を消した。オッシアンは違う。

「ほとんどの場合、数時間後には戻ってきます」ミーナは言った。「オッシアンくんがいなくなってから二十四時間、通常よりは多少長時間ですが、今のところ、すぐに見つかると信じない理由はありません。お子さんの発見が、目下のわたしたちの最優先事項です」

数時間で戻ってくる子供は、ほぼ例外なく、迷子や、親に黙って友達の家に行ったケースだという事実を、ミーナは口にするのを避けた。そういう子たちは、おもちゃをいっぱい積んだ車で女性に誘拐されたわけではない。オッシアンがまだ発見されないことから受けるストレスを、彼女は全身の全細胞で感じていた。

「息子さんがいなくなった朝のことを聞かせていただけますか？」ペーデルが両親の双方に訊いた。「いつもと違うことはありませんでしたか？　息子さんを幼稚園に預けたときに見たこととか？　周辺に以前見たことのない人物はいませんでしたか？」

「息子を預けたのはわたしです」いまだにソファの染みを撫で続けるヨセフィンが言った。「コマーシャルが当てにならないってご存じですか？　どんな染みにも効くっていう染み抜き洗剤のコマーシャルがあるでしょう？　わたし、市場に出回っているすべての製品を試してみたんです。下洗いしてみたり、白物洗濯洗剤を使って九十度のお湯で洗ってみたり。でも落ちないんです。この染みはチョコレートだと思います。ソファに座って〈キンダーサプライズ〉を食べてもいいと言われたあの子は、チョコの卵に入っているおまけのおもちゃが見たくて、チョコの半分を横に置いたんです。覚えてる、フレードリック？　出てきたのは五つの小さなピースを組み立てるロボットだったかな。夢中になって作っているうちにあの子ったら……」

その声はむなしく消えた。

「ヨセフィン」フレードリックが言った。彼が必死で堪えようとしているのがミーナには分かった。「ヨセフィン、しっかりして。昨日あの子を預けたときに、何か見なかったか、刑事さんたちは訊いているんだ。何かないか？　何でもいいんだ。オッシアンを連れていった人間を見つける助けになるようなことはないかい？」

「ないわ。何も見なかった。すべていつもどおりだった。保護者たちも。子供たちも。わたしって、他の保護者たちの名前が覚えられないタイプなの。だれがだれの親なのかも分からないくらい」

「ヨセフィン……」

フレードリックは彼女の腕を擦《さす》った。犬が水を振るい落とすように、彼女は体を揺すった。

「わたしって全く覚えられないんです、保護者会とか野外活動日とかテーマの日とか……昨日の朝のことも。オッシアンはお弁当を持参することになっていたのに、わたしが忘れてしまって。しょっちゅうやっちゃうんです。あの子は冷たいパンケーキが好きで。くるっと巻いたのが。わたしが覚えてさえいれば、こんなことにはならなかったのに。あの子はきっと……」

ヨセフィンは黙った。

「お役に立てなくてすみません」フレードリックが言った。

「ひとつお願いがあります」ミーナが言った。「許可がいただけたら、数時間後の記者会見で、オッシアンくんを捜索していることを公表したいのです。一般市民が大きな力になることがありますから」

フレードリックが、またソファを見つめ始めた妻に目をやると、彼女は無言でうなずいた。

「何でもお願いします」彼は言った。

彼は立ち上がって、キッチンの冷蔵庫へ向かった。色鮮やかなマグネットで扉に貼っていた写真を数枚外した。

「オッシアンの写真です」戻ってきて彼は言った。「必要ですよね」

ミーナは、彼が妻に裏側を向けて写真を掲げていることに気づいた。彼女が見なくて済むようにだろう。ヨセフィンは、しゃくりあげまいと堪えていた。一人の人間では抱えきれないほどの悲しみなのだ。

「ありがとうございます」ペーデルが言った。「このお写真がメディアで公開されることを念頭に置いておいてください。よい結果のためにすることですが、それでもしばらくの間、お二人は新聞やテレビを見ないほうがいいと思います」

「最後の質問になりますが」ミーナが言った。「周囲の人物で、お二人やオッシアンくんに危害を加えかねないと少しでも疑っている人物はいませんか？　息子さんを連れ去る理由がありそうな人物はどうでしょう？」

フレードリックは質問を咀嚼してから、激しく頭を振った。

「どんな些細なことでも、警察の関心を惹くようなことが何か頭に浮かんでいたら、お話ししています。でも、わたしたちは……わたしたちは、ごくありふれた人間です。わたしは広告代理店のアートディレクターとして働いていて、ヨセフィンは出版社の編集者です。二人とも……普通に育ち、家族も普通、友人たちも普通です……。わたしたちは……ありきたりな生活を送っています……というか、送っていました」

ミーナは、彼の冷静さの仮面が崩壊しつつあると気づいた。ペーデルと視線を交わし、二人で立ち上がった。

「分かりました」彼女は言った。「ペーデルのところには三歳児が三人いて、わたしには、わたしには……」

ミーナはぎりぎりで話をやめて、息をついた。危なかった。ペーデルの不思議そうな視線を感じたが、目を合わせるのは避けた。

「オッシアンくんを見つけるために、われわれも最善を尽くします」彼女は話を終わらせた。

ヨセフィンはソファに座ったまま、視線だけを上げてミーナを見つめた。

「白いソファは買わないほうがいいですよ」彼女は言った。

ミーナはうなずいた。外に出るとき、意識的に玄関ホールの子供靴から視線を逸らした。

15

アパートの部屋のドアに近づくだけで、ユーリアは胸が苦しくなった。条件反射とは不思議なものだ。ユーリアは深呼吸を一回してから、ドアノブを押し下げた。部屋の中からハリーの泣き叫ぶ声が聞こえてきた。

「ただいま」

明るく上機嫌な声で言ってみた。返事はない。もう一回言ってみたが、今回も返事はない。恐ろしいまでに不満げな赤ん坊の張り上げる泣き声以外は何も聞こえなかった。

寝室へ向かう途中でキッチンを通り過ぎた。爆弾が破裂したようなありさまだった。空になった離乳食の瓶、汚れた皿、バナナの皮、キッチンタオルの塊、そして、飲みかけのコーヒーの入ったカップがいくつも散乱していた。なかなか興味深い光景ではある。彼女がハリーと家にいたときには、帰宅した夫のトルケルからいつも嫌味を聞かされた。あのときのキッチンは今と同じような状態だった。育児休暇で一日中家にいながら、きみは一体何をしていたのか、と夫は必ず訊いてきた。

彼女は恐る恐る、寝室のドアを開けた。

ベビーベッドに横たわるハリーが、怒りで顔を真っ赤にして泣き叫んでいた。力を振り絞るように泣いていて、それだけでもあり得ないことだった。トルケルはその横のダブルベッドで寝ていた。服を着たまま掛布団の上に寝転がって、大いびきをかいていた。

時計に目をやったユーリアは、悪態をついた。帰宅する余裕はないはずだったが、記者会見に備えて着替える必要に迫られたのだ。今着ている服は汗にまみれていた。それに、ハリーの丸々としたほっぺたにキスをしてやりたかった。一日中ひっきりなしに届くトルケルからのメッセージにもうんざりしていたし、良心の呵責を感じてもいた。そんな感情を抱く必要はないと分かっていたにもかかわらず。

彼女はハリーを抱き上げた。抱っこされた息子がすぐに泣きやむと同時に、彼女は、泣き叫んでいる理由が分かった。強烈なうんちの臭い。ユーリアはおむつを替えてやるために、息子をバスルームに据えたおむつ交換台まで運んだ。きれいにしてもらっている最中、息子は喉を鳴らしながら、交換台の上に下がっているモビールのモチーフに手を伸ばした。バブラナ（スウェーデンの子供向けキャラクター）だ。色とりどりのこのキャラクターは、赤ん坊にとってはまさに麻薬のようなものだ。大人気なのもうなずける。

「さっ、行くわよ。ママが着替えしている間は一緒にいてもいいわ。だけどそのあとはパパを起こさなくちゃね。ママはまたお仕事に戻らなくちゃいけないの。どこかに怖がって悲しくなってる男の子がいるの、分かる？　その子ね、ママに見つけてもらうのを今か今かと待っているのよ」

ハリーは喉を鳴らして、彼女の髪を引っ張って返事をしようとした。息子は小さくてぽっちゃりした手で、よくユーリアの耳のすぐそばの髪の毛を巧みに摑んでくる。一番痛みを感じる箇所だ。そして、驚くほどの力で彼女の髪を引っ張る。

「痛たた、ママをいじめないで」顔を歪ませながら言ったユーリアは、慎重にハリーの握りこぶしを広げた。

ユーリアは息子をバウンサーに座らせて、着替えを始めた。まずは簡易シャワー――シャワーは浴びずにデオドラントを塗る――それからきれいなシャツとパンツを身に着けた。やっとこれで、必要なだけ仕事を続けられるようになった。

着替え終えたユーリアは、ハリーを抱き上げてうなじのくぼみに顔を押し付け、息子の赤ちゃん肌のにおいを吸い込んだ。息子は高らかに笑って、両手を振った。解放感を覚えて、ユーリアは胸がいっぱいになった。

さっきまでは、目下の二つの問題を切り離せていた。ひとりの子供の失踪と、親である自分と。オッシアンとハリーを切り離しておけた。でも今や、二人が素早く切り替わるみたいにして交じり合ってしまう。

オッシアン。

ハリー。

オッシアン。

ハリー。

大きい子と小さい子。ほかのだれかの子供。彼女とトルケルの子供。彼女の子供。行方不明の子。自分の腕の中にいるこの子。

ハリーのために、彼女は急いで職場へ戻らなくてはならない。今日という日はまだ終わっていない。彼女は息子をうんと強く抱きしめた。自分の喉元に、息子の小さくて柔らかい手を感じた。ユーリアは深呼吸をした。それから寝室に入った。ハリーをトルケルの横に置いてから、夫をそっと揺すった。ビクッとしてから、トルケルは寝ぼけ眼であたりを見回した。

「えっ、どうした？　何だ？」

「わたしよ。着替えに戻っただけ。また行かなくちゃ。ハリーのおむつは替えておいた。だけど、お腹が空いてきたみたいよ」

トルケルはベッドから素早く起き上がって、ものすごい目で妻を見つめた。

「出かける？　また出かけるって？　じゃあ、ぼくはどうなるんだ？　一日中ハリーの世話をしてきたんだぞ。少なくとも今晩はうちにいてくれると思っていたのに。ぼくのメッセージに返事すらしなかったじゃないか。ユーリア、勘弁してくれよ。職場から電話がかかってくるし、返事を書かなきゃいけないメールだって山ほどあるんだ。それに……」

トルケルの言葉を背中に浴びながら、ユーリアはすぐに寝室を出た。目の前にオッシアンの顔が浮かんでいた。

そして、その顔にハリーの顔が重なった。

彼女はバッグを手に、玄関ドアへと向かった。背後から聞こえるトルケルの声が、背中で跳ね返るのを感じた。

16

ヴィンセントが膝に置いているノートパソコンは、ほぼフル充電してあった。充電には気を配っている。電池が突然切れて何かを見逃すような危険は冒したくなかった。画面の時計が、警察のウェブサイトでの生中継が始まる午後五時まであと何分何秒かを示している。プレスリリースで名前が挙がっていたのはユーリアだけだった。ヴィンセントは、ミーナがまだ特捜班に残っているのか知らなかった。でも、望みを捨てる必要はない。

運がよければ、彼女の姿が見られる。

運がよければ。

心の中の影が動いている。母親のあの事件以来、幼い頃からずっと存在している影。あのとき、心の中に入り込んできたのだ。だがヴィンセントはそんな影を抑え込むことをすぐに覚えた。ものを数えたり、あることが別のあることとどんなパターンでつながっているかを解いたりしていれば抑えられる。果たして正しいパターンなのか彼の創造にすぎないのかを見極めるのが困難なときはもちろんある。だけど、どちらなのかが必ずしも重要とは限らない。例えば今がそうだ。記者会見を待つうちに、窓台にペットボトルで作った妻お手製のスズメバチの罠の存在に気づいたこと。「bi i marinad（マリネ液に漬けたハチ）」は「Mina Dabiri（ミーナ・ダビリ）」のアナグラム（文字の順を変えて別の意味の単語を作る遊び）である。大切なのは論理的かつ分析的思考を活発に保つことだ。そうすれば、邪悪な感情の動く余地が狭まる。

最終的に影を無視することがとてもうまくなった彼は、影の存在をほとんど意識しなくなっていた。家族の存在が大きな助けになった。アストンにお弁当を持たせるのを忘れないようにしたり、レベッカの友人たちは不実ではないかと心配したりするとき、心の闇の存在の余地はまるでなかった。そして、ミーナと出会ったことで、彼の中の闇は消滅した。ミーナと一緒だと、自分が正常に感じられた。

でも、それも終わってしまった。

彼とミーナは会うのをやめてしまった。

そして、影は戻ってきた。以前より強力になっていた。闇は姉の事件が引き金になって生き返ってしまい、家族の力をもってしても消してしまうのに十分ではなかった。完全に自分が闇に乗っ取られることを危惧してはいなかった。この闇はあまりにも長いこと彼の一部として存在してきたからだ。それがいまだに密航者みたいにそこにいる。あるいは腐れ縁の悪友か。そいつの声がどんどん大きくなっている。

でも、記者会見でミーナを見られるかもしれないと考えることで、闇は差し当たり抑え込めていた。画面の時計が消えて、代わりに部屋が映し出された。画面の中央に演台があったが、そこにはまだだれもいなかった。落ち着きなく動く人たちのざわめきやガタガタいう音が聞こえてきた。画面外のカメラのすぐ近くに座っている記者たちだろう。演台から伸びている五本のスタンドマイクが登壇者が来るのを待っていた。ヴィンセントはため息をついた。警察ですら秩序がないということか。彼はペンを取って、スタンドマイクが六本あると見せかけるために、パソコンの画面に斜めにかざした。

このほうがずっといい。

さらに一分して、ユーリアが登場し、演台のそばに立った。いくつものカメラのフラッシュが焚かれ、ざわめきが治まった。

「お集まりいただき、ありがとうございます」彼女が言った。「早速ですが、本題に入らせていただきます。昨日の十五時三十分から十六時の間に、ストックホルム・セーデルマルム地区シンケンスダムのバッケンス幼稚園から、五歳のオッシアン・ヴァルテションくんが行方不明となりました」

特捜班の他のメンバーの姿は見えない。期待が大きかっただけに、ミーナがいないことに気づいてヴィンセントの心が痛んだ。だけど、もう少ししたら出るかもしれない。落ち着け。

オッシアン。

Ｏ《オー》で始まる。

Ｏはギリシャ語のアルファベットのオメガ。二十四番目、つまりギリシャ語アルファベットの最後の文字であることから、象徴的な意味を持つ文字だ。初期のキリスト教において、オメガはいつも「終わり」を意味していた。最後の審判や世界の終わりの日。そんな運命の日を児童誘拐で始めるとは悪趣味にもほどがある。ヴィンセントは自分がすっかり心をかき乱されていることに気づいた。

「オッシアンくんは誘拐された疑いがあります」ユーリアは続けた。「これに関連し、同時間帯に現場で目撃された車に乗った初老の女性も捜しています。残念ながら、これまでの目撃情報では、スポーツカーで走り去ったということ以上は不明です。この女性は子犬を数匹つれていた可能性もあります。ただし犬種は不明」

彼女は話を中断して、オッシアンの写真を取り出した。〈グレーナ・ルンド〉遊園地で撮ったもののようだ。オッシアンは夏の間に伸びてしまったブロンドの巻き毛を戴いて、顔の半分を綿あめに埋め、嬉しそうにカメラに向かって微笑んでいる。ヴィンセントはパソコンの画面から視線を上げて、アストンの部屋のドアを見つめた。あのドアの後ろで、末の息子が遊んでいる。息子を一人で遊ばせるのに三十分も喧嘩する羽目になった。末息子は当然のごとくいつもヴィンセントより母親を好むが、この日は特に激しい口論になってしまった。でも、どんなに喧嘩をしようと、ヴィンセントは息子のことをたまらなく愛している。もしも突然アストンがいなくなったらどうなるのか想像もつかない。そう考えただけで気分が悪くなった。今オッシアンの両親は、想像を絶するほどつらい思いをしているに違いない。

「この写真は、皆さんにメールで共有しました」ユーリアは記者たちに言った。「オッシアンくんの居場所について――あるいは問題の女性の居場所についても――何か情報がありましたら、最優先でわれわれにお知らせください。最優先して受け付けます。本事案が緊急を要するものであることは言うまでもありません」

パソコンの画面で、またカメラのフラッシュが閃き始めた。

「ご両親は何て?」画面に映っていない人物が叫んだ。

「オッシアンくんのご両親は、皆さまの協力を求めています」ユーリアが言った。「ですが、お二人ともたいへんショックを受けており、メディアの皆さんに対応できません。どうぞご了承願います。しかしながら、ご両親からメッセージをいただきました」

テキストとともに、オッシアンの写真がヴィンセントのパソコンの画面を覆った。


この子がオッシアンです。ダンスと歌が大好きな子です。オッシアンはわたしたちのすべてです。あの子の歌声が戻ってくるよう、ご協力願います。

それから、電話番号とソーシャルメディアのアドレスが表示された。

「どんな情報でも構いません」ユーリアが言った。「フェイスブックとインスタグラムでも警察に連絡できます。もちろん電話とメールで連絡してくださっても結構です。メディアの皆さんには、記事を掲載する際に、お問い合わせ先を付け加えてくださるようお願いいたします。警察より〈エクスプレッセン〉紙のほうが電話しやすいと思う方もいるかもしれません」

「現在のところ、事件の見立てはどうです？」だれかが訊いた。

ユーリアは、質問が来た方向を長いこと見つめた。彼女は顔じゅうの筋肉が緊張していた。ヴィンセントは、彼女にはボディランゲージの短期講座を行ってやる必要があると思った。実際のところ、警察にこの種の訓練を提供するのは悪いアイデアではない。そうしたら、ミーナも参加するかもしれない。まあ、彼女のボディランゲージは明確だったから、講座は必要ないかもしれないが。ミーナの振る舞いの記憶が浮かび上がり、心の中で何かが揺らめいた。彼は記憶を抑えようと努めた。そんなことしたくはなかったが、記者会見を聞き逃しては元も子もない。画面のユーリアは、少し気を静めた様子で肩を落とした。

「正直に申し上げると、まだありません」こう答えた。

ユーリアの口調は、記者会見の終了を示唆していた。記者たちは今回の仕事の大半を自分たちでこなさざるを得ない。ミーナは姿を見せないようだった。それでよかったのかもしれない。彼女が突然登場したら、ヴィンセントとしてはどう反応したらいいのか分からない。

玄関ドアが開いて、マリアが入ってきた。一息吐きながらジャケットをフックに掛け、ソファに倒れ込むようにヴィンセントの隣に座った。

「誤解しないでね。彼がわたしの面倒を見てくれることにはすごく感謝してるわ」彼女はそう言って、体を伸ばした。「でも、もうぐったりしちゃって」

マリアの起業セミナーのあと、ケヴィンはプライベートでも彼女を手助けし続けると申し出た。正直なところ、ヴィンセントは、これまで以上の手助けを提供することなど不可能だと思っていた。あるいは、これ以上の手助けを得ることも。所詮、磁器の天使やキャンドルを販売するネットショップだ。〈アマゾン〉のライバル企業というわけではない。彼はさりげなく時計に目をやった。妻は三時間出かけていた。

「コンサルタントにこれほど長い時間が本当に必要なのかい？」彼は訊いた。「きみたちは毎晩って言っていいくらい会っているじゃないか。ママはどこってアストンにずっと訊かれるんだよ」

ヴィンセントはすぐに後悔した。本当は、ただ寛大に支えたかったのに。マリアには自分だけの何かに従事する必要があった。自分のやり方でやることで、輝けたり向上できたりする何かに。そして妻は、やっとそれを見つけたのだ。彼自身は仕事上、たくさんの注目を浴びる。観客がいる。顔も名前も分からない大衆が、彼をリスペクトし、称賛してくれる。マリアがそういう評価を得ることはなかった。考えてみたら、彼自身、妻が得るに値する注目をしてやらなかった。彼は何か言おうと思ったが、黙ったままでいた。マニュアルなしでは、どうしようもなかった。

17

彼女はドアを開けようと、鍵穴に鍵を差し入れた。鍵を回すときに生じたわずかな抵抗で、ふいにミーナの頭に、ここではないアパートの部屋が浮かんだ。中に入ったとき、一瞬目の前にあったのはあの頃の部屋の玄関ホールで、オーシュタ地区にある現在の部屋のホールではなかった。彼女はそんな思考を押しのけようとした。記憶の中に戻るのは、長年にわたって積極的に避けようとしてきたことだった。それに、彼女の部屋の鍵は、いつも回しづらかった。だったら、鍵の回しづらさが、今日に限って昔のことや昔の生活を連想させたのはなぜなのだろう？　そんな思いを振り払おうとしたが、一度浮かんでしまったものは、そう簡単には消えてくれなかった。

ヴァーサスターン地区のあの部屋は、ここより狭かった。だけれど、生活できた。彼女と夫。そしてナタリー。

ナタリーはまだ小さく、三人は同じベッドで寝ていた。突然浮かんだ記憶にひどく心の痛みを覚えたミーナはあえいだ。あのお気に入りの青い掛布団。布団を洗う必要があって、他の掛布団を使う羽目になるたびに、ナタリーは慰めようがないほど悲しがった。とうとう、同じ掛布団を三枚購入したほどだ。

そんなことを考えるのはやめなさい。頭に浮かべないように。

自分が無駄にしてしまったことも考えないように。依存症で駄目にしたり破壊したりしたものは、何も考えないように。同時に、自分を許そうと、何年もの間〈アルコホーリクス・アノニマス〉（飲酒問題を解決したい人々の自助グループ）に通った。出産後の手術の際に処方してもらった鎮痛剤が〝雪崩〟を引き起こすことになるなんて思いもよらなかった。何年もの間、彼女を完全に埋めてしまった雪崩。手のひらに載せて見たら何の変哲もない小さくて白い錠剤が、意味のあるものをすべて彼女から奪い取るなんて。

どうして自分がよりによって依存症になったのか、自分の中のどんな遺伝子欠陥が原因であっという間に依存症になったのか、そんなことを考えるのにあまりにも時間を費やしてしまった。でも、母親のことを考えれば驚くことではないはずだ。母子は違うクスリを選んだが、二人は同じくらい、いとも簡単に堕ちた。そして、同じくらいたくさんのことを投げ捨ててきた。

ミーナが玄関ホールのマットの上で靴を脱いでいると、小さな石が床に転がった。いつもなら、正面玄関前のマットできちんと靴の汚れを落とすのに。親指と人差し指で石を拾って、ドアの外側に素早く捨てた。それからドアに鍵をかけてバスルームに入り、すぐに手を洗った。汚れた鍵と石の両方を手にしなくてはいけなかったからだ。ということは二度洗う必要がある。それから衣服を脱ぎ、下着をゴミ箱に投げ入れて、冷水シャワーを浴びた。今日は長い日だった。いつもなら、体の汚れをすべて取り除くために熱いお湯を浴びる。でも、部屋のこの暑さだと、シャワーを出るや否や、汗をかき始めてしまうから、その瞬間を少しでも遅らせようと、できる限り体温を冷ました。

その間ずっと、思い出をシャットアウトしようとした。でも、難しかった。例えば、ヴァーサスターンのアパートの二階下にあったギリシャ料理のレストラン。あそこには十五年は行っていないのに、オリーブやニンニクやグリルした肉のにおいを、いまだに訳なく思い浮かべられる。

シャワーを終えたミーナは、ショーツ十枚入りのパッケージと新しいキャミソールが入ったパッケージを開けて、身に着けた。それから、ショーツとキャミソールのみの姿で居間へ行って、ソファに腰掛けた。

過去を遠ざけられる日もあるが、毎日ではない。だから、中にはだれも入れたくなかった、アパートの部屋にも心の中にも。すでに狭いから、もうスペースはない。

最悪なのは、彼女自身がそう選択したことだ。去ったのは彼女だった。自分は利己的ではなく、ああいう選択をしたほうが他の人たちにとってよかったからだ、と思っていた。なのに、なんて考えが甘かったのだろう。なんて自己本位だったのだろう。

涙を抑えようと、彼女は指で目を押した。涙は汚れを運ぶけれど、消毒液で頰は拭きたくなかった。最後に拭いたときに、予想外にひどくしみたからだ。

あの頃、彼女はとても若かった。そして、母親のようにはなりたくなかった。それに、彼女に選択を迫った元夫を何年間も嫌ってきた。けれど、そうではなかった。元夫がしていたのは、ミーナが自分で誓った約束を守っているか見ていることだった。

そして、彼女は守った。ほとんどの場合は。

二年前、王立公園でほんの短い時間、ナタリーと話したときも自分がだれなのかは明かさなかった。あのとき以外は近づいていない。連絡も取っていない。遠くから見つめるだけ。でも、ミーナは数えきれないほどの夜を、アプリの小さなマークを目で追いながら過ごしてきた。ナタリーのリュックサックに忍ばせた追跡装置が送ってくる、娘の位置情報だ。

ミーナは机へ向かって、娘の写真を見つめた。引き出しを開けて、あの夏、ヴィンセントが残したメッセージを読んだ。

詮索するつもりはありませんが、話す気になったら聴きますよ
追伸　ルービックキューブのこと、すみません

彼女は引き出しを閉めた。〝話す気になったら〟。そんなことは決して起こらない。

彼女は玄関ドアに戻って、しっかり鍵がかかっているか確認した。入ってきていい人などいない。

18

ヴィンセントは関節のこわばりを感じていた。今夜また新しいショーが待っている。通常、夏だとオファーを受けるのは屋外での笑劇くらいだが、彼のショーが大変好調だったため、ツアーは夏期間にまで延長された。ウンベルトはチケットの売り上げによる増収に大喜びだが、ヴィンセント自身は、延長を後悔し始めていた。でも、あと二週間でツアーは終了し、そのあとはしばらく休める。家族と一緒に休暇にでも出かけようか。ただし、家族のメンバーを十分長いこと家に留めさせて、みんな一斉に出かけられればの話だ。

キッチンに入ると、ベンヤミンはすでに朝食の真っ最中だった。息子はいつも同じものを食べる――トーストにした〈スコーガホルム〉社のパンを二枚。その二枚をサンドイッチ状に重ねる前に、塗ったバターがきちんと溶けていることが大切だ。そして、挟むのはハム一枚。少し前から加わった習慣は、ベンヤミンもコーヒーを飲むようになったこと。ヴィンセントがカプセル式コーヒーメーカーを購入して以来、家族がコーヒーを飲む回数は急激に増えた。

カプセルを二つ手にして、ひとつをメーカーに入れながら、ヴィンセントは古いコーヒーメーカーにちらりと目をやった。以前、毎朝この時間にいつも音を立てていた機械だ。まだ調理台に置いてはあるが、薄いほこりの層をかぶっている。何かが失われたような感じがした。ヴィンセントはメーカーをスタートさせて長男に「おはよう」と呟いてから、アストンの部屋へ向かった。

「朝食だぞ」ドアを開けて部屋を覗き込み、大きな声でそう言った。

十歳の息子はうなりながら、頭まで掛布団をかぶった。

「児童館に行きたくない」

「まあ、行きたい子はいないだろう。でも、今日は金曜日だから、明日は休みで好きなだけ寝ていいんだぞ。さっ、食べにきなさい」

外の世界を試すかのように、アストンは掛布団から片脚を突き出した。それから引っ込めた。

「三分だぞ」ヴィンセントが言った。

彼はキッチンへ戻り、もうひとつのカプセルを機械に入れた。朝はいつも二倍の量が必要だ。加えて、奇数のカプセルを使うのは、いかれた人間だけだ。

マリアがテーブルの上に深皿を置いた。

「みんなの朝食を用意してくれてもよかったのに」彼女はベンヤミンに呟いた。

「これは失礼。時間がなかったんで。証券取引所には一番乗りしたいからさ」

「でも、九時にならなきゃ開かないだろ？」ヴィンセントはそう言って、ベンヤミンに意味ありげな視線を送った。「本当のことを言いなさい。おまえは家族に対する思いやりがないだけだろうが」

マリアがテーブルの上にティーカップをドンと置いた。

「あなたがデイトレードするのは好きじゃないわ」彼女はベンヤミンに言った。「投機で利益を得ようとするなんて、すごく不道徳だと思うのよ。あなたっていつからそんな資本主義者になったの？」

ヴィンセントは、マリア自身、ネットショップをスタートさせるために、社会学の勉強を中退して起業セミナーに参加したではないか、と言わぬよう堪えた。妻がベンヤミンの趣味をけなすのは、息子がかなり稼いだからだろう。恐らく、マリアが数年かけて天使やアロマソープや名言入りのプレートで稼ぐ以上に。

「アストン、下りてきなさい！」代わりに彼は次男に大声で言った。「新しいシリアルがあるぞ！」

「嫌だ！」息子が自分の部屋から大声で答えた。それから言い加えた。「分かったよ！ジャムもある？」

アストンは数か月前に、小さく切ったリンゴを入れたヨーグルトを食べるのをやめていた。

同時期に、パンや小麦粉をベースにしていない食べ物は、ほぼすべて拒否するようになった。目下、息子が口にするのは、ハンバーガーとピザとホットドッグだ。ヨーグルトに入れるのも、果物に代わって、オーツ麦シリアル〈チェリオス〉になった。通常は深皿にシリアルを山のように盛るので、半分は床に落ちてしまう。

アストンが、あくびをしながら部屋から出てきた。食卓に着くと、思ったとおり、深皿に大変な量のリング状のシリアルを注いだ。マリアは露骨に目をそらして窓から外を眺めた。

「そういえば『要塞脱出大作戦』って知っているだろ……」ヴィンセントがゆっくりと話し始めた。

「だれかレベッカ見てない?」窓際のマリアが遮った。「目を覚ましてるのかしら?」

妻は、彼が何か言い始めたことに、明らかに気づかなかったようだ。それでも構わない。朝食時の食卓に、タイツ姿のヴィンセントの話はそぐわない。

「うちでは寝てないよ」ベンヤミンがコーヒーをすすりながら言った。「パパにはメッセージを送ってないの?」

アストンのところにあるシリアルの箱を取ろうとしていたヴィンセントは、動きをとめた。

「そんなもの受け取ってないぞ」

「受け取ってると思うよ」ベンヤミンは言った。「でも、パパの携帯電話はまだ充電中だから、チェックしていなかったんじゃないの?」

「レベッカはあのデニスとかいうやつのところにいるのか?」そう言ったヴィンセントは、空になる前にシリアルの箱を奪い取った。

「パパ！」アストンが叫んだ。

「ドゥニだってば」ベンヤミンがため息をついた。「フランス人だから（デニスとドゥニは綴りは一緒で発音が異なる）。覚えといてよ」

「ウイ、ムッシュ」オーバーなフランス人のアクセントで言ったヴィンセントは、箱をアストンの手の届かないところに置いた。

自分の娘が十七歳で、自分の好きなことをし始めたことに、いまだ実感が湧かない。自宅に住んでいるうちは、この家の規則を娘に言い聞かせようとしてきた。法律でそう決まっているとさえ言ってきた。だが、娘はもう、ヴィンセントの家庭での権威をそれほど尊敬していない。そういうことだ。おかしなことに、マリアは彼ほどレベッカのことを心配していなかった。それどころか、家で過ごす時間が少なくなってきていることを肯定的に受けとめているようだった。

「ドゥニ、不思議な男《Denis l'homme mystérieux》」彼はそう言って、口をへの字にしながら肩をすくめた。偏見的なアニメなどでよく見かける、フランス人のしぐさだ。「いつになったら会わせてもらえるものやら。実在するのか？　本物なのか《C'est réel》？」

「彼女がその人物をうちに連れてこない理由は、まさにそれだよ」ベンヤミンはため息をついて、食卓を離れた。

「妊娠しないようちゃんと防いでいるなら、いいじゃない」マリアが流し台で自分のティーカップをすすぎながら言った。

ヴィンセントは激しく咳こんだ。マリアから性的にお堅い態度が一時的にせよ消え失せている。十七歳の頃に妻が何をしたのか訊かないようにしようとヴィンセントは自分に言い聞かせた。

「防ぐ？　レベッカは絆創膏でも使うの？」口いっぱいに〈チェリオス〉をほおばったアストンが言った。シリアルがいくつか口角から飛び出して、床のシリアルの山の上に落ちた。

「ううん、使うのはそのドゥニとかいう子のほうよ」マリアは言った。「パパが説明してくれるから」

ヴィンセントは両手で頭を抱えた。朝から『要塞脱出大作戦』の話をするのが時間的に早過ぎるなら、性の基礎知識を取り上げるのは確実に早過ぎる。

「とにかく、ぼくは学校には行きたくないから」アストンが話題を変えてくれたことに、ヴィンセントはホッとした。

「行くのは学校じゃなくて児童館だ」ヴィンセントが言った。「それに、あと数日で本格的な夏休みだ」

「もう、すでに暑いのなんのって」マリアはそう言って、窓を開けた。「まだ九時にもなっていないのに。アストンのために、新しい日焼け止めクリームを出さなくちゃね」

マリアがバスルームに行った隙に、ヴィンセントは床からべたついたシリアルを片づけようと、布巾を取りにいった。かがむと同時に、この日最初の額の汗を腕で拭いた。風通しがよく涼しい部屋が頭に浮かんできた。壁はライトグレーですべてが完璧、床にはヨーグルトもなければ、誤解を招くような雰囲気もない。

ミーナのアパートの部屋だ。

まだ二回しか行ったことがない。そして、二回とも問題がなかったわけではない。一度目に行ったときのミーナは、ナタリーに会った直後で慰めようがない状態だった。二度目は、ヴィンセントを殺人犯だとして咎めた。けれど、そんなことはどうでもいい。ミーナの整頓した部屋が懐かしくてたまらなかった。かつて自分と行動をともにした彼女は、自身がどんなに贅沢な生活を送っているのかまるで分かっていない。

19

彼女は以前この女性を見たことがあった。どこで見たかは思い出せなかったが、確実に見覚えがある。ナタリーは不安を感じた。前夜はみんなで友人宅に泊まった。でも今、街方面に向かうのは彼女一人で、他の友人たちはプラットホームの反対側に行ってしまった。

「おはよう」

ナタリーはビクッとした。例の女性が話しかけてきた。答えるべきか否か思案した。小さい頃から知らない人とは話すなと忠告を受けてきたが、大人には礼儀正しくするよう教えられてきたので迷った。そして、この女性は全く危険そうではなかった。その逆だった。年齢の割には綺麗だ。長くて明るい色の髪を後ろにとかして、うなじできれいに縛っている。化粧はしていないが、真っ青な目を囲うような長い本物のまつげ、そして、それほどしわが多くない肌。この女性の年齢を推定するのは困難だった。高齢者の年齢を当てるのは、概して難しい。だけど、恐らく……六十歳？

「おはようございます」地下鉄列車がプラットホームに到着するのと同時に、ナタリーは試すように答えた。

女性はナタリーに続いて乗車した。ナタリーは空いている四人掛けの席に腰掛けた。金曜日の朝なのに列車はかなり空いていた。夏になるといつも通勤客は少なくなる。

女性は彼女の向かいに座った。ナタリーは窓から外を見つめた。妙な気持ちだった。列車がプラットホームを出てスピードを上げ始め、外の家はどんどん速く通り過ぎていく。こっそり向かいの女性を盗み見ながら、ナタリーは額の汗を拭いた。地下鉄の駅までの短い距離を歩いただけで汗びっしょりだった。立ちはだかる壁のような暑さだったので、うだるような夏の暑さから逃れられる列車内の涼しさはありがたかった。でも、例の女性は涼しそうで、白いブラウスとパンツには汗の染みがまるでなかった。

女性とナタリーの目が合った。ナタリーはすぐまた窓の外に視線を移した。知らない人をじっと見るのはよくない。でも、女性にはどことなく親しみを覚えた。ナタリーの脳はフル回転しながら、この見覚えのある顔を特定できるような何かを求めて、記憶の片隅をひとつひとつ探し回っていった。彼女の脳の縁で何かが徐々に動き始めた。前方へ、上方へとどんどん突き進もうとする何かが。手が届きそうなところまで浮かんでくるのに、ナタリーが摑もうとするたびに逃げてしまう。

もしかしたら簡単な理由なのかもしれない。テレビで見たことがあるから、妙に見覚えがあると感じるのかも。会ったこともないのに、有名人だとそう感じるときがある。街の人たちは毎日のようにナタリーの父親に気さくに挨拶をするが、その直後に知人ではなく、ニュースで見たばかりの人物だと気づいて、きまり悪そうな顔をする。

車両内にチャイムが響き、スピーカーの元気な女性の声が次の駅を伝えた。

「グルマシュプラーン」

例の女性が立ち上がった。ナタリーは見ないよう努めたが、つい窓から、すぐそばのその白い服装の人物へ視線を移してしまった。女性は彼女に手を差し伸べた。

「ナタリー、わたしを怖がらなくても大丈夫」女性は優しい声で言った。「わたしはあなたの母方のおばあちゃんよ。わたしのこと、本当に覚えていない？」

それと同時に、パズルのピースがすべてはまった。記憶の中では、祖母には一度も会ったことがない。いることすら知らなかった。でも、見覚えがある理由が分かった――女性の優しい顔に、どことなく自分自身があるように思えた。その存在すら知らなかった自分の一部に出会ったような、圧倒的な感覚を覚えた。そんな感情とともに、これは事実だという確信がこみ上げてきた。

この人は、本当に自分の母方の祖母だ。

ナタリーは、差し伸べられた手を見つめた。手首に青いゴムバンドがしてあり、その手首に赤い跡が付いていることから、バンドは少しきつ過ぎることがうかがえた。手首にゴムバンドをしている高齢の女性に恐れを感じることはまずない。

「ついていらっしゃい、ナタリー」祖母は誘うように手招きした。「見せたいものがあるのよ。この機会をずっと待っていたわ」

20

目が覚めたので、壁にもたれて座った。馬鹿なことをしに来るような人がいても見えるように。だって、あの人たちが親切だとは思えないから。夕飯にアイスクリームをくれて、好きなだけレゴの映画を観てもいいって言ってくれても。

あの嫌なおばさんのことは信じていない。おうちに帰れるとも思えない。レゴの映画なんて大嫌いだ。

すっごく長いことここにいる。百日みたいな。二日しか経っていないって知ってるけど。もう、泣く元気もない。ママとパパはカンで死んだのか、って何度も訊いた。でも、あの人たちは答えてくれない。ぼくはおうちへ帰りたいだけなんだ。

昨日、あの人たちに言った。車でうちへ送ってってと。何度も何度も。最後にお腹が痛くなったから、言い続けられなくなった。

幼稚園に行かなくちゃ。昨日は行ってない。昨日の前の日も。宇宙プロジェクトで、ロケットを作ることになっていた。ぼくのはフェラーリ。あと、『江南スタイル』の振りをみんなに見せるんだった。でも、もうできない。あのおばさんのせいだ。

少ししてからまたおばさんが来て、アイスクリームがもっとあるって言ったけど、答えなかった。おばさんなんていないって考えてる。

この部屋だって本当はない。

あの馬鹿な大人たちもいない。

何にもない。

ぼくはいない。

21

「みんな、おはよう」ユーリアが言った。

ミーナは半端に手を振って応えた。部屋の前方のプロジェクタースクリーンのそばに立つユーリアがとても疲れていることに気づいた。

「昨日の記者会見のあと、たくさんの情報提供がありました」ユーリアは続けた。「子供の失踪は関心を惹きます。署のホットラインセンターには情報が次々舞い込みました。でも同時に、オッシアンくんが行方不明になってから今日の午後で丸二日となることを忘れてはいけません。今日という日を意義のある日にしてください。オッシアンくんを見つけ出すチャンスは、刻一刻と減少していきます」

ボッセがワンと吠えた。一時的にご主人様を離れて、ペーデルの両足に乗って横になっていた。暑そうだったが、ペーデルがボッセをどかそうとする気配はなかった。クリステルに睨まれるのが嫌で、そうする勇気がないのだろう、とミーナは思った。クリステルのダーリンをどかそうとする人間は、罰を免れない。とはいえミーナにとっては、その鋭い吠え声で考えを集中できた。

「寄せられた情報は、よくあるタイプのものでした」ユーリアは言った。「変人、だれかに復讐をする絶好の機会と勘違いした人間、単なる推測、そして願望といったナンセンス。オッシアンくんを目撃したという場所も、北はキルナから南はイースタにまで及び、ノルウェーとデンマークからも届いています。いわばわたしたちは、〝小麦ともみ殻をより分ける〟というフレーズと〝干草の山の中の一本の針を探す〟というフレーズをかけ合わせたような難題に直面しているのです。ですが、こういう事態は初めてのことではありません。すでにクリステルが、目下出所中の性犯罪者を調べ始めていますし、今回同席している分析課のサーラの力も借りられます」

サーラは、班のメンバーたちに短く会釈した。ヴィンセントの姉の事件で携帯電話の通話記録の分析が必要だったとき、彼女は極めて重要な貢献をした。今回も彼女が加わるのは、データ整理の面で大歓迎だった。

ルーベンがサーラに目を向けないようにしていることにミーナは気づいた。興味深い。いつもならセクハラに近いほど女性をじろじろ観察するのに。そういえば前回も、あの二人はお互いよそよそしかった。何かあったのだろうか、とミーナは思った。もちろんあったのだろう、あのルーベンのことだ。でも、ここ一年ほどルーベンが少し落ち着いたような気もしていた。彼は今でもよく喋るが、その態度に変化がみられるような気がした。

「ペーデル、あなたは擦り切れるほどリストをチェックする名人だから、サーラと一緒に、寄せられた情報すべてに系統的に目を通して分類してください。明らかに役に立たない情報、もしかしたら役に立つかもしれない情報、そして望みありの情報に分類してほしい。でも、基準は厳しくし過ぎないこと。まともな情報が間違って役に立たない情報に分類されていたと後で分かったりするような事態は避けたいので。わたしたちに間違いを犯す余裕はありません」

ミーナはサーラが気に入っている。彼女は鋭い分析者だ。ペーデルも嬉しそうで、恐らく自分と同じくらいの統計データマニアと仕事ができることをありがたく思っているのだろう。ペーデルは足の位置を変えたそうだったが、ボッセは眠ったままクンクン鳴いて、ますますペーデルの足に身を寄せた。

「ルーベンはクリステルと一緒に、とくに要注意の情報がないか調べてください」

「了解」ルーベンはうなずいた。

「それじゃ」ユーリアが言った。「仕事を始めましょう。オッシアンくん事件は、長期間にわたって行方が分からなくなるタイプのものとは違うことを肝に銘じてください。そうしたケースの児童誘拐では、子供は両親のどちらか、あるいはどちらかに肩入れする親戚に連れ去られるのがほとんどで、犯人は多くの場合、顔見知りです。本件は違います。犯人の可能性のある人間を示唆する手掛かりはまったくありません。唯一分かっているのは、リッリ・マイヤーちゃん殺人事件との類似です。同事件では、誘拐されて三日後に遺体が発見されました。今回の事件が、わたしたちの思うほどはリッリちゃん事件と似ていないことを祈りましょう。とはいえ、賭けに出る余裕はわたしたちにはありません。オッシアンくんがいなくなってから二日が経っています。だから、わたしたちは今日中にこの子を見つけなくてはならない。他の選択肢はありません」

22

両手で顔を擦って、ルーベンはため息をついた。

「どうして二人でやらなきゃいけないんですかね」

「倍の速さになるからだろ」クリステルが答えた。「というか、少なくともおまえがログインしてくれたらの話だが」

ルーベンには性犯罪者の登録データに目を通す気などさらさらなかった。そわそわしていて、それどころではなかった。

予定では昨日エリノールのところへ行っているはずだった。だが、そうならなかった。エリノールは後回しにできるが、オッシアンはできないのは言われなくても分かっていた。でも、いったん体の中で何かが動き出すと、簡単に歯止めをかけられないのがルーベンの問題だった。動きをとめられないのだ。

「ペーデルと、例のサーラ何某に確認したいことがあるんで」ルーベンは言って、立ち上がった。「おれたちが確認したほうがよさそうな事実を見つけてるかもしれないし。帰りがけにコーヒーのお代わりを持ってきます」

クリステルは文句を言いかけて、うなずいた。お代わりのコーヒーが効いたのだろう。

「ユーリアは喜ばないぞ」彼は呟いた。「特大のマグカップで頼む」

ペーデルの部屋へ向かったルーベンは、戸口から中を覗き込んだ。ペーデルはイヤホンをして座り、録音されたタレコミを書き留めていて、サーラはプリントアウトしたメールの山らしきものに目を通していた。

「二人が分析課じゃなくてここにいたのはラッキーだった」ルーベンはサーラに微笑みかけた。

彼女とは数回だけ顔を合わせたことがあるが、いつも自分は彼女に好かれていない印象を受けた。そんな扱いを受けるようなことはした覚えがないが、これをなんとかしたいと固く思っていた。何しろサーラは顔もいいし、かなりの曲線美の持ち主だ。彼と同年代、ということは、彼がよく追い回していた女性たちより数歳年上だ。でも、それだって〝追い回していた〟と過去形ではないか。アマンダも指摘してくれたように、〝かつて〟、ということだ。

「この暑さの中を分析課まで歩いてたら生きてたどりつけたか分からないよ」そう言った。

サーラは、彼を頭から足先までじっくり見つめた。

「体を動かしたほうがいいんじゃないですか？」彼女は冷たく言った。

余計なお世話だ。でもこの暑さでは不機嫌になってもおかしくない。

「何か興味深い情報は？」ルーベンは愛想よくするのをやめた。

サーラは、彼に書類を数枚差し出した。

「目下、最優先で調べるべきタレコミ」彼女は言った。「もっとほしいところだけど、残念ながら疑わしい内容のものがほとんどです。もちろん、虚偽とは言い切れないけど、まずは可能性ありのものから始めないと」

彼は受け取った書類をめくった。たったの五件。誘拐犯は、人目に付かないよううまく行動したようだ。突然、一件の情報に目が留まった。壁を通して子供の声が聞こえたというエステルマルム地区の住民。情報そのものは他のものと類似しているが、住所がダンデリーズ通りというのが引っかかった。どうしてこの住所に見覚えがあるのだろう？

彼は携帯電話を取り出して、クリステルにメッセージを送った——〝性犯罪前科者登録データで、ダンデリーズ通りで検索してくれ。そしたら、コーヒーをポットごと持っていく〟

「おれがここにいるの知ってるだろ」クリステルが、廊下の向こうから大声で言った。「普通に口で言えよ」

サーラが笑ったので、ペーデルが顔を上げた。

「ルーベン？」イヤホンを外しながら、当惑した表情でペーデルは言った。「何か用？」「遅過ぎだよ」ルーベンは振り返りざまに言って、部屋を出た。「手伝ってくれる人間がいておまえは運がいいな。あと、ありがとう、サーラ」

彼は廊下の角を曲がり、コーヒーメーカーのあるキッチンへ歩いていった。するとユーリアが自分の部屋から出てきて、彼とすれ違って反対方向へと向かった。クリステルからのメッセージを知らせる携帯電話が鳴った。〝検索結果ゼロ。コーヒー用のウイスキーはあるか？〟言うじゃないか、あのおっさん。

ユーリアは耳に携帯電話を押し付けていて、ルーベンに見向きもしない。上機嫌とは言い難い様子だ。だが仕方ない。クリステルのコーヒーは後回しだ。

「ユーリア、ちょっと」大きい声で言ったルーベンは、彼女に追いついた。「実は、ひとつ……」

「〈アップ&ゴー〉のおむつだって知ってるでしょ？」彼女は電話口に向かって怒声をあげた。

「布おむつのほうがいいなら自分で洗濯して」

彼女は電話を切って、ルーベンに視線を向けた。

「何?」彼女は、自分を手で扇いだ。

廊下には熱がこもっていた。

「ああ……それより、調子はどうです?　後ろから見ただけだけど、大丈夫?」

ユーリアは目を細めて、彼を見た。

「後ろから?　性的なほのめかしなら、聞きたくもないわ」

「いや、そんな意味じゃなく……ともかく」彼は言った。「タレコミに目を通してたんですが、その中にひとつ、エステルマルムのダンデリーズ通りからのものがあった。子供はいないはずなのに、アパートの隣室から壁越しに悲しそうな子供の声が聞こえるというのがありました」

「そう、でもごめんなさい、その手のタレコミは何件も届いてる」ユーリアはため息をついた。

「この町には、神経質な人間の隣に住んでる幼い子供を持つ親がたくさんいるのよ」

「かもしれない。だけど、あのタレコミにはピンとくるものがあって。クリステルは、性犯罪前科者登録データには何も見つからなかったと言ってる。でも、あの住所がどうしても気になって頭から離れなくて」

ユーリアは、眉間に深いしわを寄せて、彼を見つめた。彼女のセーターの下で何かが漏れ始めたことにルーベンは気づかずにいられなかった。とりあえず胸を見ないよう努めはしたが。

「あなたらしくないわね、ルーベン」彼女は言った。「そんなふうな直観に従うなんて」

「分かってます。だけど、ユーリア、これは正しい……と思う。説明はできないけど。まだ。

でも、そう思う……いや、そう分かっているんです」

ユーリアはしばらく彼を見つめた。

「なるほど」それから、こう言った。「じゃあ、それが正しいことを一時間以内に証明して。それ以上の時間をあなたに割く余裕はない。調べなきゃいけないことがあり過ぎるほどあるから」

一時間。ルーベンには、自分が正しいことは分かっていた。問題は、具体的な手掛かりなしに、どうやって他のメンバーを説得するかだった。でも、以前、確かにダンデリーズ通りのことを聞いた。かなり前のことだ。何年も前。その記憶は潜在意識の中の幽霊のようだった。ほとんど見えないのに、でも確実に存在していた。彼に与えられたのは一時間。その間に、オッシアンを救えるかもしれないそれの正体を突きとめるのだ。

23

「ついてくる必要はないのに。ナンセンス」

ミリアム・ブロームはオーケシュベリヤからの車での道中ずっと、声高らかに抗議していたが、アーダムは彼女を無視した。彼女が怒っているときですら、アーダムはその声の響きが大好きだった。彼がまだ幼い頃から、彼女はずっとスウェーデン語で話してきたが、スワヒリ語の響きはまだ残っていて、アーダムの耳には本当のスウェーデン語よりも美しいメロディーに聞こえる。

「他にすることがあるでしょ」彼女は言った。「たくさん仕事があるじゃない。休みを取る余裕なんてないはずよ」

アーダムは、カロリンスカ大学病院腫瘍科前の駐車場で空きを見つけた。多少狭過ぎるそのスペースに慎重に車を入れ終えるまでは答えを控えた。

「座ったままでいて。ぼくが手伝うから」

彼女が自分で降りようとするだろうと知っていた彼は、素早く車の前を半周した。

「大けさよ」

「大げさって言うんだよ」

「年老いた母親の間違いを正したりしないの」彼女は言って、ふざけたように彼の頭を叩こうとした。

彼は慣れた様子でひょいと頭を引っ込めた。子供の頃、行儀がよくないと木じゃくしで叩かれたこともある。でなければ、ミリアムのサンダルの片方で。あの頃は、うまく身をかわせないことが多かった。

「大けさに振る舞えるような相手を見つけなさい」彼女は言った。「いつになったら彼女をつくるつもり？」

アーダムはため息をついた。いつものこと、そして今となってはうんざりする話題だ。

「今はそんな状況じゃない」彼は言った。「仕事だっていろいろあるし、それに……」

「相手が白人でも構わないわよ」彼の母親は言った。「賢い人ならね。あと、お尻が大きくて孫をたくさん産んでくれる人」

彼女は、息子の腕にがっちりとしがみついた。

「そこかよ」彼は笑った。「ぼくの恋愛に関してはどうでもいいんだ。おばあちゃんになりたいだけってわけか」

「そういうこと」彼女は言った。「お菓子をあげ過ぎるぐらいあげられる人がほしいのよ」

母親は昔から体格がよかった。アーダムの記憶の限りでは。小さい頃は母親の大きな腕の中で丸くなって、そのぬくもりに浸るのが大好きだった。彼にとって、ミリアムは安心そのものだった。彼の拠点だった。彼の基礎を築き、職場では悲惨なことも目にするが、それでもこの世界はいい場所だと信じさせてくれる人だ。

「ぼくにはすでに運命の女性がいるじゃないか」彼は言った。「母さんの言うとおり、警察本部は今、大変な状態だ。だけど、あのメンバーなら、一〜二時間ぼくがいなくてもやっていけるる。だけど、母さんに何かあったら、ぼくはやっていけないからね。母さんをうちまで送ったらすぐに仕事に戻ると約束するよ」

「何言ってるの、わたしならタクシーで帰れるわよ」ミリアムは言った。

「そんな金銭的余裕はないだろ」彼が言った。「母さんは仕事は好きなんだろうけど、ぼくは社会福祉事務所の給料がいくらか知っているんだからね。待ってるよ。それからうちまで送るから」

「頑固な子だこと」ミリアムはそう呟きながら、ハンカチで額の汗を拭いた。

「だれに似たものやら」そう言ったアーダムは、母親のために診療科へのドアを開けて押さえた。「分かっているとは思うけど、母さんの孫たちも頑固になるんだから」

彼は屋根の看板に目をやらないようにした。腫瘍科。以前は考えたことすらなかった言葉だが、今では彼の体の隅々が、その言葉を嫌っていた。

「シャーングレーン先生に診てもらうことになっているのですが」彼は受付で言った。

「呼ばれるまで座ってお待ちください」ガラスの向こう側の初老の女性が言った。

女性は、二人のすぐ後ろの待合室を指した。

この種の場所にいると、アーダムはいつも少し気分が悪くなる。ミリアムを椅子に座らせてから水を取りにいき、プラスチックのコップを二つ手にして戻ってきた。運よく待合室は涼しく、彼は脇の下の汗が乾き始めるのを感じた。アーダムは、コップの水を一気飲みする母親の横顔を見つめた。彼は、母がコップを置くのを待って、その手を取った。驚いたように息子を睨みつけたミリアムは、手を引っ込めた。それからその手で彼の頭を叩いた。

「シママ《やめなさい》（スワヒリ語）！」

「何だよ、母親への愛情表現も駄目なのかい？」

彼は笑った。

ミリアムは鼻を鳴らした。

「ますます不安になるじゃないの。シ、マ、マ！」

アーダムは、また母親の手を取った。今度は引っ込められることはなかった。

24

ミーナはパソコンに向かうクリステルの横に座り、画面のデータに現れては消えていく横顔を見つめていた。こんなに多くのけだものたちがいて、一時的に権力を振るいたい、あるいは性的満足を得たいというただそれだけの理由で、子供の人生を台無しにするのをいとわない。そんな連中がこんなに多くいる。性犯罪者を理性的な人間と捉えてはいけないことや、彼らのほとんどは精神的な障害を持っていて自分の行動を抑制できないと見なすべきだということは、ミーナも分かってはいる。警察官としては、それに基づいて彼らをみる必要がある。でも、特定の犯罪に対しては死刑禁止制度に例外を設けてもいいのではないかとミーナは思う。

ルーベンの要請を受けて観念したクリステルが再度登録データに目を通す間、ルーベンは腕を組んで彼女の横に立っていた。ルーベンは、何かがあると主張していた。腕を組んでいても、その脇の下の丸い汗の染みが不快なほどはっきり見えた。ミーナが内心身震いするのをよそに、クリステルはルーベンに小さな電池式扇風機を渡した。クリステルは、扇風機を一台十クローナで売っている店を見つけたのだ。彼の前に山積みになっているのをみると、少なくとも五十台は買い込んだに違いない。

ミーナが頭を左右に振っているのを見て、クリステルが問うように両眉を上げてみせた。ミーナとしては、扇風機の風で飛ばされてくるルーベンとクリステルの汗の粒子を何としても避けたかった。でも、もはや汗の粒子は均一の厚さの層となって部屋中に拡散しているのは間違いなく、彼女の顔にも付着しているだろう。どんなに暑くても、それだけは嫌だった。

クリステルはリストの最後に到達した。

「ストックホルム在住の登録者の中で、ダンデリーズ通り近郊で動き回った奴は一人もいない」彼はため息をついた。「さっきチェックしただろ。通報者の住んでいるダンデリーズ通り12の住人全員の名前も警察のデータベースにかけたが、何の結果も得られなかった。そろそろ他の情報に切り替えようぜ」

「いや、駄目だ」ルーベンは断固反対した。「こいつこそが本命なんだ。誘拐犯が個人情報の保護を受けているから記録に載ってないとか？」

「藁にもすがろうってか。小児性愛者が身分を隠すことを許されるのは、命が危険に晒されているときだけだ。だが、そんな話は最近聞いたことがない。まして加害者が女となるとなおさらだ。いいか、オッシアンを誘拐したのは女なんだ」

「だけど、あの子が犯人の家にいるとは限らないじゃないですか」ルーベンは反論した。

ミーナは携帯電話を取り出し、ウェットティッシュで拭いた。それから〈グーグルマップ〉を開いて、ダンデリーズ通りを検索した。航空写真を表示して、彼女は写真の向きをあれこれ変えて、周辺地区を把握した。

「ダンデリーズ通りの片側は奇数、反対側は偶数の戸口番号が並んでいます。念のため、10と14も全員調べたのですか？」彼女は言った。

「調べてない。なんでそんな必要がある？」クリステルは画面から視線を上げた。

「だって建物はひとつですから、戸口12は、戸口10と14の間に当たります。通報者の部屋の位置によっては、隣の部屋の戸口番号は12だけでなく、仕切った壁の反対側の10や14の可能性もありませんか？」

彼女は携帯電話を掲げて、二人に航空写真を見せた。クリステルはため息をつき、問題の住所をデータベースで照会した。

「ダンデリーズ通り14」クリステルが言った。「そこに住んでいるのはマッツ・パルム、イングリッド・ベリエソン、ヤールハド・フリスク。それ以外は法人だ。聞き覚えのある名前はあるか？」

ルーベンは頭を左右に振った。

「次はダンデリーズ通り10」クリステルは続けた。「部屋は多くない。アンドレアス・ヴィランデル、レノーレ・シルヴェル、マッティ……」

「ストップ！」ルーベンが叫んだ。「その女性。レノーレ。なんてこった、写真はありませんか？」

クリステルはグーグルで素早く検索した。

「おかしいな」結果を見てそう言った。「彼女は基本的にソーシャルメディアを利用していない。フェイスブックのページはあるんだが、五年間更新されていない。この女性が最後にやったのはプロフィール写真の変更だ」

「五年間」ルーベンは画面をのぞき込んだ。「合点がいく」

クリステルが画面上にクリックして出したフェイスブックの個人ページを見つめ、ルーベンはレノーレの最新の写真を指さした。

「あいつだ、くそっ、間違いない」彼は言った。「髪の色も違う、髪型も違う、小さくなってる……胸。でも、あの女だ」

ルーベンが何を言っているのか、ミーナには理解できなかった。

「一度見た顔は決して忘れない」彼は言った。「おれのスーパーパワーのひとつですよ。住所に関しては多少劣るにせよ、こっちは忘れないんですよ、おれはね」

「おれたちはおまえさんと違うんでね」クリステルが辛抱強く言った。「無知なおれたちに、素晴らしい知識をお伝えいただけませんかね」

「そりゃもう、喜んで。五年前の人身売買事件を覚えてますか？　不法な自由の剝奪と人身売買で、十人が有罪となった事件です。連中はストックホルム市の中心部で商売してたのに、隣人たちは何も気づかなかった」

ミーナは、その事件のことをよく覚えていた。被害児童の年齢を考慮し、裁判所は本件を深刻な人間性への搾取とみなし、厳しい判決を下した。被告人は、四年から十年の懲役刑を受けた。ミーナとしてはもっと厳しい判決を下してもらいたかったが。

「主犯とされたのは、キャスパル・シルヴェル」ルーベンが言った。「しかし、裁判でそいつの妹が、兄に有利な証言をした。兄は無実で、すべての糸を引いていたのは別の人間だと主張したんです。しかし妹は具体的な名前を挙げることができなかった」

「判決にも影響しなかったしな」クリステルがうなずいた。「キャスパルは一番重い刑を言い渡された」

「マスコミに追いかけ回されたので、妹は姿をくらました」ルーベンは言って、また画面を指した。「自分の外見を変え、その少しあとにソーシャルメディアもやめたんでしょう。でも、いくら外見を変えたところで、おれにはあっさり見破られたってわけだ。レノーレに話を聞きましょう。キャスパル・シルヴェルの妹に。彼女は児童誘拐組織に別の人物がかんでいたと主張していた。別のだれかが……それは彼女自身かもしれない。おれは、レノーレが仕事を再開したんだと思います」

クリステルが手にしている扇風機が、突然バンと小さな音を立てて動かなくなった。クリステルがそれをすでに故障した扇風機の山に投げ捨てた。

「すぐユーリアに連絡します」ミーナが言った。「ルーベン、出動班に連絡して。一刻も早く、ダンデリーズ通り10に向かわなくては」

25

ヴィンセントは、折り方を思い出しながら黄色い紙を折っては、水槽の中を泳ぎ回る魚に目をやった。今晩のショーは珍しくストックホルムだから、出かけるまでまだ数時間ある。

子供たちは幼い頃、本物のペットを飼いたがった。彼らの世界では、ペットとは撫でられる動物のことだ。子供たちは、自分たちでペットの世話をすると神に懸けて誓ったが、ヴィンセントは、あの子たちが約束を守るのはせいぜい一週間なのを知っていた。

だから、魚にした。北米産セントラル・マッドミドーという魚を見つけた。いまだにアストンは、この魚の名前（スウェーデン語では「犬魚」の意）を聞くたびに笑いがとまらなくなる。水面に近づけた手のひらから餌を食べてくれるし、犬を撫でるのとはわけが違うが、これで間に合わせていた。

家族の中でこの魚に心から愛着を感じたのがヴィンセントだったことに、彼自身を含めた全員が驚いていた。魚だけが友人だと思える日もある。例の影に占領された日々——そう感じる日が増え始めた。天文学者たちが「本影」と呼ぶものを背負っているような気がする日々。本影とは、光が到達しないため永遠に暗闇の中に置かれた天体の領域のことだ。すべての影の親玉《マザー》。

彼の影の親玉《マザー》がだれなのかは、すでに分かっている。

彼は折り終わった紙を置いて、次の紙を折り始めた。今日は彼の母親の誕生日だ。でも、家族には教えていない。彼の過去に関する質問は、少なければ少ないほどいい。最後の箇所を折ってから、先に折り終わっている紙と組み合わせて、動物を作った。一枚の紙で作るには、あまりにも複雑なものだった。あとは斑点を残すのみだ。それが済むと、折り紙《オリガミ》のヒョウは完成する。母への誕生日プレゼントとして去年も折ったし、これからも毎年折り続けようと思っている。最後に一緒に誕生日を祝ったときの母の姿に敬意を表する意味で。ただ、ヒョウは、姉のイェーンも思い出させるのが問題だった。だけれど今は、そんなことに気を取られたくなかった。

セントラル・マッドミドーに関心を向けるのが賢明だった。ラテン語で Umbridae（ウンブラ科）。彼はこのアルファベットで、Dubai（ドバイ）、radium（ラジウム）、そして Burma（ビルマ）といった単語が作れる。だが、どんなに頑張っても、すべての文字を並び替えてのアナグラムはおろか、元の言葉と関連するようなアナグラムをひねり出すこともできなかった。

彼は頭を振った。いい例が浮かばない日もある。彼&魚vs全世界みたいに感じる日もある。今のように家にいるのが自分一人だと、家族なんてただのでっち上げなんじゃないかと思ってしまうときがある。ぜんぶ幻覚で生み出されたんじゃないかと思ったりする。ヴィンセントが完全にリラックスできるのは、レベッカが携帯電話に熱中しながら帰宅するときや、勢いよく玄関ドアを開けたアストンが靴を履いたままトイレに駆け込むときだ。同時に、家族が在宅中のときは、彼らが抱くいいパパ、いい夫でいようと奮闘しなくてはいけない。だが、それではいまひとつ物足りないとも思っている。

彼は、手のひらに餌を少し注いだ。

ミーナと一緒のときはどうだっただろうか?

ミーナと一緒だと、自分自身でいられた。

そのときには、いい何かでいようと苦労した覚えはまるでない。

以前、そんな考えを抱いたことが何度もある。建設的ではないと分かっていながら。なぜならミーナは過去の存在だからだ。そのことを受けとめなくてはならない。ミーナは過去形で、現在形ではない。昨日の記者会見にすら姿を見せなかった。きっと、人生を前向きに生き、次の段階に進んだのだろう。

だけれど、彼はミーナと一緒だと気分がよかった、ただただ気分爽快だった。それは事実だ。魚たちに手のひらをくすぐられながら、それが何を意味するのか、彼は熟考していた。

26

「どうして今まであなたに会えなかったのかしら？　父がそうさせなかったから？　それとも、あなたが？」

ナタリーは、母方の祖母を興味深そうに見つめた。存在すら知らなかった祖母。自分には母親がいたから、当然、母方の祖母もいることになる。ただ、どことなく、その祖母は亡くなったと考えていた。母と同様に。彼女の母方の家族の話を父がしてくれたことはない。彼女が訊いたときでさえそうだった。だから、母親側に自分の家族はもう残っていないと考えるのが妥当だった。そう考えることを自分で選択したのかもしれない。ほとんど記憶にない母親を愛しく思うことすら困難だった。だから、それ以外の人たちを恋しく思う余地などなかった。それなのに今ここにいる。彼女の母方の祖母が。イーネス。祖母の出現で、ナタリーは、自分が知っていると思っていたことすべてを疑問視することになった。

「あなたの質問にはすぐにすべて答えるつもりよ」初老の祖母が言った。

「ここはどこ？」ナタリーは興味津々で訊いた。

二人はグルマシュプラーンからスルッセンまで移動し、そこからバスでヴァルムド島まで来たところだった。もう街からはずいぶん遠く離れてしまった。小道を歩く二人の周りには緑が広がっていて、草を食う羊がいる放牧地とまばらに点在する家々しかない。

「ここがわたしの家」彼女の祖母が言った。

ナタリーは、リュックサックのストラップを正した。ポケットの中の携帯電話が振動した。また。恐らく父からだ。もう一時間以上、何度も電話をしてきた。何しろ彼女はまっすぐ帰宅すると伝えていたから。でも、心配してるんだとしても自業自得。母方の祖母が存在していたのに、そのことをずっと何も教えてくれなかった父親への怒りで、ナタリーは唇をかみしめた。生まれてこの方、父親はほぼずっと彼女を監視してきた。おまえを守るためだ、と言っていた。実際のところ、彼女を閉じ込めてきたのだ。外出しているときも、どこか近くに護衛がいた。常に姿が見えるわけではない。でも、彼らの存在を感じてきた。それなのに父は、どうして彼女になかなか友人ができないのか無神経に訊いてくるのだ。馬鹿じゃないの。

祖母について行こうと決めたときに、父にショートメッセージを送っていた。〝母方のおばあちゃんと一緒〟、そう書いた。〝母方の祖母よ。夕飯はいりません〟

それから、中指を立てた手の絵文字を入力した。自分がしたことを考えて、ナタリーは少し身震いした。今まで父親に対して、ここまであからさまに反抗的な態度を取ったことはなかった。父がどうしてこれほど過保護なのか、心の一部では理解していた。ずっと二人だけだったからだ。母親の事故があっただけに、娘には何も起こらないよう、ことさらに注意するのは当たり前だ。

なのに今、二人だけではなかったことが分かってしまった。ナタリーがずっと、もっと大きな家族に憧れている間、彼女の意識の中では影に等しかった母の思い出を与えてくれる人を求めている間、この人はずっと存在していた。母方の祖母が。父は何も話してくれなかった。あんな人、地獄に堕ちればいい。

「坂を上ったら到着よ」

祖母は短い坂を指した。頂上に看板がある――〈エピキューラ〉。

「あそこは何？　会議が開かれる場所みたいな名前。あんなところに住んでいるの？」

ナタリーは眉をひそめた。でも、坂を少し上がって二人の前にそびえ立つ建物を目にすると、すぐに顔が輝いた。

「すごい……」

「ね、すごいでしょ」祖母は誇らしげに言った。「それに、そう、ここに住んでいるのよ。でも、会議はしない。セミナーを開いているの」

「何をする所なの？」

ナタリーは、背筋を流れる汗でTシャツに大きな染みができるのを感じた。

「中を案内しながら教えてあげるわ。見せたほうが速いものね」

坂の頂上でナタリーは立ちどまって、一息ついた。自分のほうが祖母より荒い息をしているのに気づいた。祖母は年齢のわりに、強くて体力があるようだ。

目の前の建物は、太陽の光を浴びて輝いている。まばゆいばかりの白で、現代的スタイル、左右に翼棟《ウィング》が付いている。

「すごい」彼女はまた言った。「夏休みを父と街で過ごす代わりに、ここで過ごせたらいいのに」

祖母は笑った。それから、手首にはめていた青いゴムバンドを引っ張ってから放した。ゴムバンドがパンと音を立てて手首に当たったとき、祖母はほんの一瞬、目をぎゅっと閉じた。

「痛くないの？」困惑したナタリーが言った。

「少しね。それが大切なのよ」祖母は言った。「あとで説明するわ。周りを見てごらんなさい。エネルギーを感じる？　ここにあるのは前向きなエネルギーだけ。ここなら呼吸ができるはずよ。感じる？」

祖母は目を閉じて、お腹いっぱいに息を吸った。ナタリーは少し馬鹿げていると思ったが、ともかくも祖母を喜ばせようと、同じことをした。目をつぶると、周りのものすべての音がとまった。唯一聞こえるのは自身の呼吸と血管内で脈打つ血液だけ。肺の中の空気はきれいで澄んでいる。風はささやくように木立を抜けていく。

そして、彼女が気づいたことがひとつある。木の陰を見ても耳にイヤホンを入れた男たちが隠れていない。彼女を迎えにきた人間はだれもいない。どういうわけか、監視はついてこなかった。唯一考えられるのは、父が彼女の好きなようにさせるよう護衛に言ったことだ。つまり、父は彼女の祖母の存在を知っていたに違いない。祖母の話をしなかったところをみると、祖母をそこまで信頼しているとは思えない。でも、ほかに理由は考えつかない。正直なところ、理由が何であろうと構わなかった。重要なのは、監視役がいないことだ。彼女は、生まれて初めて自由になった。

ナタリーは、自分の手を取るだれかの手を感じた。

「いらっしゃい。わたしの家を見せてあげるわ」

祖母の手から伝わるぬくもりが、体中に広がった。リュックサックの中の電話が、また振動し始めた。彼女はそのままにしておいた。

27

出動班のバンが、レノーレ・シルヴェルのアパートから一ブロック離れたエンゲルブレクツ通りでとまった。レノーレに疑いを抱かせたくなかった。とりわけ、今は状況証拠しかないのだ。もちろん、ルーベンの強い確信もあったが。アーダムとしては、ルーベンにこのバンに乗ってほしくなかった。オッシアンの幼稚園を一緒に訪れたとき、ことがスムーズに運んだとはいえない。一方で、ありったけの人員が必要ではあった。捜査網は市内全域に広がっていた。オッシアンの居場所に関して寄せられた情報を、できるだけ多く、同時に潰すためだった。

「レノーレ・シルヴェルか」グンナルが含み笑いをした。

先ほどアーダムに出動班の顔ぶれを簡単に紹介してくれたとき、ルーベンはこっそりと、「グンナルはすぐに『自分はスウェーデン北部の木材でできている』と言い出すぞ」と言い添えた。

「レノーレなら覚えてるさ」グンナルが言った。「特に、あの見事なまでのメロン。たまげたもんだよ」

両手をカップの形にして胸の前に掲げたので、全員が何のことか分かった。一同はお互いに顔を見合わせて頭を左右に振ってはいたが、顔に浮かんだ笑みを見る限り、グンナルが示した事実については異議がないことがうかがえた。アーダムはため息をついた。グンナルのようなタイプが必ず一人は存在すべきだ、という法律でもあるに違いない。

「それが今は小さくなったっていうことか、ルーベン？」グンナルは続けた。「くそっ、残念だな。もったいない。それでも、北部の木材なら相手にしてくれるんじゃないか？」

彼は、意味ありげに目配せをした。

「だとしても、この腹じゃ見込みなしでしょ」ルーベンはグンナルの腹部を軽く叩いた。「だけど制服は効きますよ。本当に」

ルーベンは最後の一言が車内の一同に浸み込むよう、間《ま》をおいた。アーダムは、ルーベンがレノーレとそこまで親密だったとはまったく信じなかったが、グンナルは声を出してくすくす笑い、ルーベンの背中を叩いた。

「おれとしたことが」彼は笑った。「おまえは動くものすべてに手を出すからな」

一瞬、アーダムとルーベンの視線が合った。そのとき見えたものにアーダムは驚いた。ルーベンがほとんど苦悶といっていいような顔をしていたからだ。確かに、その場にふさわしくない話ではあった——彼らには果たすべき任務があり、時間はどんどん過ぎてゆく。

「そろそろ気を引き締めて」アーダムが言った。「念頭に置くべきは、われわれがここにいる理由です。レノーレのところにオッシアンくんがいるかどうか、まだ確証はありません。現場には他にだれかいるかどうかも分からない。行動開始の前に、まずは状況を把握しなくてはなりません。それに、われわれにはいちかばちかの博打を打つ余裕もありません。だからこそ、オッシアンくんが現場にいた場合に備えて、全人員を投入したわけです。しかし同時に、レノーレを驚かせて逃がすわけにもいきません。これは危険な綱渡りです。作戦の指揮官はユーリアですが、現在、他の手掛かりを追わねばならないため、同行できません。従って、本作戦の指揮は自分が執ります」

グンナルが不満そうな唸り声を漏らしたが、アーダムは無視した。その不満がアーダムの肌の色に対するものなのか、レノーレの胸に関するコメントに彼が笑わなかったからなのか、考える余裕などなかった。でなければ、そもそもの指揮官が女性であることが不満なのか。

「ユーリアの手配で、通りの反対側には私服捜査員が待機しています」彼は言った。「管理人によると、出入りできるのは正面玄関のみ。中庭に出られる扉もあるようですが、庭は建物に囲まれているため、通りには出られません。念のため、そこにも人員を配置しています」

「で、どんな作戦でいくつもりなんだ？」グンナルが言った。「突入？」

「いいえ、自分が中に入って、レノーレと話します」

「レノーレと話す？」ルーベンが言った。「オッシアンくんのことで交渉する？　次は自分が〝いい警官〟をやりたいって言ってたが、今やることじゃないだろう」

アーダムはルーベンを睨んだ。男らしさ対決をやるつもりはなかった。今も今後も。

「レノーレのような人間と交渉はしない」彼は素っ気なく言った。「でも、自分を警察以外の人間と偽って彼女を騙すことなら難なくできます。向こうは油断する。そうなれば自分には室内の状況を判断するチャンスができる。それに、われわれが部屋を間違えていた場合、別の部屋にいる真犯人に、警察が追跡していると悟られることもない。そういうことをやろうとしているんです。そういうことを、自分は交渉人として毎日やってきたし、訓練も積んできた。でも自分より上手くやれるとおっしゃるなら、試してみますか？」

何かがルーベンの目の中できらりと光り、顔の筋肉が緩んだ。アーダムは故意に彼を刺激した。ルーベンに理解しやすいのは、そういう種類のコミュニケーションだと思ったからだ。そして、ルーベンは評価してくれたようだ。

「任せるよ」ルーベンは言った。

アーダムはうなずいた。胸元に〈トリッグボー不動産管理〉のロゴが刺繍されたTシャツを着て、黒いファイルとペンを手にすると、車輌を降りて通りへ出た。ブロックの角を足早に曲がった。管理人がレノーレの住むアパートの正面玄関前で待っていた。通りの反対側に配置されている私服警官が異状なしの合図を送ると、完全装備の出動班がゆっくり走ってきた。屋外で身体をさらす時間は短いほどいい。正面玄関から中に入った捜査員たちは、一階の階段に静かに散開した。アーダムは二階へ進み、レノーレの部屋のドアをすぐに見つけた。

彼は目をつぶった。

アドレナリンが体内を巡り始めた。少量のアドレナリンならすこぶるいい。でも、過多だと任務を遂行できない。ドアののぞき穴から観察されている場合に備えて、ファイルの中身をチェックするふりをしながら、鼻から大きく息を吸い込んで、口から吐いた。

もう一度。

鼻から吸って、口から吐く。

それから、呼び鈴を鳴らした。

七秒後にレノーレがドアを開けた。迅速といえたが、何かを隠す暇がないほど迅速とはいえない。何かではなく、だれかであっても。フェイスブックのページで見た顔だ、とすぐに分かった。裸足で、ショーツとキャミソール姿だった。素早く逃走できる格好ではない。彼が来ることに対する準備はしていなかった。

アーダムは、氷山をも溶かせると自負する微笑みを浮かべた。

「ごめんください」彼は気さくに言った。「大家の依頼を受けた者です。ご存じかと思いますが、四階の水漏れのチェックをしていまして」

彼女の背後の部屋の中を覗き込むようなまねはしなかった。過度な関心があるように思われると、正体がばれかねない。だから、レノーレが話に乗ってくるのを待つ間、彼女の目を見つめ、微笑み続けた。彼が「ご存じかと思いますが」と言ったので、彼女は無意識にその言葉の意味をじっくり考えることになった。

「全然聞いてませんけど」レノーレは額にしわを寄せた。

考えている間、彼女の目は泳いだ。この隙を彼は待っていたのだ。視線を彼女の目の高さに保ったまま、横に一センチ移し、彼女の背後が見えるようにした。レノーレが立っているのは玄関からつながる長い廊下で、突き当たりにキッチンがある。見えるのは一部だけだが、〈スメッグ〉社のトースターと壁に取り付けてあるワインクーラーが見える。特に目を引くものはない。その場所にふさわしくないものやおかしいと感じるようなものは何もない。

アーダムは視線を落として、書類を読むふりをした。実際には、玄関に子供用の靴がないかを確認していた。〈ジミー・チュー〉のハイヒールが三足並んでいる。子供靴らしきものはない。また視線を上げた。レノーレの横にあるのは、ハンガーに掛かっているコートとジャケット。磨く必要のある鏡。それ以外は何もない。

チェックするのに要した時間は、せいぜい三秒。

今のところ、部屋に子供がいる気配はない。もっと中に入る必要がある。

「メールを受け取ってらっしゃるはずなんですが」彼は言った。「まあ、結構です。四階でかなり深刻な水漏れが発生したので、他の部屋の被害状況を確かめているんです。わたしどもの調査をもとにして、ご契約なさっている保険会社に被害届を出すことも可能になります。バスルームを点検してもよろしいでしょうか？」

彼はほんの少し前かがみになった。実際に一歩踏み出すのは厚かまし過ぎる。

「今はちょっと……」肩越しにちらりと後ろを見ながら、レノーレが言った。「ちょうど……外出するところなので」

しまった。疑い出したか。あるいは何かを隠そうとしているのか。裸足で外出するとは考えにくい。とすると、彼女は何を警戒しているのか。いずれにせよ、今は知ることはできない。彼女の目に芽生え始めた疑念を消すためには、完全撤退の姿勢を見せて、相手にできるだけの余裕を与える必要があった。

「問題ありませんよ」彼はまたにっこり笑って言いながら、ペンをポケットにしまった。「点検は今日、明日に行いますので、ぼくの姿を見かけたら、ご都合のよいときにお声がけください。もしお時間ができたら、ご自分でバスルームをチェックなさるのがいいと思います。では、失礼します」

彼女が返事をする間もなく、アーダムは手を振って一歩後ずさりした。ドアを閉める前に最後に彼の目に入ったのは、玄関ホールの汚れた鏡だった。小さくて長い、脂っぽい染みで覆われている。それから、ドアが閉まった。

長くて小さい染み。

五つ並んでいた。

一メートルほどの高さに。

まるで。

子供の指の跡のような。

手掛かりとしては不十分だ。

しかし、もしも。

もしも。

彼は一段飛ばしで階段を下りて、下に到着するや否や、合図を出した。

28

トルケルからのメッセージが新たに五件、着信音を立てた。ユーリアは夫の電話番号をブロックしようと真剣に考え始めていた。でも、そんなことできるはずがない。夫をブロックするなんて。自分の子供の父親をブロックするなんて無理な話だ。

でも本当に？

実際、彼は彼女の仕事の妨げになっていた。メッセージアイコンの上の赤い通知バッジの数字が増えるたびに、彼女は心のバランスを失う。今度は何の用事なのか、本当に重要なことなのか、と考えてしまう。重要であることはまずない。神経を苛立たせるトルケルの質問には、なくてはならない時間も集中力も奪われる。とりわけ、就業時間の終わりまでまだまだ時間があるときには。解決策は、トルケル専用の新しい電話を入手することだろう。バッグの一番下にしまっておけるような電話。

携帯電話の〈設定〉をスクロールして、特定の電話番号をブロックする方法を探していると――あくまで好奇心からではあったが――電話が鳴った。アーダムからだった。

電話に出て、真剣に聞き入った。質問をひとつした。それから電話を切って、オープンプラン式のオフィスへ早足で向かった。そこではミーナとペーデルとクリステルが並んで座って、最新のタレコミの追跡調査をしている。三人の自席のある部屋は座っていられないほど暑かったが、オープンプラン式オフィスも大して変わりなかった。少なくとも、クリステルが同僚全員に電池式小型扇風機を渡す程度には暑いようだ。ミーナですら、一台を握りしめながら顔を歪めていた。彼女は顔以外の箇所に風を送っていた。

「仕事のほうは進んでる?」ユーリアが訊いた。

「あまり」そう言ったミーナはウェットティッシュを取り出して、自分のマウスを拭いた。「今のところ、タレコミの行き着くところは壁の薄い住宅に住んでいて幼い子供のいる家族です。どこかにたどり着ければの話ですが。出動班のほうはどうですか?」

ミーナがウェットティッシュをゴミ箱に投げ捨てると、ちょっとした山を成すティッシュのてっぺんに落ちた。

「今、アーダムから電話があった」ユーリアが言った。「ダンデリーズ通り10で五歳くらいの子供を発見したそうよ。レノーレ・シルヴェルのアパートで。その子は意志に反して拘束されていた可能性が高いとのこと。ルーベンの直観はメダルに値するということね」

ミーナとペーデルとクリステルは、ユーリアを見つめたままじっと押し黙った。

「よかった」安堵のあまり泣き出しそうにペーデルが言った。「オッシアンくんが見つかった。やっとまた安心して眠れるってわけですね」

でも、ユーリアは頭を左右に振った。

「そこなの」そう言った。「班が発見したのはオッシアンくんじゃなく、女の子だった」

29

「今日は早いお帰りね、まだ四時なのに」アネットが言った。「わたしの素敵な旦那様は、妻と一緒にくつろぎの金曜日を期待しているとか？」

「だといいんだけどね」ペーデルが妻に言った。「また仕事に戻らなくちゃいけない」

彼はアネットを強く抱いて、彼女の香りを吸い込んだ。〈クロエ〉のお気に入りの香水と焼きたてのお菓子の香りが混じった……焼きたてのお菓子？　マフィンを焼いた形跡をキッチンに見つけて、彼はびっくりした。

「一体いつの間に焼き上げたんだい？」そう言った。「君だって帰宅して間もないだろうに」

「あの子たちをとめることなんてできないもの」アネットが言った。「保育園に新しく来た先生が、凄まじいほどお菓子を焼くのがうまいらしいのよ。だから、帰り道にスプリンクルを買うしかなかった」

「きみはスーパーウーマンだな」ペーデルは頭を振った。「だけど、とてつもなく高いハードルを設けてくれたその先生には、ちょっと言っとかなくちゃいけないな。さて、あの子たちはどこにいるんだい？」

「『ウィンクス・クラブ』（イタリアのアニメシリーズ）を観ているわ」

「新しいエピソード？」

「ううん、いつも見せるエピソード。でも、三つ子たちには言わないでね。あの子たち、炎の滝の妖精ブルームがピンチに陥るシーンをすごく怖がるもの」

「ブルームが火をつけるところ？」

アネットは、目を細めてペーデルを見た。

「あなたが妖精の出る子供向けアニメのことをそこまで知っているなんて、それってセクシーと思うべきか気をもむべきか分からなくなる」彼女は言った。

「その両方だと思えばいい」ペーデルは微笑みながら、居間へ向かった。「気をもむほどセクシーってことで！」

ふざけた調子で妻と話をしようと努めてはみたが、自分でも説得力がないなと思った。

ペーデルは床中に散らばっているおもちゃの地雷原に恐る恐る足を踏み入れた。良心の呵責が疼いた。彼が事実上職場に住んでいるような日は、アネット一人ではしんどいだろう。二歳半の子供三人の世話と中学校教師としての仕事の両方をやりくりしなくてはならない。今週の週末は妻をゆっくり寝かせてやろうと心に誓った。

「パパ！」

床から跳び上がった三つ子たちが一斉に叫んだ。子供たちを、魔法で苦境に立つ妖精ブルームから引き離せたことに、彼は満足した。

三組の腕に首を抱きつかれたペーデルは胸がいっぱいになって、嗚咽を漏らしそうになったのをぐっと堪えた。娘たちの体のぬくもりを感じて、なんで自分はこの三人の元にいられないのか、その理由を改めて思った。両親とハグをするオッシアンの体も、これくらい温かいのだろうか？　きっとそうだ。

「すぐに仕事に戻るんだよ」そう言って、娘たちを強く抱きしめた。「パパのかわいいお姫さまたちを抱きしめたくて、ちょっとだけ帰ってきた」

「パパ！　わたしたちはお姫さまじゃないよ。妖精。『ウィンクス・クラブ』に出てくるみたいな妖精！」

「ごめん、忘れていたよ。もちろん妖精だ。さあ、今からパパは……妖精を食べちゃうぞ！」

三つ子たちが興奮して叫ぶなか、ペーデルはうなり声をあげて、娘たちにかみつこうとした。そのとき、テレビのアニメのキャラクターにもっと劇的なことが起こり、三つ子たちは跳び込むように床に戻り、テレビの画面にくぎ付けになった。

彼は立ったまま少しの間子供たちを眺めてから、キッチンにいるアネットのところへ行った。シャワーを浴びて着替えをしてから職場に戻るだけだが、一息入れる時間も必要だった。ほんの短時間でいいから。家の中は大混乱のときが多いが、それでも、アネットと子供たちと一緒だと、新たなエネルギーが得られる。職業柄、凄惨な出来事に耐えなくてはならないときに必要なエネルギーだ。

「捜査のほうはどう？」

アネットはマフィンを焼いたあとの片づけを始めながら、様子をうかがうように彼を見た。片づけるのは、なかなか大変そうだった。ペーデルはためらってから、午後に発見された女の子の話をした。職務上の話をするのは、もちろん警官の倫理規則から外れる行為だが、アネットに伝えられなかったら彼には耐えられない出来事もある。妻は彼にとって通気口みたいなものだ。自分の暗闇に彼女を引き込むのは不公平ではないかと思うことがある。でも、彼女は不平を言わない。そして、彼には心底必要なことだった。

「じゃあ、男の子はどこにいるのか、まだ分からないということ？」彼女はそう言いながら、流しに置いてあるべとつい
た
すべてのボウルを水と洗剤で満たした。「それより、ひとついかが？」

彼女は山積みになったマフィンを指した。どれも、虹色のスプリンクルで派手に飾られている。

「いや、結構だ。職場で何か食べるさ」彼はそう言って、片づけを手伝おうと台拭きを取った。

「大丈夫。わたしがするから」

アネットがペーデルの手から台拭きを取ったとき、彼は抗議しなかった。それから腕組みをして、流し台にもたれた。

「きみからの質問への答えだけど」そう言った。「まだ、その子は見つかっていない。そして、残された時間はわずか。すでに時間切れになっていなければね」

「あなたたちは最善を尽くしているわ。それ以上要求できないほど」

アネットはきびきびした動きで、べたついた汚れやアイシングやスプリンクルをアイランドキッチンから拭き取った。

「本当に最善を尽くしているのかな?」彼はため息をついた。「分からない。何をすべきなのか、何を探すべきなのか分かっている人間はいない。たったひとつの手掛かりも、まったく別の事件につながった。今やぼくらはやみくもに探し回るしかなくて、明日の今頃、自分たちはお門違いの場所を探し回ってたってことになるかもしれない」

「あなたたちは最善を尽くしているってば」アネットが繰り返した。「それに、あなたが言ったように、女の子を見つけたじゃないの」

彼女はすすいだ台拭きを蛇口に掛け、手拭いで濡れた手を拭いてから夫をハグした。

「帰宅はあまり遅くならないようにね、ダーリン」彼女はそう言って、彼の喉に顔を埋めた。「くつろぎの金曜日は、夜中の十二時で有効期限が過ぎるから」

それから彼女はくしゃみをし始めた。頭を上げて、いかめしい表情で彼の目を見つめた。

「あと、今回の任務が終わったら」彼女は言った。「この髭について、じっくり話し合う必要ありね」

30

「すごく素敵!」ナタリーは目を見開いて、周りを見回した。「ここに住んでるの?」

二人は、正面玄関から本館に入ったところだった。どこもかしこもガラスでできている。

「すごい。でも、飛んできた鳥がガラスにぶつかったりしない？」

「ええ、そうよ」

彼女の祖母は笑みを浮かべた。

「ええ、そういうことはあるわね。でも、そう頻繁じゃないわ」

ナタリーはうなずいた。たった二時間ほどの間に起こったことすべてに、頭が混乱していた。

母方の祖母に会った。僻地にあるここへやってきた。少なくとも、少しの間は束縛から解放された。

「中を案内しましょうか？」祖母は問うように彼女を見つめた。

ナタリーはしきりにうなずいた。ここはとても静かで落ち着いている。人影は見かけたから無人ではないが、人の気配はしない。ここにいる人はみんな動くときに音を立てないよう学んだかのようだ。話しかけてくる人もいない。うなずいて、にっこり笑うだけ。世界で一番満足している人々のように。

「みんなここで何をしてるの？」彼女は言った。

祖母が彼女の前を歩いていた。リュックサックが重く感じ始めたので、壁のそばに置いてから、祖母についていくことにした。盗みを働く人がいるとは思えなかった。

「リーダーシップ養成を行なっているの、ほとんどの時間はね。ここの最高責任者でオーナーのノーヴァがその分野の第一人者で、国内のトップ経営者の数人を指導しているの。取締役会も入れたらどれほどの数になるか見当もつかない。自己啓発やストレスの軽減、悲しみと向き合うグリーフワーク研修、カルト教団からの脱洗脳プログラムまで。ノーヴァは、スウェーデン国内でもほんのわずかしかいない、この分野の知識を持つ人の一人なの。国外からも依頼が入るのよ」

ナタリーは目を丸くした。

「すごい……ストレスとかカルトとか……ほんとすごい！」彼女の頭に浮かんだのは、この表現だけだった。

それから、いかにも若者っぽいコメントをしたことを恥じた。祖母には頭が悪いと思われたくない。だけれど実際、目の前にあるものを言い表せる言葉が見つからなかった。

こんな建物は、今まで見たことがなかった。真っ白できれいで……透明感に溢れている。木々や牧場や花がある緑の環境と、見事なコントラストを成すよう建てられている。

「ここは六〇年代に建てられたの」ナタリーの考えを読んだかのように、祖母は言った。「ノーヴァの父方のお祖父さまによってね。スウェーデン各地でホテルを経営していた方で、この建物は会議場として利用するつもりだった。でもお父さまが亡くなったときにノーヴァがこのホテルを引き継いで、それ以来、ホテルにもビジネスにも彼女らしさを加えたのね」

ナタリーは、見事な顎髭を生やして優しそうな目をした男性の肖像画の前で立ちどまった。

「この人のこと？」そう言った。

「ええ、バルツァル・ヴェンハーゲン」

ナタリーの横に立った祖母も、肖像画を見つめた。

「ノーヴァはお祖父さまにかわいがられていた。彼女のお父さまは、お祖父さまの唯一の子供だったから、彼女は唯一の孫ということになる。それより、彼女にエピクロス主義を教えたのはバルツァルだったのよ。ノーヴァが、自分のすべてのビジネスの基盤とした哲学」

「エピク……えっ、何?」

ナタリーは記憶の中の教科書や授業をすべてたどってみたが、そんな言葉は浮かんでこなかった。聞き覚えのない言葉だった。

「いらっしゃい。庭に行って一休みしましょう。そこで話してあげるわ」

祖母に手を取られたナタリーは、その手を引っ込めたい衝動に駆られた。人に触れられることに慣れていない。父が自分を愛してくれていることは知っているが、抱きしめてくれるタイプの人間ではない。手をつないでくれることもない。彼女はそうやって育てられてきた。ママがどうだったのか、覚えていない。ママが亡くなったとき、彼女はまだ五歳だったから。だけど。とうとう祖母に訊ける、ママがどんな人だったのか。祖母に手を握られて、ナタリーが彼女のあとをついて明るい廊下を進んでいくと、大きな庭にたどり着いた。そこは二人きりではなかった。なのに、他の人の存在はほとんど感じられない。都会の生活とはえらい違いだ。彼女の周りの人たちはうんと小声で話し、自然界の音をかき消すことはなかった。木々を抜ける風の音や鳥のさえずり、それに白い壁のそばのバラの茂みの周りをブーンと飛び交うハチの音が聞こえる。

「焼きたてのお菓子があるわ」祖母が言った。「好きなだけ取っていいのよ。コーヒーは飲む? それとも薄めたフルーツシロップのほうがいいかしら?」

彼女は、飲み物とお菓子が置いてあるテーブルを顎で指した。

「シロップをください。あと、お菓子も」

祖母はお菓子を選ぶ孫の姿を見つめながら、自分用のコーヒーとナタリー用のシロップを取ってテーブルに着いた。ナタリーも席に着き、まずは孫がお菓子を少し味わうのを見計らってから、祖母が話し始めた。

「ノーヴァのお祖父さまバルツァルは、若い頃ギリシャ哲学を学ばれて、わたしがさっき挙げたエピクロス主義にはまったの。心の平静を強調する古代哲学なのよ」

「心の平静」ナタリーはその言葉を味わった。

大人の味がした。そして、祖母が彼女にそういうふうに話してくれるのが嬉しかった。大人に話すように。テーマはかなり退屈ではあるにせよ。

「エピクロス主義の教えは、死への恐怖を取り除くことにより、アタラクシア、つまり心の平静が得られるというものなの。もうひとつの重要な目標はアポニア、つまり、身体の苦痛のない状態に到達すること」

ナタリーはシロップをゴクリと一口飲んだ。甘くておいしい自家製のイチゴシロップだった。

「エピクロス主義には四つの基盤があって」祖母は続けた。「人生の目的として掲げたもの、つまり心の平静と幸福に到達するために人間が守らなくてはいけない規則みたいなものね。エピクロス主義において、その目的に到達するための一番の方法は、不安を生み出すものを避けること。例えば、政治。第二の基盤は、友人たちと平穏に暮らすこと。ここでのわたしたちのように。それから、自分に快をもたらすものを追求すること。でも、つかの間のものじゃなく、持続する幸福をもたらすものね。四つ目の基盤が最も簡単で最も困難よ。苦痛のない状態が善の極みということ」

「苦痛のない状態……」ナタリーはその言葉を吟味した。「じゃあ、そのゴムバンドは？　痛くないの？」

祖母は頭を左右に振って、ゴムバンドを引っ張って手を離した。するとバンドは前回同様パチンという音を立てて元の長さに縮んだ。手首に当たったときに祖母はビクッとしたが、その口元にわずかな微笑をたたえているのを、ナタリーは見逃さなかった。

「そのとおり」祖母は言った。「痛いわよ。でも、ほんの一瞬。苦痛を克服するために、自分を何かに晒さなければいけないときもある。痛みって人生で大切な機能を果たしているの。それに、自分はすでに善の極みに到達したって信じるのは思い上がりもいいところよ」

ナタリーはうなずいた。祖母の話の半分は理解できなかった。それでも、このひとときは終わってほしくなかった。祖母はとても美しく、すごく温かい声をしている。庭は、二人を香りと音で包み込んでくれる。それに、お菓子の砂糖はとても舌触りがいい。みんな、親しみのこもったオープンな眼差しで微笑みかけてくれる。

そして、彼女を監視する者は、まったくだれもいない。

でも、父が連れ戻しにくるのは時間の問題だから、それまでは一秒一秒を満喫するつもりだった。

「おばあちゃん」彼女は、はやる思いで言った。「ここに……泊ってもいい？　明日まででいいから」

祖母は、愛情のこもった青い目で孫を見つめた。背後からの日光で、祖母の明るい色の髪が後光のように輝いていた。彼女はうなずいた。

「何とかしてみるわ。だけど、今晩は少し一人でいてもらうことになる。実は、わたしとノーヴァは、テレビに出演することになっているの」

31

ミーナは、ペーデルの活力が下がっていることに気づいた。疲れた様子で頭を抱えて会議用机に着くペーデルは、三つ子が生まれたばかりの頃を思い出させた。彼が缶入り栄養ドリンク剤〈ノッコ〉を取って開けると、シュッという音が立った。こういう姿をミーナは以前にも見たことがあった。

壁にもたれて立っているルーベンとアーダムもぐったりしていた。午後のレノーレ・シルヴェル宅への急襲で、アドレナリンをほとんど使い果たしたようだ。発見された子供の件はもうこの班の担当ではなく、他の課が捜査を引き継ぐことになった。ユーリアの班は引き続きオッシアン捜索に焦点を合わせていた。

机の上には、紙に包んであるサンドイッチがいくつもある。夕飯代わりとしてはいささかお粗末で、そもそも特に空腹のメンバーはいなかった。

ユーリアの目の下のクマが黒に近くなっている。携帯電話の画面でメッセージ着信ランプが絶え間なく光っていて、それを悲痛な面持ちで無視している様子から、原因は仕事だけではなさそうだ、とミーナは思った。ユーリアは電話を消音にしていたが、通知はオフにしていなかった。メッセージがすべて「うざい悪魔」なる人物から届いているのがミーナの目に入った。

疲労していないのはクリステルだけだった。雷雲のような顔つきで、躍起になってサンドイッチを噛んでいる。彼の足元に座るボッセが、心配そうに飼い主を見つめている。

「さて、要約しましょうか」ユーリアが言った。「まず言っておかないといけないのは、ここ二日間の皆さんの仕事ぶりは素晴らしかったということです。できる限りの多数の仕事を同時に行ないながら、突入事案の指揮も執ってくれました。その結果、誘拐されていた少女を発見しました」

「女の子の身元は判明したのですか?」アーダムが背筋を少し正して言った。

「まだです」あくびをしながら、ペーデルが言った。「ここ二か月の間に出された行方不明者届をすべてチェックしている最中。ストックホルムだけでなく、全国レベルで。国際刑事警察機構にも問い合わせているようです。国外で誘拐された可能性もありますから。身元は判明しますよ、あとはそれがいつになるかですね。レノーレに勝ち目なんてない」

「ろくでもないくずだな」そう呟いて、クリステルは口元を拭いた。「子供に手を出すなんて。腹立たしいったらありゃしない」

飼い主に同意するように、ボッセがワンと短く吠えた。

「レノーレに関しては見事な活躍でした、ルーベン」ユーリアが言った。

ルーベンは〝成人向け〟の笑みを浮かべるところだったが、後悔した。彼にさえも、大変な一日だった。

「残念なのは、オッシアンくんの居場所特定には進展がなかったことです」ユーリアが言った。

「オッシアンくん誘拐犯は跡形もなく消えた感じです」

「でも、そんなこと受け入れられない」ペーデルは言って、空の栄養ドリンクの缶を机に置いた。明らかに早口になっていた。「明日は土曜日。三日経過したことになります。もし、本当にリッリちゃんの事件と似ているとしたら……」

言い終える必要はなかった。ミーナには彼の言いたいことが理解できたし、他のメンバーも同じだった。もしリッリ事件と同じなら、何とかしないとオッシアンはその翌日、遺体で発見されることになる。ただ問題は、何ができるかだった。ミーナは消毒液を取って、手をきれいにした。そうする必要があったわけではない。ついさっき、手を洗ったばかりだ。けれど、何かをする必要に駆られていた。何でもよかった。

「先ほども言ったように」ユーリアは言った。「二件の事件の関連性を示唆するものは何もありません。犯人は異なるようです。とは言え、昨年の夏のリッリちゃん事件を模倣したということも、理論的には考えられます。どの可能性も排除できない。だから、あなたには同意します、ペーデル。こんなこと受け入れられない。しかし、これ以上何ができるのか」

ミーナは、ヴィンセントがいてくれたら違っていただろうか、と考えた。ここ一年間、何度も思ったことだ。彼の手助けが得られたなら。恐らく違いはなかっただろう。心理プロファイルを作り上げるための情報は何もないし、イリュージョンとも関連がない。隠された複雑なパターンを解く必要があるわけでもない。誘拐された子供が一人、それだけだ。警察がまだ救助できないでいる子供が。

「市民が何かを目撃していることに期待するほかありません」ユーリアは締めくくった。「しかし、この線はいつも頼りになるものです。みんな、今日はよく頑張ってくれました。本部には、今晩寄せられる情報に対応する人員がいます。タレコミの数は以前ほどではないにせよ、すべてを徹底的に追及します。サーラが彼らと協働して、随時、わたしに報告をあげてくれます。ですから、まずは帰宅して、睡眠を取ってください」

「寝たところで大した役には……」クリステルがぼそぼそと言った。「おれはボッセと、あと少しここに残るよ」

「ぼくも」ペーデルが言った。「サーラを手伝います」

ユーリアは、諦めたように両手を広げてみせた。彼女がいつも発散する強さは影を潜めていた。ゆっくり空気が抜けていく風船のようだ、とミーナは思った。さらに一件のメッセージが、ユーリアの携帯電話に届いた。

「でもお願いだから……」ユーリアはそう言ってから携帯電話を睨んだ。「いいでしょう、好きなように。強制するつもりはありませんから。もしかしたら、わたしももう少し残るかもしれないし。ではペーデル、サーラに手を貸して、レノーレ・シルヴェルに接触した人物すべてを調べるように。運がよければ何か出てくるかもしれない。彼女は抜け目のないビジネスパーソンだから、本件にも関与している可能性もあります。アーダム、あなたはリッリちゃん事件に詳しいから、当時の事件の詳細を徹底的に調べて、オッシアンくん事件とつながりそうな点があるか調べてください。結論は出次第わたしの机の上にお願いします。ミーナとルーベンは、何らかの手掛かりが見つからないか、オッシアンくんのご両親と幼稚園職員の調書を改めて精査。それからクリステル、ここ数日の間に、突然行動パターンを変えた性犯罪者がいないか三重チェックしてください。すでにチェックしたのは分かっていますが、もう一回お願いします。

そしてわたしとしては、明日の朝にはみんなに元気ハツラツでいてもらわないと困る。ということで、ペーデル、例の栄養ドリンク剤をみんなに配るように。何せわたしたちには、明日何が起きるのかさっぱり分からないから」

32

壁のテレビでは、司会者のティルデ・ドン・パウラ・エビーが、有名人らしき人物に質問をしている。ヴィンセントは、この人物がだれなのかまったく知らなかった。彼自身が著名人なのに、自分より名の知れた他の有名人のことは恥ずかしいほど知らない。おかげで昔から、いろいろなイベントで当然知っているだろうと紹介してもらった人物のことがまるで分らなくて、場が気まずくなったことは何度もある。

カイサ・ベリィクヴィスト（一九七六年〜。スウェーデン出身の元走高跳選手）を、一度一緒に仕事をしたことのある大道具係と勘違いするという大失敗のあと、だれがだれだか覚えるために自分はこれからゴシップ誌を読み始めると妻に約束した。でも駄目だった。他人に興味がないというわけではなく、有名人に熱烈な興味が持てないだけだが。

この番組の予告を見ていたときに、講演会仲間が出演することを知った。だが彼自身のショーがあるのでリアルタイムでは見られなかったから、帰宅するやビデオ・オン・デマンドサービスのTV4プレイの見逃し配信の再生ボタンを押した。とりあえずヴィンセントは、知人の顔を見分けることができるよう祈った。何しろ彼女は超有名人だ。ファーストネームだけで、多くのスウェーデン人は、だれか分かるほどの大物なのだ。

ティルデ・ドン・パウラ・エビーは、カメラに向かって微笑んだ。

「このソファに座る次のゲストについて、くだくだしい紹介は不要でしょう」彼女はまさにヴィンセントの考えていたことを言葉にした。「少なくとも、ソーシャルメディアにアカウントがある方には。あるいは、ここ数年間雑誌を開いたことのある人たちにも。ようこそ、ノーヴァ！　イーネス・ヨハンソンさんもようこそ！」

女性が二人、スタジオのソファに腰掛けていた。ノーヴァはダークブラウンの髪で、マスコミがこぞって「エキゾチック」と描写する容姿の持ち主。ということは、彼女は美しいだけでなく、世界のどの地域出身であってもおかしくないルックスをしているということだ。彼女は四十代で、その横に座るイーネスというらしい女性は、少なくとも二十歳は年上のようだ。

プラチナブロンドの髪をきちんと結って、透明に近い肌のイーネスはエレガントだ。ヴィンセントは長年にわたって、ノーヴァを講演会で偶然見かけることがあったし、彼女の話はいつも面白かった。でも、ヴィンセントが息を呑んだのはイーネスのほうだった。童話のキャラクターのように色白なだけでなく、ミーナによく似ていた。同じ顔立ち、同じ瞳。ミーナの年を取ったバージョンだ。そして、明るい髪色のバージョン。

あるいは彼だけがそんなふうに思い込んでいるのかもしれない。

結ったブロンドの髪を正す彼女を改めてよく見ると、似たところは消えた。彼は恥ずかしいような気分になって頭を振った。ヴィンセントの隣に座るマリアは携帯電話に没頭しているから、赤らんだ顔を見られなくて済むのは幸運だった。どうも、思っていた以上に、前日の記者会見でミーナが見られるのを期待していたようだ。チャンスが訪れるや否や、彼の脳はミーナを思い浮かべる。それほど期待は大きかったということか。ミーナよりうんと年上の女性だし、髪の色だって違う。もう二年も経っているのだ、普通の脳ならば、反対にあの女性刑事への結びつけを弱めるよう作用するだろうに。強めるのではなく。彼はため息をついた。もう二十か月も経っているのに、前頭葉の最前部に彼女がまだ存在するなんて。

「では、まずノーヴァにお話を聞こうと思います」ティルデが、ダークヘアの女性に向きを変えた。「インスタグラムやその他のソーシャルメディアで、あなたは驚異的な注目を集めていますね。満足できる生活を送るための思考のヒントやアドバイスを、良質の動画でアップしています。講演会の依頼も常に受けていらっしゃるし、雑誌やトークショーではお馴染みです。手元の資料によると、ここ五年間、投稿メッセージを毎週公開しているとか。ということは……動画の数は膨大なものになりますね。フォロワーも百万人以上いらっしゃる。国外でもあなたの話に耳を傾ける人たちがいるそうですね。しかも、西側諸国だけではない。フォロワーの三パーセントはブラジルの方だとうかがっています」

「百万?」とまどったように、ノーヴァは微笑んだ。「そんなに大勢? そうおっしゃるのなら、そうなのでしょうね」

ヴィンセントはノーヴァと個人的な付き合いはないが、彼女はいつも感じがよく、仕事の上でも優秀だ。何度か聴いた講演もよかった。TV4の金曜日のトークショーに値する人物だ。唯一ヴィンセントが苦手なのは、ノーヴァが握手の代わりにハグをしたがることだった。初対面の相手にも。

「でも、ご自身のインスタグラムアカウントについて話すためにいらしたわけではないですよね？」ティルデはそう言って、カメラに向けて本を掲げた。「『エピック』というタイトルの、このご著書について聞かせてください。わたしが理解するところでは、あなたの人生の旅の新たなステップについてのご本ということでよろしいでしょうか？　あなたがまだ子供だった頃、交通事故に遭って以降の歩みについての」

マリアが携帯電話から視線を上げて、テレビを顎で指した。「すごく意味不明じゃない？」

ヴィンセントは答え始めようと口を開いたが、すぐに閉じた。天使だの自己啓発書だのセミナーに携わってきたマリアがノーヴァの人生観を意味不明と呼ぶことに、彼は何と言ったらいいのかよく分からなかった。

マリアは肩をすくめて、また携帯電話に熱中し始めた。ゲリラマーケティングに関する記事を読んでいるようだ。もちろん、ケヴィンから送られてきたものだ。ヴィンセントには、それがマリアが磁器の人形を販売するための最良の戦略だという確信は持てなかったが、口を出す気はなかった。彼の願いはただひとつ、妻の起業家としての成功だった。ただ、彼女が正しい方向を選んだとは思えなかった。携帯電話の画面にメッセージ着信ランプが光り、ヴィンセントは、送信人の名前が「師匠ケヴィン」にアップデートされていることに気づいた。すぐにマリアの顔に笑みが浮かんだ。ヴィンセントは、注意をまたテレビに移した。不安な気持ちが腹部に広がったが、考えを苛立つ方向にもっていかないよう自分に言い聞かせ、テレビに焦点を合わせた。

「その事故以来、いまだに慢性的な脚の痛みを引きずってらっしゃるそうですね」テレビの画面でティルデ・ドン・パウラ・エビーが続けた。「その事故は、あなたに一生残る後遺症を負わせ、お父さまも奪ってしまった」

ずっと昔の出来事なのに、ヴィンセントは、新聞の大見出しを覚えていた。記憶に間違いがなければ、ヨンという名のノーヴァの父親が所有していた大きな農場が、ある日燃え始めた。家畜小屋の中の動物はすべて焼け死んだ。火災から逃れる際に、車を運転していた父親は事故を起こして亡くなった。ノーヴァだけが死を免れた。しかし、事故後の手術がうまくいかず、ノーヴァは一生、強い鎮痛剤を服用すべく運命づけられた。この話は何年にもわたり、何度もメディアで取り上げられてきた。

「でもね、ティルデ、だれでも慢性の痛みを抱えていると思いますよ」ノーヴァが真剣な表情で言った。「身体的になかったなら、心の中に。でも父がよく言っていたように、すべては苦痛であり、痛みは浄化なのです。矛盾しているようですが、わたしたちにとって時折の試練はよいものです。そうすることで痛みから逃れられるようになる。そこで『エピック』の登場と相成るわけです。これはただの本ではなく、日々の生活の中で活かすことで、多くの現代人が素晴らしい気持ちになれる哲学でありライフスタイルなのです。わたしがソーシャルメディアに書き込んでいることの大半はこの本に基づいていて、こうして出版することで、すべての方々にエピクロス主義を人生の一部として組み込むチャンスを提供できるのです」

「ところで痛みと言えば、事故のあとの手術を成功させられなかった医師に対する苦い思いを、どうやって解消なさっているのですか?」

「『ハミルトン路《ろ》』ですね」ノーヴァは、また微笑んだ。

ただ今回は、その目に悲しみがうかがえた。

「これは数学的概念なのです」当惑しているティルデのために、彼女は説明を始めた。「幾何学的形態において、頂点と頂点の間を移動する方法のことで、すべての頂点を一度だけ通過するものを指します。わたしは、人生をこれと同じように生きようとしているのです。わたしたちがくよくよ考えるとき、すでに通った頂点を訪れているのです。必要でもないのに。もし、過去を再び体験することと新しい体験を生み出すことのどちらかを選択するとしたら、後者を選ぶほうが健全でしょう」

ティルデはうなずいたが、ノーヴァが言うほど答えは明白ではないと思っているかのように、額に少ししわを寄せた。それでも、重ねての質問はしなかった。ヴィンセントは、番組時間が終わりに近づき始めたのだろうと推測した。だが今のところ、話したのはノーヴァだけだ。

「では、イーネスさんにも話に加わっていただきましょう」ティルデはそう言って、ブロンドの女性に向きを変えた。「あなたとノーヴァが一緒に団体をスタートさせたのですね?」

「そのとおりです」イーネスは、低くて張りのある声で言った。「当初わたしはノーヴァの見習いでしたが、今は一緒に働いています。エピクロス主義に基づいた、独自のリーダーシップやマネージメントのセミナーを提供しています。世界さまざまな国からの人々に研修を行っているのです。そして、セミナーの内容は、企業だけでなく人生にも応用していただけます」

「曖昧ね」携帯電話をじっくり見つめたまま、マリアが言った。「すごく曖昧だわ」

ヴィンセントは、ある程度までは同意できた。エピクロス主義は確立した哲学だし、彼自身もそれなりに筋が通っていると思っている。だが、哲学そのものではなく、それをどう受けとめ、どう解釈するかが重要なときもある。彼は客演講師として自己啓発のセミナーに何度も参加してきたので、そういう場の雰囲気がたいがい熱をはらんだものであり、ゆえに宗教的熱情につながりかねないことを知っている。参加者が、自分の人生を永久に変えられるという強い信念に駆られているからだ。だがそういう感情は、セミナーが終了した十五分後には消えることが多いのも承知している。

とは言うものの、現代の自己啓発教祖《グル》たちが飢えた信者に高額で売りつける素人考えのメソッドやら哲学やらよりも、エピクロス主義のほうが健全だとヴィンセントは思っている。エピクロス主義はストア主義と同じくらい優れていると言ってもいいかもしれない。ノーヴァの本やセミナーより役に立たないものに金を費やす人々はいる。彼女は優秀だ。それに、ヴィンセントの見るところ、彼女は真摯に取り組んでいる。この業界では、必ずしもみんながみんな、まともというわけではない。

「ノーヴァとイーネス、ありがとうございました」ティルデが番組を締めくくった。「さてノーヴァの著書『エピック』がそろそろ発売だと申し上げましたが、何でもこの本は、もうすでに何千部も予約されているそうですね。おめでとうございます」

マリアは頭を上げて、ヴィンセントに期待の眼差しを向けた。

「ほら！　あなたが思っている以上に、本を売ることはできるのよ。あなたがわたしのアドバイスに耳を傾けて、もうちょっととっつきやすい本を書いたら売れるわよ。ミステリーなんてどう？」

ヴィンセントはため息をついた。警察小説は、彼の関心リストのかなり下部に位置している。

実際の捜査で十分だ。

33

今日の彼女のタイムはなかなかだ。平均スピードは一キロメートルにつき六分半、昨日よりよくなっている。今日土曜日の朝は暑さが少し和らいでいて、水域に沿って走る彼女に当たるそよ風が快適だ。

でも、タイムはまだ一年前より悪い。離婚は彼女の精神のみならず、身体にも影響している。これも、あの男が彼女から奪い去ったものを並べた長いリストの一項目だ。

彼女は本当に愚かだった。もっと賢明だったらよかったのに。

彼女の知性は証明されているし、高学歴の持ち主だ。スウェーデン有数の銀行で高い地位に就いている。テレビのゲームショー『クイズ$ミリオネア《ポストコードミリオナーレン》』の答えだってほとんど分かる。なのに、見抜けなかった。浮気の見抜き方ハンドブックに記載してあるすべての兆候に、チェックマークを付けることができたくらいなのに。〝赤いポルシェ〟、チェックマーク。〝トレーニングに興味を持ち始める〟、これもチェックマーク。〝毛染め〟、チェックマーク。〝残業〟、チェックマーク。〝服のセンスが変わる〟、チェックマーク。

チェック。チェック。チェック。

これらすべてを、もちろん気にはしていた。彼女はそこまで馬鹿じゃない。けれど、中年の危機なのだろうと思って、彼の五十歳の誕生祝いと結び付けていた。

ある意味正しかった。彼女が知らなかったのは、五十歳の誕生日パーティーに招待客として来た王女を彼が好きになったことだ。ナイジェリアのスウェーデン大使に招待された女性だ。何事も豪勢にやる。ロルフはいつもそうだ。

後になって一番彼女を苦しめたこと、それは、彼の不倫に対して目をつぶってもいいと思っていたことだ。ナイジェリアの王女の情報が徐々に彼女に届いてからも、そういう気持ちでいた。忘れてあげる、許してあげる、前に進みましょうと彼女が寛大な心で持ちかけたとき、彼はまるで無頓着に彼女を見つめた。

「本気なんだ」彼は言った。「本気なんだよ！」

まるで二人で過ごした二十年間は、偽りにすぎなかったかのように。本物の愛に備えた待合室だったかのように。

彼女は、シェップスホルメン島に停留されているボートに沿って走った。通常なら、緑の多いこの島を一周するのを朝の日課にしている。最新流行を追う都会のジョガーたちを肘で押しのけて走るのだ。でも、夏の休暇が本格的になるにつれ、その手のジョガーは消え、取って代わったのは早朝も早朝から子供を引きずり出し、虚ろな目で走る胡乱な観光客たちだ。ジョガーが少ないのは、暑さのせいもあった。

島の南部に到達した彼女は、カステルホルメン島へ続く橋を通り過ぎて、島の曲線をたどって北へ戻る途上にあった。

三本マストの美しい帆船〈アヴ・チャップマン〉号まで来て初めて、彼女は立ちどまることにした。観光名所であり、船はユースホステルになっている。一気に走るつもりでいたが、すでに水分が必要だった。ジョギングの際にはいつも背負う小さくて軽いリュックサックから、ウォーターボトルを出した。指が硬く感覚がなくなっていて、蓋はきつく閉まっている。できるだけ力を入れてはみたが、それでも開かない。通り過ぎる男性が尋ねるような目をよこしたが、彼女は視線を避けた。死んでも男に助けなんて求めるものか。一瞬、諦めようと思った。人生における不運の山に、小さな不運がまたひとつ重なるだけだ。遅かれ早かれ、うんと小さくて些細なことで、彼女は限界を超えてしまうだろう。モンティ・パイソン（イギリスのコメディグループ）の映画『人生狂騒曲』に登場するミントチョコのような小さなもので。

でも、喉が渇いてたまらなかった。やっと蓋を開けた彼女は、目の前の白くて大きな船〈アヴ・チャップマン〉号をじっと見ながら、夢中でゴクゴク飲んだ。この船は一八〇〇年代終わりに造られ、オーストラリアで使用される予定だった、とどこかで読んだことがある。でも、最終的には、ここストックホルムに落ち着いた。ユースホステルね、彼女はそう考えて鼻を鳴らした。ロルフは、ユースホステルが何なのかすら知らないだろう。少なくとも自分は、ベルリンまで列車で旅したことがある。十九歳のときだった。

彼女が走る歩道と船の間の渡り板の下に、日光が何かの影を落としている。何の影だろう？　彼女は手をかざし、目を細めた。錯覚かもしれない。多分。でも、何かが埠頭に押し込められているように見える。ちょうど渡り板が岸に接する箇所に。彼女は歩み寄り、よく見えるよう、体で日光を遮るように立った。

子供の靴が一個。

ベルトで固定されてベビーカーに座るぐずった子供が靴を蹴り飛ばしてしまい、観光で来ている親は、それに気づかなかったのだろう。そういう出来事のことを思うと、彼女はいつもぞっとした。彼女はそういうことが我慢ならず、自分たちの子供が幼かった頃も、同じようなことでロルフと口論になったものだった。

彼女は靴を抜き取ろうとかがんだ。歩道に置いておいたら、持ち主が見つけやすくなる。靴はがっちり埋まっている。うんと力を込めると靴は抜け、やっと彼女の手に収まった。

そのとき初めて、渡り板の下に埋まったままの小さな脚が目に入った。

34

ヴィンセントは、追悼の森（共同の散灰場所）を抜ける曲がりくねった敷石道をたどり、墓地へ向かっていた。朝早く、残りの家族はまだ寝ている。休日の早朝だから、無理に起こしたくなかった。そのうえ、子供たちは夏休み中だ。

ヴィンセントはリード島でのあの事件（『魔術師の匣』文春文庫）の一年後に、姉のイェーンとパートナーのケネットの死亡宣告の申請を行った。復讐のためではなく、姉の人生に然るべきピリオドを打ちたかったからだ。全人生を密かに暮らしてきた姉のためにせめて彼ができるのは、亡くなった彼女に会いにくることだった。イェーンの遺体はいまだ発見されていない。けれど、もう生きてはいまいと分かっている。うまく説明はできないけれど。そう……感じるのだ。

二人は発見されていないため、死亡したと公式にはみなされない。法によると、消息を絶ってから早くて一年後に、死亡宣告が可能となる。だからヴィンセントは、姉を最後に見た日のちょうど一年後に申請を行った。当人が死亡している「高い蓋然性」が求められたが、それについては確信があった。二人は死んでしまったと納得させるような感覚はなくとも、イェーンとケネットがあの島から脱出して、あれ以来ずっと見つからないよう潜伏できるとはまず考えられない。溺死したのは確実だ。仮に二人が逃亡できたとしても、ケネットもイェーンも、あの健康状態では援助なしに長期間生き延びることはできなかったはずだ。でも、国税庁は違う意見だった。死亡宣告がなされるまで、ヴィンセントはさらに四年待つよう知らせを受けた。

イェーンは彼とミーナを殺害しようとはしたが、それでも彼は国税庁からの知らせに失望した。彼の姉は、よりどころを与えられるに値する。生前で得られなくても、死後では持たせてやりたかった。

その後、何らかの理由で、国税庁は意見を変えた。イェーンとケネットは死亡宣告を受け、事務手続きはヴィンセントに委ねられた。

墓地に着いた彼は、並ぶ墓石の間を歩き始めた。母親は、ハランド地方のクヴィービッレに埋葬されている。彼女が亡くなったとき、教区教会がヴィンセントの父親エーリックの居場所を見つけようと努めたが、結果は得られなかった。最終的に、母が亡くなった自治体が葬儀を手配することになった。でもヴィンセントは、イェーンを母親と同じ墓に入れたくなかった。姉を自分のそばに置きたかった。姉を変え、姉を憎しみで満たした人生は、姉自身が望んだものではない。それに、いろいろありはしても、いまだに彼女はヴィンセントの姉だ。だからヴィンセントは、ストックホルム県内にあるティーレセー教会の新しい墓地を選んだ。

彼は、地面に埋められた平らな墓石のそばで立ちどまった。〈イェーン・ボーマンとケネット・ベンクトソン〉と刻まれている。生年。没年。それ以外は刻まれていない。彼がどんな墓碑銘を選んだとしても、それは嘘になってしまう。彼はしゃがんで、温かくて光沢のある表面を撫でた。イェーン（Ｊａｎｅ）のアルファベットは四つ。よかった。でも、ケネット（Ｋｅｎｎｅｔｈ）は七文字。道理で彼のことを好きになれなかったわけだ。

小さなクモが、刻まれた〝Ｊａｎｅ〟の最初のアルファベットＪの周りを八本足で歩き回っている。ヴィンセントは、クモの視点から見る世界を想像してみた。目下、世界は穏やかに曲がった峡谷Ｊから成り立っていて、そこは熱い日光からの一時的な避難所だ。でも、峡谷は障害でもある。這い上がらなくてはならないくぼみだからだ。やっと這い上がると、世界は光沢のある石という、つるつるの平野に変化する。クモが、天気や食虫動物に無防備なまま、勇敢にもその平野を渡り、少しして次のアルファベットＡに入り込むと、世界は新たな峡谷の迷路となる。

二つの峡谷の形には意味があって、結びついてもっと大きなパターンを形成していることなどクモには知る由もない。そして、そのパターンはかつて生存していた人物を象徴する言葉であり、その人物が体験してきたすべてのことや、その人物が出会って影響を及ぼしてきたすべての人々を表していることも知らない。クモにはそんな関連性など存在しない。クモにあるのは、一時的な環境の変化だけで、生き延びるために適応を余儀なくされる変化にすぎないのだ。そして、次の挑戦に立ち向かうとき、そんなことは忘れてしまう。

膝に痛みを感じ始め、ヴィンセントは立ち上がった。自分の人生はこのクモの人生のようなものかと考えるときがある。自分が体験してきたことが実はもっともっと大きい何かの一部であって、偶然その何かの凄まじいまでの大きさを知ったら、正気でいられなくなるのではないかと思ったりする。

人々が信仰心を抱いたり、信心深くなるのもおかしくはない。でも彼は、万物を創り上げ、人間の行動を包含する大いなる計画の主である全能者の存在は信じる気にはなれない。現実を説明するのに、そういったことは必要ない。『オッカムの剃刀』（ある事象を説明するにあたり、複数の仮定が存在する場合は、最も単純なものを選ぶ）とベンヤミンなら言うだろう。

文字列の終わりに到達したクモは、地面の草に下りようとしている。この生き物にとっては、現実がまたも完全に変化することを意味する。ヴィンセントは、クモの気持ちが理解できた。

35

アーダムは、渡り板の下から突き出る短くてむき出しの脚をじっと見つめた。遺体を隠す影から、〈ティーンエイジ・ミュータント・ニンジャ・タートルズ〉がプリントされた短パンがちらっと見える。

「この足だと、サイズはせいぜい三〇（一八〜一八・五センチ）」彼の横に立つミーナが言った。「これ以上見なくても、これがオッシアンくんではないかと思います。起きてはいけないことが起きてしまった」

胸がいっぱいになったアーダムは、顔を背けた。人質救出作戦が失敗に終わった場に何度か居合わせたことがある。彼が何もできないまま、罪のない人々に被害が及ぶのを目の当たりにしてきた。暴力的な状況だったこともある。それと比べると、渡り板の下に見える脚は、穏やかで安らかなくらいだった。

でも、それは子供の脚だ。

彼は——警察は——しくじった。すべきことをしなかった。迅速さにも賢明さにも欠けた。ここ数日間の努力にもかかわらず、誘拐犯を発見できなかった。そして、オッシアンは代償を払う羽目になった。取り返しのつかない、許されない失態だ。

鑑識員たちが遺体のそばで、現状でできる限りの記録を開始していた。遺体を遺体袋に収めて法医学委員会に搬送する前に、すべての証拠を確保しなければならないし、いずれ到着する監察医は体温測定と眼球の硝子体液を採取しなければならない。

遺体を搬送する係員は、鑑識員と親密な関係になりたがる変わった人間が多い。アーダムは、遺体搬送の際に鑑識員が見落とした証拠を彼らが見つけたといった類の話をいろいろ聞いたことがある。

アーダムは、思考を目の前の少年に戻そうとした。脳の防御機構が働いて、思考は地面の死児から何か他のものへと漂ってしまう。彼は深呼吸を一回して注意を集中させ、可能な限り、周囲の状況を頭の中に取り込んだ。

遺体は隠されていたわけではないが、かといって、完全に見える状態でもなかった。見つかったのは注意深い早朝ジョガーのおかげだ。ジョガーはまず遺体を引きずり出そうとして、死斑を目にして思いとどまり、警察に通報した。警察はすでに、彼女から綿棒で検体を採取していた。遺体からこの女性のＤＮＡが検出される可能性が高いからだ。

アーダムは口に手を当てた。これからどうすべきなのだろう？　彼は交渉人で、専門分野は武装した人間たちを説得することにある。人質救出に対処し、死傷者が出ないように解決することも彼の専門に含まれる。常に対話のみが任務だった。でも、今回はまるで異なる。

運よく、彼自身に子供はいない。いたら、ここに立ってなどいられないだろう。でも、姉には子供がいる。五歳の子が。オッシアンと同じく。二人が同じ幼稚園に通っていたとしてもおかしくない。

鑑識員たちは、シェップスホルメンのかなりの範囲を立ち入り禁止にした。野次馬や、ソーシャルメディアに写真を投稿しようとする人間は邪魔だ。鑑識員たちは遺体にうんと近づけるように、渡り板を慎重に持ち上げてどけた。

アーダムはすぐに、両親の家にあった写真に写っていたオッシアンの顔だと分かった。眠っているように見える。ただ、肌の色合いはそうではない。灰色だった。斑点付きの。そして下顎がたるんで、口が開いている。むごい。

「他にも何かあるぞ」鑑識員の一人が言って、さっきまで渡り板で見えなかった遺体のそばにあるものを指した。

〈マイリトルポニー〉がプリントされた子供用リュックサックだ。オッシアンと同じくらい汚れていた。

アーダムにとっては、リュックサックを見るほうがつらいくらいだった。遺体ならテレビの刑事ドラマに出てくる人形か小道具だと自分に言い聞かせられるが、リュックサックの存在で、すべてがより現実的に感じられた。オッシアンはそのリュックの中に、ウォーターボトルを入れていたのだろう。幼稚園の遠足のときにはお弁当を入れていたのだろう。姉の息子は、〈ヌテラ〉を塗ったサンドイッチをよく持参している。

サイドポケットには、多分拾った石がたくさん詰まっている。五歳児ならだれでも収集しているものだ。リュックサックの底には忘れられたぬいぐるみが隠れているのだろう。甥っ子は、擦り切れたキリンを持っている。堪え切れなくなったアーダムの頰に、突然、涙が伝った。もうこれ以上リュックサックと小さな遺体を見ていられなくなり、手の甲で涙を拭きながら視線を水域に移した。ほんの数メートル先の無惨な光景に反して、シェップスホルメンからの眺めは場違いなほど美しかった。朝日を浴びて輝く波間を、小型船が音を立てながら進んでいく。

水域の向こう側には、緑色の銅板屋根が特徴の旧市街〈ガムラ・スターン〉が見える。

「船と埠頭があるこの場所に、見覚えがありますよね？」ミーナが言った。「あなたはきっと、リッリちゃんが発見されたときのことを覚えていますよね？」

ミーナが自分の横に立っていたことに気づかなかった。

「桟橋の上」彼はそう言ってうなずいた。「もちろん気づいてた。この事案は、あのときと不快なほど似ている。似過ぎている。そして同じように、自分たちに与えられた時間は三日間だった。自分たちが無駄にしてしまった三日間」

ミーナはうなずいて、彼の視線を追って水を眺めた。

ルーベンが、彼のもう片方の横に立った。

「行こう」ルーベンが言った。「船のスタッフに話を聞きに行くぞ。あと、昨夜船内に宿泊したバックパッカーを叩き起こそう。何か目撃した観光客がいるかもしれない。ただし、酔っぱらってなければの話だがな」

アーダムはありがたく思ってうなずいた。やっと任務ができた。自分が得意なことをさせてもらえる。実力を発揮してみせる。成すすべもなく、ただここに立って見つめるのを避けられるのなら、何でもよかった。

「こんなことをした人間は是が非でも見つけないと」ミーナは、ルーベンについて行こうとするアーダムに言った。「リッリちゃんとオッシアンくんのために。そして何より、こんなことが二度と起こらないようにするために」

立ちどまって目を見開いて、アーダムはミーナを見つめた。

「また起こり得ると？」

「何も思ってはいません」彼女はそう言って、ウェットティッシュで額を拭いた。

もう朝のそよ風はやみ、凄まじいまでの暑さが戻ってきていた。かすかなレモンのにおいを感じた彼は、ウェットティッシュは肌をさらに乾燥させるとミーナに言おうか迷ったが、やめておいた。

「ここまで暑いと、人間はおかしくなります」彼女は言った。「アメリカでの調査によると、気温が二十九度を超えただけで、暴力犯罪がほぼ六パーセント増加するそうです。知ってました？」

アーダムは、自分のスマートウォッチをちらりと見た。外気温は三十二度。

「そして、夏はまだ始まったばかり」彼は言った。

36

「今朝の出来事は皆さんご存じでしょう」ユーリアは言った。

だれも何も言わなかった。唯一聞こえるのは、壊れる寸前のエアコンのガタつく音と、部屋の隅に置いた新しい水入れから水を飲むボッセのクンクンという低い声だった。トルケルまでがその場の空気を察して、妻の邪魔をしてこない。午前中を通して、ユーリアは一度もショートメッセージを受信していなかった。

「オッシアンくんが二時間半前に発見されました」ユーリアは続けた。「もちろん身元の確認をする必要はありますが、実質的には疑う余地がありません。アーダムとルーベンは現在シェップスホルメンに残って、目撃者がいないか、ユースホステル〈アヴ・チャップマン〉号の職員と宿泊客全員ならびに周辺の住民全員に聞き取り中です。船には百人近い宿泊客がいるので、有益な情報が得られることを願っています。ですが、必ずしも全員が連泊するわけではないため、急ぐ必要があります。ミーナとペーデルが木曜日にオッシアンくんのご両親のところへ行っているので、今回のことを知らせに行くのは通常だとこの二人が適切です。ですが、わたしとしては……」

彼女は話を中断して、涙を堪えようとしきりに瞬きをするペーデルに目をやった。避けられるなら、彼を両親とふたたび対面させたくなかった。職業上ふさわしくないかもしれないが、ユーリアはさせたくなかった。

「クリステル、引き受けてもらえますか？」彼女は言った。「そもそもミーナはミルダのところへ行く必要がありますし」

クリステルは深いため息を漏らして、腕組みをした。

「例によっておれか」そう言った。「死に関することは、おれのところに回ってくる。みんな、おれが死神か何かと特に親密だと思っているんじゃないのか。まあいい、引き受けるさ。だれかがこのつらい仕事をやらなきゃいけないからな。それに、あんたの言うことは分かるしね。ペーデルには、シェップスホルメンやその周辺の監視カメラなどのチェックをしてもらうほうがいい」

ユーリアは、クリステルが素早くペーデルをちらりと見たことに気づいていた。班の最年長メンバーは愛想なしかもしれないが、いざというときには心の温かさを発揮する。

「それを提案するつもりでした」彼女は言った。「感謝の印に、ボッセ用の特上ドライドッグフードを進呈しますね」

「それと、ボッセ用の餌皿をこの部屋に置くってのは？」

「それと、餌皿もこの部屋に置きましょう」ユーリアは言った。

エアコンが通常にも増して高い音を立てたあと、完全にとまった。ユーリアはたちまち胸の谷間を汗の滴が流れるのを感じた。帰宅したかった。冷たいシャワーを浴びるためだけでなく、ハリーを近くに感じたかったからだ。あの子のにおいを鼻で感じ、あの子の肌を自分の肌で感じたかった。あの子が生きていて、元気でいることを確かめたかった。トルケルには、友人に会いにでも行ってもらおう。

ペーデルが咳払いをした。

「ひとつだけ」ペーデルが言った。「リッリちゃん事件との類似性は、もう偶然とは言い切れません。だとしたら、オッシアンくんに降りかかった悲劇が、リッリちゃん事件の模倣犯によるものなのかどうか調べる必要があると思います。事件について新聞で読んだのかもしれません。あるいは同一犯の仕業かもしれない。われわれがこの疑問の答えを出すまで、この町の子供たちは安心して外出できないでしょう」

ユーリアはうなずいた。

「ミーナ、すぐにでもミルダのところへ行って、リッリちゃんの解剖結果について聞いてください」彼女は言った。「報告書を揃えておくよう、ミルダに頼んでおくわ」

ペーデルが開けた扉は、いずれ自分たちは足を踏み入れなければならなくなるだろうと、ユーリアが数日前に悟った扉だった。彼女は、同一犯による犯行が再開した可能性を認めたくなかっただけだ。警察が前回捕り逃した人物。だとしたら、オッシアンが死んだのは自分たちのせいだ。

37

ミルダ・ヨットは、人生のバランスを調節する巨大な天秤があるのではないかと思うことがある。幸福の割合が大きくなり過ぎないようにチェックするような天秤が。不幸が幸福を補って、どちらか片方の天秤皿のほうが重くならないように気を配っているような天秤。彼女の場合、ひとつの困難が解消すると、次の困難が取って代わるように天秤が機能するようだった。息子のコンラドは、やっと試練の時期を脱した。国民高等学校で学び、彼女もでき、ミルダが見る限り、過去のすべてと縁を切ったようだ。そのことで天秤の腕が傾いたところに、兄のアディがまた連絡してきたのだった。

「縫合してもらえる？　わたしのほうは終了」

彼女は、自分の前の輝く金属製の台に横たわる遺体を顎で指した。二十五歳。自殺。遺体には、以前の自殺未遂の痕が見られるが、今回は成し遂げた。首つり自殺。自宅の地下で母親が発見した。母親の網膜から一生拭い去ることのできない光景。それが刻まれることになった彼女の記憶の中には、初めて立って歩いた一歩、初めて抜けた乳歯、初登校日の思い出があり、そういう生にまつわる記憶のすべてが、今後ずっと、死の記憶と混じって残ることになる。

そしてこの明るく晴れた土曜日の午後、ミルダは世の中の心配事には目もくれず、この女性の肉体が存在をやめるのを見届ける最後の人間としてここに立っている。

ミルダはビニール手袋を外して、ゴミ箱に投げ入れた。助手のローケが、彼女が遺体に施したI字切開を丁寧に縫合する役目を担っていた。アシスタントの仕事ではあるが、いつもならミルダが自分でしている。今は頭の中がいっぱいで、しっかり集中できない状態だった。それに、ローケのほうがきれいに縫合する。助手としての彼の長所のひとつが慎重さだ。病的なこだわりという表現のほうが的確かもしれない。ミルダはいつもの清浄手順を終えて、普段着に着替えてオフィスへ向かった。ドアを開けると、暑さが襲ってきた。彼女は一瞬尻込みし、それから深呼吸をして中へ入った。腰掛けるや、椅子が臀部にくっついた。窓台のぐったりした鉢植え植物を悲しげに見つめた。植物の見た目と同じような気分になった。

兄アディからの電話は、予測され得ることだった。それでもなおショックで、兄に対してというより自分自身に憤慨した。アディにかかわるのは、寓話で川の向こう岸に渡ろうとするサソリが、カエルの背中に乗せてもらうのと同じようなものだ。川の中程でサソリはカエルを刺し、結果、二匹とも溺れ死んでしまう。「どうしてそんなことをしたんだ?」とカエルに尋ねられたサソリは答える。「それがおれの性《さが》なのさ」。

アディとかかわると、まさにこうなる。二人が幼かった頃から、彼女の兄は常に自分自身の願望しか頭になかった。他人にも願望があることなど把握できないかのようだった。他人の権利に関しても同様だった。すべて彼のもの。両親がいいことと悪いこととか自分のものと他人のものの区別を教え込もうとしても、すべて水の泡だった。だから、ミルダが子供とともに両親の家に住むと言ったとき、兄がそれを許したことには掛け値なしに驚かされた。その家は両親の死後に二人で相続した家だったが、ミルダは離婚して、子供を二人抱えていた。しかもアディは、実家の彼の相続分の売却も見合わせると言ってくれた。

ミルダは、兄のような人間ですら成長して丸くなることの証だと、自分を納得させた。時が経つにつれて、現状に疑いをいだくこともなくなり、ずっとこんなふうに暮らせるのだと自分に言い聞かせるようになっていた。現状維持。ずっと現状が維持されると思い込むようにしてきた。でも、昨日、兄が電話をしてきた。よそよそしく冷淡に。怒っているときと侮辱を受けたときを除くと、アディの声に感情がこもることは稀だ。

彼は自分の相続分を要求してきた。早急に。ほぼ二年前にも一度、同じことを言ってきた。

そのときは兄の〝弁護士〟とやらからの手紙が送られてきた。そこにあった最後通告は、彼女たちが引っ越すか、彼の権利を買い取るか。でなければ、母方の祖父ミコラスが亡くなったら受け取ることになる祖父の家の彼女の相続分五十パーセントを放棄しろ、というものだった。こうやってプレッシャーをかけることで、ミルダが理性的に考えられなくなるようにしているのだろうと思った。

彼女はその手紙を持って警察の同僚のところへ行った。まだ亡くなってもいない祖父の遺産の相続同意書を作成するのはおかしいと思ったからだ。彼女の直観は当たった。アディには、祖父ミコラスの遺産を事前に処理できる権利などない。アディが引き下がらない場合、警察はこれを脅迫として扱う。しかも警察が、その弁護士とやらは資格すら持っておらず、違法に弁護士と名乗っていることを突きとめた途端、兄はしっぽを巻いて姿を消した。

でも、アディが正しいことがひとつある。彼女が住んでいる家が二人で共有相続しているものだという点だ。彼女が住み続けるつもりなら、彼の権利を買い取れと主張する権利がアディにはある。そして、彼はまさにそう主張してきた。彼女は、自分には権利を買い取る手段がないと懸命に説明した。彼が金を必要としているわけではないことは知っているとも言った。アディは今に至るまでずっと、稼ぎがよかった。子供たちが家を離れるまでのあと数年間待ってもらえれば本当に助かる。そう訴える自分の声が嫌だった。兄がいつも自分に及ぼす効果が嫌だった――自分を怯えさせ、取るに足らないもののような気持ちにさせ、ぺこぺこ頭を下げさせる。だが兄が答える前から、何と言ってくるかはすでに分かっていた。彼女は、自分がカエルであることを忘れようとしていたことを呪った。そして、兄はサソリなのだ。

ドアを叩く音で、彼女はビクッとした。

「どうぞ」大きな声で言ったが、声がかすれたことに気づき、咳払いをした。

「お邪魔でしたか？」けげんな表情をしたミーナが覗き込んできた。「リッツリ・マイヤーちゃん事件でご相談したいのです。それと、検死報告も確認したくて」

ミルダは頭を左右に振った。「邪魔なんかじゃないわよ。わたしのサウナへようこそ」

38

ミーナは心配そうに、ミルダの部屋の窓際の鉢植え植物を見つめた。鉢植えは小さなオフィスのうだるような暑さに屈する寸前のようだ。そしてミルダはミーナより暑がっているように見えた。発汗には体温を下げるだけでなく、汚れや老廃物を除去する機能もある、とミーナはどこかで読んだことがある。そんなことを頭に浮かべただけで、ぞっとした。今すぐ自分の衣服を脱ぎ捨てたい衝動を懸命に抑えた。冷たいシャワーを浴びればいいことだ。ただ、このミルダのオフィスではできない。

「水はあげたのよ。だけど、あげる端から蒸発しちゃうの」ミルダはしおれた植物を指して、憂鬱な声で言った。

ミーナは彼女をじっと見た。いつものミルダらしくない。机の前の椅子を横目で見ながら、座るべきか熟考した。でも、熱くてべたついていそうだし、あのてかてかした座面にはきっと細菌がわんさと繁殖している。

「さて、あなたが必要な資料を探し出しておいたわ」ミルダはそう言って、引き出しを開けた。「少し前にユーリアから電話があったのよ。班のメンバー全員、週末の間ずっと勤務についていたって言っていたわ」

彼女はフォルダーを取り出し、まずウェットティッシュで拭いてから、ミーナに差し出した。ミーナは彼女に感謝の眼差しを送ってから、フォルダーを開けた。リッリの解剖結果情報が印刷され、きちんと分類してあった。

「助かります」ミーナは本心からそう言った。「休みを取ることはないんですか？」

ミルダはいつも穏やかだ。信頼できるし、率直で腕がよく、冷静な監察医だ。そう、いつものミルダを言い表すなら、「冷静」が一番的確な言葉だ。でも、今日の彼女はそう見えない。ミーナは何か尋ねてみようか熟考したが、何を訊けばいいのかよく分からなかった。二人は個人的なやりとりをするほど親密ではないから、どんな言葉を使うのがいいのか迷った。突然、ヴィンセントの気持ちが理解できた。ほとんどの状況でほとんどの人たちに対して、彼は苦労しているのに違いない。

「ゆっくり目を通していいわよ」ミルダは言った。「質問があったら訊いて。わたしならいつでもここにいるから。ところで、リッリちゃんの事件と今回の男の子の事件は関連していると思う？」

「本当のところ、よく分からないんです」ミーナは言って、フォルダーを胸元に押し付けた。「ですが、アーダム・ブロームはそう思っているようです」

タンクトップが胸に張り付いて不快だ。本当にすぐにでもシャワーを見つけなくては。それと着替えもしたい。少し沈黙が続いた。ミルダの表情は曇っていて、平静さに欠けていた。何かを隠しているふうだった。爆発寸前の何かを。ミーナは口を開いた。それから閉じて、ドアへ向かい、さりげなくお礼を言ってドアを閉めた。

39

彼は、マリア広場のすぐそばのホーンス通りに駐車した。パトカーを家のすぐ前にとめたら、不必要に自分の行き先を示すことになる。ベルマンス通りまでの短い距離を歩きながら、考えをまとめることもできる。

クリステルは、自分を両親のもとに送ることにしたユーリアを咎められない。警官は、時には自分の感情をオフにできなくてはならない。でも、優れた警官は、感情があまりに強くなったときには、表に出すことができなくてはならない。だから、行かされるのは、またも彼の役割となった。少なくとも、死の報を知らせる役は免れた。制服警官と牧師が、すでに知らせに行っていた。

目的の住所にたどり着き、インターホンを鳴らした。目指す階まで上がると、部屋のドアが開いていた。オッシアンの母親に違いない女性が、腕組みをして戸口に立っていた。反抗的な姿勢ではあるが、肩は落ちていた。

「こんなことをして何の役に立つんですか?」彼女が言った。「見つかったのがオッシアンのはずはありません。あの子はシェップスホルメンとは何の関係もないんですから」

「われわれが確かめたいのは、まさにそこなんです」クリステルは優しく言った。「それより、先ほどお電話を差し上げたのはわたしです。改めまして、クリステルと言います」

オッシアンの母親は、目の下のクマを除くと、血の気のない顔をしていた。水曜日に息子が行方不明になって以来、恐らく睡眠を取っていないのだろう。そして、今は否認の過程にいる。悲しみの五段階の第一段階だ。もうすぐ、次の段階、つまり怒りへと移っていくことになる。その段階に到達したオッシアンの両親は、クリステルや警察に怒りをぶつけてくる。警察は役目を果たしていないとか、訴訟を起こすとか、マスコミに訴えるとか言い出すかもしれない。人によって、もちろんいろいろな形がある。でも、フレードリックとヨセフィンの怒りがたとえどんな形になろうと、二人は正しい。クリステルは彼らに同意するだろう。警察は役目を果たさなかった。彼は役目を果たさなかった。オッシアンを見つけるための前提条件はかなり絶望的ではあったが、それでも、なお。できる限りのことをしたにせよ、不十分だった。決して十分ではなかった。

だが今のところ、ヨセフィンはまだ、自分にはもう息子がいないという事実を受け入れようとしている。この段階から先に進めない遺族もいる。

彼女の背後から、オッシアンの父親が姿を見せた。

「わたしたちが出向くほうがいいのではないですか？」彼は言った。「そうすれば、オッシアンではないと確認できるじゃないですか」

クリステルには彼が求めていることが理解できた。フレードリックとヨセフィンが自分たちの目で確かめない限り、息子ではないという考えは残る。何かの間違いだと思い続ける。そして、そんな考えから、人は正気を失ってしまうかもしれない。だが、どんなに冷酷であろうと、二人には待ってもらうしかない。

「もうすぐ息子さんに会えます」クリステルは言った。「ですが、今は法医学者の仕事がありますので」

それが何を意味するのか、詳しく話す理由はなかった。オッシアンは解剖される。二人の子供の体が切り開かれるのだ。クリステルはできれば、ヨセフィンとフレードリックの気持ちをそんな考えから遠ざけたかった。でも、二人は理解したようだった。ヨセフィンは、さらに青ざめた顔を両手で覆った。立っている玄関ホールでよろめいた。フレードリックは妻を抱きかかえたが、彼自身、立っていられないほどだった。

「オッシアンくんのＩＣ旅券があれば、指紋で息子さんかどうか確認できます」クリステルは言った。「あるいは歯ブラシがあれば、ＤＮＡ鑑定ができます」

「息子の歯ブラシを取ってきます」そう言ったフレードリックは、することができて安堵した様子だった。

彼は部屋の中へ消えた。

「現在、息子さんの衣服とリュックサックも調査対象になっています」クリステルは言った。

「ご理解いただければ幸いです」

「息子のリュックサック?」ヨセフィンは戸惑った。「どうして必要なんですか?」

彼女は、玄関ホールの靴に紛れた子供用サイズの黄色いリュックサックを指した。小さな〈フェールラーベン〉ブランドのものだった。

「あの子はお弁当を持参することになっていました。水曜日に、つまり、息子が……息子が……」ヨセフィンの声が途切れた。「あのときに限って、わたしはそのことを覚えていて、お弁当をすべて息子のリュックサックに入れました。それから、息子に持たせるのを忘れてしまって」

クリステルは、その小さなリュックサックを必要以上に長く見つめないよう自分に言い聞かせた。嫌な予感がした。

「息子さんは、それ以外のリュックサックを持っていませんか?」彼は訊いた。「〈マイリトルポニー〉がプリントされたリュックは?」

黄色いリュックサックをじっと見つめたままのヨセフィンに、その質問は聞こえていないようだった。

「おかしなことを訊きますね」ビニール袋に入れた小さな歯ブラシを持ってきたフレードリックが言った。「いいえ、そういったリュックはうちにはありません」

クリステルは額にしわを寄せた。オッシアンの発見場所にはリュックサックがあった。オッシアンのものでないとすると、だれのものなのだ? 何かおかしい。

40

法医学委員会のミルダのオフィスは、とても暑かった。でも、警察本部があそこより涼しいということはまったくなかった。故障したエアコンを修理しにきた者は、まだいないようだ。

みんな休暇中なのだろう。唯一の解決法は、屋外へ避難して、わずかでも涼しさが得られる日陰を見つけることだ。

脇の下にフォルダーを抱えたミーナは、正面玄関から出て建物の角を曲がった。彼女の目に入ったのは、地面に落ちている、たくさんのタバコの吸い殻だった。こっそりタバコを吸う警官たちのたまり場なのは間違いない。この手の警官たちのパートナーの大半は、「わたしの人生の伴侶は非禁煙者です」と誓って言うだろう。一緒に暮らしているにもかかわらず、人々がお互いのことをほとんど知らないことにミーナは驚かされる。他人を知ることは可能なのかと か、人々はそれぞれ小さな気泡のようなもので、他人には本当の自分を完全には見せないのではないかと思うときがある。この点に関して、ヴィンセントなら言いたいことがたくさんあるだろう。

座ることに抵抗はあるが、立ったままでフォルダーをめくり続けるわけにもいかない。だから、彼女はバッグから必要品一式を取り出した——ウェットティッシュ、抗菌スプレー、それに消毒液。溢れるほど満杯のゴミ箱のすぐ横に戦略的に置かれている小さなベンチを念入りに拭いた。ゴミ箱のほうには目をやらないよう努めた。ゴミ箱の周りにはスズメバチが数匹群がっているが、スズメバチは怖くなかった。目に見える危険だからだ。恐ろしいのは、目に見えない危険だ。

作業が済んだミーナは慎重にベンチに腰掛けて、自分の横にフォルダーを置いた。日陰は幸いにも涼しく、彼女の薄いタンクトップの下に感じるかすかなそよ風が、汗を乾かしてくれる。数回、深呼吸をした。うだるような暑さを逃れて、肺と気道が再び開いたような気がした。

肺を酸素で満たした彼女は、フォルダーを開いた。検死報告が一番上にあった。難しい仕事になるのは承知していた。ベテラン刑事ですら、子供の死には心を動かされずにはいられない。しかもリッリは五歳だった。このときに限っては、ミステリー小説のお約束どおりだった——犬を連れた男性が、防水シートの下に置かれた遺体を発見したのだ。

ミーナは詳細が写った写真を取り出し、ベンチの上にどうにか一列に並べた。少女の長くて暗い色の巻き毛が、光る金属製の解剖台の上に扇状に広がっている。安らかな顔だ。眠っているかのように。

死因は窒息と聞いてはいたが、自分たちの担当ではなかったので、詳細は調べていなかった。好奇心に駆られながら、検死報告を持ち上げて、ゆっくり読み始めた。大事な情報を見逃したくなかった。殺人事件捜査では、ほんの些細な詳細が決め手になることが少なくない。

彼女は、書類の真ん中にとまったスズメバチを、苛立ちながら追い払った。ミーナのほうが大きさでは明らかに勝っているのに、ハチは無頓着に戻ってきて、またとまった。スズメバチの度胸は、ミーナの心を捉えた。ほとんどの動物は、自分より大きい動物を警戒する習性がある。だが、スズメバチは違う。スズメバチにはある種の傲慢さがあり、敵がどんなに大きくても、自分には針があるから圧倒的に勝てると思い込んでいるようだ。ミーナが今まで出会った数人の男性たちを思い起こさせる。

彼女はまたハチを払った。今回はそのしぐさの意味を理解したのか、ゴミ箱の中のアイスキャンディーの包装紙のほうへ飛んでいった。

ミルダの報告書は、いつも構成がしっかりしていて分かりやすい。把握が難しいのは、そこに書かれている情報だ。死因はあまりにも明白だ。窒息。低酸素症。脳への酸素供給が不足して脳の機能が停止し、身体機能がとまることだ。ミーナは読み続けた。窒息の原因になり得る物質は、気道には詰まっておらず、小さな繊維の残りが確認されたのみ。肺内にも水はなかったため、溺死は可能性から排除された。その一方で、両肺に肋骨が強く押しつけられたような痕があるとミルダは書き留めている。ミーナは額にしわを寄せた。何による身体への圧迫なのだろう？

水深の深いところにある遺体に同様の損傷が見られることがあるのを、ミーナは知っていた。でも繰り返すが、肺に水はなかった。

殴打だろうか？　読み続けると、ミルダの報告書にその可能性はないとある。殴られると起こる皮下出血が見られなかった。

転落？　ミーナは、高所から転落した遺体をたくさん見てきた。その転落が意図的にせよそうでないにせよ。でもその場合は、胸部といった局所損傷の他に非局所的なものも見られるはずだ。報告書もそう指摘している。ミルダが一番可能性が高いと挙げているのは圧迫だ。皮下出血がないことから、圧迫は急速なものでも強いものでもあり得ないと記している。長時間にわたり、体全体に圧力が加えられたというのがミルダの見解だ。ミーナは思案しつつ頭を掻いた。死因の見当がまったくつかなかった。

圧迫による死とは？

オッシアンの事件を踏まえれば、死亡時刻も重要な意味合いを帯びてくる。クリステルが指摘したように、リッリは遺体で発見されるまでの丸三日間、行方不明だった。ミルダの所見では、リッリは三日間生き続けており、その間《かん》暴行は受けていない。それどころか、胃内容物を見ると、誘拐犯は彼女にいい食事をさせていたことが分かる。せめてもの救いだ。リッリが殺害されたのは発見直前だった。

ミーナは報告書に視線を戻した。ミルダの報告書の情報すべてと鑑識からの鑑定資料を組み合わせてみた。鑑識は右の脇の下から繊維を発見している。分析によると、喉から採取された残留物と同じタイプのものだという。羊毛繊維だ。

またスズメバチが飛んできた。先ほどと同じハチなら、戻ってきたことになる。またミーナが目を通している書類の上にとまった。もう我慢できなかった。バッグからウェットティッシュを一枚取り出してからしっかり狙いを定め、ハチをティッシュで捕らえてつぶした。ティッシュの中で手あたり次第針を刺しまくるハチの様子を想像した。結局のところは、まるで意味のない猛攻。またも、過去の男性たちが頭に浮かんだ。ミーナはティッシュを広げてハチを見つめた。死因については疑いの余地がない。圧挫損傷。彼女はティッシュをまたたたんで、ゴミ箱に捨てた。

検死報告を読み通してから、最後の資料を取り出した。遺体とともに発見された、リッリの衣類と所持品の写真だ。リッリが行方不明になったときに身に着けていたのと一致しており、両親によると、なくなっているものは何もない。ポケットから出てきた少女にとって大切なもの――白くて平らな石、きらきら光るしおり、大きな目をしたトロール人形、そして猫の形をした消しゴム。目の片隅に解剖台に横たわる少女の写真がまだ映っているのに、ミーナはつい微笑んだ。かわいいものに対する五歳児の偽りのない喜びが感じ取れた。グリッター、馬、子犬、ピンク、羽、フラミンゴ、子猫、それにスパンコール。大人になると、そのよさがまったく理解できないもの。ただし、『ユーロビジョン・ソング・コンテスト』のスウェーデン国内予選とかプライド・パレードは例外だ。

彼女はすべての資料を、もとのとおりになるよう慎重にまとめたあとフォルダーを閉じ、立ち上がってから深呼吸をして、暑さの中に戻っていった。時計に目をやった。もうすぐ勤務時間が終了する。以前よりは情報は得られたが、疑問が増えただけで、オッシアンやリッリを殺した者を見つける手掛かりは見つからなかった。今のところ、袋小路をやみくもに手探りしている状態だ。そして、殺人犯はいまだ、自由に歩き回っている。

41

ヴィンセントは作業部屋に座っていた。マリアは販売戦略を調整するため、またもケヴィンのところへ行く必要があった。ヴィンセントが教会から帰宅したときに、彼女と玄関で鉢合わせしたのだ。何でも、後回しにできないようないいアイデアがケヴィンに浮かんだらしい。レベッカはアストンと映画を見にいっている。一か月前には考えられなかったことだ。でも、突然アストンが姉を崇拝し始め、レベッカは七歳年下の弟と一緒に出かけても構わないようだった。彼氏がいるというのに。子供たちは暑さでおかしくなったに違いない。だけど、真っ昼間にエアコンの効いた映画館というのは賢明な選択だ。

ベンヤミンは自分の部屋で、二十一歳の若者が部屋にこもってすることをしている。ヴィンセントは、長男が〈ヘムネット〉あたりの不動産サイトでアパートの部屋を探していることを望んだ。

ということは、ヴィンセントはこの土曜日の午後に、自分一人で気の向くまま過ごせる。以前は、一人でよく物思いにふけっていた。でも、今はもう違う。イェーンが母親に関することすべてを明らかにしてしまってからは。あの体験以後、ヴィンセントは思考を抑制するために気を紛らす必要があった。考えが自分の意思で自由にどこかへ飛んでいくと考えるのが怖かった。

彼は机の後ろの本棚からルービックキューブを取って、指と指の間で回し始めた。ミーナからもらったものだ。以前完成させようと思ったことがあったが、パーツが外れそうなほどゆるゆるだったので、回す勇気がなかった。ミーナは一体キューブに何をしたのか。一度壊れたものを組み立て直したかのようだった。このキューブが不意に記憶を呼び覚ました。机の上にあるキューブを見つけた、ミーナの居間のことを。慰めようがない様子でソファに座っていたミーナ。記憶が心の急所に刺さり、ヴィンセントは、ずっと避けてきた場所に思考が向かっていることを悟った。彼は引き出しを開けて、キューブを見えないようにしまった。その引き出しの中の、サンタクロースのシールが貼ってある封筒に目が行った。数秒ためらってから、手に取った。警察への協力が終了して二か月ちょっと経った頃に受け取ったクリスマスカードだ。あの事件にかかわっていたことが世間に知れ渡ってから、彼の元に一般人から送られてきた自作の謎解きやパズルのうちのひとつだ。

実を言えば、新たな殺害予告でないと分かったものについては、そのほとんどを楽しく解いた。かなり初歩のレベルのものもあれば、明らかに手の込んだものもあった。中には、まったくわけの分からないものもあった。例えば、彼が手にしているこのクリスマスカード。封筒に入っていて、署名のされていない、生協で購入できるような普通のカードとともに、〈テトリス〉のような形に切ってある色紙のピースが何枚か入っていた。

そのピースを机の上に出した彼は、最初に中身を見たときと同じ感情を抱いた。このパズルは特別だという直観だ。論理的に説明できなかったが、紙切れの形を目にしたときに、言葉に し難い漠然とした不安を覚えた。その感情は、今もあのときと変わらないほど強かった。

ピースには文字が書かれていた。各ピースにアルファベットが数個あり、ピースを組み合わせてメッセージを完成させようとしているのは明らかだった。しかし、最初に解こうとしたとき、ヴィンセントは送り主の仕掛けた思考の罠に見事にはまってしまったのだ。彼は独りで微笑んだ。彼を騙せる人間はそう多くない。だから努力は認めよう。ピースの形が〈テトリス〉を連想させたため、彼はあのゲームと同じように、ピースとピースの間に隙間を作らず、ぴっちり組み合わせた。ところが、どんな風に組み合わせても、メッセージは読解不能のままだった。

やっとのことで、ゲームとの相似はミスリードだと悟った。そもそもカードに〈テトリス〉のピースとは書いていないのだ。良く知られた形と色だったため、彼は無意識にそう考えたのだ。それが送り主の意図だったのだろう。送り主が、ヴィンセントの過去のトリックを知っているという暗示だ。誤ったことに焦点を合わせるように仕向けて観客の注意を逸らす技術は、すべてのトリックにおける要だ。手品の用語で「ミスディレクション」と呼ばれている手法である。

そして同時に、送り主が彼のことを事前に調べたことも意味する。そう考えて、あまりいい気分にはならなかった。間違いに気づいてからは、文字列に注目してピースを組み合わせ、ものの数秒でメッセージができあがった。そして、答えは一つだけだった。

そして今ヴィンセントは、以前に何度もしたように、ピースを机の上に置いて組み合わせた。現れた文章はいまだに理解不能だった。「Saluterad, giriga Tim!（敬礼された、けちなティム！）」。初めてこのメッセージができ上がったとき、侮辱されたような気分になった。彼はけちではないし、ティムですらない。そこで、これは暗号なのだろうと悟った。問題は、どんなタイプの暗号なのかだった。

手書きのメッセージに何かしらの違いがあるか探してみたが、どのアルファベットも同じように見えるよう丁寧に書かれている。となると、二つの異なる外見の文字を要する『ベーコンの暗号』は対象外となる。ROT13や、もっとよくある換字式暗号で試してみた。各文字を別の文字に変換する方法だ。しかしこの方法で、彼が受け取ったメッセージのようなきちんとした言葉ができるのは稀だ。文字を他のものに換える他の方法も試してみたが、結果は同じだった。

彼は居間へ行って、Aes Dana のアルバム『Pollen』をかけた。いつものように、まずビニール盤のにおいを嗅いでから、ターンテーブルに置いた。

フィジカルな媒体にこだわる彼に、家族全員が呆れた表情をする。けれど、ハードカヴァーの本やビニールのレコードはにおいがする。冒険や予期せぬ発見を期待させるにおいだ。ストリーミングは実用的ではあるが、何のにおいもしない。カプセル式コーヒーメーカーがそうであるように、実用的な価値は理解できる。でも、経験という面で何かが失われてしまうような気がしていた。

スピーカーから最初の音が聞こえてくると、彼は仕事部屋まで音楽が聞こえるよう、ボリュームを上げた。フランス人に関していろいろ意見はあるかもしれないが、彼らの生み出すエレクトロニック・ミュージックはさすがだ。だとしたら、レベッカがドゥニと付き合うのはそう悪くないのかもしれない。

彼は仕事場に戻って、机の上の謎めいたメッセージを見つめた。彼がまだ見つけられないでいる深層があるに違いない。唯一残された解決法はアナグラム。大文字と小文字の区別や句読点を無視して、文字を入れ替え、正しいメッセージを導き出す方法だ。でも文字数が十八となると、何百万もの組み合わせが可能となる。手掛かりなしでは、試し始めるだけ無駄だ。

彼はため息をついて、ピースを封筒の中に戻した。このパズルには意味がないという可能性もある。この送り主を過大評価していたということだ。以前にもまったく無意味なものが送られてきたこともある。ただ、そんな考えを否定することが二つあった。ひとつには、最初に直観的に覚えた不安が消えてくれないこと。二つには、その翌年、しかも今からわずか半年前に、さらなるクリスマスカードを受け取ったことだ。さらなるピースが入ったカードを。

42

ミーナは一晩中悪夢を見たが、内容は思い出せなかった。でも、目覚めたとき汗びっしょりだったので、朝の衛生ルーティンにいつもの倍の時間がかかってしまい、警察本部に遅刻しそうだった。ユーリアによるブリーフィングがもうすぐ始まってしまう。今日日曜日の仕事がどうなるかは、前日に他のメンバーが入手した情報次第だ。だれかが自分より多くの情報を入手していることを願った。

正面玄関を出たところで、彼女は急に立ちどまった。玄関のすぐ前に、黒くてピカピカの大型車が駐車してあった。だれのものかすぐに分かった。心臓の中でハチドリがはばたいたかのように鼓動が速くなった。彼はどうしてここへ来たのだろう？　しかも今？　数日前にヴァーサスターンのアパートを頭に浮かべたことで、彼を呼び出してしまったのではないかという気がした。ミーナは車に駆け寄り、後部ドアを引っ張り開けた。

「何かあったの？」

「座れ」彼は素っ気なく言った。

その一言で、ミーナの記憶が鮮やかに蘇った。彼は口数が多いほうではなく、口を開くと、命令するように権力を振りかざした物言いをする。彼の地位を考慮すると、実に適切ではあった。二人が一緒に住み始めた頃も、彼が昇進の階段を上り始めた頃も、こんな口調だった。まるで、彼の基本的な姿勢は、他人を支配することにあるかのようだった。

彼女はまず座席をチェックしてから、乗り込んで座った。輝くばかりにきれいだ。もちろん。車を最高の状態に保つだけのために雇われている使用人がいるのだろう。

「何かあったの？」そう繰り返したミーナは、運転手にちらりと目をやった。自分たち二人が話しているときにまったくの他人が同じ車の中にいるのは奇妙だったが、彼女がバックミラーをのぞき込んでみても、運転手の、鏡のように輝くサングラスは何も明かしてくれない。彼はまっすぐ前を向いている。適切なときに何も見ざる聞かざるというのが、彼の仕事の一部だ。

後部座席に座り、自分の隣の男に視線を移した。まだ不安でドキドキしていた。自分が、この目立たぬとは言い難い車の中に座っているのはなぜなのだろう？

彼は、ミーナには自分の人生にいてほしくなかったはずだ。自分とナタリーの人生に。彼女はそれを理解し、承諾した。それが彼からの要求だった。彼女が二人のもとを去った時点で、彼らとのつながりはすべて絶たれる、それが条件だった。そして、何年もの間、その状態が続いていた。彼は彼女に近づかず、彼女も彼に近づかない。単純で、明快。二年前の夏に彼女の行動がばれるまでは。それ以後、向こうからは何も言ってこなかったし、彼女も距離を置くよう気をつけていた。地下鉄ブロースート駅プラットホームからあの子を見守るのもやめた。王立公園でのコーヒータイムもだ。なのに、今。今、彼は突然ここへやって来た。

しかも、彼女のアパートの前へ。

彼女は、目の前の背もたれの小さな点に関心を集中させた。完璧な革の表面の小さな小さな凹凸。

息をして。

息をしなさい。

それから、彼女はまた彼に向きを変えた。視線を合わせた。じっと。でも彼女は、彼の真っ青な瞳に映るかすかな不安を見逃さなかった。あの瞳とそっくりだ。心にグサッと来た。

「彼女が接触を取ってきた」彼が言った。「彼女を遠ざけるようにきみに言ったはずだ」

だれの話をしているのか訊く必要はなかった。

「母親とは長いこと話をしてない」ミーナは言った。

「ナタリーが彼女と一緒にいる。金曜日から。わたしの雇い人は、もちろんその接触の現場を目撃したが、邪魔しないようわたしから指示を出した」

ミーナは、二年前の夏のあのときを頭に浮かべた。許されないと知りながらも、ナタリーと一緒にコーヒーを飲まずにはいられなかった、あの出来事だ。彼女が席に着くや否や、監視役たちが彼女の娘を連れ去ってしまった。

「以前は、何の問題もなくすぐに邪魔したじゃない」彼女は言った。

「分かっている」彼が言った。「だけど、あのことが原因で、わたしとナタリーの関係がかなり……ぎくしゃくしてしまったのだ。そんな関係をむやみに悪化させたくなかった。あの施設がどこにあるか知らないわけじゃないし、あの子も成長したからね……あのときよりは。ともかく、ナタリーから、母方の祖母に出会ったとショートメッセージが届いた。それから、同じ日の夕方、祖母のところに泊るというメッセージを受けた。金曜日のことだ。それ以来、こちらからの電話にもメッセージにも応答しなくなった。今日は日曜日。反抗的な十代の若者には失礼な言い方かもしれないが、限度がある」

ミーナは黙っていた。彼女は習慣的に、携帯電話でナタリーの動きをチェックしている。娘のリュックサックにこっそり入れたあの小さなGPS発信機は、ナタリーが使わないポケットに入っているに違いない。GPSの動きを見れば、ナタリーがまだその存在に気づいていないことが分かる。でも、オッシアン事件に時間をすべて取られてしまい、水曜日の朝からナタリーの居場所はチェックしていなかった。その時点では、娘は父親宅にいた。ミーナは恥じた。自身の娘にもっと気を配っていたら、今ここで聞かされたことはすでに把握していたのに。

「だったら、どうして連れ戻しにいかないの?」彼女は言った。「あの子がだれと一緒なのか知っているのに」

ミーナは、彼の顔に不安が浮かんだことに気づいた。以前も見たことがあった。いつも一瞬だけ浮かぶのだが、ミーナがあとになって本当に浮かんだのかいつも確信が持てないほど、ほんの一瞬よぎる不安だ。でも、今は消えずにまだ浮かんでいる。

「分からない」彼は言った。「連絡は取り合わないという合意はあった。だけど、あの人はナタリーの祖母でもある。それに、もう何年も経っている……どうしたらいいのかわたしにも分からないのだ」

その言葉が、二人の間の静けさの中を漂っていた。ミーナは前方のバックミラーをちらりと見たが、運転手はいまだ、サングラスの後ろの表情を変えることなく、ずっと前を見つめている。

ミーナにはそのジレンマが理解できた。自分が娘を近親者から引き離していたという事実が明るみに出たら、マスコミはどういう扱いをするか、ナタリーの父親は恐れているのだ。

「わたしに何かしてほしいってこと?」

彼は頭を振った。適切な言葉を探しているようだった。彼の特徴のひとつだ、とミーナは考えた。よく考えずに軽率に話すことはまずない。彼が今の地位を獲得できた理由のひとつだ。通り過ぎる人たちが、興味津々に車を眺める。ごく普通のアパートの前に駐車してあるだけでも目立つのに、窓ガラスが黒いこともあり、だれが乗っているのかという興味をますます誘った。

「お母さんと話をしてほしい」彼は言った。「ナタリーに知られないように。きみのお母さんはわたしの話は聞いてくれないだろうが、きみになら耳を貸すと思ってのことだ。内密に対処する必要がある」

ミーナは落ち着け、深呼吸をしろと自分に言い聞かせた。感情は混乱していた。抑え込もうと懸命に努めてきた記憶の中の、さまざまな瞬間や時間。そういったものなしで生きていこうと自分に教え込んだすべて。

「目下、緊急捜査の真っ最中なの」彼女は言った。

「あの行方不明の子供か」彼はそう言ってうなずいた。「記者会見を見た。聞いたところでは、昨日の朝、遺体で発見されたそうじゃないか」

「なるほど。だったら、今のわたしには他にすることがあるって理解しているわけね。わたしはナタリーのことは心配してない」

彼はミーナと視線を合わせた。

「そうか。でも、あの子が何を聞かされるかは心配したほうがいいんじゃないか?」

不安がミーナを捕らえた。彼の言うとおりだ。ミーナと彼は同意していた。しかし、それだって、トランプのカードで作った家のように不安定だ。ナタリーが祖母と過ごす一秒ごとに、カードの家が崩れる危険性が高まる。そして崩壊したら、ミーナだけでなく娘も埋まってしまう。

「やってみる」彼女は素っ気なく言った。

彼が前の座席に手を伸ばすと、運転手は彼にメモ帳とペンを手渡した。よく見慣れた筆跡で彼はメモ帳に数行走り書きをして、そのページを破り取って彼女に渡した。不安そうな表情は跡形もなく消えていた。今の彼は冷静で自尊心があり、落ち着いている。

ミーナは何か言おうとして口を開けた。言葉に出さないことがたくさんあった。訊きたいことがうんとあった。でも、彼女は口を閉じて、ドアを開けようとドアハンドルを引いた。彼女は自ら、質問する権利を放棄した。

彼女は立ったまま、その黒い車が角を曲がって走り去る様子を目で追った。それから、手に持った紙切れを見た。携帯電話を出して、走り書きされた番号を押した。今すぐしなければ、二度とする気にはなれないだろう。聞こえてきたのは留守番応答メッセージだった。深呼吸を一度してから、彼女はメッセージを残した。それからアパートの正面玄関に戻り、機械的に暗証番号を押して、部屋まで階段で上がった。ドアをきちんと閉めて初めて、彼女は大声で叫んだ。

43

日曜日の午前中の日光が、ヴァレントゥーナにある連棟住宅地区の家の屋根を照らしている。ルーベンがここに住んでいた頃、建物は茶色だったが、その後しばらくして色とりどりに塗り替えられた。数日前から、ここを訪れるつもりだったが、まずはオッシアン捜索のほうを優先させた。昨日は〈アヴ・チャップマン〉号のスタッフと宿泊客全員、あと周辺にある国立博物館と王立芸術大学の職員に聞き取りをした。目撃者はいなかった。案の定だった。アーダムが、日曜日に島の残りを担当すると言ってくれた。殺人犯がボートで来たとしたら、島に停泊している船のだれかが気づいた可能性がある。ルーベンは、済ませてしまいたい用事があるが、そのあと行くと言っておいた。今になって突然、シェップスホルメンへ直行すればよかったと思い始めた。だが、これはやらなければならない。

オッシアン事件で心がバランスを失ってもいた。自分は何かに属していると実感したかった。少なくとも、属していたと思いたかった。グンナルらとの親交は同じことではない。彼らは、仲間であり競争相手でもある。だれが一番面白い話をするか。週末にだれが一番の巨乳を見たか。ワルどもを一番うまくぶちのめしたのはだれか。そして背中を叩いて称賛し合う。いざというときには理屈抜きで彼らを信頼することができる。だが今必要なのは違うものだ。

エリノールのことを調べるのは簡単だった。彼女は、二人が一緒に暮らしていた家にまだ暮らしている。彼は駐車場にとめた車の中に座ったまま、家々を見下ろした。黄色い家がエリノール宅だ。ルーベンは車を降りて、歩道を下っていった。建物に囲まれた小さな公園で、子供たちが遊んでいた。

子供。

そんなことは考えたこともなかった。エリノールが既婚で、子供がいたら？　しかも、今日は日曜日だ。恐らく家族全員が在宅だろう。彼女の夫が玄関ドアを開けたら、家を間違えたと言うことにしよう。

家に近づくと、思ったとおり、外の芝生に倒れている子供用の自転車が目に入った。まるで、彼の思考が現実化したみたいだった。乗り方を覚えるための自転車といったタイプのものではなく、もっと大きい自転車だった。エリノールにはもう数年前から、家族がいるということだ。訪問するのがどんどんまずい考えのように感じられてきたが、今となっては、済ませてしまうほうがいい。さもなければ、これからもずっと、気になり続けるだろうから。

彼は小さなアプローチを上がって、呼び鈴を鳴らした。中からだれかが近づいてくる音が聞こえたので、邪魔にならないよう二、三段、階段を後ずさりした。

エリノールが出てきた。

「はい？」

まず彼の心を打ったのは、彼女が別れを告げたときより、うんときれいになっていたことだ。当時から美しかったにせよ、今は十歳年を取っている。十歳賢明になり、十歳経験を重ね、十年長く人生を送ってきた。母親としての人生を、自分の人生を生きてきた。それは見ればすぐに分かった。そう考えた彼は、思わず息を呑んだ。彼女が目の前の男がだれなのか見分けがつくまで、数秒かかった。それから眉をひそめた。

「ルーベン・ヘーク」彼女は言った。「何の用？」

それは「何年かぶりに会えて嬉しいわ」とは聞こえない口調だった。むしろ逆だ。「夫を呼ぶ前に消え失せろ」的な響きだった。

「やあ」できる限り穏やかな声で、彼は言った。「突然こんなふうに現れてすまない。おれはただ……話せるか？」

彼女の背後で人影が動いたので見ようとしたが、彼女は塞ぐように戸口に立った。

「アストリッド、何でもないわ」彼女は言った。「すぐに行くから」

自分がかつてどれほど彼女を傷つけたか、そして彼女はそのことを振り返るつもりもないことは、エリノールの顔を見れば一目瞭然だった。

「アストリッドって？」彼は訊いてみた。

「あなたには関係のないこと」彼女は言った。「警察を呼ぶ前に帰って」

彼は大胆にも微笑んでみせた。

「おいおい、エリー」そう言った。「おれは警官なんだぞ」

「言いたいことは分かるでしょ。それに、エリーなんて呼び方しないで。お願いだから、ここへはもう来ないで」

小さな影が、突然エリノールの横まで突き進んできた。

「こんにちは！　わたし、アストリッドっていうの。あなたは何て名前？」

「この人はすぐに帰るのよ、アストリッド」エリノールが険しい声で言った。「じゃあね」

エリノールは少女を後ろに追いやってから、彼の目の前でドアをピシャリと閉めた。それから、中から鍵をかけた。彼は後ずさりし、これからどうすればいいのだろうと思いながら芝生に立っていた。だが、ここに立ち続けるわけにもいかない。隣人が怪しむだろう。彼は気にしない。でも、彼女が気にするかもしれなかった。

彼は、車に向かって歩き始めた。くそっ。カウンセラーのアマンダは正しかった。人生最悪の思いつきだった。一緒に暮らした愛しのエリノールは、彼が裏切ってしまったエリノールはもういない。残っているのは、彼女にとって思い出したくもない彼との時間だけ。彼女は前に進んでいた。家族を持っていた。彼が同じことをしてこなかったのは、彼女のせいではない。

彼は車に乗り込み、少し座ったままでいてから、発車させた。子供のいるエリノールを見るのは不思議な気分だった。エリノールの娘は目元は母親似だが、口元は他のだれかだった。エリノールの唇は柔らかくてふっくらとし、夏に汗をかいたときには塩辛い味がした。エリノールの唇に対する考えを追い払う。また記憶の波に溺れる余裕などなかった。

あの少女の名前はアストリッド。彼の父方の祖母と同じだ。エリノールは彼女のことが好きだったし、向こうもエリノールを気に入っていた。あの愛らしい彼女は元気か、とよく訊いてきた。彼が、祖母に答えることはなかった。でも明日、祖母に会うことになっている。恒例の月曜日のコーヒータイムだ。祖母が施設に移ってからの習慣で、運よく施設は彼の職場からわずか五分の距離にあった。明日は、エリノールは元気にしているよ、おばあちゃんと同じ名前の娘が一人いるよ、と教えてあげよう。祖母はさぞかし喜ぶことだろう。

彼は、深呼吸をしてアクセルを踏んだ。よし、これで済ませたぞ。完了だ。アマンダは、彼を誇りに思ってくれるだろう。

44

「リッリちゃんの検死報告には、不可解な点がいくつかありました」ミーナが電話で言った。

さっき強く叫び過ぎたせいで、まだ喉がヒリヒリしていた。

「ですが、オッシアンくん事件解決のヒントになるようなものはありませんでした。オッシアンくんの解剖結果を待つしかないと思われます」

電話の向こうから、ユーリアの深いため息が聞こえた。

「アーダムとルーベンの聞き取りでも、まだ手掛かりは得られていないし」ミーナの上司が言った。「そしてペーデルも、あの歩道沿いに設置された監視カメラを見つけられていない」

「シェップスホルメンへ続く橋にもないですか？　あるいは〈アヴ・チャップマン〉号には？あるはずだと思うのですが」

「橋の手前の国立博物館には設置されていたの。でも、そう遠くまでは映っていない。それに、犯人がボートを使ったとしたら、橋を通る必要はない。〈アヴ・チャップマン〉号だったら渡り板付近に監視カメラを設置しているって思うでしょう、でも、カメラは船内にしかなかった。だから、何もなし。あなたから、何かいいニュースを聞かせてもらえることを期待していたんだけど」

「今のところまだ。先ほど言ったように、報告書には興味深い記載もありますが、オッシアンくん事件につながりそうなものがありません。とはいえ、リッリちゃん事件をもう一度じっくり調べるべきだというアーダムの意見は正しいと思います」

ユーリアはまた、ため息をついた。

「ペーデルに電話をかけたら、今まで以上に奥さんに嫌われそうね」彼女が言った。「運がよければ、今日のうちにリッリちゃんの母親と連絡が取れるかもしれない。父親が出張中なのは分かっている。でも、今日はこれ以上あなたにできることはないわ。何か頭に浮かんだら電話をして。でなければ、明日会いましょう」

「もちろん、そうします」

ミーナは電話を切った。ナタリーの父親との予想外の出会いにひどく動揺したので、ユーリアとの打ち合わせには出られなかった。自分が壊れてしまうような気がしていたし、もしそんなことになるにしても、警察本部で壊れるのは嫌だった。ユーリアには、喉が痛くて、病気か何かだったら他のメンバーにうつしたくないと伝えた。叫びに叫んで声が嗄《か》れたわけだから、百パーセント嘘ではなかった。

ミーナは、アパートの部屋の中をせかせかと歩き回った。ユーリアから指示されていた自宅でできる仕事はもう済ませていたが、自分は事態の中心からあまりに離れたところにいるという感情は和らいでくれなかった。自分を囲む見慣れた壁に安心感を覚えられなくなっていた。気を紛らわせないと。ナタリーとオッシアンが絶え間なく彼女の頭の中でぐるぐる回り、建設的な思考を阻んでいた。

自分たちは、オッシアンを最悪の事態の前に発見できなかった。それは受け入れるしかない。

だが打つ手もない。何度調べようが、新たな手掛かりに結びつかない。しかし、ユーリアから署に出向くよう言われなかったのは運がよかった。ナタリーの父親に会ったことで、いまだにひどく狼狽していた。

オッシアンのことが頭の中で再生されるだけでは足りないかのように、自分の娘と母親のことまで頭に浮かんでくる。ミーナの母親。ナタリーの父親から受け取った紙切れに書いてあった番号は確実に正しいはずなのに、イーネスはまだ電話に出ない。GPSで二人がどこにいるか確かめて、警察官としてそこへ向かうのは容易なことだ。でも、そんなことをしたところで、状況がよくなるとは思えない。待つしか手がなかった。そして、イーネスがナタリーに何を話すつもりなのか気をもむしかなかった。そう考えた途端にミーナは恐怖のあまり動けなくなった。明かしてはいけない秘密がある。明かせない秘密がある。その秘密の上にはうんとたくさんのことが積み重なっているから、土台が取り除かれると、すべてが崩れてしまう。そうなったら、みんなが打撃を受ける。そのあとに生じる混沌から無傷で逃れられる者はいないだろう。でも、今彼女にできることは何もない。ナタリーはイーネスとともにいて、彼女は待つしかなかった。

ミーナは待つのが得手ではない。そして、ユーリアから指示のあった仕事はすでに詳しく調べ、次の指示を今か今かと待っていた。

だから、気を紛らわす必要があった。彼女はスマホを手に取って、並ぶアプリをスクロールした。メールや、今日受け取ったショートメッセージにはすべて返事を送っていた。何か他にないだろうか、重要な記事とか……赤地に白い炎マークのアプリに目がとまった。マッチングアプリ〈ティンダー〉。まったくルーベンときたら。こんなアプリを入れさせるなんて。いや、正直言うと、彼がそうしたわけではない。彼を黙らせるために、ミーナが自分でダウンロードしたのだ。今彼が彼女の隣に座って、このアプリを開けろと強制してるわけではない。でもこれは頭を使わなくて済む完璧な気晴らしかもしれなかった。それに、彼女が〈ティンダー〉を使ってはいけないなんて決まりはない。現代人としては当たり前の行為ではないか。普通の人々なら。彼女は修道女というわけでもない。アプリの中の男性たちは彼女に見られていることを知らない。そう思えば少し気楽だ。とても、とまではいかないが、十分気楽だ。

彼女はそう願った。

まず、パソコンを開けてネットで記事をいくつか読んで、今から目にすることに備えた。男性たちに勧められているのは、ペットとの写真とか友人たちとの写真——あるいは、家族と一緒の写真——そして、活動的な姿を披露するものをアップすることだ。この記事を執筆した女性によると、そのほうが女性を刺激するからしい。自分は世話好きで共感的、社会生活を送り、趣味があることを見せることの心理的な意味は、もちろんミーナにも理解できる。

ただ問題は、彼女が読んだのと同じ記事を、当然何十万人もの人も読んでいることだ。となると、写真はまさに信頼性を見せるために大切なのに、そういった趣旨は恐らくすべて失われてしまうことになる。

彼女は深呼吸をして、携帯電話の画面に消毒剤をスプレーしてきれいにしてから、アプリを開けて、ユーザー登録した。

最初に現れた男性は、自分で釣ったらしい大きな魚を、自慢げに掲げている。ミーナの目には自慢し過ぎに映った。予想外のタイプだった。この情報をどうふるいにかけていいのか迷った。この魚はペット？　それとも、活動的な姿を披露したいがための魚？　でなければ、自分の力を見せたい？　あるいは、この魚は家族の一員なのだろうか？　多分、魚は男らしさを象徴しているのだろう。狙った獲物を追いかけて殺す能力。男性はサングラスをかけているので、この人物の性格を判断するには、魚に頼るしかない。

そして魚を素手で持っているという事実に。

ミーナはぞっとした。

正気の女性なら、大きくてべたつく鯛を誇らしげに掴んだ手で触れられたいなんてまず思わない。想像しただけでひどい吐き気を催したミーナは、また画面に消毒液をスプレーしきれいにした。指のにおいを嗅いだ。魚のにおいがする気がした。

この写真を見る気を失ったので、左にスワイプした。次の写真をちらっと見て、同じくスワイプ。

十回ほど繰り返したところで、世界中の全男性が彼女と同じ記事を読んだことが明確になった。祖父とのツーショット、ペット各種とのツーショット、トレーニング風景、挙句の果てにはクッションとのツーショットなど、途中で数が分からなくなるほど多くの男性の写真を目にした。自分を一番魅力的に見せる方法が、よりによって大きな魚を手に持つことだと思っている男性が、異様なほど〈ティンダー〉登録者に多いことは言うまでもない。冗談抜きに、魚を掲げた男のどこがいいものやら。あと一枚でも大漁写真を見せられたら、目を苛性ソーダで洗う必要に迫られそうだった。

わたしのことを笑うだけ笑うがいいわ、ルーベン。もううんざりしていた。

そこで突然、スワイプする指をとめた。一対の茶色の目が、画面の中から彼女の目を見つめてきた。黒っぽい巻き毛の男性。髪を後ろでゆるくまとめている。完全なお団子《マンバン》ヘアではないが、それに近い。頰と顎にかなりの無精ひげを生やしている。動揺するほどではない美形。多少疲れ気味か。そして多少……実直そうだ。写真屋で撮ったものではなく、何かのついでに自撮りしたものだ。とはいえ、適当に撮ったのではなく、それなりにいい写真だった。そして、見栄を張っていない。次の写真で、その男性は机に向かい、両手の間に頭を休めている。カメラ目線ではなく、写真に写っていないだれかを見つめている。白いシャツ。まくった袖。職場で撮った写真かもしれない。写っているのはそれだけ。ジムでのものもない。魚も写っていない。ホッとしたミーナは、紹介文を読んだ。

「名前はアミール、弁護士です」そう書いてある。「仕事の関係で、趣味とか関心事は多くありません。それを変えたいと思っています。二人で変えてみませんか？」

弁護士。趣味はなし。でも、優しそうだ。それに、他の男性と比べて、それほど……不自然に見えない。それが、彼女の頭に浮かんだ唯一の表現だった。ほら見ろ、ルーベン。アミールに連絡を取ろうと思った。デートとかそういったことではない。物には程がある。オッシアンのことを考えなくてはならない。だけど、ルーベンの鼻をへし折っておとなしくさせる格好の機会ではある。もう、対人恐怖だの修道女なんて言わせないから。彼女は電話の画面に指を置いたまま、少しためらった。それから後悔する前に、素早く右にスワイプした。

45

「午後は三つ子の世話をするって、アネットに約束しているんです」ペーデルが言った。「妻が女友達たち数人と、日曜の飲み会に行くことになっているんですよ」

彼とユーリアは、人混みだらけの歩道をどう立ち回るのが一番なのか分からないようなたくさんの観光客を肘でどかしながら前へ進んだ。

「オッシアンくん事件の犯人を見つけるまで待つよう、奥さんに言ってもらえない？」ユーリアはつっけんどんに言った。

彼女はすぐに後悔した。不必要にきつい言い方だった。いまだにトルケルに苛立っているのだ。

「あっ、ごめんなさい」そう言った。「馬鹿なこと言っちゃって」

ペーデルはうなずいただけだった。

「リッリちゃんの母親が警察本部の近くに住んでいるのは運がいい」彼女は言った。「それほど時間はかからないわ。それのあとはすぐ帰宅して構わない。アネットは飲み会に間に合うわ。わたしとしても、母親から自分だけの時間を奪うようなことはしたくないもの」

彼女は携帯電話を取り出して、ショートメッセージを素早くチェックした。トルケルからの新たなメッセージが二件現れた。彼女は、目を通さずに削除した。

「リッリちゃんの母親の住所は……ガルヴァル通り7」彼女は言った。「クングスボリィス広場の向こう側。もうすぐそこよ。母親は在宅だと賭けてみることにしましょう」

ペーデルは、歩道の真ん中に突っ立ってきょろきょろする男の前で急に立ち止まった。男はカーキ色のシャツにサンダル姿で、「アイ・ラブ・ヨー（ヨーはスウェーデン南部の小さな町）」と書かれたTシャツで出身地を誇示している。二人はこの男性をかわすように進まなくてはならなかった。

「これだから観光客は」髭の奥でペーデルがぶつぶつ言った。「ヨーじゃ歩行者は左側通行って概念がないんすかね？」

「ちょっと、ペーデル」ユーリアが苦笑いを浮かべた。「三つ子ちゃんたちのおかげで、聖人のような忍耐力が付いたっていつも自慢してなかった？ それとも、子供さんたちに対してだけの忍耐力なの？」

「まあ、そうですけど」彼は言った。「何の心配事もなさそうな人たちが羨ましいだけかもしれません」

ユーリアが携帯電話をポケットにしまう前に、自宅から三件目のメッセージが届いた。

「仕事で遅くなったときは、アネットが着替えている間にアペロールスプリッツ（イタリアのカクテル）で買収すれば大丈夫なんですよ」彼は言った。「これはぼくにも得があってですね、下着姿でカクテルを飲む妻は、最高にセクシーなんです」

「そこまで教えてくれなくてもいいわよ、ペーデル」ユーリアはそう言いながら、急ぎ足で歩き続けた。

ペーデルを殴りたいような気分もあった。何て不公平なのだろう。彼女が夜にトルケルとハリーを残して外出するとなったとき、夫が水で割ったフルーツシロップを作ってくれるところすら想像できない。それに彼女にとって夜の外出なんて仕事に決まっている。彼女の生活に飲み会なんてもう存在しない。日曜だろうと平日だろうと、そんなものは消え失せてしまった。トルケルの前で自分が少しでもセクシーだと感じられる機会だって、ほんのかけらも残っていない。

「そろそろリッリちゃんのご両親に集中しましょう」彼女は言った。「母親はまだ病気療養中。リッリちゃんが行方不明になって、きっとひどいショックを受けたのね。だけど、親権争いに関する資料を読んだ限り、彼女は事件以前からあまり扱いやすい人間ではなかったようなの。だから、慎重に話を進めるのが賢明」

ガルヴァル通りは日陰に位置していた。二人は歩く速度を落として、7と書かれた戸口にたどりつくまで、一つかの間の涼しさを満喫した。インターホンを鳴らし、二人はイェンニ・ホルムグレーンとアンデシュ・ホルムグレーンの部屋までエレベーターで上がった。三十五歳前後の男性が、足元で吠え立てるチワワを足で追い払いながら、ドアを開けた。

「どうも、ユーリア・ハンマシュテンといいます。インターホンでご挨拶した者です」彼女は手を差し出した。

彼女の手を握るアンデシュの手は、汗で柔らかかった。

「お入りください。モルベリのことは気にしなくていいですよ。吠えるだけなんで。自分はシェパードだと思っているんですよ。イェンニなら在宅です。居間で話しましょう」

彼は二人の前を歩き、彼の後ろでモルベリが吠え立てていた。三人が入った部屋は、仕切りのない、居間とキッチンが一緒になった部屋だった。快適そうだ。窓はすべて開いていて、首を伸ばすとリッダーフィヨルドがかすかに見える。

「おかけください。アイスティーはいかがですか？」

ペーデルもユーリアもありがたくうなずいた。そして、アンデシュはキッチンへ行った。リッリの母親はソファに座っていて、目は虚ろだった。病的に細く、見るからに落ち着きがない。片足で貧乏揺すりをしていた。

「行方不明になった男の子のことで来たんでしょ？」彼女はそう言いながら、タバコに火をつけた。

「室内でのタバコは控えろ。そう決めただろ」

冷凍庫から角氷を出しながら、アンデシュが眉間に深いしわを寄せて振り返った。イェンニは答えなかった。タバコを深く吸って、ゆっくりと顔の前に煙の輪を吐き出した。

「そのとおりです」ペーデルが答えた。「オッシアン・ヴァルテションくんといいます」

イェンニはまた、タバコを数回深く吸った。アンデシュがいるキッチンから、氷がコップにぶつかる音が聞こえてきた。

「わたしたち、葬式以来会ってなかったのよ。分かるでしょ、わたしとマウロ――リッリの父親のこと。でも、そのことはもちろん知ってるでしょ。会ってもいないし話してもいない。だってそんな必要ある？　あの男の希望どおりになったんだし。わたしから娘を奪いたかったんだもの」

彼女は腹立たしげに、テーブルの上にある小皿でタバコの火をもみ消した。

「そのことならもう話したじゃないか。マウロは、リッリが一週間おきにここに来られるようにしたいと言っていただろ」そう言った瞬間に、アンデシュは口を開いたことを後悔したようだった。

「一週間おき！」イェンニが大声で言った。「娘の人生の半分を見逃すってことじゃないの！　娘を捨てたのはあいつなのに！　ブロンドのふしだら女のために、自分の家族を捨てて、リッリを捨てたじゃないの！」

「セシリアの髪はこげ茶だ」アンデシュが小声で言った。

「誓ってもいい、リッリを殺したのはマウロ」イェンニは続けた。「あの男とそのいかれた家族、あの連中は、わたしにあの子の世話をさせないためなら、あの子から母親を奪うためなら何だってしたはずよ。あいつは、わたしの代わりにあのふしだら女にママごっこをさせようとした！　わたしの子供のよ！」

ユーリアは判決に目を通していた。イェンニは危うく、一週間おきの世話すら許されないところだった。わが子の世話をするには、精神的な安定が不十分という判断が下されていた。ユーリアは、その意見に驚いた。親権争いの場合、どんな状況でも基本的に裁判所はいつも母親側に味方するからだ。社会において男であることに苛立つ唯一の機会、それが親権争いだろう。だが、本当のところ、ソファに座るこの攻撃的な女性に関しては、法廷の懸念が理解できた。

「お嬢さんの失踪と、水曜日のオッシアンくんの失踪には大きな類似点があるのです」ユーリアは冷静かつ率直に語った。「ですから、もう一度お話を聞きたいのです。古傷を開くようで恐縮ですが」

ユーリアは、アンデシュが差し出したコップをありがたく受け取った。黄金色の液体の中で、大きな角氷が動き回っていた。甘くてフレッシュなにおいがした。彼女は喉を鳴らして一口飲んだ。アンデシュはお茶の淹れ方を心得ている。ペーデルはすでに飲み干していた。

「警察は、リッリちゃんの誘拐に家族のだれかがかかわっているという訴えをすべて捜査しました」ペーデルは言って、咳払いをした。「法廷であなたがマウロさんになさった訴えも含めて。ですが、あなたのおっしゃったことを裏付けるものは……何も見つかりませんでした」

「証拠」イェンニが鼻を鳴らした。「証拠、証拠ってそればっかり！」

アンデシュはペーデルのコップにお代わりを注いでから、ソファに座る妻の隣に腰掛けた。犬が跳び乗って、彼の膝に頭を置いた。犬は今のところ、ユーリアとペーデルの存在を受け入れているようだ。少なくとも騒いではいない。

「あなただって知ってるでしょ」イェンニが夫に言った。「マウロのところから来るたびに、あの子の陰部が赤くなってたじゃない！　何度も医者に診せたんですから。だけど、この頃の医者って……間違いを犯すのを異様なほど恐れてるのよ。わたしがあの子に小さ過ぎるショーツを買ったんだろうって言いやがった。それで、跡が付いたんだろうって。冗談じゃない！」

長くて黒っぽい乱れ髪がかかった彼女の顔を見て、恨みが顔を怒りの仮面に変える前は美しかったのだろうとユーリアは思った。

「イェンニ」アンデシュが慎重に言った。「そうじゃない。マウロがリッリに害を加える人間じゃないことくらい分かっているだろ。おまえに負けないくらい、リッリを愛していたんだぞ」

イェンニは窓から外を見つめながら、またタバコに火をつけた。

「今日は調子のいい日ではないみたいです」アンデシュは妻から視線を逸らすことなく、二人に言った。

「娘さんがいなくなった日のことで、思い出せることは他にありませんか？」ペーデルが言った。

イェンニは頭を激しく振った。

「マウロがあの子を連れていったってすぐに分かった。あの子をどこかに隠したって」

「ですが、幼稚園の職員は、リッリちゃんを迎えにきたのは父親ではなかったと言っています」ユーリアは決然と言った。「初老の男女だったと」

「マウロはどうしようもない男」イェンニは非難し返した。「だけど、馬鹿じゃない。自分で連れていくわけないじゃない。他の人間に行かせたんだ。きっと、家族のだれか。あの男の両親は死んでる、だから他の年寄りよ。連中はいかれてるんだ、揃いも揃って。頭がやられちゃってるわけ」

彼女の声が裏返った。犬がビクッとして、頭を上げた。

「そういうのは建設的じゃないだろ」アンデシュが言った。「本当に今日は薬を服んだのか？」

「建設的」イェンニは、甲高い声で彼の声を真似た。「わたしの子供は死んでしまったし、その前からあの子はつらい思いをしてきたのよ。わたしはあの男から娘を守ろうと何でもした、あのくそ……バケモノから守るために。なのに……なのに、あの子は死んでしまった……」

イェンニは怒りで体を震わせた。タバコの吸い殻に火をつけて、フィルターを吸い上げるように吸った。

「ですが今、他の子供を巻き込んだ新たな事件が起きたのです」ユーリアは、できるだけゆっくり明確に言った。「先ほども言ったように、リッリちゃんと同じような状況で。ですから……」

「あいつは自分はくそ賢いって信じてるんだ」イェンニが遮った。

彼女はこめかみを叩きながら、体を前後に揺らした。

「あいつはまだリッリのことで逮捕されるんじゃないかって怯えてる。だったら、あいつなら何をする？　そうさ、自分とリッリから注意を逸らそうとするんだ。あんたたちに信じ込ませようとしたんだ、ほら、あの……」

彼女は指を掲げて鳴らした。「……連続殺人犯の仕業なんだって」

「警察はそう思っているんですか？」モルベリの毛を撫でながら、アンデシュが穏やかに言った。

ペーデルがユーリアに問うような視線を送ると、ユーリアは目立たないように頭を振った。

「残念ですが、今のところ、あまりお話しできません」ペーデルが言った。「すべての可能性を当たっている最中です。わたしたちがここへ来たのも、そういった理由からです」

イェンニは呆れた表情をした。手に持ったタバコで、アンデシュはペーデルを指した。長くなり過ぎていた灰が落ちて、明るい色のじゅうたんを焦がした。アンデシュの視線が灰を追って、床に落ちたときにビクッとするのをユーリアは見ていた。でも、彼は何も言わなかった。モルベリの毛をより激しく撫でるだけだった。

「警察は前回、あのくそ男の言うことに騙されたし、今回もそうなるよ。わたしには分かってる。あいつは悪魔なんだ、マウロは。でも賢い。ああ、もうあんたたちと話す気力がなくなった」

イェンニは素早く立ち上がって、バルコニーへ出た。そして、三人に背を向けて、喋り続けた。

「マウロに話を聞いたら？　わたしが言えるのはそれだけ。あいつとあのくそ家族。いかれた連中」

ユーリアとペーデルが立ち上がり、アンデシュは無言で二人に続いて玄関へ行った。二人の後ろでドアが閉まると、モルベリがまた吠え出すのが聞こえた。

46

「こんにちは！」

ナタリーはびっくりした。濃い色の髪の美しい女性が満面の笑みを浮かべて、彼女のところへやってきた。その人がだれなのか、ナタリーはすぐに分かった。

「座ってもいい？」

答えを待たずに、ノーヴァは向かいに腰掛けた。ナタリーは肩をすくめた。一緒に昼食の席を囲んでいた祖母は、先ほどやってきただれかに耳元で何やら囁かれ、孫を一人残していなくなった。昼食はスープで、ナタリーが今まで食べたことのないほど美味しい焼きたてのパンとともに出された。食事は申し分なかったが、ついポテトとチーズバーガーが頭をよぎった。〈エピキューラ〉での一人前は、ナタリーにとってはひどく少量だった。

ここの人たちは、常に祖母に用事があった。それがナタリーには誇らしくもあった。母方の祖母であるイーネスが、重要人物なのは明らかだった。テレビ出演までしたくらいだ。でも、それは一方で、時折ナタリーに、場違いのような、ほったらかしにされているような気持ちを味わわせもした。それに、彼女が知りたいと思っていた問いへの答えも、まだ得られていなかった。訊いても、祖母は「忍耐」としか答えてくれなかった。

もう夜になりかけているのに、祖母はまだ戻ってこない。別に〈エピキューラ〉に一人残されることに不満があるわけではない。ただ、何か食べるものがほしかった。一昨日ここに来たときにあったお菓子も探してみたが、どこにもなかった。

「ここでの生活はどう?」ノーヴァはそう言ってから、自分の前に紅茶を置きに来た女性に会釈した。

でも、お菓子はなかった。

「何とかなりそう? それとも、何もかも変に感じられる?」

「両方です」ノーヴァの率直な物言いに猜疑心を和らげたナタリーは言った。

「分かるわ」ノーヴァは言った。「習慣を変えて、現代社会の人々が忘れてしまった形で生活をするわけだもの。変かもしれないわね。だけど、わたしたちがここでしていることこそが、然るべき生き方なのよ」

「すべてあなたの父方のお祖父さんが始めたことだって、祖母が言ってました」

「ええ、そのとおり。祖父は、難しい疑問を持つことに尻込みしない、とても博学で知的な人だった。あなたなら生きることの意味を追求したなんて言うかしらね。それともそんな言い方だと曖昧で煙に巻いたように聞こえる？」

「正直言うと、ここのすべてが曖昧で煙に巻かれる感じがします」

ノーヴァは笑い声をあげた。温かみのある笑い声だった。

「そう」彼女は言った。「まさにそのとおりね。ここは、ものすごく曖昧なところかもしれないわ。でも、ここで意味を見つけた人はたくさんいるの。人生の意味をね。自分自身の意味。社会の意味も」

「あなたのご両親もお祖父さんみたいだったんですか？」

「父はね。自分の父親と同様、追い求める者だった。二人の道が交わるときもあれば、そうでないときもあった。でも、父は文章を書くのが得意だったの。実際、ここの壁に掛かっている引用のほとんどは、父の手によるものなのよ。長いこと、祖父と一緒にエピクロス主義を研究していたわ。それから、自分自身の道を追求する必要に駆られた。その数年後に父は……」

口をつぐみ、彼女は顔を曇らせた。

「『数年後に父は』？」

ノーヴァは瞬きをした。「亡くなった、ってこと」そう言った。「あなたは若過ぎるから、あの出来事のことは知らないものね。その話は、また今度するってことで」

「わたしの母も、わたしが小さい頃に亡くなったんです」ナタリーは沈んだ声で言った。

「あなたがいくつのとき？」ノーヴァが訊いた。

ナタリーは躊躇した。「おかしなことに、よく知らないんです。父に訊いても、わたしが小さかった頃としか言わないし。だけど、うんと幼かったはずはないんです。母のことを覚えているから。実際には母ではなかったのかもしれませんけど。においとか感触とか戸口に見えるシルエットとか。笑い声も覚えているんです……もしかしたら、覚えているのは夢に出てくる母なのかもしれませんけど」ナタリーは咳払いをした。「だから、答えを追求するというのは分かるような気がします。もし答えが得られたら素晴らしいでしょうね。でも、だれも答えはくれない、父も、やっと会えたおばあちゃんも。だから、ここにいるのは楽しい。だけど、もうすぐ父が激怒しながらわたしを連れにくると思う、わたしの気持ちなんておかまいなしに。そんなことになる前に、動物たちだけでも見られればいいんですけど」

ナタリーは、自分の口調に反抗的な響きが混じってしまったのをすぐに後悔した。子供のような話し方だけは何としても避けたかった。ここではみんなが彼女に対して親切だ。好きなときに帰宅すればいい。ここに留まるかどうか決めたのは彼女だ。

ノーヴァはテーブルから立ち上がった。よかった、彼女の発言を変なふうには取らなかったようだ。

「あなたのお祖母さんと話してみるわ」彼女は言った。「お祖母さんが、あなたのために何か特別なことを計画しているのは知っている。でも、それが何なのか、わたしは全然知らないの。でも、動物たちに会う余裕は、もちろんあると思うわ。お父さんに電話をして、もう少しここに残るって言ってみたらどう？　わたしはもうすぐ、市内でミーティングがあるの。でも、あなたとはもっと話がしたい」

ナタリーはうなずいた。

ノーヴァはにっこり笑ってから、その場を去った。ナタリーは、自分の携帯電話を見つめた。

父とは電話で話さないとすでに決めていた。当然。ショートメッセージを送るのが一番いい。でも、最後に送ったメッセージが快いものではなかったので、事態を悪化させないよう、どうフォローすればいいのか迷っていた。彼女はため息をついて、電話をしまった。ショートメッセージはあとで送ろう。今は送らない。あと一日なら、問題なく残れるだろう。

第二週

47

パソコンの画面を見つめるミーナは集中しようと努めたが、思考が常にさまよってしまう。ナタリーの父親に会ったことが一日中彼女の頭に残り、昨夜はなかなか寝付けなかった。今朝、起きるのはさらに困難だった。

警察本部のエレベーターの中に、だれかが印刷した用紙が貼ってあった。

今日は月曜日！

さあ急げ　仕事が君を　待っている！

その紙は今、小さく丸めてゴミ箱に捨ててある。

彼女は、少し震えている自分の手を見た。過去を捨て去るのに要した膨大な時間、莫大なエネルギー。脳のずっとずっと奥に隠した膨大な記憶。もうあの頃には戻らなくてもいいと自分に言い聞かせたつもりだった。しかし妙なことに、人生においては、いつも過去が現在に舞い戻ってくる。昨日の朝、ナタリーの父親に会っただけで、過去十年が――いや、十年以上だ、と彼女は心の中で正した――消し去られてしまった。記憶の中で、突然彼女は、あのとき起きたことのすべてに逆戻りしていた。この先ずっと葬り去ったままだと思っていた出来事のすべて。それが二人の同意事項だった。そして、かつて彼女は高い代償を払った。

昨日、彼女は何度も母親に電話をしたが、毎回聞こえてくるのは留守番電話の声だけだった。母親がナタリーに何を暴露して、何を暴露しなかったか、そればかりが気になった。

とにかく娘の居所を確かめようと、ミーナは携帯電話を出して、GPS機能を起動させた。しかし、アプリはなかなか送信機の在り処を定めてくれない。最近、これが頻繁に起こる。恐らく送信機の電池が切れ始めたのだろう。何と言っても、リュックサックの中に長いこと入ったままだ。

手の中の携帯電話が着信音を鳴らした。受付から訪問客ありとのメッセージだった。ミーナの頼みに応じて、母親がやっと来てくれたのだろうか?

訪問客の知らない名前を見て、ミーナは立ちどまった。彼女の母親ではなかった。思わず、少しホッとした。母親に会う心の準備がしっかりできているか、確信が持てないでいた。

殺菌用のウェットティッシュに手を伸ばして取り、電話を拭いた。それから、エレベーターへ向かい、受付まで下りた。

エレガントな服装の女性が、彼女を待っていた。ミーナがその女性には会ったことがないと思うや否や、女性は両手を広げ、ミーナをハグして自分のほうへ引き寄せた。

「ミーナ!」女性が叫んだ。「やっとあなたに会えて嬉しいわ!」

ミーナの脳内のすべてのシナプスが、一斉に爆発した。この女性はどこにいたのか、手を洗ったのか、何を摑んでだれに触れたのかなどなど何千もの思考……。ミーナは体内に何百万もの細菌が拡散するのを感じた。自分に抱きついている女性は、寄生生物をミーナに植え付けようとする宿主のような気がした。その寄生生物は移動先のミーナのもとで繁殖し、持ち込んだものは何でも拡散させることができる。彼女はハグを振り切りたかったが、そこで自分が動くことも話すこともできず、ただ麻痺したように立ち竦むしかできないことを悟った。

ようやく女性が一歩下がった。ミーナは自分の衣服をすべて剝ぎ取り、一番近いシャワーまで廊下を裸で叫びながら走りたい強い衝動を堪えた。

「初めてお目に……」彼女は言いかけた。

「お母さまからあなたのこと、たくさん聞いてます！」女性は遮り、きらめかんばかりの微笑みをみせた。写真を撮られることに慣れているような、十分に稽古を積んだ笑みだった。

パニックの真っ只中で、ミーナは思わず、その女性の美しさに感心してしまった。涼しそうな白い絹のシャツにこげ茶で豊かな長髪がかかり、背中まで垂れている。体を包み込むようなシャツにマッチした白い絹のスカート、そこから見える細くて長い脚。大きな青い目はオリーブ色の肌と効果的に対照をなす。薄いが完璧なメイク。人目を惹く美しさ。そして、明らかにハグ好き。

女性の笑みを目にして、ミーナが気づいたことがもうひとつある。最初の憶測が間違っていたことだ。今や、この女性がだれなのかはっきり分かっていた。

「母、とおっしゃいましたか？」ミーナは言ってから、だれかに聞かれなかったか不安になり、慎重に周りを見回した。「一緒に上階まで来ていただくのが一番だと思います」

ゲートを通して女性を中に入れ、エレベーターまで案内した。

「ごめんなさいね。わたしが来ることは、お母さまから聞いていたと思っていたので」目指す階まで移動する間、女性が言った。「わたしはノーヴァといいます。お母さまと一緒に仕事をしています。まあ、お母さまがわたしと仕事をしていると言ったほうがいいかしら。いずれにしても、あなたとわたしが顔を合わせたことはありませんでしたね」

「ええ、あれば、覚えていたはずですから」ミーナが言った。「ですが、あなたのことなら存じ上げています。数年前に、以前わたしがいた部で講演をしていただきました。あなたは、ご自身の団体の話をして、あと……エプソン、みたいな名前の、哲学者の」

「エピクロス」

「それでした。さて、ついてきてください。会議室に行きましょう」

好奇心に満ちた同僚の視界からノーヴァを外そうと、急いでミーナは廊下を歩いた。

「わたしがここへ来た理由を知りたいのでは？」ノーヴァが言った。「どうしてお母さまではないのかって」

ミーナの後ろから、ノーヴァのハイヒールの音が聞こえていた。

「ええ。わたしが電話をしたのは母ですから」素っ気なく言ったミーナは、会議室のガラスドアを開けた。

ノーヴァは腰をおろし、机の上のウェットティッシュのパッケージに手を伸ばした。

「いいかしら？　外はものすごく暑いのよ」

ミーナはうなずいた。ノーヴァが触れたパッケージはあとで捨てよう、と自分に言い聞かせた。大して意味のないことかもしれない。ミーナ自身、ノーヴァが運んできたもので、すでにたっぷり汚染されているのだから。ハグ好きの人間は嫌いだった。本当に心底嫌いだった。

ノーヴァはティッシュを一枚取ってから、体温を下げようと喉を拭いた。そして両手を拭いてからティッシュを丸めて、近くのゴミ箱に投げ入れた。

「それで、ご用件は?」ミーナが厳しい口調で言った。「母はどこにいるのですか? そして、ナタリーはどこです?」

こんな対話に割く時間などそもそもなかったし、しかもその間じゅう消毒液のシャワー――あるいは全身のサンドブラスト研磨――を切望しながら座っているなんて、到底耐え難いものだった。

「お母さまからすべて聞いています」ノーヴァは、またあの微笑みを見せた。「あなたのこと。お二人のこと。ナタリーさんのこと。ですから、わたしをお母さまだと思って話していただいて大丈夫。お母さまは……自己啓発曲線の上り坂にいるのです。孫と会えたばかりですから。あなたとはまだ話す心構えができていません」

ミーナは怒りを感じた。昔からあり続ける怒りがこみ上げてくるのを感じた。それはひどく強く、痛みを伴うくらい激しいもので、彼女は目に涙を浮かべた。

「自己啓発曲線だか仕事だか知りませんが、とにかく母のすることには興味がありません。関心があるのはナタリーのことだけです。娘の父親にとってもそうでしょう。父親がだれかはご存じですよね?」

ノーヴァはうなずいた。

「ええ、ナタリーさんのお父さまがどなたかは存じています。心配はご無用だとお父さまにお伝えください。ただ、娘さんとお母さまは癒しのプロセスの最中にありますから、不安定な状態です。お父さまかあなたが干渉して中断させると、今のナタリーさんには好ましくありません。繰り返しますが、始まったばかりなのです」

「わたしを脅しているのですか？　本気で？　あなたは今、警官と話しているのですよ」

ノーヴァはため息をつきながら、頭を左右に振った。それからまた、優しく笑った。

「そちらがどう思おうと、お母さまは今、自身の旅の途中なのです」彼女はゆっくり言った。

「お母さまが生き方を変えたのはずっと前のことですが、過去については、まだ多くが清算されていません。すべては苦痛であり、痛みは浄化なり。そう父がよく言っておりました。ナタリーさんは今、その旅の途中なのですよ。あなたもそうであるように」

「ナタリーは未成年ですよ」ミーナは言った。「保護者の許可なしに、わたしの母が娘に接触することを倫理的に正当化できるとお思いですか？　あなたたちを誘拐で通報してもいいくらいです」

ミーナは、深呼吸を数回する必要に迫られた。腹を立ててはいけない。開けたくない扉を開けることになってしまう。冷静に。自制すること。そうすれば、大事な扉は閉じたままにしておける。

「誘拐ですか」ノーヴァが繰り返した。「なるほど。行方不明になったあの子供の事件が精神的にこたえているのですね。あなたがそういうフィルターを通して世界を見ているということなら、当面は無理もありませんね。それに、あなたのおっしゃることは正しいかもしれません。まず保護者のどちらかにでもご連絡すべきでした。ですが、選んだのはお母さま自身なのです。

わたしは口出ししていません。もちろん、わたしが彼女の選択のどこをどう思おうと、わたしの自由です。ですが、もうこうなったわけですし、何と言っても彼女はナタリーさんの母方の祖母です。強制するものなど何もない。二人は今お互いを知り合っている最中です。ナタリーさんは自由にあの施設から出られますし、望めばまた戻れる。ですが、あと数日残りたいと本人が言ってきたのです。わたしがここに来たのは、そうさせてあげてくださいとお願いするためです。二人にとって必要なことなのです。ナタリーさんにその機会を与えるよう、お父さまを説得できるのはあなただけです。わたしにはできません。あなただけにできることなのです。わたしがここへ来たのは、お二人を許していただきたい、とあなたの目を見てお願いしたかったから。いかがですか?」

ミーナはためらいながら、ノーヴァを見つめた。母に対する怒りと失望があった。自分でここにやってこようとしない臆病さに。そしてミーナは、暑さの影響をまるで受けていないような涼しげな服の美女を大いに嫌いたかった。あのウェットティッシュを使った一幕はミーナへの当てつけではなかったか。今そこに座るノーヴァは……難攻不落だ。彼女はミーナの神経を逆なでした。

とはいえ、母親と娘——祖母と孫——はいい方向に進んでいるかもしれないという考えが頭をよぎったのも事実だ。そこに自分がいないのは多少つらいが、それがどうだというのだ?もうすぐ、そうでなくなるかもしれない。それに、自分にはGPSがある。彼女はため息をついた。

「ひとつだけはっきりさせておきますが」彼女は言った。「あなたのような人がやっていることを、わたしは一顧だにしません。自己啓発。自力救済。癒し、ヒーリング、魔術、名前は何だろうと。そういうものは、自分の人生を自分でコントロールすることのできない人たちを慰撫する安心用毛布にすぎない。あなたたちがしていることは、カルトと同じくらい悪質なものとしか聞こえません」

ノーヴァの表情から笑みが消えたことに気づいて、ミーナは満足感を覚えた。

「とんでもない」ノーヴァが言った。「〈エピキューラ〉におけるわれわれの活動のひとつが、まさにカルトを脱会できた人たちのための脱洗脳なのです。あるとき、わたしのセミナー参加者がクヌートビー宗徒団にいた頃の話をしてくれたことがあって、それで関心を抱いたのです。初期段階の脱会者で、例の大惨事（クヌートビーという小さな町で起きたスウェーデン最悪のカルト事件）が起こる前のことでした。この分野について、わたしたちなら何らかの役割を果たせると思ったのです。カルト教団脱会者ができるだけ普通の生活に戻れるようにするために、われわれの哲学がうまく適合するんじゃないかって」

「あるいは、別のカルト集団に入会させるために」ミーナが言った。

「わたしは本気で言っています。カルト教団にハマる人たちを見下すのは簡単なこと。弱いとか感化されやすい人たちだって思うのは容易なことです。でもそれは複雑な問題を単純化しているにすぎません。ほとんどの場合、問題は絆なんです。例えば子供の頃、有害な行動を取る親のもとで育つと、人とのかかわりが歪んだものになってしまう。虐げられるのを当然と思ってしまうんですね。カルト教団は、そういった心情につけこむのがうまい。でも、その逆もある。安心をもたらす関係に置かれると、だれもがみな親切だと思うようになります。それは言い替えれば悪意のある動機を持つ人間に対して無防備になってしまうということです。これはカルト教団に限ったことではなく、あなたの職場でも、きっと日々直面している現象ではありませんか？」

「でも、スウェーデンにカルトといえる団体はないのでは？」ミーナが言った。「クヌートビーは例外でしたが、あそこはもう……」

「スウェーデンでカルトに分類される団体は三百から四百ありますよ」ノーヴァが遮った。「そのうちの三十から四十が破壊的とみなされています。警察の方ならもっとしっかり調べていただかないと」

ミーナは答えに詰まった。ウェットティッシュのパッケージに手を伸ばして、ノーヴァが触れたことを思い出し、手を引っ込めた。ポケットから消毒液のボトルを取り出した。

ノーヴァは彼女に微笑んでみせた。またあの笑み。

「自力救済に関しては、あなたご自身が〈アルコホーリクス・アノニマス〉に参加されていらっしゃいましたね」彼女は言った。「お母さまの話によると、〈十二ステップ・プログラム〉に参加していたとか。それが助けにならなかったとお考えですか？　自分一人でクリアできたとお思いですか？」

ミーナは眉をひそめた。一本取られた。ノーヴァの言うとおりだ。確かに二年前の事件で彼女は命を落としかけた。しかし、その原因である犯人たちとの偶然の出会いの場となった〈アルコホーリクス・アノニマス〉を非難するつもりはなかった。むしろ彼女を救済してくれた場所であり、長年にわたって彼女の命綱だった。習慣的にあそこへ行って、同じ問題に向き合っている人たちと会い、自分は異常な欠陥人間なのだと思わされることもなく、代わりに理解してもらえた。そのとおり、〈アルコホーリクス・アノニマス〉には助けてもらった。自分一人では乗り越えられなかった。

「分かりました、あなたの勝ちです」ミーナは言った。「ナタリーの父親と話してみましょう。ですが、条件がひとつあります。母がナタリーにすべてを話すことは許可できません。母に口外してほしくない秘密もあります」

ノーヴァは素っ気なくうなずいた。

「できる限りのことはします。あと、ハグのこと、ごめんなさいね。どれほど不適切なのか、理解していませんでした。あなたの……個人的な指向を考慮すると」

ノーヴァは、机の上のウェットティッシュと消毒液のボトルを横目で見た。ミーナはため息をついた。どうして自分はもっと普通になれないのだろう？　普通の人たちにはある汚れへの寛容さが、どうして自分にはないのだろうか？　もちろんその代わりに、普通の人たちはしょっちゅう病気にかかる。だれ一人例外なく。

「お忙しいでしょう、出口は分かります」ノーヴァは立ち上がった。「わたしはお母さまと話す、あなたはナタリーさんのお父さまと話す、ということでよろしいですね？」

ミーナにとっては、うれしくも何ともない会話になる。

「玄関までご一緒します」ミーナが言った。「一人では出られませんから」

嘘ではなかったが、ナタリーの父親に電話をする前に数分でも時間を稼ぎたかった。二人はエレベーターで下りて、ノーヴァがゲートを通れるよう、ミーナはカードをかざしてやった。

「もうひとつ」ノーヴァがゲートを出たところで、ミーナが言った。「次回は母と話したい。あなたとではなく」

会議室に戻ったミーナは、セーターの袖を引っ張り下ろして手を覆い、ウェットティッシュのパッケージを持ち上げて、ゴミ箱に投げ捨てた。それから、携帯電話を出した。でも、電話をする相手はナタリーの父親ではなかった。電話をする理由が見つかるまで、ほぼ二年間かけていなかった電話番号だった。

48

「もしもし、ヴィンセント。わたしです」

彼は何も言わなかった。最後に彼女の声を聞いてから、指折り数えて待っていた。なのに、今かかってきた彼女からの電話に心の準備ができていなかった。衣服と髪を整えたかった。口臭をチェックしたかった。彼女が見ているわけでも近くにいるわけでもないのに。

彼は激しく瞬きをした。体じゅうの肌がぞくぞくしていた。

「やあ、ミーナ」彼は小声で言いながら、仕事部屋へ入った。

マリアに見られたり聞かれたりしないほうがいい。自分が今も子供のように顔を赤らめているのが分かっていたからだ。

「お元気ですか?」彼女が言った。

その多少抑えた口調で、まずはやむを得ず儀礼的に質問したことがうかがえた。ミーナは本当は違うことを話したいのだ。

「まあ、何とか。まだ妻とは一か月おきにしていますよ」彼は言った。

「ヴィンセント！」

「何か大事な要件のようですね。話して」

「了解」先ほどよりリラックスした調子で言った。「今日、昼食後に警察本部に来てもらえませんか？　直接会って話したいことがあるんです」

突然喉に渇きを覚え、ヴィンセントはオフィスチェアにドスンと腰掛けた。直接会う。昼食後。あと一時間ほどだ。午後に、これといった予定はない。月曜日に特別な出来事があるのは稀だ。でも……今日？　今？

ミーナの瞳。

気構えができていない。ロックバンドのドラムのオーディションを受けているかのように、心臓がドキドキ打っている。ずっと待ち焦がれながらも、待ち焦がれないよう努めてきた。希望を持たないよう努力してきた。それが、こうも突然に……今日？

今？

ミーナの瞳。

「もちろん」平然としたふりをしながら、彼は言った。「予定をチェックしてみますが、空いていると思いますよ」

49

ルーベンは警察本部の角を曲がったところにあるカフェで、サンドイッチとジュースの入ったお決まりのランチ袋を買った。毎週月曜日の習慣だ。午前中は、週末中の聞き込みのメモをパソコンで書き留める作業に従事していた。他の曜日だったなら、パソコンの前で昼食をとっていただろう。でも、今日は他でもない月曜日。月曜日は特別なのだ。だから、彼は父方の祖母のところへ向かう道中、サンドイッチを歩きながら食べた。二人だけの週一回のささやかな習慣だった。祖母には、彼しか残されていない。そして、彼が子供の頃から、祖母は常に彼にとってなくてはならない存在だった。だから、今は彼がお返しをする番だ。リッリ・マイヤーに関する書類には、四十五分待ってもらおう。ルーベンは残りのジュースを一気に飲むと同時に、ドアを開けた。例によって、祖母のアストリッドが自分の部屋で彼を待っていた。

「こんにちは、おばあちゃん！」

「まあ、ルーベン！」

いつものように、彼を見た祖母の顔が輝いた。孫がしわくちゃの頬にキスができるよう、彼女は顔の片側を上に向けた。祖母はいつものにおいがした。洗い立てのコットン、ラベンダー、そしてアーモンドのかすかな香り。ルーベンは、それが祖母がベッド脇のテーブルの引き出しに隠しているアーモンドクッキーのにおいなのを知っていた。

「おいしいものを持ってきたよ」先ほど買ったものが入った、もうひとつの袋を掲げた。

祖母の好物。バニラクリーム入りの菓子パン。

「太らせたいの？　おデブちゃんになっちゃう」祖母は細い腹部を擦りながら、愚痴をこぼした。

ルーベンはその冗談に笑った。祖母はやせ細っていて、彼女が太ることはもうないことを二人とも知っていた。でも、秘密のアーモンドクッキーを食べる元気がある限り、ルーベンもそれほど心配しなかった。

彼は、ベッドに座る祖母の隣に腰掛けた。他に座れる場所といえば、隅にある擦り切れた安楽椅子だけだが、彼は祖母の近くにいたかった。彼女のにおいを感じ、エルヴシェーにあった小さな家での時間を思い出したかった。あそこのキッチンには、いつもできたてのパンケーキと自家製のイチゴジャムの香りが漂っていた。いくつもの夏休みや休日を、祖母宅で過ごしたものだ。二人だけで。母親が手のかかる息子につきまとわれずに新しい彼氏と休暇を過ごしたくなったときに。祖母のところには、いつも彼の居場所があった。

「分けようか？」

彼は問うようにパンを指したが、祖母は頭を振るだけだった。

「人生は短いから、半分だけ食べるなんてことはしない」そう言って彼女は微笑んだ。

彼女はいまだに強くてきれいな歯の持ち主だ。彼女はそのことを誇りに思っていた。穴はひとつもない、彼女はそう言っては完璧な歯並びを指さすのが常だった。

祖母は、加齢による染みだらけで骨ばった手を、彼の手の上に置いた。

「話を聞かせて、ルーベン。ちゃんと暮らしてるの？」

毎週彼が来ると、いつもしてくる質問だ。仕事のことを訊いてくることは決してない。世間がいかに恐ろしくなり得るか語る必要がないのは、ルーベンにとってはありがたかった。祖母は、仕事以外のことなら何でも訊いてくる。そして彼は毎週、自分の生活がいかに楽しく面白いか話す。二人ともそれが嘘だと承知しているが、祖母はそれでも、彼に話を続けさせてくれる。

でも今日、彼は嘘をつきたくなかった。エリノールのところへ行った話をした。祖母は彼の脚をポンポンと叩いた。

「思うんだけど。あんないい子と別れるなんて、おまえは軽率だったね。あの子は外見だけでなく、内面も美しかった。なのに、お前は若くて馬鹿だった。だから男ってのは」

「ああ、父親譲りなんだろうね」父親のこととなると、いつも彼の口調はとげとげしくなる。父親は、ルーベンが小さかった頃、妻と息子を捨てた。会議に出席すると言って出かけたきり、帰宅することはなかった。フェイスブックを通し、父親がまだ健在なのは知っていた。だが、どちらからも連絡は取っていない。

祖母アストリッドは、今の一言には応えなかった。彼女が自分の息子のことで詫びるのをやめたのは、もうずっと前のことだ。息子は自身の選択をした。そして彼女には、息子の代わりに愛する孫がいる。

「エリノールは元気にしてた？」興味ありげに祖母が言った。「結婚してるの？　していないなら、まだチャンスはあるんじゃ……？」

ルーベンは笑って、パンを大きくかじった。クリームが彼の歯に広がった。まさに、子供の頃、祖母の家の木陰でクリームパンを食べたときのように、楽しみの半分は歯に付いたクリームを舌で舐めることだった。

「結婚しているかどうかは知らない。恐らくしているんじゃないかな。ともかく、子供がいて、おれに挨拶しに来た。それでね、おばあちゃん、その娘の名前がアストリッドなんだよ。エリノールとおばあちゃんはいつも仲良くしてただろ、だから、おばあちゃんの名前を取ったんじゃないかと思うんだ」

「あらまあ。だとしたら、嬉しいわね」祖母は楽しそうに言った。「小さい子なの？」

「いや、十歳くらいかな。すごくかわいい女の子なんだ。エリノールと同じ目をしてた」

アストリッドの目が輝いた。目を細めてルーベンを見つめた。

「写真はないの？　あのフェース・ブックとやらに」

「興味津々だな」ルーベンは笑ったが、それでも携帯電話を取り出して、探し始めた。

すぐに見つかった。エリノールは名前が変わっていなかった。そして、彼女のページは娘の写真でいっぱいだった。ルーベンは、そのうちの一枚をタップした。嬉しそうな目をしてにっこり笑った、夏至祭の花冠をかぶった少女。

「この子だよ。エリノールに似てるだろ？　ただ、父親がだれなのか分からなくてね。だけど、どこかしら父親似でもあるんだろうな」

祖母の顔に自分の顔を近寄せて座って、ルーベンは額にしわを寄せて写真を見た。父親は知人だなんてことはあり得るだろうか？　少女の顔にはやけに見覚えがあった。なぜだろう？

彼の歯にパンのクリームがまだ少し付いていた。人差し指でこすり取ってから、指に付いた最後の甘いクリームを舐めた。

祖母は、写真を見て笑った。それから、頭を左右に振りながら、ゆっくり立ち上がった。

「ルーベン、おまえは知的なはずなのに、とんでもなくお馬鹿さんだこと」

彼女は苦労しながら、白いレースのクロスを掛けた茶色の書き物机まで歩いた。老人ホームに持参できた、わずかな家具のひとつだった。クロスの上には、ところ狭しと写真が並んでいる。写真立てに入った、さまざまな年齢のルーベンの写真がほとんどだ。祖母はその写真を見回した。中から一枚取って、ベッドに座る孫のところまで弱々しく歩いて戻ってきた。彼女はその写真を、少女の写真の横に掲げた。

ルーベンは目を見開いた。少女がやけに見覚えのある顔をしている理由がやっと分かった。

50

ミーナは一人で会議室に座っていた。ヴィンセントと最後に会って以降、目の前の壁は、新たな被害者の写真や書類や殴り書きで埋め尽くされては外され、また新たなもので埋め尽くされるのを繰り返してきた。新たな被害者たち。新たな運命。自作の奇術用小道具の写真は、箱に詰められ忘れ去られていた。あの事件は、ずっと前のように感じられた。前世での出来事のようだった。

あの事件の捜査がどこで終了し、どこからヴィンセントが関わったのかは、突きつめて考えるとよく分からなかった。ヴィンセントにとって極めて個人的な事件だったと最終的に分かったからだ、もちろん当初は、警察側にはそんなことを知る由もなかったが。しかし、今回はまるで違う。

二人の子供が殺害されたのだ。

入り込むのが恐ろしい闇だ。子供が被害に遭う事件を担当するのは初めてではない。その逆だ。警察官としての仕事ではあり過ぎるくらいある。暴力を振るわれる子供たち。虐待を受ける子供たち。悲惨な生活を送る子供たちの存在は、発展した社会の恥以外の何ものでもない。

だが、殺人となると話は別だ。子供殺しは頻繁には起きない。だから、解決につながったわずかなケースは、世間でよく知られている。ウルフ・オルソンに殺害されたヘレーン。アンデシュ・エークルンドに殺されたエングラ。実の母親が協力して義父に殺害されたボッビ。これらの事件は、スウェーデン国民の心に刻み込まれている。

永遠の問いは、〝どうすればこんなことができるのか〟だ。どうしてそんなむごいことができるのだろうか。

ミーナは、自分はその答えを知りたいのかどうか確信がなかった。そんなことをする人間はモンスター以外の何物でもない。彼らを理解する必要なんてない。ただ彼らを見つければいいのだ。だが、今捜査に当たっているのは同一の手口による二つの事件だった。この事実が示唆するのは、できることなら知りたくなかったタイプの事件である可能性だった。

ヴィンセントが今回の事件についてどんな反応をするのか気になった。彼に協力を求めるつもりはない。電話をしたのは、別の理由からだった。けれど、彼女の目下の仕事のことは当然訊かれるだろうし、彼女は話そうと思っている。そして、彼には妻子がいる。父親なのだ。親として、リッリとオッシアンの写真に耐えられるとは思えない。彼が何と言おうと、ヴィンセントは見かけほど理性的でなく、感情の抑制も不得手だとミーナは知っている。彼と行動をともにした短い期間に、彼女は他の何かを垣間見た。感情の抑制と正反対の何かの気配を。感情の深淵、そして暗黒をも覗き見た気がするのだ。

それが何なのかはっきりと指摘するのは難しい——動いているものが目の隅にちらりと映ったようなものだ。その方向に視線を向けると、その何かは消えてしまう。ヴィンセントがまさにそうだ。彼を捉えることはできなかった。

別に彼を捉えたいわけではない。捉えたい人などいない。〈ティンダー〉のアミールの写真を右にスワイプしたときに、「マッチしました」と表示が出るとは予想していなかった。そのあと彼にメッセージも送ったのは、認知行動療法以上のものではない。しかしヴィンセントは、輪郭をつかんだとミーナが思うたびにするりと逃げてしまった。二年近く顔を合わせていない今、彼は以前よりぼやけた存在になっていた。

こんなふうに彼に連絡を取ったことに対して、彼女の中の一部は声高に抗議していた。彼女の人生からヴィンセントを遠ざけ続けるほうがいいのだと。しかし、他の一部、つまり心の奥では、ただ彼を近くに感じたいと望んでいた。

そして今、彼はこちらへ向かっている。

机の上の携帯電話が音を立てた。訪問者があと数分で到着するというメッセージだった。ミーナは立ち上がって、メンタリストを出迎えにいった。

51

タクシーに乗り込むや否や、彼は汗をかき始めた。車内のエアコンは十五度に設定されているというのに。ペンギンが喜びそうな温度だ。でも、ヴィンセントは、この汗が外の暑さによるものではなく、心の中の緊張感が原因であることを自覚していた。ミーナのことを考えて、胸がひどくざわめいていた。

これでは駄目だ。何か他のことを考えなくては。さもなければ、到着するまでに壊れてしまう。タクシーは、カーブしてティーレセー通りへ入った。スピードの出し過ぎだったので、ヴィンセントは一瞬、入院する彼を面会に来る羽目になったミーナの姿を思い浮かべた。

交通事故。

最近、交通事故の話をした人物がいなかったろうか？　タクシーはストックホルム都市交通バスを追い越した。バスの側面に鎮痛剤の広告が簡潔な文章で書かれていた――〈痛い？〉。

痛み。

痛みの話もしたはずだ。だれだったっけ……そうだ。すべては苦痛であり、痛みは浄化なり。金曜日にテレビでノーヴァが引用していた言葉だ。交通事故に遭って、父親を失ったノーヴァ。彼女の父親もエピクロス主義の活動に関わっていたはずだ。

気を逸らすにはちょうどいいかもしれない。彼は携帯電話を出して、〈エピキューラ〉のサイトを探した。洗練された今風のサイトで、ビジネスライクな意匠のロゴがあしらわれていた。

ノーヴァがいろいろ説明しているらしい一連の動画をスクロールして飛ばしているうちに、哲学としてのエピクロス主義を説明する文章にたどり着いた。

エピクロスの　手引き　は　この　新たなる　時において　なお　不変なり
不安は　過ぎるまま　に　せよ　なぜ　ならば　かの　不安の　速き　こと
あたかも　彗星　の　星　を　過ぎる　ごとき　なれば
生の　平穏の　実相　とは　生の　浄化なり。
心すべき　ことは　何ものも　欲望　せず　痛みは　いかなる　ものも
避ける　べき　こと
欲望　なき　生と　は　汝を　解き放ち　汝に　もはや　なきは　苦痛であり、
全なるものを　成し遂げ　その　大いなる　成就を　満喫する　ことを
己に　許す　ことこそ　すべて

ヨン・ヴェンハーゲン

ヨン・ヴェンハーゲン。ノーヴァの父親。ヴィンセントは名前を正しく覚えていた。現代的とは言い難い説明文をこの洗練されたサイトに載せることで、ノーヴァは父親に敬意を示したかったのだろう。ヴィンセントはこの詩的な文を二度読んでみたものの、何も理解できなかった。

「到着いたしましたよ、お客さま」タクシー運転手は、バックミラーに映る彼を横目で見ながら、大げさなほど丁寧な言い方をした。

ヴィンセントは、タクシーがいつのまにか停車していたことに気づいた。緊張のあまりメーターを確認せずに料金を支払い、車を降りた。警察本部の正面に反射する直射日光で、大きな窓の中を見るのは不可能だった。それでも、ミーナがあの中のどこかに立っているのは分かっていた。彼を待っているのを知っていた。彼女がいるのを感じた。いや、もちろん、そう感じてなどいなかった。ミーナとの電話で彼の体内に分泌されたセロトニンとドーパミンとコルチゾールとアドレナリンのホルモン混合物が、今もなお現実認識に大いに影響を及ぼしているのだ。内面と現実を混同するなんて馬鹿げている。自分のすべての知識を以てしても、どうして彼女がこんなにも自分に影響を与えるのか理解しかねた。心の中の一部では、自分も彼女に同じように影響を与えていればいいと思っていたが。

大抵の場合、彼は自身の推論に科学的説明ができるのだが、今のような場合は、どんなに説明を積み重ねようとしても、感情のほうが勝ってしまう。ミーナや彼女への感情については、説明を超える位相の何かが存在している。そして今、彼女があそこにいるのだ。もうすぐ彼女に再会することになる。

突然喉に渇きを感じて、ヴィンセントは咳払いをした。上着をチェックして、袖に付いていた一本のマリアの髪の毛を取り除いた。スーツを着てきたことをもう後悔していた。それから、正面玄関目指して階段を上がり、ドアを開けた。ミーナは中に入ってすぐのところで待っていた。

「こんにちは」彼女は、入ってきたヴィンセントに言った。「お久しぶり」

「やあ」彼は、続く言葉を見失った。

忘れかけていた。かつてのようにポニーテールができるほどの長さではないが、それでも最後に会ったときよりは長くなっている黒髪。ダークカラーの瞳。口紅なしでも赤くてふっくらとした唇。白いノースリーブ。天候次第でポロシャツに変わることを、ヴィンセントは知っていた。そして、眉間の小さなしわ。だが、それより何より、彼女の眼差し。ヴィンセントは軽いめまいを感じた。

もう彼女は台に飾られた架空の生き物ではなく、生身の人間に戻った。だが、そのことで、すべてがややこしくなってしまった。

彼女なしでも人生はうまく進み続けると彼は思っていた。心の箱に思い出をしまえば、人生は続くと思っていた。それがひどい間違いだったと悟った。彼を今けげんそうに見つめるあの目は、常に彼とともにあった。毎日、すべての思考の背後に、彼女はいたのだ。そして今、実物の彼女が、彼の目の前にいる。

「元気に……元気にしていましたか?」ヴィンセントは、やっとのことで言った。

彼は、ミーナがはめている薄くて白いビニール手袋を指した。

「新しい手袋ですね。症状がひどくなったとか?」

やらかしてしまった。馬鹿みたいだ。初っ端からそんなことを訊くなんて。でも、ミーナは笑った。

「いいえ、写真に触れる仕事をしていただけ」彼女は言った。「指紋を付けたくなかったのです。お呼び立てして問題なかったですか？　それより、素敵なスーツですね。でも、暑くないですか？」

顔を赤くして、ヴィンセントは上着を脱いだ。彼女の想像は図星だった。

「わたしがここに来ることになって、マリアはとても喜んでいると思います」彼は言った。

「妻はネットショップを開くことになって、今、うちで大忙しなんですよ」

彼は黙った。二人は見つめ合った。彼女が何を考えているのか知りたかった。あの頃と同じようでもあり、まるで違うようでもあると感じた。二十か月あれば、人は結婚し、子供を儲け、離婚できる。彼はあの頃と同じではないし、彼女だって確実に違う。

それでも、なお。

ミーナは一方をちらりと見た。それから、反対方向に目をやった。何かを探しているかのように。何かの考えか、あるいは言うべきことか。

「そうですか。さて、では……上に行きましょうか？」彼女は言った。

ミーナは彼が通れるようカードでゲートを開け、エレベーターで上階の会議室へ向かった。エレベーターに乗り込むときに、ヴィンセントはミーナの目が光ったような気がした。以前二人で乗ったときのことを言いたかったようだったが、何も言わなかった。

「トレーニングしたんです。もしそのことが気になっているのなら」彼は言ってから、言いたいことが通じたか心配になった。「トレーニングというのは……エレベーターのような閉鎖空間に耐えるためので……ジムでのとかでなく。そんな話を突然したらおかしいですし……あ、この階でしたっけ？」

エレベーターの扉が開いたので、これ以上深く墓穴を掘らずに済んだ。ミーナに真っ赤になっているであろう顔を見られないよう、彼は激しく咳き込みながら、急いで降りた。

会議室の机の上には、ミーナがきちんと二列に並べた写真と書類があり、彼はその資料に注意を向けた。列にはそれぞれ名前が記されていた。リッリとオッシアン。

「その子に関する記者会見を見ました」ヴィンセントは言って、オッシアンの写真を指した。

「そうですか」ミーナはうなずいた。「児童の失踪について、どの程度ご存じですか？」

「毎年スウェーデンで、何百人もの子供が行方不明になるということくらいですかね」

「そのとおりです」彼女は言った。「マスコミは、保護者の同伴なしに避難してきた難民の子供たちの失踪についてばかり報道していますが、実際には、家族が揃っているのにいなくなる難民の子供のほうが多いんです。そうした子たちは決して見つかりません」

「人身売買？」

「大抵は。恐ろしいことです。でも、それを除くと、行方不明の届の出された子供たちの大半は戻ってきます。数時間以内に解決することも少なくありません」

ヴィンセントは机を指した。「では、オッシアンくんは戻ってきたということ？」

ミーナは、眉を寄せながら頭を振った。それが何を意味するのかヴィンセントは解釈に迷ったが、突然、末の息子のアストンのことが頭をよぎり、胸騒ぎを覚えた。

「オッシアンくんは土曜日の朝発見されました」彼女はぽつりと言った。「死後数時間経過した状態で。去年の夏、リッリという女の子の身にも同じことが起こりました。一年で子供が二人。統計的に言えば、非常に稀です。なので目下、この二件の関連性を調べているところです」

彼は目を細めながら、机の上の写真を見つめた。リッリ。オッシアン。被害者が数年前のアストンだったとしてもおかしくない。部屋の空気が吸い出されてしまったかのような息苦しさを感じた。片方のフォルダーに手を伸ばしたが、ミーナはそのフォルダーの上に手を置いた。

「いいですか」彼女は言った。「あなたが目にすべき写真ではありません」

いまだにヴィンセントは、彼女とどう話すのがいいのか模索していた。どんなふうに踏み込めばいいのか分からなかった。彼としては慎重に進めたかった——すべてが以前と変わらないと独り決めすべきとは思えなかった。だが、少なくとも捜査というものは、お互いにとって中立なテーマかもしれなかった。

「となると、どんな形でお手伝いすればいいのですか?」彼は言った。「もちろん、協力は惜しみません。ぞっとして眠れなくなる夜がもう楽しみになっているくらいですよ。ああいう日々がなくなって、少し寂しかったところです」

そう言ってうっすらと微笑んでみせたが、ミーナは当惑している様子だった。少し浮かない表情でもあった。

「いいえ、そうじゃないんです」彼女は言った。「そういうことではなくて……つまり、特捜班があなたを必要としているわけではなく……つまり、今回の捜査であなたにできることは何もありません。本当はこの資料だって見せてはいけないものです。わたしはただここに私物を取りにきただけで」

彼女は、机から携帯電話と鍵の束を手に取った。写真とフォルダーが開けっぱなしのパソコンとともにここに残されたままなのは、彼女はそれほど長いこと部屋を空けておくつもりはないということだ。二人で部屋を出る際、ヴィンセントは失望を見せないよう最善を尽くしながら、ミーナのためにドアを押さえてやった。自分が呼ばれたのは、先ほどミーナに見せてもらった資料が原因なのだろうと無意識に思っていた。またミーナの世界にかかわれるのだろうと頭から信じていた。だが、今回の訪問は、始まる前に終わってしまったようだ。

「あなたとは、他のことを話したかったんです……個人的なことを」ミーナのその言葉に、ヴィンセントの心臓がふたたび強く打ち始めた。

彼女は立ちどまって彼の目を見つめて、また視線を下げた。それが何であろうと、話しづらいことなのは明確だった。

「わたしの娘のことです」彼女はそれから言った。「ナタリーといいます。一度、わたしの自宅の机の上にある娘の写真を見たことがありましたよね。歩きながら話しませんか？」

52

「講演はどうだった？」

ナタリーはもじもじした。失礼だと思われたくなかったが、ノーヴァが会議室で話したことにきちんと耳を傾ける気になれなかった。元々は料金を支払った企業のための講演だったにもかかわらず、ノーヴァは親切にも彼女を招待してくれたのだ。でも、ナタリーが応じたのは祖母を待つ間の暇つぶしがほしかったからだった。問いに答えなくても済むよう、リュックサックの片方のストラップを正した。

「大丈夫、何も言わなくてもいいわ」ノーヴァは笑った。「十代の若者には、どうしようもなく退屈なテーマだもの。特に、あなたはまだ、人生の苦痛をそれほど味わっていないから。うんと苦痛を体験した人たちに、わたしたちは必要とされているの」

「ということは、わたしはほしいものは何でももらえる甘やかされた子供だっておっしゃるんですか?」ナタリーは反発した。

しかし彼女はすぐに後悔した。

「すみません」彼女はそう呟いた。本館の少し後ろにある大きな建物に早足で進み始めたノーヴァに後れを取らないよう努めた。

今までは遠くから眺めるだけの建物だった。その外側にある牧草地で草を食べる馬たちも見たことがあった。父親は、彼女が幼い頃どんなに懇願しようが、馬に乗ることを決して許さなかった。乗馬は高額で時間がかかり、危険で、しかもエリート主義的だと固く信じているからだ。彼の立場を考えたら、「エリート主義」の部分は悪い冗談だった。馬の代わりに、彼女はドワーフハムスターを買ってもらった。リーサと名付けたが、わずか三週間後に、積まれた干し草の下で死んでいた。それを見つけたときは、ひどく嘆いたものだった。

「わたしのほうこそ、ごめんなさい。フェアじゃなかったわね」馬小屋へ向かって歩き続けながらノーヴァは振り返り、柔らかな口調で言った。

「どういうことですか?」

ナタリーは地面から突き出ている根につまずいた。

「あなたも苦悩を経験しているでしょう? それに悲しみも。お母さんを亡くされたのよね。

それでわたしたちはつながりを持てると思うの」

ナタリーは、ただうなずいた。母親の話をすることに慣れていなかった。今まで、その母親の話を彼女としたがった人はいなかった。とりわけ、父親は。

「イーネスだわ！」ノーヴァが嬉しそうに言った。

ナタリーの祖母が、大きく両腕を広げてにっこり笑いながら、二人のほうへ向かってきた。祖母が長い間姿を消していたことにナタリーがやきもきしていたとしても、今やそんな感情はすっかり消えていた。微笑み返し、ハグしてもらわずにはいられなかった。

「ハロー、ナタリー！」祖母が言った。「忙しくしていて、ごめんなさいね。そのちょっとした償いになればと思って」

ノーヴァはイーネスの肩に手を置いたあと、イーネスがナタリーを案内する間、本館に戻っていった。突然祖母が立ちどまり、その理由を理解したナタリーの顔が輝いた。少し先に行ったところに馬が六頭、牧草地に立って、満足そうに草を食べていた。ナタリーの胸がときめいた。ずっと馬が大好きだった。馬は美しくて、野性的で、勇敢で、自由。彼女とは正反対だ。

「いらっしゃい」

祖母が彼女の手を取り自分の元へ引き寄せ、二人は歩調を速めた。馬たちは頭を上げ空気を吸い込み、耳を揺り動かした。それからすべての馬がイーネスとナタリーに向きを変えて、早歩きで囲いまでやってきた。イーネスが全部の馬の輝く鼻面を撫でて挨拶し終わるまで、馬たちはしきりに頭を突き出し、押しのけ合っていた。

「一緒に中に入る気はある？」囲いの入り口を顎で指しながら、祖母が言った。

ナタリーの胸が高鳴った。遠くから眺めて憧れていただけで、馬がこんなに近くにいることには不慣れだった。馬たちの大きさに少し怯えて、彼女はためらった。それから、張り切ってうなずいた。祖母を信じることにした。

「もちろん一緒に中に入る」

入口から素早く入った二人は、あっという間に、激しく鼻を押しつけてくる馬に囲まれた。

「落ち着いて、落ち着いて」イーネスは笑いながら、上着のポケットからニンジンと切ったリンゴを取り出した。

「はい」祖母は、そのうちの数個をナタリーに渡した。「好きになってもらうには、賄賂が一番」

ナタリーはできる限り公平に、馬たちに餌をやり始めた。他の馬より小さい一頭は、前にしゃしゃり出ることで自分より大きい仲間たちが呑み込む前に餌のほとんどを失敬する図々しさで、自分の短所を補っていた。ナタリーは微笑ましく思いつつ、それでも近くで見る馬の歯の巨大さに少し恐れをなした。

「この馬はマスコットっていうの。牧場のかわいい盗賊」

ナタリーが鼻面を撫でてやると、マスコットはしきりに体を押し付けてきた。突然、感情という感情が一斉にどっと押し寄せてきた。ずっと流すことのできなかった涙が川のようにこみ上げてきて、すべてのダムを決壊させた。馬たちはそんな状況を理解しているようだった。馬は彼女を囲んで温かい体と柔らかな鼻を押し付け、そのぬくもりと安心感に、彼女は、これまで敢えて抑えてきたすべての感情を解放させた。

ナタリーは泣いた、喪失や怒りや悲しみや失望で泣いた。言葉に出さない問いや決して開けてはいけない扉を思って泣いた。母親に関する問い。祖母に関する問い。自分は一体だれなのかという問い。

そのとき、抱擁してくれるイーネスの腕を感じた。こんなところに立って馬の群れに囲まれながら、よく知らない女性に強くハグされるのは、何とも不思議な気分だった。いや、違う、不思議なんかじゃない。マスコットに乾いた鼻を頬に押し付けられながらナタリーは思った。むしろ、その正反対だ。心のよりどころを見つけたような気がしていた。

イーネスは腕を緩めた。永遠に続いてもおかしくないほどの抱擁だった。

「もう戻らなくちゃいけない?」ナタリーは言った。馬たちとここに残りたかった。

「いいえ、戻ったりしない」イーネスは言った。「あなたとわたしは先へ進むの」

祖母の声に、どこかしら違和感を抱いた。ナタリーが聞き慣れていた柔らかな口調は消えていた。

「〈内なる輪〉の人間だけが入ることを許される場所へ行くのよ」祖母は言った。

彼女はナタリーの目を見つめながら、青いゴムバンドを引っ張って、手首の赤い痕に向けて放った。

「所持品はすべて持っていくように。わたしたちがここに戻ってくるかどうか分からないから」

夏の暑さや馬たちからの愛情を感じているはずなのに、ナタリーは突然、寒気を覚えた。

53

二人はローランブスホフス公園内を歩いていた。最後にヴィンセントと二人でここに来たときは雪がところどころ残っていて、ヴィンセントは彼女に〈弾丸受けとめ術〉の説明をした。今は、地面を焼き尽くすかのようなカンカン照りだ。木陰の多少涼しい場所では、ピクニックを楽しむ人々が目につく。

二人は水域沿いを歩いて、桟橋へと向かった。最後に来たとき、船は停泊していなかったが、今は木の幹に生える白い葉のような船体がところ狭しと並んでいる。ミーナは、ヴィンセントが船を持っているのか気になった。だとしたら、きっとモーターボートだろう。帆脚綱で帆をいっぱいに広げたりたたんだりする彼の姿は想像できなかった。彼がナタリーについて、まだ何も訊いてこないことに気づいた。彼女が話し始めるのを待っているようだ。彼に訊きたいことは山ほどあった、ナタリーとは何の関係もないことが。例えば、どうして連絡をしてこなかったのかとか。その間、どう過ごしてきたのかとか。彼女は、自分がどう過ごしてきたか語りたかった。だけれど、何から話したらいいのか分からなかった。だから、深呼吸をして、そうする勇気すら失う前に、ナタリーの話をし始めた。

「昨日の朝、ナタリーの父親から電話があったのです」彼女は言った。「娘は父親のところにずっと住んでいて、わたしと母は、二人とは全く連絡を取り合ってこなかった。でも、土曜日に母がナタリーに接触して、それ以来、娘は母と一緒にいます」

「で、わたしにその話をするのは……？」

「ノーヴァという女性が何者か、知っていますよね？」彼女は言った。

ヴィンセントは、両眉をつり上げながらうなずいた。

「十分過ぎるほど」彼は言った。「実際、テレビで……」

「今朝、わたしはノーヴァに会いました」彼女はヴィンセントを遮った。「母はノーヴァが所有するセミナー用の施設に住んでいて、二人は一緒に仕事をしているらしいのです。ナタリーは今、そこにいます。娘がいなくなったことで父親はカンカンになり、彼をなだめるのがわたしの仕事になってしまった。一方でわたし自身も、心配すべきなのかどうか、よく分からなくなってしまっています」

突然、ヴィンセントが笑い出した。彼女は眉をひそめた。予想外の反応だった。その一方で、笑うのはいいことだ。その逆よりよっぽどましだ。

「ノーヴァが金曜日にテレビに出演して」彼は言った。「そして、わたしはここに向かう間、タクシーの中で〈エピキュ―ラ〉のサイトを読んでいた。するとあなたもあそこの話をする。そんな可能性ってどれくらいだと思います？」

「達人メンタリストなら、楽々計算できるのではないですか？」彼女は言った。「そもそもノーヴァは最近どこにでも顔を出しますしね。歓迎されようがされまいが」

「ナタリーの母方のお祖母さんですが」ヴィンセントは続けた。「金曜日のあれは、錯覚じゃなかったんだ。あなたに似ていると思ったんです。でも、ただの錯覚だと思った。お母さんはイーネスというお名前ですよね？　お母さんもテレビに出ていました」

ミーナは温かい気分になった。彼が連絡してこなかった理由が何であろうと、彼女のことを忘れたわけではなかった。ほんの数日前ですら、彼女のことを考えてくれていたとは。

「じゃあ、あなたは……テレビを見ているときに、わたしのことを考えていたということ？」そう言った。

ヴィンセントは咳き込んだ。

「いや、わたしは……ええと」彼は口ごもった。「そういう言い方だと……つまり、少し語弊が……本当にそういう意味じゃなくて……」

これだ。これこそ、ミーナの記憶にあるヴィンセントだ。社会のルールを理解するのが苦手だから、自分が失礼なことをしかねないと常に恐れている。でも、彼女のことをいつも見ていてくれた。

「落ち着いてください」彼女は言った。「冗談です」

ヴィンセントは、あっけにとられて反応に手間取った。それから言った。「あなたは頻繁にうちのテレビに映っていたんですよ、わたしがあなたのアパートの部屋に仕掛けた隠しカメラが壊れるまではね」

「うわっ、ヴィンセント。それは本気で気持ち悪い」

ヴィンセントは満足げだった。

「とにかく」彼女は言った。「母のことなんですが、ああいった団体は苦手なんです。田舎にある施設で自己啓発のセミナーを開催――それってカルト教団じゃないですか。ノーヴァにもそう言ったんです」

「で、彼女は何と？」

「もちろん、カルトではないと。ですが、わたしはあなたはどう思うかに興味があるんです。ノーヴァには一目置いているでしょうし、いわばあなたは同業者です。彼女はあなたと同じように講演をしている。ナタリーのことを心配すべきでしょうか？」

ヴィンセントはすぐには答えず、熟考した。急カーブを描く歩道をたどって、二人は公園内の大きな円形劇場へと向かっていた。

「確かにノーヴァとは講演会で何度か顔を合わせたことはあります」彼は言った。「興味深い独自の見解の持ち主だと思いますよ。哲学について講演する人は近頃ではそう多くない。でも、わたしたちは知り合いというわけではないし、〈エピキューラ〉については、彼女のこと以上に知りませんね」

「なるほど、でもあなたは人間の精神の機能についてはご存じですよね。わたしが知っているだれよりも精通している。ナタリーがあそこにいて大丈夫でしょうか？」

「わたしが知る限り、〈エピキューラ〉ではリーダーシップ養成が主なはず。自分たちの指導者を導師《グル》と呼んでいることを除いて、昔ながらのカルト教団のパターンはあそこには当てはまらない。まず何と言っても、カルト教団からの脱洗脳を行なっていますからね。それに、あそこの自己啓発も自己啓発にすぎません。ナタリーさんは、まだ外部との接触を禁じられてはいないはず。自由に帰宅できるのでは？　あるいは、自分のものを寄進し始めたり、自分のすべての意見にノーヴァの考えを持ち込んだりはしていませんよね。精神的にストレスを感じているとか消耗しているといった様子や、疲労とか精神不安定といった症状はありますか？」

「知るわけないじゃないですか。ずっと父親の元に住んでいるって言ったこと、憶えてますか？　まったく分かりません、何の連絡も取り合っていなかったのですから。それに、十代の若者なのです、まず考えられるのは、疲労感とか精神的な不安定ではありませんか？」

二人は円形劇場に到着し、ヴィンセントはコンクリートのベンチに腰掛けた。バッグを開けて、ミネラルウォーターのボトルを二本出した。そのうちの一本を受け取ったミーナは、手の中のボトルを凝視した。ヴィンセントのバッグに収まるまで、どれだけ多くの手に触れられてきたか想像しないようにした。飲み口に口をつけるのは、二十人の見知らぬ男性の手のひらを舐めるようなものだ。

ヴィンセントはバッグの中をひっかき回して、ストローのパッケージを取り出した。ミーナはホッと胸を撫でおろした。彼は覚えていてくれた。

彼女はありがたくボトルの蓋を取ってストローを差し込み、冷たい水を飲んだ。できることなら、一時しのぎの暑さ対策として、顔にその水をかけたい気分だった。

「すべての自己啓発団体と同様、〈エピキューラ〉にもある程度、熱狂的な側面はあるのでしょう」水を一口ゴクリと飲み、ヴィンセントは言った。「ですが、ナタリーさんが何かを求めているタイプなのであれば、もっとタチの悪い団体にはまってしまう可能性もありました。エピクロス主義の場合なら、それに共感するか、あるいはうんざりするかのどちらかしかありません。彼らの価値体系の中に危険性は見当たりません。とはいえ、お嬢さんはそのような団体に入るには精神的に若過ぎるというのがわたしの見解です。あなたのお母さんは孫の入会を希望しているのでしょうが、まずはお母さんと話すのがいいのではありませんか？　あそこへ行って、自分の目で確かめてみればいい」

「そうもいかないのです」ミーナはボトルを覗き込んだ。「先週の週末まで、娘は自分に母方の祖母がいることすら知らなかった。母親がいることはまだ知らないんです」

彼女はふいに弱気になった。ヴィンセントの肩に頭を預けたかった、身体的に支えてほしかった。しかし彼女とヴィンセントは、そういう関係ではない。今のところはまだ。そうなる可能性はなきにしもあらずではあっても。でも、まだだ。それに、彼女が今言ったことを、ヴィンセントがどう受けとめたかも分からない。

ヴィンセントは立ち上がって、辺りを見回した。

「ところで、ノーヴァに関して、知っておくといいことがあります。彼女はハグ好きですよ。覚えておいてください」彼は言った。

「ええ、ありがとう。数時間前に教えてもらえていたら、もっとよかったです」

ミーナは時折、〈ストップ！　わたしの体に触れないで！〉とプリントしたTシャツを着る必要性を感じる。ハグをしまくるのが好ましくないことを理解させるのが、これほど困難だなんて。他人に近寄り過ぎることの良し悪しすら分からないとは。

「まだ彼女の香水のにおいが残っている気がする」ミーナが言った。

ヴィンセントは彼女のにおいを嗅ぐかのように前かがみになったが、思い直したのか、一歩下がった。

「この公園が大好きなんですよ」彼が突然言った。「ここはストックホルムで最初の機能主義的な公園のひとつだということを知っていますか？　当初から、できるだけ美しい公園にしようというよりは、市民の使用目的を考慮して設計されたんです。やがて同じような設計がどんどん増えて、建築家の間で『ストックホルム・スタイル』と呼ばれるまでになりました。ですが、最初にそれをこの公園でやったのはエーリック・グレンメとホルゲル・ブローム、一九三〇年代にさかのぼります。コンクリートでできた野外劇場。自然にできていた道に沿ってつくられた遊歩道。そして完全に平坦につくられています。あそこを見てください」

「それが〈エピキューラ〉とどうつながるのですか？」彼女は言いつつ、彼の指す方向に目をやった。

少し先で、上半身裸の若者が数人、即興のサッカーの試合に興じている。

「木や茂みやでこぼこがたくさんあったら、できないことです」ヴィンセントは満足げに言った。

〈エピキューラ〉の話は、当面は忘れられているようだ。ヴィンセントは自分の思考にどっぷり漬かっている。こういうことは前にもよくあった。ミーナはつい笑ってしまった。こんなヴィンセントも記憶に残っている。十分過ぎるほどの情報を語っていることに気づかない男。遮るつもりなど更々ないまま、ミーナは彼をじっと見つめていた。

「公園が実用的であっちゃいけないなんてことはない」ヴィンセントは続けた。「それに、ここにはかなり突拍子もない像だっていくつかある」

「十秒の間に、ノーヴァから公園建築を経由して像の話になりました」彼女は言った。「お気付きでしょうけれど。新記録なんじゃありませんか？　で、その像というのは？」

「来てください」

ヴィンセントは、サッカープレーヤーたちのほうへ歩き始めた。ミーナはついて行くしかなかった。

芝生の上に、大きな銅像が立っていた。三メートルはありそうな高さだ。なのに、ミーナはこれまで、その存在を意識したこともなかった。全体が見えるよう、目に手をかざして日光を遮った。地面に突き刺さった鋭いハサミのようで、把手にあたる箇所が斧になっている。あるいは、様式化された二本の脚と、斧でできた頭部を持つ生物か。

「他にもありますが、わたしのお気に入りはこれ」ヴィンセントは言った。「『木こりの記念像』と名付けられています。これを造った芸術家エーリック・グラーテはかなりの変人だったようです。カロリンスカ病院用にも像を造ったものの、あまりに議論を呼ぶような作品だったため、病院側は当初、設置することを拒否し、のちに正面玄関のそばに置かれました。この作品はいまだに謎のままです。芸術家が何を表現しているのか、だれにも分からない。異教徒のライフスタイルをほのめかしているという説があります。真ん中が男根なのが分かりますか？　この像は、生殖の女神への祈りと信じる人もいます」

斧の形をした頭部を見上げるヴィンセントは、銅に反射する日光に見とれているようにも見えた。話に続きがあるのは明らかだった。でも、ヴィンセントにとってもこんがらがった話なのだろう。ミーナは今の話のすべてが、最終的に話したい何かにつながってくるのだろうと思った。適当な言葉がまだ見つからない何かを。彼女は待った。だが、彼は何も言わなかった。

「生殖の女神？」彼女が言った。

ヴィンセントは像から視線を逸らさずに、うなずいた。

「マリアは浮気をしているんだと思っています」ようやく彼は言った。

何を聞かされるかと思ったら。

「ケヴィンとね」彼は続けた。「妻の会社設立に手を貸している男です」

ミーナは叫び声にも似た短い笑い声を発した。

「失礼」彼女は言った。「ケヴィン？　テニスの指導者みたいな名前ですね」

ヴィンセントは笑わなかった。

「わたしにその男のことを調べてほしいということですか？」彼女は言った。「何ができるか分かりません、でも……」

「いいえ、そうではなく」ヴィンセントは大きく開いた目で彼女を見た。「何も知りたくないんですよ。像は見終わりましたか？」

ミーナはうなずき、二人はまた公園の中を歩き始めた。

「どうして知りたくないのですか？」彼女はそう言って、ストローで水を飲んだ。

ヴィンセントは肩をすくめた。日差しは暑かったが、ミーナは彼と公園を歩くのが楽しかった。ミーナは、もっとうんと素敵な理由で二人はここにいるのだ、というふりをした。自分が十年にわたって慎重に築き上げてきたカードの家が崩れ落ちそうだとか、ヴィンセントが奥さんを失いつつあるとかいった理由ではなく。

「妻が浮気をしているとしたら、結果は次の二つのうちのひとつです」彼は言った。「ひとつ、わたしたち二人の関係から抜け出す足掛かりをつかんだ妻が、わたしから彼に乗り換える。その時点で初めて、わたしは浮気を悟るわけです。もちろん失望や裏切られたといった感情になるでしょうが、もっと以前から浮気に気づいていたときのほうがもっと長く嘆く羽目になる。いずれ起こるのであれば、事前にくよくよしても始まりません。

そして二つ目の可能性は、何らかの理由で妻は今、浮気を必要としている。でも、最終的にわたしとの関係に戻るというものです。その場合、わたしは何も知らないほうがいい。彼女の観点からすると、浮気でわたしたちの絆は強まるのでしょう。ですが、わたしが浮気のことを知ってしまったら、それを忘れることはできない。となると、関係改善の可能性があるのに、わたしがそれを壊してしまう恐れがある」

二人は無言で歩き続けた。ヴィンセントが言ったことが、ミーナにとって久しぶりに耳にする妥当な意見なのか、それとも彼はミーナの想像以上に明白な情緒的障碍があるのか、判断がつきかねた。彼女も、自分の人生に他人を立ち入らせるのが苦手ではあった。でもヴィンセントは、自分の妻のことだというのに、まったく動揺すらしていない様子だ。本当に彼の言うように、事は冷静に運ぶのだろうか？　そもそも愛情はどうなる？

「関係のないことに口を挟むようですが」彼女は言った。「でも、奥さまが本当にそんな人間なのか、つまり浮気をするような人間なのか、少なくとも知りたくないですか？」

二人はもうすぐリッラ・ヴェステル橋へ到達する。橋の下のスケートパークはスケートボーダーでいっぱいだった。ホイールがコンクリート壁を滑る大きな音が、あちこちのスピーカーから聞こえてくるヒップホップ音楽と入り混じっている。二人はしかめた顔を交わして向きを変え、自分たちが入ってきた公園の隅に引き返し始めた。

「思うに」ヴィンセントが言った。「大抵の人間に、大抵のことはできてしまうんです。重要なのは、どういうタイミングでそれができるかです。人間は常に変化している。あなたの細胞の大半も、定期的に入れ替わっている。わずか三週間前のあなたの表皮は、現在のものとはまったく異なるものでした。あなたの脳細胞は、三か月で新しい細胞に生まれ変わる。純粋に物理的観点からすれば、今のあなたは、五年前のあなたとも数か月後のあなたとも違うわけです。意見や判断や思考だって同じです。今のミーナには、五年前にはできなかったことができる」

例えばミンクの死骸が詰まったコンテナに飛び込むこと、とミーナはひそかに考えた。あんな冒険をまたやらかすつもりはないにせよ、ヴィンセントの言うことは理解できた。

「少なくとも、わたしが結婚しているマリアの全バージョンのうちのひとつが、浮気をする可能性はかなり高い」彼は続けた。「ただ、それが今の彼女かどうか知ったところで、何の得にもならない。次のバージョンのマリアは、そうではないかもしれないからです。でなければ、今のマリアに浮気はできなくても、次のマリアは、他のだれかと一緒になることを選択するかもしれない。分かりますか？　わたしが唯一知ることができるのは、今この瞬間のマリアだけです。それを知ったところで面白くも何ともない。だって、残りの人生、将来のマリアのいろいろなバージョンと暮らすわけですから」

「それはなかなか……独特な考え方ですね」ミーナは言った。「あなたとしては一向に構わないということですが、それは奥さまがケヴィンと浮気をしていれば、あなたの気が少し晴れるからではない、と断言できますか？　わたしとしてはどうしても、二年前の夏に、あなたと前の奥さんのウルリーカさんが〈ゴンドーレン〉で何をしたかを考えてしまうわけですが」

ヴィンセントの顔が青ざめた。

「マリアが浮気をしているにしても、〈ゴンドーレン〉での出来事ほど憎しみがこもっていないことをわたしは願います。でも、もちろん、わたしはどうこう言える立場ではありませんが」

公園の出口に到着した二人は、警察本部に戻り始めた。ボトルが空だったので、ミーナはゴミ箱に捨てた。マリアのことを正直に話してくれたヴィンセントに、アミールのことを話すべきだと思った。話そうかと考えただけで緊張した。彼には関係のないことなのに。でも、言っておきたかった。

「今のミーナは以前のミーナと同じではないといえば」ミーナは咳払いをした。「信じてもらえないでしょうが、わたし、デートするんです」

ヴィンセントの体が隣でこわばったような気がした。ほんの一瞬。

「そのラッキーな男性はだれなんですか？」

「アミールっていうんです。弁護士。それ以上はよく知りません。わたしたちチャットをして、それから……それからのことはよく覚えていないのですが、会おうということになって」

公園より、ここの通りのほうが暑かった。暑さが壁と壁の間を跳ね返り、アスファルトの上がゆらゆら揺れていた。

「中心窩《ちゅうしんか》ってご存じですか？　網膜の中心にある部分で、言わば物理的な意味での目の焦点なんですが」ヴィンセントが言った。「そこはかなり限られた視野からの情報しか取り入れない。なので、例えばこの通りの反対側の建物を見るには、絶えず焦点を移すことになる。パズルのすべてのピースを、ひとつひとつ見つめるように。それから、脳がパズルを組み立てるんです。ですが、あなたの目はすべてのピースを見終わっていないので、脳が自分なりに〝描く〟ことになります。あなたが目にしているあそこの建物のかなりの部分は、実際には、あなたの脳がそう見えると思い込んでいるだけなんですよ」

またもや、ヴィンセントの思考は、予測不可能な方向へと飛んでいってしまった。ミーナには、ある意味、マリアの気持ちが理解できた。噂のケヴィンのほうが、多分ずっと話しやすいのだろう。でも、ヴィンセントより、うんと退屈な人物かもしれない。

「また話題を変えたのですか」彼女は言った。「うっかりしたら気づかないかも。あなたの社会的な訓練の話をしていませんでしたっけ？」

「いいえ、あなたのデートの話をしているんですよ」彼は言った。「いいですか、あなたがだれかの顔を見るときも同じです。顔全体を取り入れようと、目の焦点が相手の目と目の間と鼻先を三角形を描くように移動するんです。でも、だれかに惹かれ始めると、人間の関心は、何といいましょうか……ふくらんで湿った体の部分にも向けられる。つまり……」

彼女は、突然爪の表面の、目に見えない汚れにやけに興味を持ち始めたようなヴィンセントを横目で見た。

「ヴィンセント、赤くなってませんか」

「とにかく」彼は咳払いをした。「唇がまさにそんな体の一部です。とりわけ、あなたの唇のように赤いと。あるいは、というか、もしも……アミール、でしたっけ？　もし、アミールがあなたに惹かれたときには、彼の視線は、あなたの目から鼻ではなく口に向けて動き始めるので分かりますよ。口というのはエロチックな、ええと……」

「まったく、ヴィンセント、情報ならもう結構」ミーナはそう言って、怖がるふりをして、彼から一歩離れた。「それに、デートと言っても本当のデートじゃないんです。地中海博物館で会うんですから。日中にね」

二人は警察本部に近づいた。建物内では、リッリとオッシアンの写真が彼女を待っている。でも、この二人の事件に関して、まだ進展は期待できない。彼女としては、ヴィンセントと公園に残って、像の話をもっとしたかった。

ヴィンセントが携帯電話の専用アプリで予約したタクシーが、本部の正面玄関前にとまっている。ミーナは、彼が後ろのドアを開けるのを、黙って見ていた。二人は二年近く、連絡を取り合ってこなかった、ショートメッセージすら送らなかった。今や、その月日は存在しなかったかのような感じだった。二人はずっと一緒に過ごしてきたかのようだった。彼が戻ってきてくれて、ミーナは嬉しかった。とても、とても嬉しかった。一方で、彼はもう去ってゆく。彼は彼女の質問に答えたし、彼女は職場に戻らなくてはならない。けれど、終わってほしくなかった。終わってしまうのは嫌だった。彼に残ってもらえる口実を見つけようとしたが、何も見つからなかった。

「お望みなら、〈エピキューラ〉のこと、もう少し調べますよ」彼が言った。「大したことじゃありません。あと、ナタリーさんとは何とかして話をしてください。あそこのリーダーシップ養成セミナーが十代の若者にふさわしいものなのか分からないので。それより、ミーナ？」

彼はミーナに向きを変えて、片方の眉を上げた。

「中心窩」彼が言った。「いいですね？」

「うちへ帰らないんですか？」彼女は腕を組んだ。

ヴィンセントは笑ってから、車の中へ跳び乗ってドアを閉めた。タクシーが動き出し、ミーナは車が角を曲がって消えるまで見つめていた。彼女のひとかけらは、タクシーと一緒に消えた。残るよう、留まるよう、彼に頼めばよかった。特別な理由など要らない。ただ留まってほしかった。

でも、できなかった。ナタリーについては、彼が正しい。娘が週末前にあの施設から戻ってこなかったら、ミーナが出向いて連れてくる、ナタリーの父親の逆鱗に触れる危険性はあるが。文句があるのなら、あっちがその前に行けばいい。何だかんだ言ったところで、ナタリーは夏休み中だし、ミーナは自分の母親を十分信頼しているから、あと数日間そっとしておいても大丈夫だと思った。ミーナには他に考えることがある。

「中心窩」彼女は独り言を言って、身震いをした。

デートなんて。くだらない。

54

この日の終わりの会議室の雰囲気は、週末よりましとは言い難かった。そのうえ部屋は、もしかしたら、さらに暑いくらいだった。

ミーナはまだ頭の中で、ヴィンセントとの再会を思っていた。昔どおりの馴染み深さと、いくらかの不安を抱くことになった。彼はあの頃のままだろうと想像していたのに、彼が言ったのは、人はみなずっと移り変わるものなのだという話だった。新しいヴィンセントが、以前ほど彼女のことをよく理解してくれない人間だったらどうしよう？　今の彼が、彼女には理解できない人だとしたら？　でも、そうは感じなかった。あの頃とまさに同じであるように感じられた。ほぼ同じに。彼もそう思っていることを願った。

「さて」ユーリアが手で扇ぎながら言った。「みんな疲れているのは分かっています。週末の出来事はショックだったでしょう。わたしのほうも、今日は一日中、マスコミを近づけないようにすることに費やしました。今のところマスコミは、もっぱら金曜日の少女救出劇について報道していますが、彼らは鼻の利く猟犬のような人たちです。それにジャーナリズムの黄金律は、『称賛される物事はすべて批判されなくてはならない』です。持ち上げてから引きずり下ろす。オッシアンくんが遺体となって発見されて、われわれがまだ何の手掛かりも摑んでいないことを彼らが嗅ぎつけるのは時間の問題です。リッリちゃん事件について、当時のマスコミがもっと深くまで調べていたら、解雇された警察官が何人も出ていたでしょう。マスコミがそこまで嗅ぎ付けなかったのは幸運でした」

部屋の隅で、ボッセが新品の金属製ボウルから、餌をがつがつ食べていた。ユーリアは約束を守ってくれた。ミーナは、ボッセが肉のような舌で餌をつつき回したり、抜けた犬の毛が空気に舞う様子を見ないよう努めた。いずれクリステルがスリーピングバスケットも部屋に置くことになるだろう。

「とは言っても、さらなる間違いを犯す余裕はわれわれにはありません。今度こそ犯人を捕らえる。解剖結果を待つ間、リッリ・マイヤーちゃんの事件に関する情報を今一度見直しましょう。まずは身内から。ご遺族は警察にはきっとうんざりしているでしょうが、他に選択肢はありません。ペーデルとわたしで、母親に話を聞きました。なかなか……大変でした。母親は、リッリちゃんの父親であるマウロが娘を殺害したという裁判のときと同じ主張を繰り返していました。ミーナとルーベンは、その父親に話を聞いてください。出張から今晩戻るそうです。火曜日の朝には最優先で彼から聴取すること。つまり明日です」

「で、おれは？」クリステルが言った。

「性犯罪者登録データを」ユーリアがすぐに言った。「いいえ、リッリちゃん誘拐犯の目撃情報を確認しないといけませんね。幼稚園付近で目撃された初老のカップル。これを追ってください。でも、そのあとは登録データのチェックに戻ってほしい。いずれだれかが担当しないといけませんから」

クリステルは最初嬉しそうな顔をして、またいつもの憂鬱そうな顔になった。

「この部屋には、エンドルフィン（幸福ホルモン）が少し必要じゃないですか？」ペーデルが言った。「そうすれば仕事がはかどりそうな気がします」

彼が手にする携帯電話から、明るいメロディーが流れ始めた。

「これ、うちの三つ子が歌ってるんですよ、アニスの歌に……」

「みんな知ってるよ！」ルーベンが怒鳴って、手のひらで机を叩いた。「『ユーロビジョン・ソング・コンテスト』のスウェーデン国内予選があったのは五か月前だぞ。五ーかー月。あれからずっと、その動画を見せられっぱなしだ。いい加減にしてくれよ」

ペーデルはきまり悪そうに、机に視線を落とした。

「元気づけようと思っただけなのに」彼は小声で言った。

「模範的な試みだと思いますよ」ユーリアが言った。「仕事を楽にできるようなものは何でも歓迎します。ただ、職場のストレスホルモンのレベルを高めるようなものは困るかな。いざというときまで、三つ子ちゃんには待ってもらってもいいかしら?」

少し機嫌を直したペーデルはうなずいた。

「さて、どこまで話しましたっけ」ユーリアが言った。「そう、リッリ・マイヤーちゃん事件の再検証に加えて、犯人像をこれまでの見立てより広げる必要があるかもしれません。誘拐犯についての目撃証言が随分異なることから、この二件に関連性はないと考えたくなります。しかし、そう決めるには類似点が多過ぎます。これについてはアーダムが当初から指摘していましたし、土曜日の発見から、わたしもその意見に傾きつつあります。被害者は年齢が近く、だれにも気づかれることなく誘拐されている。二人とも三日間行方不明で、その後、明らかな外傷のない状態で遺体で発見されている。偶然とは思えません。ただし、その場合、二件の誘拐事件に最低三人がかかわっているということになり、そう仮定すると、彼らは何者なのか、そして動機は何なのかという疑問が生まれます。過去の類似する事案はわたしには思い当たりません。つまりわれわれは、もっと情報を集めなくてはならない。アーダム?」

アーダムが咳払いをし、みんなの視線が彼に注がれた。

「ご存じだとは思いますが、目下、本部には犯罪心理学者がいません」彼は言った。「ヤン・ベリィスヴィークが離れて以降……」

「クビだけど」ルーベンがわざとらしい咳とともに話を遮った。

「……退職を決意して以来」アーダムは続けたが、微笑は隠せていない。「ですから、勝手ながら、過激行動に関する専門家に連絡を取らせてもらいました。犯人が同一犯であろうとなかろうと、この手の行動は過激としか分類できないからです。ひょっとすると、この専門家が、われわれが追っている人物について、その考え方などを理解する助けになるかと思います」

「ヴィンセントを呼べばいいのでは？」ミーナがはやる思いで言った。「どのみち外部のコンサルタントを迎えるのであれば」

アーダムに、そう簡単に他のだれかを見つけさせるわけにはいかない。ヴィンセントを採用できるかもしれないのだ。

「だれですって？」アーダムは当惑した表情で言った。

「ヴィンセント・ヴァルデル」ユーリアが言った。「以前、事件解決に協力してくれた人物。本人の姉が事件に絡んでいたことがのちに判明した事件でしたが」

アーダムは口笛を吹いた。

「ああ、あの人。ええ、覚えてます」

「あなたの質問への答えだけど、ミーナ」ユーリアが言った。「アーダムがすでに連絡を取っているので、まずはその人物が何を提供できるかチェックしてから、ヴィンセントについては検討しましょう。ヴィンセントは優秀よ、だけど彼が関わると、すべてが必要以上に……特殊というか……」

ミーナはうなずいたものの、まったく同意してはいなかった。さっきヴィンセントに別れを告げて、それ以降ずっと、それを後悔していた。それに、彼はミーナの命を救ってくれたではないか。アーダムが呼びたい人物がだれであろうと、ミーナとしては同じことが言えるとは思えなかった。

「つけ加えれば、自分が連絡した人物は、集団行動の専門家でもあります。特に過激派と言われる集団の」アーダムは言った。

「集団行動？」ペーデルが言った。

「ええ、新しい考え方ではあります」アーダムは言った。「でも、試してみたいのです。今までわれわれは、オッシアンくん殺人事件は、リッリちゃん事件と同一犯か、あるいはリッリちゃん事件を真似た模倣犯だと推測してきました。でも、第三の推理がありえます。なぜ誘拐についての目撃証言がこれほどまでに異なるのか、一方でなぜ犯行の手口がほぼ同一なのかを、もっとうまく説明するものです」

アーダムは一息ついて、みんなを見回した。ボッセの荒い息遣いだけが聞こえる。

「犯人が組織に属する人物である可能性です」アーダムが言った。「誘拐犯同士は顔見知りだと思うのです」

だれも何も言わなかった。恐ろしい考えではあったが、アーダムの言葉どおり、納得のいく説明がつく。

「繰り返し言ってきましたが」ユーリアが言った。「いかなる可能性も排除できません。そして、この仮説は、間違いなく興味深いものです」

「一応自分の考えを皆さんにお伝えしたまでです。そうすれば、これについても専門家の意見を聞けるでしょうから」アーダムは言った。「この専門家は最近メディアでも取り上げられている人物なので、皆さんもご存じかと思います。スケジュールに空きがあるときに来てもらえるそうで、水曜日の午前に、ということで決まりました。彼女の名前はイェシカ・ヴェンハーゲン。ノーヴァとしてよく知られています」

ミーナはアーダムを見つめた。そんなのあり得ない。

55

ナタリーは、自分たちがどこへ向かっているのか分からなかった。祖母は何の説明もせずに、放牧場の向こうにとめてある車にナタリーを連れていった。祖母が言った場所は近くにあると思ったが、二人はもう少なくとも三十分は車に乗っている。運転する男性の名前はカールといい、長身で金髪、そしてまばゆいばかりの笑顔の持ち主で、〈エピキューラ〉で見かけた他の人たちと同じような平静さを発散している。ナタリーはそれが羨ましくなった。

彼女もあんなふうに心の和みを感じたかったのだ。過保護の父親や存在すら知らなかった母方の祖母や、他人からどう思われているか気にしてばかりの友人なんていらなかった。

でも、このカールにだって、人生における悩みや苛立ちはあるに違いない、違うだろうか？だとしても、彼からは感じ取れない。それに、いまだに空腹は感じてはいても、〈エピキューラ〉の空気のようなものが彼女に伝わり始めていた。ここ数日間、以前よりも穏やかで幸せな気持ちでいた。こんなことは久しぶりだった。

「その〈内なる輪〉の人たちって、どんな人たちなの？」助手席に座る祖母に訊いた。

祖母が口を開く間を与えずに、ナタリーに答えたのは、同じ後部座席で隣に座る女性だった。

「ノーヴァが〈エピキュラ〉で教えることは、初めの一歩にすぎないの」女性は言った。「彼女のセミナーに参加する人たちには、それで十分なのよ。でも、もしヨン・ヴェンハーゲンの遺したものを本当に理解したいのなら、それ以上が必要になるの。これからイーネスは、あなたを迎え入れることで、大きな愛の贈り物をするのよ。普通なら〈内なる輪〉に入ることを許されるのには何年もかかるのよ。ところで、わたしはモーニカっていいます」

「ヨン・ヴェンハーゲン?」ナタリーは言った。「どういうことですか? ノーヴァのお祖父さんはバルツァル・ヴェンハーゲンっていう名前でしたよね?」

助手席のイーネスが振り返って、ナタリーを見つめた。秘密に満ちていると同時に、約束にも満ちた目だった。

「ヨンはノーヴァの父親よ」彼女は言った。「真の理解に到達した唯一の人間。わたしたちは、彼に従っているの」

四人を乗せた車は森の小道を走っていた。木々が飛ぶように通り過ぎ、日光が幹の間を不安定に揺れていた。少し先に、大きな建物が垣間見えた。ナタリーは、自分の居場所を知っている人がだれもいないことに気づいた。自分でも分からない。父親も知らない。

「すべては苦痛であり、痛みは浄化なり」助手席に座る祖母が言って、手首のゴムを強く弾いた。

「すべては苦痛であり、痛みは浄化なり」カールとモーニカが、声を揃えて言った。

56

「あれから何か……分かったのですか？　リッリちゃん事件のことで」幼稚園〈てんとう虫〉の園長は、不安そうにクリステルの顔色を探った。「だからいらしたのですよね？　丸一年経ったのは知っています。ですが、わたしどもは……答えが見つかることを願ってきたんです。それとも……あの男の子のことでしょうか？」

　クリステルは、すぐには答えなかった。この仕事で一番しんどいことのひとつだ――相手の求めている答えを与えられないのは。リッリちゃん事件は、園の職員や子供たちにとって、いまだ塞がっていない傷口のようなものだ。保護者にとっても然り。クリステルには理解できた。事件と無縁でいられる者などいない。そしてだれもが、何が起こったのかという問いの答えを求めている。クリステルがまだ返せない答えを。彼にできるのは、さらなる問いだけだ。

「進行中の捜査に関しては、お答えできません」消極的な答えでその場をしのいだ。「ですが、内密にお話を聞くことは可能ならば――」

　お決まりの答えだった。形式ばって、機械的で、相手と明確に距離を置く返答。

「ここでしたら大丈夫です。子供たちは遊びに夢中ですから、わたしたちの話を聞かれることはありません。それに、わたしも子供たちから目を離すわけにはいきませんし。戸外活動の際には、ありったけの職員が必要となりますからね」

　ヨハンナという名前の園長は、終始鋭い視線で、子供たちでいっぱいの園庭に目を光らせていた。

「あの子を誘拐したのは、リッリちゃんを誘拐したのと同一犯なのですか？」彼女が言った。

「その質問にはお答え……」

クリステルは言葉を濁した。ボッセが快活な子犬のように、はしゃぐ子供たちの間を走り回っていた。当初、クリステルはボッセを園庭の外につないでいたが、子供たちが塀のそばに集まり始めたので職員の一人がボッセを中に入れてもいいか訊いてきたのだ。ボッセの喜びようは、とどまるところを知らなかった。人なつっこい犬だが、とりわけ子供が大好きだ。

「先ほども申し上げたとおり、リッリちゃんが行方不明になった日に勤務していた先生たちに話を聞きたいんです。記憶とは不思議なものでしてね、時間が経つと曖昧になるばかりではなく、はっきりしてくることもあるんです。われわれとしては、あらゆる可能性を押さえておきたいんですよ」

「では、ここに呼びましょう」ヨハンナはうなずいて、ベンチから立ち上がった。「ところで、『先生』ではなく、正確には『保育士』です。――レオポルド！　アイシャ！」

若い男性と年配の女性がこちらを向き、クリステルたちのもとへやってきた。そのこわばった姿勢から、二人はすでに何の話か心得ているようだった。少し離れたところで一人の子供がわめき、砂を握って隣の男の子の顔に投げつけた。保育士が一人素早く駆け寄って、事態を収拾した。レオポルドとアイシャがヨハンナとクリステルのところまでやってくる前に、子供たちはもう仲良く遊び始めていた。

自分の生きている世の中がこれほどシンプルならどんなに素晴らしいことか、とクリステルは思った。

　彼が二人に挨拶をし、二人はすぐそばのベンチに腰掛けた。園長のヨハンナは、三人だけで話せるよう、席を外した。

「リッリちゃんのことですか？」年配の女性が訊いた。

「あの男の子を連れ去ったのは、例のカップルなんですか？」若いほうの男性が、園児たちに目を配りながら尋ねた。

「それについてはお答えできません」この短時間にクリステルがこの答えを口にするのは、これで二回目だった。

　ボッセがちょっとした挨拶にやってきたので、クリステルが耳の後ろを掻いてやると、ボッセは舌を垂らし息を切らしつつ、新しい友人たちのところへ駆け戻っていった。

「ワンちゃんは人気者ですね」優しそうな茶色の目のアイシャは、そう言って微笑んだ。

　女の子が一人彼女のもとへやってきて、日よけ帽を元の位置に収まるよう下げるのを手伝ってもらった。

「お二人とも、一日の終わりにはぐったりでしょうね」クリステルはそう言いながら、四方八方に走る大勢の子供たちに目を向けた。おまけに鼓膜が曲がりそうな騒音レベルだ。

「イエスでもありノーでもあります。大変ではありますが、楽しいですからね」そう答えたレオポルドは、ベンチの背に寄りかかった。

「リッリちゃんが行方不明になった日のことで、思い出せることはありませんか？」

　クリステルは世間話をやめて、単刀直入に訊いた。無駄にする時間はなかった。

「ごく普通の日でした。通常以外のことは何もなかったし、対処しないといけないこともありませんでした。ぼくとアイシャは、あのカップルが通り過ぎるのは目にしましたが、それだけです。ごく普通に見えたので」

「どこにでもいるタイプの初老のカップルでした」彼女がうなずいた。「二人とも白髪交じりで、男性は短髪、女性はこんなふうな……昔ながらのマッシュルームカットでした。お分かりになりますか？」

「あと、メガネ」レオポルドが補った。

ぶかぶかの短パンをはいた小さな男の子がクリステルの目の前で転び、泣きわめき始めた。レオポルドがすぐに近寄って、慰めながらその子を抱き上げると、砂利を払ってやり、落ち着いたところで、また遊びにいかせた。

「印象に残るようなことはありませんでしたか？」クリステルが言った。

今までのところ、報告書ですでに読んだことばかりだった。

「ええ、二人は……どこにでもいるようなおじいちゃんとおばあちゃんという感じでした。そういう人たちは、ここにはたくさん来ますからね。あの二人に変わったところは何もなかった。まったく何も。それに、ぼくたちは誘拐自体は目撃していないんです。リッリちゃんが見つからなかったとき、数人の児童が言ったんです、おばさんとおじさんがリッリを連れていくのを見た気がするって。ですが、あくまで子供の証言ですから」

「子供たちの言った二人が、自分たちが見たカップルだと、どうやって分かったのですか？」

「子供たちが、紫色のコートの話をしたからです」アイシャが言った。「わたしとレオポルドが見た女性が着ていました。それで、わたしたちは同じ人たちだと思いました。よくある色ではないですから」

「そのカップルを事件前に見たことはありませんでしたか？　リッリちゃんと一緒だったとか、他の子供と一緒だったところも見たことはありませんか？　あるいは、この近辺で見かけたとか？」

二人は頭を振った。

「もちろん、百パーセント確かではありませんよ」レオポルドが言った。「ですが、そういう記憶はありません」

「わたしもです」アイシャが言った。

クリステルはじっと考えた。望みは薄い。レオポルドもアイシャも、その他の職員も、事件直後に徹底的な取り調べを受けている。多くの子供たちでさえそうだ。

「分かりました。これ以上、お仕事の邪魔をする気はありません」彼はそう言って、立ち上がった。

関節がポキッと音を立てた。夏の暑さでズボンが太ももに張り付いている。ボッセに向かって口笛を吹くと、最初ボッセは聞こえないふりをした。さらに何度か口笛を吹き、きつく命令したところ、犬は気乗りのしない様子で、のろのろと歩いてきた。不平を言う子供たちがボッセのあとについてきた。

「わんわんは、おうちかえらない」金髪をおさげにして、雪の旋風の中に立つ王女がプリントされたTシャツを着た小さな女の子が言った。

「わんわんは帰らなくちゃいけないんだ。お仕事があるからね」そう言って、クリステルはボッセの首輪にリードを付けた。

子供四人に強く抱きつかれたボッセは、最初、動くことを拒否した。大きくて訴えかけるような目でこっちを見た。

「駄目だ、もう行くぞ」

クリステルがリードを引っ張ると、ボッセは嫌々ながらも、やっと脚を動かして出口へ向かった。子供たちはまだ、明るいブロンドの毛をしたボッセの首にしがみついている。

「さっ、わんわんから離れないといけないぞ。おうちへ帰るんだよ」クリステルは説得しようとした。

クリステルの目の隅に、楽しそうに見つめているレオポルドとアイシャの姿が映った。彼がリードを引っ張り続け、ボッセもやっと歩く速度を上げたので、子供たちは仕方なく手を離した。扉を出たときにボッセは振り返り、切望の眼差しで見納めをした。それから、不機嫌そうに車に乗り込んだ。

57

「もしもし、ミーナです」携帯電話のディスプレーには〈非通知〉とあった。それでも彼女は電話に出たが、彼からではないことを願っていた。

「ぼくだ」男の声が言った。

ミーナはため息をついた。やはりあの人からだった。夜に彼女に電話をしてくる人間は、彼以外にいない。

「連絡はついたか?」ナタリーの父親は続けた。「あと、背景のやかましい音は何だ?」

「エアコンよ。あと、電話はしたけれど、まだ母と話せていない」

「それなら、こちらにも考えがある。もう月曜日の晩なのに、あの子はまだ戻っていない。だれかを迎えにやらせる。こんなことは受け入れられない」

ミーナは、仕方なく深呼吸を数回してから答えた。

「そんなことしないで、お願いだから」本心より自信のある口ぶりで、ミーナは言った。

一瞬、彼がこのアパートの部屋にいるような気がした。彼女が作り上げたオアシスに、彼が侵入してきたような気がした。部屋は彼女の盾であり、彼女の避難所であり、彼女の鎧だ。だけれど、あの男は好きなときに入り込んでくる。いつもそうだった。

彼は黙っていた。彼女の説明を待っていた。

でも、何を言ったらいい? ナタリーはいつも、世界中のだれよりも自分にとって大切な存在だったこと? どんなに辛くても、どんなに体調が悪くても、ナタリーのことを考えたら耐えられたこと? ナタリーのために自分は家族を捨てると合意してしまったばかりに、自分は自殺も考えたとか? 何を言っても無駄なのは分かっていた。ミーナは大人だし、自分の行動に責任を負っている。しかし彼女は本当に病気なのだ。せめてそのことだけでも、彼には理解してもらいたかった。

「あなたが何をすべきか、わたしには口出しできない」彼女はそう言ってから、声を潜めた。

「それに、あなたがこのことに、どんなふうに対処するのかも。わたしはもうその権利がないから。だけど、今回はあなたがわたしのところへ来たのよ。あなたが助けを求めてきた。だから、わたしに少し時間をくれない？　今あなたが押しかけたら、大きな禍根をもたらすだけだと思う。それに、ナタリーには問う権利がある。知る権利がある。あの子には時間が必要なのよ。真実を隠そうと決めたのはわたしたちで、偽りの中で生きようとあの子が決めたわけじゃない。だから、早まったことはしないで、お願い。まずはわたしに何とかやってみるチャンスをちょうだい。わたしのことが信じられないとしても、ナタリーのことは信じてあげられるでしょ？」

電話の向こうで、彼は荒い息を吐いている。熟考するとき、いつもそうしていたように。彼は今、二本の並んだ柱を思い浮かべているのだ。一本は賛成、もう一本は反対。彼がその二本を天秤にかけて綿密に量っているのが、荒い吐息で分かる。ミーナは、まだ彼のことをよく覚えている自分に驚いた。その沈黙の意味をよく覚えている自分に驚いた。

「きみの好きなようにすればいい」やっと彼は言った。「わたしは待つことにする」

「ありがとう」

ホッとして、ミーナはソファのクッションに身を沈めた。

彼は黙っていた。彼女はもっと何か言おうか迷った。罪悪感が何か言いたい気持ちにさせていた。何でもいいから、彼に理解してもらえるようなことを言いたかった。言葉が少な過ぎようと、時すでに遅しであろうと。その瞬間はやがてすぐに過ぎ去った。彼は電話を切った。

彼女はテレビに向かい、眉をひそめた。携帯電話が鳴る前に見ていた番組の内容を理解しようとした。出演者の言っていることが、自分で購入した二台の大型エアコンの音で聞こえなかったわけではない。一台は居間に、もう一台は寝室にある。この二台が冷気を部屋に吹き込み、彼女が窓の隙間から外に向けて差し込んだ太い管を通して、熱気を外へ排出してくれる。そのおかげで、このアパートの部屋は、彼女が汗をかかなくて済む唯一の場所となった。彼女は気に入っていた。ただその代償として、自分自身の考えがほとんど聞こえなくなった。

　テレビ番組の参加者たちが二人一組で走り回りながら、カメラに向かってぎこちなく笑っていたが、ミーナとしては面白くも何ともなかった。専門家がカップリングして、今初めて顔を合わせて祭壇の前に立っている二人。

　何てことなの。人々を二人ずつ組み合わせようとする社会からの強制的な要求。まるで、独りぼっちでいることが、何としてでも根絶しなくてはならない病気であるかのように――ただし、うんと狭い枠組みの中においての話だ。二人であることがあるべき姿だという真理を打ち立てたのは聖書？　アダムとエバから始まって、動物を一対ずつノアの方舟に乗せたときから始まったんだっけ？　現代の方舟の名前は〈ティンダー〉だ。孤独に溺れないよう、人々が必死にしがみつくアプリ。孤独が危険であるかのように。

　すでにアダムとエバの物語で、二人であることに関する倫理性には欠陥が見られる。エデンの園には蛇がいたではないか。ミーナは、テレビのカップルのうちの何組が、放送日まで別れずにいられるか考えた。ほとんどのカップルが見せるしらけた雰囲気から判断すると、ゼロだろう。愛は論理から生まれるものではない。解読可能な数学的愛のコードなどない。彼女は愛についてはよく知らないが、それでも、それくらいは知っていた。

ヴィンセントならこのことについて何と言うか気になった。きっと、ダイアグラムをいろいろ用いて、たっぷり説明してくれるだろう。今回の事件解決に当たっては、特捜班にはノーヴァの代わりに彼を採用してほしかった。ナタリーの状況を考慮するとなおさらだ。面倒になりそうだ。ノーヴァはもう結構だ。

ヴィンセントを採用すればよかったのに。

テレビのチャンネルを替えると、有名人同士が戦うクイズのような番組が映った。このほうがましだ。

ヴィンセント。

彼は、このミーナの要塞にも入ってきた。でも、あのときは状況が違った。彼女が彼を中に入れた。彼女の選択だった。そして彼は理解してくれた。彼女をありのままにさせてくれた。

ヴィンセントがここに来たとき……心地よかった。そして、公園で会ったときもそうだった。心地よ過ぎたくらいだ。あのときは成り行きがすでに分かっていたから。こうしているほうがいい。自分の要塞に一人でいるほうが。独りのほうが。

独りであるということは強くあるということだ。

58

ヴィンセントは片手を木に置いて体を支えながら、もう片方の手に持った小枝で、靴にこびりついた泥をこすり落そうとしていた。小枝は地面から拾ったものだ。数週間雨が降っていないことを考慮すると、夏の暑さで森は完全に乾燥しているはずだった。火事の危険性すらあるくらいだ。なのに、ヴィンセントは当然のように、ここ数十キロで唯一であろう湿地に、見事なまでに足を踏み入れてしまった。

よく履く革靴ではなく、スニーカーだったのは運がよかった。革靴なら絶対に駄目になっていただろう。ただ、白いスニーカーにするんじゃなかった。

新鮮な空気と考えをめぐらす余裕を求めて、朝に森を散歩する計画だった。森の真ん中に住んでいるも同然なのに、森で過ごす時間があまりにも少なかった。でも何事も遅過ぎることはない。街を歩くのと違って、森では人間観察ができないのは残念といえば残念だが、自然を楽しむことはストレスホルモンのレベル減少と血圧低下につながるという、心理学的および生物医学的研究結果もある。最近は森林セラピーまであるくらいだ。そして、昨日以来彼に必要なのは、冷静さだった。コントロールを取り戻すこと。

だから、そんな効果を期待して、彼は木にもたれているのだ。そもそもここは素敵なところだ。居心地がいい。ただ、どことなく集中できなかった。

ミーナに会ってしまったからだ。

あれからわずか一日。

黒髪のミーナ。その目を見れば、見かけよりもずっと深く物事を理解していることが分かる。そしていつも世界の縁に危うく立って、わが娘を愛するミーナ。

それに、こんなに長らく待たせておいて、電話をかけてきて彼と話したがったのは彼女のほうだった。彼は今になって、電話をかけなかったことを恥じた。一体、何を考えていたのだろう？　彼女は変わってしまったとか？　彼とは話したくないだろうと考えていた？　ずっと前に彼女に電話できたのに。電話す、べ、き、だったのに。

ただ、ケヴィンの話をしたのは愚かだったかもしれない。ミーナには関係のないことだ。だけど、彼女はヴィンセントを信頼して、自分の家族の話をしてくれた。彼は何とかして応えたかった。

そしてそのまま別れてしまった。

「じゃあまた」という類の言葉もないまま。

〈エピキューラ〉のことをもっと調べてみるという説得力のない口約束はしたが、何かが見つかるとは思えなかった。そして、伝えるべきことがなければ、電話をする理由はない。くそっ。靴についていた最後の泥をこすり落とすと、彼は背筋を正した。こんな暗い思考ループにはまってしまうなんて。いい加減にしなくては。前回と同じ間違いは犯したくなかった。カレンダーに会う日が書かれていないからといって、電話をしてはいけないということはない。二人は友人じゃないか。そして、友人は電話をかけ合う。彼は電話を取り出して、ミーナの番号を押した。

ミーナが出るのを待つ間に、一匹のリスが駆けてきて、彼に気づいて立ちどまった。リスは彼の頭から足元まで視線を移動させ、彼が危険な存在か否か熟考しているようだった。それから勇気を出していちかばちかやってみようと決めたらしく、電話の送信音が鳴る間、彼のすぐ脇の木に、緊張で震えながら駆け上った。ヴィンセントには、リスの気持ちがよく理解できた。

59

ミーナはルーベンに画面を見られないように、携帯電話の角度を変えた。だれからの電話か、できれば知られたくなかった。

「出ないのか？」ハンドルを握るルーベンが言った。「そんなふうに鳴らしっぱなしにされたら、うっかり車を側溝にはめてしまいそうだ。せめてマナーモードにしてもらえないか？」彼は、ウップランズ・ヴェースビーのテラスハウス地区へハンドルを切った。

「ちょっと待って」ミーナは、拭いたばかりのイヤホンを耳に入れてから答えた。「もしもし、ミーナです」

できるだけ中立的な口調で答えた。

「もしもし、ミーナ。ヴィンセントですが」

沈黙。道路の騒音のせいで聞き取りづらいが、彼の背景からは鳥のさえずりが聞こえるような気がした。

「ちょっと思ったんですが……」彼はそう言って言葉を切った。「今大丈夫ですか？　このあいだ話したことですが」

彼女は、ヴィンセントが何を指しているのか訊きたかった。進展のない捜査の真っ最中だということか？　それとも、ナタリーが祖母のところからまだ帰宅していなくて、娘が何を聞かされているのか、ミーナがまだひどく恐れていることだろうか？

大丈夫なことなんて何もないが、今は少し気が楽になった。もちろん、そんなことは言えない。同乗者がいるから。

ルーベンは白いテラスハウスの前で車をとめて、エンジンを切った。それからミーナに目をやって、もの問いたげに眉を上げた。彼女はうなずき、携帯電話を指した。

「今は話せません」彼女は言った。「今から被害者の遺族に会うところなんです。ですが……あとでならそのことについて話せますので、折り返し電話をしてもいいですか？」

どうして自分が他人行儀な話し方をしているか、ヴィンセントに理解してもらいたかった。彼に原因があるわけではないことを知ってもらいたかった。彼は、また少しの間、黙った。

「ぼくはただ『ハロー』と言いたかっただけですよ」声に微笑みが感じられた。「昨日会えて……楽しかったと。それと、もしグーグルで検索する必要があるなら、中心窩（fovea centralis）のスペルはsで終わると伝えたくて」

ヴィンセントが電話を切った途端、ミーナは咳き込んだ。運よく、ルーベンはすでに車を降りていた。

彼女が降りてルーベンのところへ行くと同時に、マウロ・マイヤーがテラスハウスのドアから出てきた。

「どうも」彼は二人と握手をした。「わたしの理解するところでは、お二人はすでにリッリの母親に話を聞かれたのですよね。でしたら、彼女がわたしのことをどう言っていたか、大体見当はつきます。ですが、信じてください。わたしが犯した唯一の罪は、彼女以外の人を好きになったことですから」

彼は二人が中へ入れるよう、玄関ホールにある三輪車を脇へ押しやった。小さい子供がいる家なのは明らかだった。ホールには、優勝杯やトロフィーが並んだガラス棚もあった。

「若い頃は、いろいろな活動に参加していました」ミーナが何を見つめているか気づいて、マウロが言った。「乗馬からフェンシングまで。イェンニに出会う前のことです。彼女は、わたしがひどくうぬぼれていると思っていました。そのとおりなのでしょうね。どうぞ、裏庭に座りましょう」

彼は家の中を真っすぐ突っ切って、二人を裏庭まで案内した。そこには小さいながらも手入れの行き届いた庭に面した快適そうなテラスがあった。水の入ったたらいに足を入れて座る出産間近の女性がいて、そのすぐそばで、小さな男の子が空気を入れてふくらませるタイプのビニールプールで水遊びをしている。マウロは、その女性を妻のセシリアと紹介した。

ミーナとルーベンは日よけの下の快適な日陰に腰掛けて、魔法瓶に用意されていたコーヒーを勧められ、イエスと答えた。本当のところ、ミーナとしては、何か冷たい飲み物のほうがありがたかった。

「こんなところからご挨拶してすみません」セシリアが大きな声で言った。「足を冷やしていないと、爆発しそうなんです」

「慣れてます」ルーベンが笑顔で言った。「三年ほど前に、同僚のところに三つ子が生まれたんですよ」

「三つ子、そりゃまた」取ってきたオートミルク入りのパッケージをテーブルの上に置いてから二人のそばに腰掛けたマウロが、仰天して言った。「どうやったら乗り切れるんでしょうね」

「彼はいっぺん死んでゾンビになったんだと思いますよ」ルーベンは言った。「ですが、年齢の近い子供が二人というのも楽ではないでしょう」

ミーナはいつの間にか、ルーベンをじっと見つめていた。

彼は感じがいいだけでなく、子供の話までしている。しかも、わざとらしさがまるで感じられない。セシリアは妊娠中とはいえ、ルーベンならビキニ姿で座る彼女に目がくらんでいるはずだ。でも、彼は彼女を気にしてもいないようだ。彼が病気か何かになりかけていないことを祈った。特捜班のメンバーが一人でも欠けると大変だ。

「二人とおっしゃいましたか？」マウロは笑った。「それだと半分ですよ。わが家にはもう二人いますからね。七歳と五歳の、セシリアの連れ子がいるんです。でも、今はお隣りの家で遊んでいます」

「わたしたちがここへ来た理由を話してもよろしいですか？」ミーナが言った。

ルーベンが、リッリの父親と継母とどれほどいい社交上の絆を結ぼうと、彼女は子供の話に飽き飽きし始めていたところだった。

「そうですね。正直なところ、お電話をいただいて驚きました。それで、知りたいことというのは？」

マウロは両手を大きく広げて、妻と素早く視線を交わした。

「昨日、同僚が二人、あなたの前妻のイェンニさんにお話を聞きました。彼女はいまだ、あなたが娘さんの死にかかわっていると主張しています」

「ずばり要点をおっしゃいますね」マウロはそう言ってから、コーヒーを一口飲んだ。「驚くようなことではありません」彼は続けた。「イェンニはわたしを罰することに生涯を尽くしてきましたからね。わたしはまだイェンニと結婚中に、セシリアと出会いました。それは認めます。わたしは建設会社を経営していて、セシリアはわたしのオフィスで働いていましたし、今も仕事を続けています。ですが、わたしとイェンニの夫婦関係は、長いことうまくいっていなかったんです。彼女は……問題を抱えていました。実際のところ、わたしには何の関係もない問題をね。でも、わたしに罪を被せるのが、彼女にとって一番楽な方法だったのでしょう。そしてとうとう、わたしはセシリアを好きになった。イェンニはそのことでわたしを許せなかった。だから彼女は、わたしの一番の弱みと知っているところを突いてきました。あの子を使ったんです」

「彼女は当初から、わたしたちを不快にさせてきました」セシリアはそう言いながら、お腹を擦った。「常識では考えられないほど、マウロとマウロの家族を嫌っているんです」

「どうして、あなただけでなく、家族まで?」ルーベンはそう言いながら、自分のコーヒーカップにオートミルクを少し注いだ。

ミーナは、彼はコーヒーにミルクを入れないことを知っていた。演技をしているのだ。

「わたしの家族はみんな仲がいいのですが、だれ一人、イェンニのことが好きではありませんでした。わたしは結婚する相手を間違ったとみんな思っていたんです。一方で、家族は最初からセシリアのことをとても気に入ってしまったので、ちょっとあからさま過ぎたかもしれません。今はフェイスブックやインスタグラムがありますからね……」

「一番ひどかったのは、あの人が言いがかりでマウロを告訴したことです」

そう言ったセシリアの声が震えていたので、ミーナは、彼女にとってはまだ癒えていない傷なのだろうと思った。

「法廷ではだれもあの人の言葉を信じなかったのは幸運でした。それに、証拠もありません。あの人が言っているだけなんです。あとは、あの人がリッツリに吹き込もうとした話だけでした」

「彼女からリッツリを奪おうとしたことはありません」マウロはそう言って、額に垂れた黒い髪の束をかき上げた。「わたしは共同親権を提案したんです。一週間おきの。ですがイェンニには、全部かゼロかしか存在しません。そして、リッツリを自分の所有物だとみなしてもいました」

「あの女はわたしたちの生活をめちゃくちゃにしました」セシリアは憎悪をこめてそう言い、膝に置いた両手を握りしめた。

「わたしは何より、わたしたちからリッツリを奪ったのがだれなのか知りたいのです」マウロは張り詰めた声で言った。「わたしがやったのではないからです」

「こちらもそう思っています」ミーナは言った。「お二人に聞きたいのはそのことなんです。リッツリちゃんと同じくらいの年齢の男の子が先週行方不明になったことはご存じですか？　リッツリちゃんと同じような状況でいなくなった子のことです。われわれは目下、関連性を捜査しています。お二人は本当に、リッツリちゃんを誘拐した可能性のある人物に心当たりはありませんか？」

「以前すでに、知っていることはすべて話しました」マウロは視線を落とした。「わたしがあの子を幼稚園へ迎えに行くことになっていました。娘はあそこにいなかった。その三日後……」

黒髪がまた、彼の額にかかった。

「では、家族間でのつながりは何かなかったでしょうか？　あの男の子のご両親をご存じではありませんか？」ミーナは携帯に保存してあるオッシアンの両親の写真を見せて、二人の名前も明かした。マウロはしばらく写真を見つめていたが、それから、ゆっくり頭を振った。

「いいえ、心当たりはありません。ただ、残念ながら、絶対ないとは言えません。というのも、わたしは人の顔を覚えるのが極端に苦手なんです。それでも、この二人はまったく見たことがないと言えるでしょうね」

ミーナはうなずいてからセシリアに写真を見せたが、彼女も頭を振ったので、がっかりしながら携帯電話をポケットにしまった。成果は得られなかった。

「ダーリン、もっと氷を持ってきてもらえる？」セシリアが夫に向き直りながらそう言うと、彼はすぐに立ち上がった。

「もちろん」

「例の初老のカップルにも思い当たることはありませんか？」ルーベンが言った。

セシリアは質問の意味がよく分からなかったのか、額にしわを寄せた。

「ああ」それから言った。「いいえ。わたしたちが聞いた限りでは、その二人はリッリの周辺では目撃されていないということです。目撃されたのは幼稚園の周辺だけだと。ただの通行人だったんじゃないでしょうか。だから、だれがマウロの娘を連れ去ったのかというのは、いまだに謎なんです。犯人はイェンニだと言えればわたしも楽でいいですが、でも……いいえ、あの人だとは思いません」

「親権争いに心情的にでも実務的にでもかかわっていた年配の身内はいませんでしたか？　イ

エンニさん側でもあなたたちの側でも?」ルーベンが訊いてみたが、セシリアは頭を振るばかりだった。

「いいえ、だれも。イェンニの両親は亡くなっていますし、わたしたちのほうも……つまり、わたしたちの両親は高齢で弱っています。ご確認なさりたいなら、電話番号をお渡しします」

「いただけると助かります」ルーベンは言ったが、ミーナは直感で、セシリアの言うことは本当だろうと感じた。

正直なところ、ため息しか出ない。何をしても行き詰まってしまう。明日は水曜日、ということは、オッシアンが行方不明になって一週間になる。そして、警察側はあれからいまだに、これといった情報が摑めていない。一週間前より情報が少なくなったような気がするくらいだ。なぜなのだろう? 自分たちは優れた刑事だ。彼女はそのことを知っている。なのに、らちが明かない。

冷凍庫の中をあさっていたマウロが、角氷を入れたプラスチックの受け皿を手に戻ってきた。セシリアのところへ行って、氷がすべてたらいの中に落ちるまで、ひっくり返した受け皿の底を叩いた。

「ああ……気持ちいい……」彼女はそう言いながら、満喫するように目をつぶった。

マウロは彼女の唇にキスをしてから、髪を撫でてやった。二人が愛し合っているのは明白だ。ミーナは突き刺すような嫉妬を感じた。セシリアから注目されるために、マウロは大きな魚を釣ってポーズをとる必要は決してないだろう。二人の愛は本物だ。

「このへんで失礼します、お邪魔いたしました」彼女はさっと立ち上がった。

ヴィンセントに電話をかけたかった。途中で電話を切る必要がない状況で、また彼の声を聞きたかった。だれも知りたくもないような話題に関する、やたらと細かい話を長々としてくれるだろう。

独りでいることが自分を強くするなんてことはない。彼女がどれほどそう思いたくても。

60

二人がウップランズ・ヴェースビーから警察本部へ戻ってきてから、ルーベンは急いで、持参したアイロンかけたての白いシャツを身に着けた。この日の朝は意図的に髭をそらなかった、というのも、髭面だと、刑事という職業上、ちょっぴりいかつい容姿になり、危険で刺激的に見えることを自覚していたからだ。目下、積極的にナンパはしていないが、いい第一印象を与えるのは悪いことではない。それにカウンセラーのアマンダとの合意は、彼が女性を口説いてはいけないということのみだ。もし女性たちが彼に近づいてきたらどこまで許されるのかについては、話し合っていない。彼に興味を示す女性を然るべき方向に導くような〝手助け〟をしたところで、彼に落ち度はない。あとは、その女性次第だ。

祖母の部屋で浮かんだ考えが、始終、記憶に蘇った――アストリッドは自分の娘に違いないということだ。そんなことを知らされて、どう対処したらいいものやら。

だが今は、そんな考えは押しのけなくてはならない、というのも、アーダムが話していた過激な集団行動の専門家と、もうすぐ顔を合わせることになっているからだ。まもなくノーヴァが来る。あの容姿だ、彼女は注目を浴びることに馴れっこだろう。出身がブラジルともアジアとも米国と言ってもおかしくないような、あの美しい黄金色の肌、そして、自信に満ちていながらも人懐っこい笑顔。えくぼまである。彼はせめて、彼女の優雅さに合わせたかった。

そして、ノーヴァが彼のことを忘れているよう祈った。

彼女が数年前に登壇した講演には、数百人もの警官が出席していた。彼女が彼のことを思い出す危険性はわずかだ。講演の後に、ルーベンが二度も彼女を口説こうとしたにせよ。そのあとにコピー室でも試みた。でもノーヴァほどの女性なら、そんなことは日常茶飯事に違いない。

しかし、彼女もまだ姿を現してすらいないうちに、何もかもがおじゃんになりかけていた。アーダムは彼女を迎えに受付に行っており、ペーデルが机の上にデニッシュを盛り付けている。ノーヴァのような女性にべたつくデニッシュなんて出しちゃ駄目だ。出すならカバワインだろう。あるいは、スシ・ボールか。

「髭にバニラクリームがこびりつくぞ」彼はペーデルに向かって呟きながら、机に着いた。

ルーベンは、会議の開始時には自分の体臭と完璧に混じり合うよう見計らって、〈モンブラン〉の香水をつけていた。会議の直前だと香水つけたてのにおいになってしまう。ルーキーがよく犯す間違いだ。とはいえ彼女が来るまでに時間がかかり過ぎると、においが弱くなり過ぎてしまう。どうしてこんなに時間がかかるんだ？　それに、ミーナはなぜ、彼を凝視しながら座っているのか。

「何だよ？」必要以上に不愛想に、彼は言った。

ミーナはたじろいだ。

「あなたが緊張しているみたいだったから」彼女は言った。「何かあったんですか?」

「緊張してるって?」彼は笑おうとした。「おれが? 最後におれが緊張したのは、お持ち帰りした女の子に、成人してるかどうか身分証明書を見せてくれと頼んだときさ」

「ルーベン!」ユーリアがきつく言った。「一体何回……いつも言ってるでしょう……あっ、来た!」

アーダムとノーヴァが部屋に入ってきたので、話は中断した。いいタイミングだ。ルーベンの香りは完璧だ。ミーナに説明する手間も省けた。ここ一年ほど、構内の食堂でグンナルたちと顔を合わせるたびに、女性関係の武勇伝をでっち上げる必要に迫られていた。そのせいでくだらない作り話が、今みたいに不適切なタイミングで思わず口をついてしまうことがあった。嘘がばれるのも時間の問題だった。ネタが尽き始めていた。

ミーナは、もう彼のことを気にしていないようだった。ノーヴァが部屋に入ってきた途端、ミーナの目は怒りに満ちたものになった。典型的な女の嫉妬ってやつだろう。あの荒れた手さえ見なければ、ミーナは地味なりに美人だ。だが、ノーヴァの洗練された優雅さと張り合えると思っているなら、それは愚かと言っていい。これだから女ってのは、と彼は内心ため息をついて、背筋を伸ばした。

「初めまして。わたしはユーリア・ハンマシュテンといいます。本特捜班の責任者です」ユーリアはノーヴァに手を差し出した。「アーダムにはもう会っていますね。他のメンバーをご紹介します――ルーベン、ミーナ、クリステル、そしてペーデル」

ルーベンは、わずかに目を細めてうなずきながら、ノーヴァに微笑んでみせた。取り調べの際によく用いるお得意のテクニック。相手をリラックスさせ、無意識にお互い理解し合うようにする技だ——あるいはプライベートな事柄を共有したと感じさせるテクニックと言えばいいか。ノーヴァは丁寧に会釈を返してから、視線をペーデルに向けて優しく微笑みかけた。くそっ。彼の魅力は錆びついてしまったようだ。でも、少なくとも、彼の顔に見覚えがない様子ではあった。そして、ノーヴァが別の方向を見ているときに、ルーベンは彼女が白いブラウスのボタンを二つ外していることを見てとった。これはありがたい。裾が広いスカートをはいているのは残念だ。ヒップの形がよく見えない。とはいえスカートというのは想像力を刺激してくれる。スカートをはいた女性が必ずショーツをはいているとは限らない。カウンセラーのアマンダが何と言おうと、ルーベンが想像するのは禁止されていない。

ノーヴァの笑顔が、ミーナと挨拶しようとしたところで引きつった。すぐそばに腰掛けているのに、ミーナが握手の手を差し伸べなかったからだ。とはいうものの、そもそも彼女がだれかと握手することはまずない。少しはマナーを学んでいただきたいものだ。でなければ、手袋をするという手段だってあるではないか。

「アーダムから聞いていると思いますが、本特捜班はオッシアンという名の男の子の誘拐事件の捜査に取り組んでいます」ノーヴァがクリステルにも挨拶をし終わったところで、ユーリアは言った。「こういう形で子供が誘拐されるのは非常に稀です。加えて、本件は一年前に発生した誘拐事件とそっくりであることから、この二つの事件に関連性があるとみているのです」

「あなたのおっしゃる稀とは、どれくらい稀なのでしょう?」ノーヴァはそう言いながら、机に着いた。

ルーベンの真向かいだ。彼としては何の異議もなかった。ボタンをもうひとつ外してくれれば、言うことはなかった。ペーデルがデニッシュの入った皿を前に押し出すと、彼女はひとつ取った。ルーベンは、彼女が一口かじってから、唇についたわずかなパンの屑を舌の先で舐め取る様子を見ていた。

突然彼女は舐めるのをやめて、ルーベンを凝視した。彼女の目が徐々に丸くなった。しまった。彼女はやっぱり忘れていなかった。

「以前お会いしましたね」彼女は冷たく言った。「コピー室で印刷をお手伝いしましたっけね？」

ルーベンは、顔じゅうが火照るのを感じた。

「いえ、最近は一人でしてます」彼は言った。

そこで言い方がまずかったと気づいた。

「いや、そういう意味で言ったんじゃなく」彼は言った。「ただ……ええと……この話はやめましょう」

ノーヴァが堪えた笑いで目を輝かせるなか、特捜班の一同は当惑したようにルーベンを見た。一対ゼロ、軍配はノーヴァに。彼には当然の報いだ。

「先ほどの質問に対する答えですが、ノーヴァ」アーダムが言った。「子供の捜索願は毎年数百件、提出されます。ただしこれらは平静を失った保護者からのもので、大多数のケースでは全員が数時間後には戻ってきます。一番多いのは、友人宅に行って遊ぶうちに時間を忘れるケース。今回の二件のように、子供が本当に誘拐されて殺害されるというのは、あらゆる親にとっての恐怖ではありますが、現実にはほとんど起こりません。あくまでほとんどではありますが」

「殺害された？」ノーヴァはそう言って、恐怖の表情でデニッシュを机に置いた。

ユーリアはうなずいてから、尋ねるようにコーヒーポットを指した。ノーヴァは首を左右に振った。

「リッリ・マイヤーちゃんは去年の夏、ハンマルビー・シェースタード地区の桟橋で発見された」クリステルがため息をついた。「遺体は防水シートの下にありました。そして先週土曜日には、オッシアンくんが船の渡り板の下で見つかった。ひどいもんですよ、率直に言って」

「マスコミにとっては格好のネタってわけですよ」ルーベンが言った。「テレビのニュースは何日にもわたって、自宅のソファでくつろぐスウェーデン人向けのＨＢＯ（米国の衛星・ケーブル放送局）ドラマみたいになる。そしてみんなはホッとする――ああ、自分の子じゃなくてよかったって」

ノーヴァは視線を落とした。

「昨年の夏に行方不明になった少女は、三日後に遺体で発見されました」ユーリアが言った。「オッシアンくんもまったく同じです。まる三日消息不明となり、〈アヴ・チャップマン〉号のそばで見つかった。今のところ、これらの事実は報道機関から隠してこられましたが、いつ嗅ぎつかれてもおかしくありません。手口の類似性は、もちろん偶然かもしれません。ですが、同一犯である可能性もわれわれは考慮しなくてはならない」

ノーヴァはユーリアを見つめた。

「すみませんが」ノーヴァが言った。「今回の事件におけるわたしの役目は何なのでしょうか？　ご協力する意思はあっても、果たしてどういった形でお手伝いできるのか分かりかねます。わたしはまったく知らないからです……殺人犯のことは」

「誘拐の手口が同一なのです」アーダムが説明した。「しかし、犯行に及んだ人物は同じではないようなんです。両方の事件の目撃証言によると、リッリちゃんは初老のカップルに連れ去られた。一方オッシアンくんは、三十代くらいの一人の女性に誘拐されています。となると、オッシアンくんを誘拐した犯人は、昨年の事件の報道を読んで手口を真似ただけかもしれないし。あるいは……」

「……あるいは、犯人同士につながりがある」ノーヴァが補った。「つまり、彼らはひとつのグループ――少人数かもしれませんが――のメンバーであり、そのグループは過激な行動を問題なく実行に移せるものであると。理解しました」

「あなたの専門ですよね」ユーリアは言った。「そして、わたしたちは、そういう人間たちの頭の中を理解する必要があるわけです」

「彼らとわたしたちの違いは、想像ほど大きなものではないときもあるのです」穏やかに言って、ノーヴァは特捜班一同に視線を向けた。「わたしは何年にもわたって、過激な集団に関する経験を積んできました。こうした集団に一番よく当てはまるのは、いわゆるカルト教団でしょう。わたしがこうした件に取り組むことになったきっかけは、一人の女性と出会ったことでした。その女性のご両親は、長いこと、明らかにカルトの特徴を持つ集団からお嬢さんを救出しようとしていました。女性はわたしのところへ来たがっていたわけではありませんでした。しかし、わたしは彼女の洗脳を解くことに成功しました。その女性は現在、わたしのもとで働いています。一方わたしは、この経験から大変多くのことを学びました。この話が広がると、次々に多くの人たちから問い合わせを受けました。これはわたしたちにとって現在最大の活動ではありませんが、事業の一部になっています。長年かけてわたしが積み上げてきた経験が、何らかの形で皆さんのお役に立つのであれば、これほど喜ばしいことはありません」

ルーベンは、彼女はあのブラウスのボタンをすべて外してセックスをするときも同じくらい穏やかなのか気になった。そうでないことを望んだ。やっぱり、コピーのご用命はないか訊いてみるのも悪くないかもしれない。すると彼の目の前にアマンダの怒った顔が浮かび、彼は恥じ入った。でも、あくまでも想像にすぎないじゃないか。それに、実際のところ、最後にしたのだって半年以上前のことだ。いつもの彼よりも五か月と三週間長く我慢している計算になる。

「だれもが何らかの集団やカルト教団にハマり、以前なら想像すらできなかったような行動に出る危険性を抱えているのです」ノーヴァは続けた。「そういう人々が求めているのは結束だけです」

「チャールズ・マンソン（一九三四年～二〇一七年。米国のカルト指導者）とその〝ファミリー〟みたいなやつか」クリステルが言った。

「ええ、あるいは、クヌートビーの〝キリストの花嫁〟とその信徒団もそうですね。実は〈エピキューラ〉には、オーサ・ヴァルダウ（一九六五年～。スウェーデンの元牧師）の昔の教会信徒が二名います」ノーヴァは言った。

「オーサ自身は、年老いた父親と二人、狭い地所で寂しく惨めな生活を送ってると聞いた気がするな」クリステルが呟いた。「カネと権力の甘い夢からずいぶん遠くに行っちゃったもんですな。当然の報いだが」

「すみませんが、どういう流れで、突然カルト教団の話になったんですか？」そう言って、ペーデルは髭の下の肌を掻いた。「三人の頭のおかしいやつらが知り合い同士だったっていうのとは話が違いますよね？　それにカルトとなると、宗教がらみじゃないですか。いつから今回の誘拐犯には宗教的な動機があるってことになったんですか？」

「確信できることは何もありません」クリアフォルダーで自分を扇ぎながら、ユーリアが言った。「手掛かりになりそうなものなら何でも検討すべきでしょう。集団でこういった罪を犯すのがとても稀なことには同意できると思います。しかも、二年連続で犯行を行なっている。わたしは、頭のおかしい連中の犯行だとは思わない。そう考えるには、行動があまりにも計画的だからです。となると、過激な行動に関するノーヴァの知見に戻ってくるわけ」

「カルトと宗教に関しては、誤解されることが多いのです」ノーヴァが言った。

ルーベンは、彼女が完全に仕事モードに入ったことに気づいた。やはりコピー室云々は忘れたほうがよさそうだ。

「カルトの対象は何でもあり得ると言ってもいいくらいなのです」彼女は続けた。「宗教的なカルト集団と政治運動と全体主義的な思想の間の共通性を指摘した研究者もいます。この三つに共通するのは、ある種の過激で極端な思考パターンです。もちろん、カルトには常にある種の崇拝が存在しますが、一国の大統領や一つの神に向けることだってできる。ドナルド・トランプであろうと原理主義であろうと、大抵のものに人々は説得されてしまうものなのです。さてそこで、もし皆さんの追っている誘拐犯たちが知り合い同士だとしたら、何らかの強い信念を共有していると思われます。でなければ、このような恐ろしい殺人を犯すことはできないでしょう。『殺人』は、用語として正しいでしょうか？」

クリステルは暗い表情でうなずきながら、ボッセの背中を撫でた。「リッリ・マイヤーちゃん及びオッシアン・ヴァルテションくん殺人事件」彼は言った。「五歳だった」

ボッセがクンクン鳴き、悲しそうに飼い主に目をやった。

「必ずしも宗教上の信念とは限りません」ノーヴァは言った。「だれかを送り出して子供を誘拐させられるほど強い指導者がいれば十分なのです」

ルーベンは内心、鼻を鳴らした。〝指摘した研究者もいます〟ねえ。まるでヴィンセントみたいな話し方じゃないか。ノーヴァは間違いなく、あのメンタリストのアップグレード版だ。彼女が関心を向けているのはもっぱらペーデルだが。ルーベンは、ペーデルのあのヒップスター髭の魅力を過小評価していたのかもしれない。まあ、自分たちは特異な事件を捜査しているから、通常とは異なる考え方が必要だというユーリアの意見は正しい。結果として、ノーヴァがこれからも数回、班を訪れることにつながるのなら、まったく異議はなかった。

「指導者ですか」ユーリアが言った。

「ええ、人間が集団で、規範や法からまるで逸脱した過激な行動に出る場合、その背景には強い指導者がいることが大半です。他の者たちを説得させられるほど人を操ることに長け、影響力をもつ、恐ろしい人物がいるのです」

「では、われわれが追っているのが、そういう集団だとしましょう」ユーリアは言った。「議論のための仮定です。殺人の実行手段から、そのグループについて分かることはあるものでしようか？　あるいはどんな人物なのかとか」

ノーヴァは考え込んだ。

「そうですね」それから言った。「政治的であろうと宗教的であろうと、その他のものであろうと、カルトは儀式を好みます。それが独特な運動を定義づける手段なのです。今うかがった内容からも、儀式的な要素をはっきりと感じ取れます。象徴性は言うまでもなく。リッリちゃんもオッシアンくんも、発見されるまで三日間行方不明だった。ご存じのとおり、3は数の中で最も神聖な数字です。すでに古代ギリシャのピタゴラスが、3は完璧な数字だと主張しています。〈誕生〉と〈生〉と〈死〉を表象できるからですね。あるいは〈始め〉、〈真ん中〉、〈終わり〉。キリスト教の三位一体《さんみいったい》。おとぎ話は〈始まり〉、〈確立〉、〈転機〉という心理学モデルに従って、いつも三部構成。ただ問題は、3が意味するものが非常に多いことです。したがって、今回の事件では、どんな意味合いがあるのかは確定できません。また、遺体の置き場所も関心を引きますね」

ルーベンはため息をついた。彼女にはヴィンセント要素があまりにも多過ぎる。彼女の代わりに、ヴィンセントに協力を求めなかったのは実におかしな話だ。でも、あのメンタリストは、カルトに関する知識はそれほどないかもしれない。あのヴィンセントの情報データバンクに欠落があると考えて、ルーベンはどことなく喜びを覚えた。

「どういうことでしょう？」ユーリアが言った。

「リッリちゃんもオッシアンくんも、水域の近くで発見されています。二人は溺死ですか？」

「いいえ」ミーナが言った。「リッリちゃんは窒息死、オッシアンくんの死因はまだ不明です。

ですが、われわれが発見したとき、水に漬かった形跡はありませんでした」

会議が始まってからのミーナの最初の発言だ、とルーベンは思った。

「では、二人が水のそばで発見された理由は何か？」ノーヴァが言った。「水には、大変強く、神聖と言ってもいい象徴的な意味があるのです」

「ということは、われわれが追っているのは、3が好きな、水を崇拝する狂信者ということ？」ミーナがとげとげしく言った。「あなたの説明だと、カルト絡みの誘拐のほうが、例えば、小児性愛者組織による誘拐や、人身売買目的の誘拐よりも可能性が高いように聞こえます。ですが、小児性愛や人身売買は、現実で起こっていることなんですよ」

ノーヴァは肩をすくめた。

「それには同意します」彼女は言った。「『カルト』では、適切な説明にはならないかもしれません。その言葉にこだわるべきではないのかもしれませんね。でも、皆さんがどう解釈しようと、この二件の事件には、儀式と象徴の要素がはっきり見られます。この二件につながりがないと見るほうが不自然です。それに、目撃者による証言が随分異なることを考慮すると、事件に絡んでいるのが彼らだけとは思えません。初老のカップルと、もっと若い女性でしたね？この三人を結び付け、犯行に仕向けた人物がいます」

「誘拐犯の一人が指導者ということは考えられませんか？」ミーナが言った。「どうして、彼らだけでないと言い切れるのか理解しかねます」

ノーヴァはうなずいた。

「そのとおり。この三人のみとも考えられます。ですが、過激な団体の指導者は、常に計画を立てています。指導者自身が誘拐に加担すると、捕まる危険性が高過ぎる。捕まったら、全計画が失敗に終わってしまうわけです。ゆえに、この三人以外にもいる、とわたしは考えます」

ノーヴァはユーリアに向き直った。

「わたしには犯罪捜査に関する知識はありません」彼女は言った。「ですが、過激な逸脱行動に関して、スウェーデンではわたしほど経験を積んだ人物はいないと自負できます。この事件について聞く限り、これは何らかのグループによる儀式的な犯行であり、そのグループ内には上下関係があって、最高の地位に就く人物によって統制されている、というのがわたしの見解です。自分たちより偉大な何かがおり、絶対に正しいと確信しているから、このような行為を実行に移せるのです。もちろん、わたしよりも皆さんのほうがお詳しい分野の知識を駆使して、まったく別の推理も可能でしょう。わたしはあくまで私見を述べたにすぎません」

「貴重なご意見、ありがとうございます」ユーリアが言った。「お気づきとは思いますが、わたしたちには新鮮な仮説でした。しかし、今のわたしたちは、あらゆる可能性を検討する必要があるのです」

「水が好きな殺人犯か」クリステルが呟いた。「ストックホルム全体が水に浮かんでいるような街だから骨だな。捜査を面倒にするものに出会うことはあっても、楽にするものに出くわすことは、まずないでしょうね」

「水が実際に重要だということではないのです」ノーヴァが言った。「わたしの見るところ、明らかな関係性があると指摘したまでです」

「他に何かあるでしょうか、ノーヴァ?」ユーリアが時計に目をやりながら続けた。「ないようでしたら、この辺で終了ということにしましょう。できれば、また別の機会に連絡させていただきます」

ノーヴァはじっくり考えてから、頭を振った。黒い前髪が一瞬彼女の顔を覆った。ルーベンは、喜んでその髪を払ってやりたかった。やれやれ。禁欲なんて軽はずみだったかもしれないぞ。

「そう、あとひとつだけ」ユーリアが立ち上がるのと同時に、ノーヴァが言った。「もし皆さんがカルトによる犯行の線を追うのでしたら、ひとつ覚えておいていただきたいことがあります。誘拐の実行犯を逮捕して刑務所へ送っても何もなりません。恐らく彼らは下っ端のメンバーで、代わりがいくらでもいるからです。犯行をとめる唯一の方法は、指導者を見つけることです……殺人の命令を下した人物。その人物を捕えなくてはなりません」

「つまり、そうしない限り、そのグループは、さっきおっしゃった〈計画〉を実行し終わるまで犯行を続けるということか」ペーデルが呟いた。「つまり、まだ何件もの児童誘拐殺人が起こる恐れがある。そして多くの家族が崩壊する」

部屋の中が静まり返った。ノーヴァは、ずっとペーデルを見つめていた。ルーベンは息苦しさを覚えた。沈黙を破る役割を負うのは嫌だった。

「残念ながら、そのとおりだと思います」ノーヴァが言った。

61

「これって偶然ですかね？」ペーデルは、こじ開けられた跡のあるドアを見つめながら言った。

「どんな可能性も考えられますからね」アーダムが言った。「でも、ひとまずは偶然じゃないと推測しましょう。ご両親はもう中に？」

アーダムは、ここベルマンス通りにあるヴァルテション一家のアパートにやってきた鑑識員の一人に会釈をした。鑑識員はアーダムらの脇を通って、部屋に入っていった。

警察本部でノーヴァとの会議が終了後すぐに、通報が入った。アーダムは昼食を買いに外出していて、本部に戻ったときにはペーデルは現場へ向かっていた。アーダムが到着した時点でペーデルはすでに室内を見ていたが、アーダム自身はまだだった。

「ヨセフィンもフレードリックも中にいます」ペーデルが言った。「ヨセフィンのご両親のところへ行っていて、帰宅したときに住居侵入を発見したそうです。息子さんを亡くした矢先なのに」

「二人に話を聞こう」

アーダムは慎重にドアを開けて中へ入り、ペーデルがその後に続いた。二人とも足を下ろす箇所には気をつけた。殺人現場ではないが、今回の住居侵入が何らかの形でオッシアンの死と関連している場合を考え、殺人現場と同じように注意深く行動した。鑑識の仕事の妨げとなるのは絶対に避けたかった。

「二人はあそこですよ」ペーデルは言い、キッチンを指してみせた。「キッチンは荒らされていないようだったから、そこにいるのが一番いいんじゃないかと思って」

刑事たちの姿を目にしてフレードリックは立ち上がりかけ、また座った。「侵入したのは……オッシアンを誘拐した連中ですか？」彼は言った。「今度は何がしたいんでしょうか？」

彼の目には多少の狼狽とともに、計り知れないほどの疲労感が浮かんでいた。

ヨセフィンは焦点の合わない目で、ただ前を見つめていた。何ものにも心を動かされないというように。自分に関係のあるものは何もないというように。きっと大量の薬を服用しているのだろう、とアーダムは推測した。

「まだ分かりません」彼は言った。「ですが、このアパートの部屋の徹底的な捜査を行って、できる限り多くの微細証拠物件を採取します」

「さっぱり分からない」フレードリックが言った。「わたしたちに敵はいません。わたしたちに危害を加えようなんて人物には、これまで生きてきた中で、どんな形でも心当たりはないんです。こないだもそう言いましたよね。オッシアンは偶然の巡り合わせで被害にあったんだと思ってました。でもそうでないのだとしたら、一体……なぜ……どうして……」

フレードリックは言葉に詰まり、言い終えることができなかった。顔を両手で覆った。アーダムはキッチンテーブルの下の椅子を引き出して、夫婦の向かいに腰掛けた。ペーデルは流し台に行って、使っていいか訊かずにコーヒーメーカーでコーヒーを淹れる準備をし始めた。アーダムは同意するように、彼にうなずいてみせた。警察の最高の武器。それはブラックコーヒーだ。

「家を空けていた時間はどれくらいですか？」明るい色のテーブルの上に手を組んで、アーダムが訊いた。

テーブルには、黄色や赤や緑のサインペンの線が付いている。キッチンのいたるところに、オッシアンの小さな形跡がある。明るい色のマグネットで冷蔵庫に貼ってある絵。水切りラックに立ててあるライトニング・マックィーン（映画『カーズ』の主人公）のイラスト付きの子供用の皿。流し台に置いてある封を切ったアルファベットクッキーの箱。アーダムはこみあげてきた感情を呑み込んで、視線を逸らした。

「昨夜、ヨセフィンの両親の家を訪ねました」フレードリックが言った。「そこに一泊したんです。妻はこの家にいないほうがいいと思ったものですから。と言うより、わたしたち二人とも、そのほうがいいと思ったんです。妻の両親はタービーに一軒家を持っていて、わたしたちはそこの客間に泊りました。帰宅したのは、そうですね、一時間ほど前になります」

「そのとき、ドアがこじ開けられているのを目にした？」

アーダムは、当たり前の質問をしていることは百も承知だった。でも、悲しんでいたりショック状態にいたり、あるいは怒っていたりする人に対しては、簡単な質問が鎮静効果があることを経験から学んでいた。そういった質問は、何もかもが引っくり返ってしまったような世界にあっても理解可能だからだ。

ペーデルは夫婦の前に、熱々のコーヒーが入ったカップを置いた。

「ミルクは要ります？」

「ええ。ヨセフィンはコーヒーにミルクを入れるんです」フレードリックはそう言いながら、妻の腕を擦った。彼女は虚ろに前を見続けていた。うなずいたペーデルは、冷蔵庫へ向かい、牛乳のパッケージの賞味期限を調べてから取り出した。テーブルの上に置くと、フレードリックが慎重に、ほんの少々、ヨセフィンのコーヒーに注いだ。

「さあ、ダーリン」

彼女はカップに触れるしぐさを見せなかった。

「そうです、ドアが少し開いていたので、何かあったとすぐに分かりました」フレードリックはアーダムに顔を向け、そう言った。「きちんとドアを閉めて鍵をかけたのを覚えていました。それから、鍵に跡が付いていることに気づいたんです。もちろん、中に入ってすぐに、部屋の中が荒らされているのが目に入りました」

「なくなったものはありますか？」ペーデルはそう言って、アーダムの隣に座った。

彼はゆっくりと、コーヒーをすすった。

「ちょっとした小物くらいです。ヨセフィンの結婚指輪とアクセサリー。イヤリングと金のブレスレット。あとは、父のアランが還暦でもらった時計。思い入れはあるものですが、それほどの値打ちはありません」

「分かりました。思い浮かんだものをすべてリストアップしていただくことになります」ペーデルが言った。「しばらくしてから、なくなったものに気づくことがありますからね」

「わたしたちは……もうこんなことには耐えられない」フレードリックはヨセフィンの手を握った。

夫の手の中で、その手はだらりとしていた。彼女は無表情だった。まるで、ここにはいないかのように。自分の子供がもういないこの世界ではない、まったく別のどこかにいるかのように。アーダムは、彼女がその世界で、少しは元気でいることを願った。

「二つの事件に関連があるとは限りません」アーダムは言った。「わたしたちはこれまでにかなりの数の住居侵入事件を捜査してきましたが、今回の件には他と比べて特殊なことはありません、これは信じていただいて結構です」

フレードリックはうなずいたが、その言葉を信じていないようだった。アーダムは彼を非難できなかった。これが偶然である可能性は極めて低い。

鑑識員たちが部屋の中を動き回る音が聞こえる。通常だと、住居侵入の捜査に当たるのは所轄の捜査員だ。彼らも優秀ではある——窃盗事件の捜査をつつがなく進めるために必要な証拠をつつがなく収集し、被害者の支援もしてくれる。警察は空き巣には本腰を入れないと広く思われているようだが、それは大間違いだ。所轄の捜査員は素晴らしい仕事をしてくれる。検挙率が低いのは、近年の空き巣は、国際的な窃盗組織によるものがほとんどだからだ。しかし、今回の事件がオッシアンくん誘拐事件に関連しているとなると、鑑識課の出番となる。ほんの微細な証拠が決め手となり得る。

アーダムは立ち上がった。「何か思い出したことがありましたら、どんなことでも構いません、ご連絡ください」彼は言った。「あと、見当たらないもののリストアップを始めてください。連絡をいただければ、すぐに参上します」

フレードリックはうなずいた。

ヨセフィンは虚空を見つめていた。

鑑識と二言三言言葉を交わしたあと、アーダムは部屋を出て、深呼吸をした。そのあとに出てきたペーデルが、彼の肩に手を置いた。

「ややこしい事件になりそうですね」

「どうやらそのようです」彼はペーデルのほうに向きを変えた。「あの動画、あれがやたらと見たくなった。今回の事件と正反対のものだからですかね」

「動画？」

「噂に聞く三つ子ちゃんの動画。それに、『ユーロビジョン・ソング・コンテスト』のスウェーデン国内予選とか何とか」

「それなら喜んで」ペーデルは微笑んだ。

彼は、ジャケットから携帯電話を取り出した。

62

小さなビストロのウェイターが、ルーベンの前にビールのおかわりを置くと、ルーベンは「どうも」と呟いた。この店が五年前にオープンしてから、忙しくない日はほとんどいつも、ここで昼食をとっている。忙しくない日というのは、職場で机に着いたまま、片づけねばならない仕事をしながら食べなくてもいい日ということだ。祖母のところへ顔を出す月曜日も例外だった。夕飯もここで何度か食べた。自分一人だけのために自宅で料理をしても意味がない。料理下手というわけではない。逆だ。グリルを扱わせれば、ほとんどの知り合いより自分のほうが一枚上だと思っている。ただ、食べるのが自分以外だれもいないとなると、時間の無駄のように感じるのだ。

休日にはここで朝食をとるときもある。店のホリデー・ブランチだ。とりわけ、前日の晩にお持ち帰りした女性が彼のアパートを去るのを待つ必要があるとき。なので、冬以来、ここで朝食はとっていないことになる。でも、アマンダと自分自身に正直になれば、こんなに気分がいいのは久しぶりだった。

　このビストロは、彼の第二のわが家となっていた。従業員の名前を知っているという安心感があり、従業員たちが彼の習慣を覚えていてくれる便利さもある。ルーベンがいつも食事の前にビールを一杯たしなみ、食事中にさらに一杯飲むというのもそのひとつだ。食後のコーヒーはいらないことも。でも今日は、食事が運ばれてくる前に二杯目のビールを注文した。運んできたミーカエルがその場に立っていた。

「大丈夫ですか？」彼は訊いた。

「考え事がいろいろあってね」ルーベンは言ってから、ビールを一口飲んだ。「大丈夫だ」

「無理なさらず。まだ水曜日ですからね」ミーカエルはうなずいて、その場を離れた。

　そのほうがいいのだとミーカエルは知っている。雑談したくないのだと。それもあながち嘘ではない。今のルーベンの身の回りは混乱していた。まずオッシアン事件。ひどい事件だ。挫折感と悲しみが、彼の体の毛穴のひとつひとつにじわじわと浸み込んでいく。捜査にかかわっている他の捜査員だって、同じ気持ちだろう。子供の死ほど感情を揺るがすものはない。何ひとつ。そこでふいに、自分には――このルーベン・ヘークには――娘がいるのだという思いに打たれて、恐れおののいた。娘の存在を知ってから三日になるが、まだその事実を消化し切れていない。他にやるべきことが多過ぎた。娘とは！　なんてこった。自分に失うかもしれないものができてしまった。そんな考えを払いのけ、より実質的な事柄について考えようとした。

例えば、名前とか。

アストリッド。

アストリッド・ヘーク。

いや、ヘークじゃない。母親の苗字だ。とはいえ……。よし、では次のステップは何だ？

彼にはもう訪ねてきてほしくない、とエリノールははっきり示した。でも、それは、彼が自分に娘がいると知る前のことだ。

「どうぞ」

フランクステーキとフライドポテト。食の進化における美食のハイライトだ。彩りのためサヤインゲンが添えてあるから申し分ない。彼は柔らかい肉にナイフを入れたが、どこか食事に集中できなかった。様々な年齢のアストリッドの姿を想像していた。彼が見逃してしまったこれまでの年齢すべての。

彼は皿を前に押しやった。とにかく自分で動かないことには、食べる気にもなれない。彼は含み笑いをした。くそっ、これじゃまるで神経衰弱にでもなったみたいじゃないか。アマンダと話せばいいのだろうか？　彼女ならきっと力になってくれる。そんなふうに考えて、いい思いつきだと思った自分に驚いた。今のルーベンを見たら、グンナルは死ぬほど笑うだろう。

いや、それじゃうまくいかない。アマンダが何を言うか、ルーベンには予想がついた。自分がそれに同意しないことも分かっていた。こうなったら、いちかばちかの大勝負だ。

彼は携帯電話を取り出し、エリノールの〈フェイスブック〉ページにあるアストリッドの写真をスクリーンショットして、エリノールに送信した。

〈話し合うべきことがあるんじゃないかと思う〉、彼はそう書いた。

それから電話をマナーモードにして、ビールをたっぷり一口飲んだ。まるで胃の中で蝶が踊るような、たまらないほどの不安を感じていた。エリノールが返信したかどうかも、返信の内容はどうかも知りたくなかった。まずは肉とポテトをたらふく詰め込んで、胃の中にいる蝶の息の根をとめる必要があった。

自分には子供がいる。

娘が。

世界のだれよりも、すべての悪から守ってやりたい人がいる。

63

会議室の隅にあるテレビのリモコンのボタンを必要以上の力をこめて次々に押しながら、ユーリアは腕時計にイライラと目をやった。

「ルーベンは戻ってきた?」彼女は言った。

「あと五分——できるだけ早くランチを済ませるそうなんで」ペーデルが言って、恐る恐る親指を立ててみせた。ペーデルとアーダムの見立てでは、ヴァルテション夫婦が遭ったのは、ごくありふれた侵入盗だった。価値のあるものを盗まれ、精神的ダメージを受けたことにはもちろん変わりはない。どこまでも運のない人はいるものだ。

ユーリアはうなずきつつ、リモコンのボタンを押し続けていたが、接続したパソコンからの入力を表示するチャンネルが見つからなかった。こみ上げた怒りをとりあえずリモコンに向けた。怒りの真の対象は、ひとつにとどまらず、手も届かないからだ。特に腹立たしいことのひとつは、警察がまたも情報漏れを起こしたことだ。オッシアンの死についての詳細は、公にならないよう秘密にしてきた。なのに例によって、休暇用の小遣い稼ぎをしようとした人間がマスコミにリークした。ユーリアはリモコンをさらに乱暴に扱い、壁に投げつける寸前だった。

「貸してください」アーダムが彼女からリモコンを取った。

彼がすぐに正しいチャンネルを見つけ、ユーリアのパソコンからの画面が拡大されてテレビに映った。もうすぐ始まる記者会見の生中継が流れる予定の〈アフトンブラーデット〉紙のウェブサイトだった。マイクが二本立っている机の静止画像が映っており、画面の一番下に、放送は午後一時開始、というテロップが流れていた。あと三分だった。

「何の記者会見なんですか？」そう言ったミーナは、アーダムの手のリモコンをじっと見ていた。まるでリモコンが勝手に手から身をもぎ離して、彼女を攻撃してくるかのように。三年前に会議室に新しいテレビが設置されてから、何人がリモコンに触れたのかミーナは記録しているのだろうか、とユーリアはつい考えてしまう。我ながら意地悪だとは思ったが、リモコンを手にしたアーダムからミーナが一歩後ずさりして離れたところを見ると、まんざら外れてもいないようだ。

「あと三分くらい待てるでしょう」ユーリアは言った。「彼らが一体何の話をするつもりなのか、わたしたちにも分からない」

口調が苛ついていることにユーリアは気づいた。睡眠不足、仕事のストレス、家庭のストレス、ハリーの恋しさ、自分は力不足だという思い。すべてが決壊寸前なところに、上から最悪のタイミングで知らせが届いた。最新の調査でスウェーデン人の二十パーセント以上の支持を得ている〈スウェーデンの未来〉党の党首が、〝児童連続殺人〟に関する記者会見を行うのだという。通常なら、マスコミは興味を示さなかっただろう。党首のテッド・ハンソンはいつものようにユーチューブの政党公式チャンネルで、自分たちの意見を吐き出すことを強いられただろう。しかし、目下は何もかも状況がいつもと異なる。マスコミは、テッド・ハンソンが何かを知っているのではという期待から、耳を傾けることにしたようだ。

しかし、ユーリアが報道発表を読んだ限り、彼が何の話をするのかは記載されていなかった。相手がテッド・ハンソンなだけに、嫌な予感がした。彼のリーダーシップを特徴づけるもの、それはご都合主義と独善主義だ。今回のテレビ記者会見の狙いが、警察への不信感を梃子にして憎悪と不安を煽ることになるのだろうとユーリアは確信していた。人気取りにはうってつけの手法だ。

今のところ、移民や外国にルーツを持つスウェーデン人が事件に関与していると示唆するものは捜査線上に上がってきていない。だからといって、テッド・ハンソンとその仲間たちの妨げにはならない。テッドが住む地域の食料品店がチーズを値上げしたら、それはクルド人のせいだとなり、郵便局が荷物を予定どおりに配達しなかったら、ソマリア生まれの人材を追加採用したからとなる。この手の単純な説明を好むスウェーデン人はわんさといる。テッド・ハンソンのことを考えて無意識に歯を食いしばっていたユーリアは、ゆっくりと口元の力を抜いた。

「お待たせしました！」ルーベンが叫びながら、会議室へ飛び込んできた。シャツの胸元には、汗の大きな染みが付いている。「もう始まってます？」

隣の席に座られたので、ミーナはすぐに椅子を少しずらした。蒸した会議室でみんな暑がってはいたが、ルーベンは汗をたっぷりかいていた。フライドポテトのかすかなにおいを漂わせている。ユーリアは、クリステルには使い捨て扇風機をもっと買い込んでいてもらいたかった。一、二箱分買うくらいの余裕は警察にもあるだろうに。

「あと一分」彼女は言ってから、いかめしい表情で、テレビの一番近くに座った。

上からの指示は明確だった。これ以上の警察批判は容認できない。彼らは結果を求めている。今回の記者会見で、子供たちの死は人道的な問題や法的問題の域を超えて、政治問題に発展してしまった。そして、ひとたび政治が絡むと、他の何よりも今後の警察の仕事の妨げになることを彼女は知っていた。

テレビに、二人の人物が机の上のマイクに近づくのが映った。集まった報道陣のざわめきが治まった。中小の報道機関のみならず、全大手メディアが集まっていた。

〈スウェーデンの未来〉党の党首が咳払いをした。あのどうでもいい見た目の男にあれほどの憎悪が潜んでいることにユーリアはいつも驚かされる。灰色がかった茶色の髪に描写し難い髪型。細いメタルフレームのメガネ、ダークスーツ、貧弱な顎におちょぼ口。テッド・ハンソンの服装は決まっていて、かしこまった場ではダークスーツ、もっとカジュアルな場合はベージュのチノパンに青か白のシャツ。今日の記者会見には、チノパンと水色のシャツを選んだ。汗の染みはないわね、と彼女は思った。

ペーデルがハッと息を呑んだ。テッドの横に立つ女性に気づいたのだろう——直後にユーリアも、それがだれなのか気づいた。リッリ・マイヤーの母親だ。彼女の顔は、まるで怒りを描いた絵画の習作といった風だった。立ち尽くすイェンニの全身は震えているようだった。テッドがかばうように、彼女の肩に腕を回している。

テッド・ハンソンが、イェンニから手を離して話し始めた。この男は身振り手振りを交えるのが好きで、自分のメッセージを強調するために、とりわけ握りこぶしを好んで使う。ユーリアはため息をついた。どうして人々は、彼がピエロにすぎないことに気づかないのだろうか? 危険なピエロではあるにせよ。

「スウェーデンは無法国家になってしまったのです」〈スウェーデンの未来〉党の党首は、こう始めた。「犯罪が急増するなか、警察官の数は減る一方であります。過去の政権が甘い考えで我らがスウェーデンに輸入した犯罪を前に、警察はなすすべもなく立ち竦んでいるのです。しかし、今日お話ししたいのは政治についてではありません。今こうして皆さまの前に立っているわたくしは、スウェーデンでもっとも急速に支持率を伸ばしている政党の党首ではありません。一人の父親として皆さまの前に立っているのです。子供が行方不明になる。スウェーデンで。子供が殺される。ここスウェーデンで。そして、警察は犯人を見つけるつもりもなければ手段もない。一年前、リッリ・マイヤーちゃんはわたくしたちの手から奪われました。一人の父親として、今、わたくしに果たしてリッリちゃんのお母さまに合わせる顔があるでしょうか。ましてやわたくしには、あのかわいいお嬢さんの事件について、スウェーデンと警察が、お母さまを助けるために、また真相を明らかにするために、あらゆる手段を用いたと申し上げることができません。お母さまは今わたくしの横に立っていらっしゃいます。いかがでしょう、わたくしに何が言えますでしょう」

テッドが涙を流しながらイェンニ・ホルムグレーンに向きを変えると、カメラのフラッシュが光った。報道機関が大喜びしそうな光景だ。この写真は、明日のすべてのタブロイド紙の店頭張り紙広告を飾ることだろう。写真撮影はとどまることを知らなかった。不運にも、ユーリアはテッドと同窓だった。当時すでに、自由自在に泣けるという彼のかくし芸は有名だった。イェンニやその娘さんなんて彼にとってどうでもいいのだ。なのに、マスコミは彼の意のままになっている。

「そしてオッシアン・ヴァルテションくんのご両親にも申し上げたい」涙を拭って、彼は続けた。「フレードリックさんとヨセフィンさん。お二人には答えと正義を得る権利があります。無能と怠慢ではなく」

テッドは声を荒げ、こぶしを振り上げた。いよいよクライマックスだ。

「われわれの子供たちが安心できるスウェーデンはもうありません。子供たちが付き添いなしでいられるスウェーデンはもうないのです——たとえ一瞬でも。危険は今、間近に潜んでいるのです。そして、その危険を持ち込んだのはわれわれ自身なのです。そう、この国の外から。スウェーデンは明るく、美しく、安全な国でした。しかし今では、すぐそこの通りにも暗闇が待ち構えているのです」

彼は一息入れて、間を置いた。それから脇に退いて、イェンニ・ホルムグレーンをマイクに一歩近寄らせた。リッリの母親は両脇でそれぞれの手を握りしめ、深呼吸を数回した。その張り詰めた表情に、ユーリアは複雑な感情を覚えた。被害者の親が感じるに違いない怒りや絶望への理解がひとつ。しかしもう一方で、イェンニの悲しみが他の目的に悪用されていることに対する激しい嫌悪感があった。これが結果としてもたらすのは、警察の仕事の妨害であり、一般市民の協力が不可欠なときに市民を警察の敵に回すことに他ならない。

「くそ馬鹿野郎が！」クリステルが呟き、むっつりした表情で頭を振った。「母親のことじゃない。あの不快な男のことだ」

「やつは選挙で選ばれたんですよ」画面から視線を移さずに、アーダムが素っ気なく言った。

「あの男に投票した人たちは、しばらくの間、やつを権力の座に就かせることになる。自分たちがとんでもない人間に投票したと悟ってもらいたいものですよ」

リッリの母親が口を開いた。

「一年。娘のいない一年。あの子を殺した犯人が発見されないままの一年。そして今、また子供が一人亡くなりました。なのに警察は何もしてくれない！」

「何もしてくれないか」ルーベンはそう言って、唇をかんだ。「そのとおり。おれたちは何もしない。ただ座って、両手の指を組んで、親指同士をくるくる回すだけ」

「シーッ」ユーリアはまだ聴こうとしていた。

同じようなトーンで、記者会見はさらに十五分続いた。ユーリアは、胃が締めつけられるような気がした。テッド・ハンソンはイェンニのあとにまた演説を始め、〝国外からの闇の勢力との戦争状態にあるスウェーデン〟へのさらなる懸念を表明した。その後に記者からの質問を受け付ける時間となった。ユーリアに言わせれば無批判過ぎる質疑応答だった。テッドの涙が功を奏したのだろう。それに主張の切り口もよかった。警察の無能ぶりを酷評すれば新聞雑誌がよく売れるというのは、昔から知られている。

「なるほど」彼女の後ろに腰掛けていたアーダムが言って、テレビを消した。「代り映えのしない内容でしたね」

ユーリアは少しの間、黙って座っていた。班の中で、〈スウェーデンの未来〉党のご高説に一番のダメージを被っているのは、恐らくアーダムだろう。おまえは招かれざる客だと絶えず聞かされるのはどんな気分なのだろう？ 彼女には想像もつかなかった。

ユーリアは椅子を回転させて、特捜班の面々と顔を合わせた。

「分かっているとは思いますが、今の話はたわごとです。何を書かれようと、何と言われようと、無視して仕事と向き合ってください。しばらくは新聞雑誌を読まないのが賢明でしょう。マスコミ対応は上に任せ、わたしたちはすべき仕事に集中する」

「そういう方針、ということですね」ミーナが言った。

ユーリアはうなずいた。

「そう。そして、この仕事に関しては、皆さんはベストだということを忘れないでほしい。他の人が何と言おうと」

だれも返事をしなかったが、一同とともに部屋を出《で》しなに、アーダムがユーリアの肩を軽く叩いていった。彼女は椅子に座ったままでいた。ポケットの中の携帯電話が振動して、メッセージの受信を知らせた。記者会見中、何度も振動していた。彼女はそれを無視したのだった。もうしばらく無視しよう。これ以上トルケルに邪魔をされるのは、うんざりだった。

64

ミーナはペーパータオルに消毒液を少し噴きかけて、ユーリアの机の上に置いたばかりのフォルダーを拭いた。

「これから何をしましょう？」彼女が言った。

「うちに帰って、ミーナ」ユーリアはそう言って、フォルダーをひとつ取った。

「できません」ミーナは言った。「捜査の真っ最中なんですよ。それに、午前のノーヴァとの会議はまったく時間の無駄でした。水と数字の3なんて。この分野でのスウェーデン最高の専門家の言うことですか？　わたしが言ったようにヴィンセントを呼ぶべきでした。ノーヴァがカルトの専門家だとしても、それと事件のつながりといったことには素人では？　ヴィンセントはそこが強みです。ノーヴァは推測と思いつきを並べたにすぎません」

ユーリアは開いたばかりのフォルダーを閉じて、ミーナを見つめた。

「わたしは興味深いと思った」そう言った。「誘拐犯同士が知り合いという説だって、他のと比べても悪くない。組織立った犯行グループ説を捨てるつもりはありません」

ミーナは反論できなかった。ミーナはかねがね、ノーヴァのような人間のほとんどはインチキだと思ってきた。今回の会議でそれが証明された。ノーヴァがどれだけ多くの人たちを助けてきたにせよ、ミーナにとってはどうでもいいことだった。

「わたしに負けず劣らず疲れているように見えるわよ」ユーリアは言った。「わたし以上かも。

問題はこの建物なのよ。あと、この暑さ。みんなできる限りのことをしているのは、あなたも分かっているはず。もしわたしがあなたにこれ以上の任務を与えたら、あなたはミスをしてしまう可能性がある。それは何もしないよりなお悪い。あなたと代わってあげられなくて残念ね。それに、今日の午後、することがあるって言ってなかった？」

昼食時に、午後に用事が入るかもしれないとつい言ってしまったのだ。用件が何なのかは言わなかった。でも、そんなことを覚えているなんて、ユーリアらしい。

一昨日ヴィンセントと話をしたときにも、自分がこんなことをするなんてと思った。今考えていることは、まったく実行不可能なことに思えていた。でもルーベンには言わせておけばいい。ユーリアはミーナを必要としている。自分にできることはきっとあるはずだ。ミーナを職場に残しておくための何かが。ヴィンセントに電話をかけてみよう。かけるとは言ったが、実行に移せていなかった。でも警察本部からはかけたくなかった。

「クリステルが調べた前歴者を全員再チェックしてみます」彼女は言った。

「ミーナ」ユーリアはミーナをじっと見つめた。「ここには残らないように。帰宅することね。映画を観るとか、アイスクリームを食べるとか、ワインをたしなむとか、すべきことをしてちょうだい。でなければ、寝るだけでもいい。わたしが決めることじゃないわ。でも、少なくとも今から七時間は、あなたにここにいてほしくない。二十四時間働かせるわけにはいかないのよ。そんなことをしたら、あなたたちはわたしにとって何の価値もなくなってしまう。数時間の休憩を取ってから、新鮮ですっきりした気持ちで戻ってきて」

ミーナはため息をついた。〈ティンダー〉で右にスワイプしなければ、すべてがもっとシンプルだったのに。そして、アミールが即座に答えなければよかったのに。今となっては行くしかなかった。デートまであと一時間。ああ、後悔先に立たず。

65

ナタリーは無駄と知りつつ、リュックサックの中をかき回した。事前の準備をできずに友人宅に泊ることになったときに備えて、いつも着替えを一、二枚リュックに入れてある。でも、とっくに底をついていた。カールから着替えのセットは受け取っていた。彼やイーネスやモーニカが身に着けているのと同じタイプの白いTシャツとリネンのズボン。暑いときには涼しくて気持ちがいい。だけど、自分の服だって着たい。下着に関しては言うまでもなかった。ラモーンズのTシャツをリュックから引っ張り出して、においを嗅いだ。最悪だった。

またも、腹の虫が鳴いた。ここでは無償で食事が提供されるのはありがたいが、量があまりにも少な過ぎる。土曜日にはすでにお腹が抵抗し始め、今はもう飢餓状態だった。空腹で頭も回らなくなっていた。

イーネスたちはみんな信じられないほど思いやりがあるし、母方の祖母を知ることができたのもとても嬉しい。だけど、そろそろ家に戻らなくては。メッセージを送ってから、父親と連絡を取っていない。それに、携帯電話のバッテリーが切れてしまい、充電器は、ここのどこを探してももちろん見当たらない。でも、父親は探し物を見つける方法を心得ていると分かっていた。だから、窓ガラスにフィルムを張った黒い車が迎えにきてくれるのは時間の問題だろう。

またいつでもここへ戻ってくればいい。

「どこかへ行くの？」

彼女はリュックから視線を上げた。カールが戸口にもたれていた。

「ええ、うちに帰らなくちゃ」彼女は言った。「パパがカンカンに怒り出す前に。おばあちゃんを見なかった？　帰る前に挨拶したいの」

「イーネスなら用事で出かけているよ」カールは言った。「あと一時間ほどしたら戻ってくるけど」

彼は背筋を伸ばすと、ナタリーが他の人たちと共有している寝室へ入ってきた。彼は本当に長身だ。それに、かなりかっこいい、とナタリーは思った。みんな同じ服装のせいか、不思議と同じ大家族に属しているような気分になった。

「待っている間、手伝ってもらおうかな」彼は言った。「改修中だから、手助けしてもらえると助かるよ」

「だけど……どうかな……そもそもわたし」彼女は話し始めた。

小学校高学年の工作の授業以来、木工はしたことがないと説明しようとした。そのときの作品の出来も褒められたものではなかった。でも、カールは笑いながら、彼女の話を遮った。その声は大きくて優しく、もしナタリーがこれほど空腹でなかったら、もっと彼女の心を和ませてくれたに違いない。

「だけど、わたし、本当に家に帰らなくちゃ」彼女は言った。

「少なくとも、金づちをどうやって持つかの写真くらいは見たことがあるだろ？」彼女の言ったことが聞こえていないかのように、カールは言った。「大丈夫だよ。お父さんだって、もう少し待ってくれるさ」

もちろん彼の言うとおりだ。彼女にできることは、手厚いもてなしに対してお返しをすることくらいだ。あの人たちは家族のようなものだから。彼女は空腹の音を聞かれないようお腹に手を置いて、彼に続いて部屋を出た。

66

彼女の周りでは、みんな活発に動き回っていた。ミーナは、少しの間なら仕事を離れられるとは分かっていた。猛烈なペースで続く仕事に取り組めるよう、交代勤務で働いているのだ。それがあるべき姿であり、ユーリアが正しいことも分かっていた。それに、ミーナとしては、歩き回る汗軍団と化した同僚たちから逃れられることに何の異論もなかった。なのに、アミールとのデートに遅れないよう五分以内に警察本部を離れることは容易ではなかった。

職場を離れる気になれないのだ。

ミーナは、机の上のリッリとオッシアンに関する書類を見つめた。そうすれば二人に喋らせることができるかのように。手に入れられたものはすべて印刷してあった。実際に書類を手に取って、ページを行きつ戻りつし、下線を引き、切り抜く——そうしたほうが考えやすかった。ミーナが整頓しないことを自分に許す数少ない機会のひとつが、これだった。ジョン・クリーズ（一九三九年～。イギリスの俳優、コメディアン）の言うとおり、スクリーンを見つめていたって創造性は浮かばない。ミーナは何か見つけねばならなかった。何もかもまったく筋が通っていないからだ。何度資料に目を通したところで、リッリちゃん事件とオッシアンくん事件に関連があるという事実からは逃れられなかった。ただし、ノーヴァほど具体的な関連性は挙げられない。自分たちが気づいていない、この二つの事件を結びつける他の何かを見つけなくてはならなかった。

ミーナは、ふたたび資料をさらい始めた。

オッシアンの〈マイリトルポニー〉リュックサックも彼女の机の上にあった。ユーリアが魔法を使って、リュックサックの検査は週末後まで待ってもらうよう、リンシェーピン市の国立法医学センターに同意させたのだ。リュックはごく普通の製品で、購入して比較的間もなく、中は空であることが分かっていた。特に変わったところはまるでなかった。

唯一、これはオッシアンのリュックではない、とクリステルが言っていたことを除いては。オッシアンの両親フレードリックとヨセフィンが、オッシアンはこのようなリュックは持っていないと証言したのだという。クリステルが二人に現物の写真を送って再確認したが、見たことがないという返事だった。幼稚園で借りたものでもなかった。ルーベンが園に電話をして訊いてみたが知らないという。リュックに関する手掛かりは、そこで途切れてしまった。鑑識はDNAも指紋も発見していない。しかしミーナは、だれかが故意に遺体のそばにリュックを置いたと確信していた。

でも、どうして？

回答がそこに書いてあるかのように、彼女は天井を見上げた。脳裡で何かがゆっくりと動き始めた。まだ曖昧過ぎて、「考え」にすらなっていない。だが、あのリュックサックが、彼女に何かを思い出させようとしている。リッリちゃん事件でも何か妙なことがなかったか？一年前の捜査で発見された些細でつまらないこと、親権争いが表面化して以降は忘れ去られてしまうくらい些細なこと。

　ミーナはリッリ事件のフォルダーから出した写真を机の上に広げて、じっくり見つめた。もう百回はしてきたことだ。報告書も読んだ。リッリが発見されたとき、ポケットの中にあったのは、おもちゃ、消しゴム、石、それとしおり。すべてリッリのものだと両親が特定した。

　しおり以外は。

　幼稚園で友人からもらったのだろうと考えられていた。でも、今どき、しおりを集める子がいるだろうか？　しおりが何か、五歳児が知っているだろうか？　ミーナ自身、幼い頃に歯医者に行ったとき以来、しおりなど目にしたことがなかった。あの歯医者では、しおりはオレンジ色のプラスチックの箱に入れてあって、どういうわけか、すべてが天使の形をしていた。でも、形は大して重要ではなかった。しおり集めで意欲をかき立てるのは、きらきら光る飾りがついているものを見つけることだった。ミーナにとっての問題は、その飾りが指に付いてしまうこと。思い出すと身震いした。彼女はよく、しおりをビニール袋に入れて家に持ち帰った。すると、母親が専用のアルバムにのりで貼り付けてくれた。彼女自身が、しおりに触れることはなかった。指に飾りが付くのが怖かったから、アルバムを開けることすらしなかった。とにかく、きらきらの飾りが一番たくさん付いたものを持ち帰るべし。そう決めていた。

　ミーナは、リッリのポケットの中身が写っている写真を手に取った。トロール人形。消しゴム。石。しおり。内容物は、番号が書かれた紙の前にきちんと並べられていた。リッリのしおりが何をかたどっているのかは確かめられなかったが、きらきら光ってはいなかった。

でも……しおりの何かが腑に落ちなかった。

写真では細部がよく見えないが、あまりにも……凸凹がなさすぎる。子供のポケットに入っていたならクシャクシャで汚れているはずなのに、きれいで折り目がないのはおかしい。

あとになって、だれかがしおりを入れたかのようだった。

オッシアンのリュックサックと同じように。

ミーナは警察内のデータシステムにログインしてリッリちゃん事件に関する資料を検索し、自分の机の上にある写真のデジタルデータをクリックした。可能な限り、しおりを拡大する。そこで激しくあえぐ。オッシアンのリュックサックに目を戻す。それからディスプレー上のしおりに。再びリュックサック。まさか。あり得ない。言葉にするには馬鹿らし過ぎる。彼女の脳が共通点を見つけようと騒ぎ回り、必死になっているだけなのだ。あまりにあまりに細い糸だ。糸とすら言えるかどうか。それに、考えを絶している。

でも、そうではなかったとしたら？　細すぎる糸とは言えないとしたら？

ミーナは、ヴィンセントの気持ちを理解し始めた。

彼女は写真を手に廊下に飛び出し、クリステルの部屋へ急いだ。

67

画面の中の黒と白の正方形のマスが、クリステルをからかっているかのようだった。今回は勝てそうだった。勝つ寸前だった。プログラムされた敵が予期していなかった指し手で、わずか数秒でチェックメイトを宣言するまでは。

「クリステル、実は……」ミーナが突然部屋に駆け込んできて、言いかけた。

彼は深くため息をついた。礼儀と敬意は廃れてしまったってわけか。彼が若い頃は、まずノックをして、入ってもいいか丁寧に尋ねるよう教えられた。

「何をしているんです？」彼女は物珍しそうに、彼のパソコンを見つめた。

「自分に恥をかかせていただけだ」クリステルは言って、チェスゲームのタブを閉じた。「何か用か？」

「ええ、リッリ・マイヤーちゃんの事件でおかしなことに気づいたんです。実はおかしくはないのかもしれない。よく分かりません。でも、これ」

彼女が一枚の写真を差し出した。それを受け取って、彼は額にしわを寄せた。最初はただのガラクタの写真かと思ったが、自分が目にしているのはリッリの所持品だと悟った。

「列の終わりにある、しおりなんですが」ミーナは写真を指した。「リッリちゃんのものではないんです。ご両親は、娘さんが幼稚園でだれかからもらったと思っていました。本当にそうなのか、調べたいんです。班の中でそういう聴取が一番上手なのは先輩ですよね？　お願いです、幼稚園と、リッリちゃんと同時期に幼稚園に通っていた子供たち全員の保護者に電話をかけてもらえませんか？　しおりを集めている子がいたか知りたいんです」

彼はため息をつきながら写真を置いて、顔を擦った。今日はもうチェスはお預けか。いや、今日一日では済まなそうだ。

「一体何件電話をすることになるか分かってるのか？」彼は言った。「幼稚園児は何人だ、三十人か、五十人か？」

果たして彼のお気に入りのミステリー小説で、主人公の刑事が数日間連続で幼い子供を持つ親とおもちゃの話をするなどという場面はあっただろうかと考えた。ひとつも思い当たらなかった。そんな場面などないからだ。しかも自分が好きな虚構の刑事たちはみな、揃いも揃ってチェスの名人であることを忌まわしく思った。ジャズだって聴くしボッセだっているのに、ハリー・ボッシュ（マイクル・コナリーのミステリー小説の主人公で、LAの刑事）のレベルにはまだまだということか。

「しおりは手掛かりになるかもしれません」ミーナは言った。「まだ説明はできませんが、信じてください。写真の裏側に幼稚園の電話番号を書いておきました」

彼はまたもため息をつき、写真を裏返して番号を見た。

「地面に落ちているのをその子が拾ったって可能性は考慮しているのか？」彼は言った。

「何にせよ、何かに取り掛かる必要があります」

部屋を出かかったところで、ミーナは立ち止まって振り返った。

「ありがとう、クリステル」そう言った。

「で、そっちは何をするつもりだ？」

彼女は少し間をおいてから答えた。

「ヴィンセントに電話をしようと思っています」

ミーナは驚いた顔をした——まるで自分がそんなことを言うとは思ってもいなかったというように。それから、妙な笑みを浮かべて、同じことをゆっくり強調するように言った。

「ええ、ヴィンセントに電話をかけます。彼に来てもらうタイミングだと思いませんか？」

クリステルは、どう答えたらいいのか迷った。

「明日一番に彼に見てもらいたいものがあるんです」彼女は続けた。「でも、わたしはそろそろここを出ないと……では」

彼女の口元から微笑みが消えた。訳が分からないままうなずいたクリステルは、手で払うようなしぐさをして彼女を部屋から出した。ヴィンセントか。ミーナが何を発見したと思っているにせよ、あのメンタリストが絡むと、また厄介なことになる、それは確かだ。

問題は、コンピューターのチェスで負けるのと幼稚園でしおりを追いかけるのと、どちらが屈辱的かだ。彼はため息をついた。警察の仕事は、昔とは変わってしまった。

68

ヴィンセントは、今終えたばかりのミーナとの電話について考え過ぎないようにした。子供みたいに浮かれないように。明日金曜日に、捜査について聞きたいことがあるので、また警察に来てもらいたいとのことだった。彼としては、今すぐにでも車に飛び乗ることだってできた。でも、そんなことをしたら妙に思われるかもしれない。それに、今夜はショーがあるから、他のことで気を紛らわすことにした。

例えば、目の前の机の上に置いてある、例のサンタクロースのシールの貼られた二つの封筒。サンタクロースが自分を睨んでいるような気がした。封筒に入っていた〈テトリス〉のピースのような紙片は、すでに二つに分類してあった。そこに書いてあるメッセージは暗記している。一文字一文字を吸うように読み上げていった——まるで隠された意味を暴露するよう、文字たちを騙そうとしているかのように。今度こそ解読するつもりだった。明日、ミーナに語るに値する話になるだろう。

いや、話さないかもしれない。このパズルには、もう少し自分だけのものにしておこうと感じさせる何かがある。他人に触れられたくない個人的な秘密のように。

以前、ピースを組み合わせて、大きなひとつのパズルにならないかと試したことがあったが、これは不可能だった。すべてのピースにひとつの言葉の半分か三分の一が書かれており、彼がすでに組み合わせたもの以外の言葉を作り上げることはできなかった。理解可能なテキストにするには、パズルごとに組み合わせるしかない。彼は、以前何十回もしたように、いつもの不規則な形に組み合わせた。

敬礼された、けちなティム！(Saluterad, giriga Tim!)
金の中の壊れたマリア。(Trasig Maria i guldet.)

二つ目のメッセージが、ひとつ目とまったく同じく、十八のアルファベットから成り立っていることにはもちろん気づいていた。しかも、まったく同じアルファベットなのだ。問題はこれが何を意味するかだ。アナグラム？　それとも文字の数？　大文字だけに注目すべきか。メッセージのひとつに「マリア」と妻の名前が用いられているのは偶然か、あるいは重要なのか。

わざとらしい大きな笑い声が、キッチンから聞こえてきた。マリアが電話でケヴィンと話しているようだ。今朝妻は、二人は次の段階に進むと言っていたっけ。ヴィンセントは、それはマリアの会社のことで、ケヴィンとの関係でないことを願った。だが、訊く勇気がないままだった。

彼は椅子から立ち上がって、別の角度からパズルのピースを見てみようと、机の短いほうの辺のそばに立った。彼のもとに送られてきた謎の中で、特に面白くて、彼に解けたものは、本棚に並べてある。このパズルもそこに加えたかった。だが心に覚える不安感は、このパズルは他のものとは違うことを物語っていた。〈テトリス〉のピースのシンプルで素人っぽい構造の背後に、何か……もっと他の何かが隠されている。

理由は分からないが、それが何かを理解することが重要だと感じていた。

何か分かるかもしれないと期待して、目を細めてピースを見つめたが、謎は解けぬままだった。ティムとマリアはどちらも名前だ。だが、恐らく意味はない。当初、彼はすべてがひとつの暗号だと思っていた。だが、そこまで複雑ではないとしたら？

ここ数か月間、自分は無駄な労力を費やしてきたのだろうか？　やはりテキストには意味がないのかもしれない。このパズルの狙いは、彼には見つけられないような、ある特定の配列でピースを並べさせることだとしたら？　彼はこのパズルを見て、〈テトリス〉のようにピースを並べるものだと思いこんだ。それが罠であり、やはり重要なのはピースが作る形状だとしても、まったく別の意味の形であったとしたら？

彼は、ピースの配列が変わらないよう、慎重に二つのパズルを一枚の紙に移した。それから、さらに慎重に、その不規則な形の輪郭をサインペンでなぞってみた。ふいに昂揚するのを感じた。自分は正しい方向に進んでいると、体全体で感じた。

マリアはキッチンで、ますます大声で笑っている。自分たちが愛し合い始めた頃以来、マリアのあんな笑い声を耳にすることはなかった。彼女の会社がうまくいっているのは明らかだった。また胃の中に不安を感じたが、いつものように、そんな気持ちを追いやった。

輪郭を描き終えて、ピースとピースの間の隙間が成す図形を塗りつぶしてみた。ピースが動いてしまわないよう慎重に。それからパズルのピースを払いのけて、紙上に残る結果を見た。

左右非対称の四角形がいくつかあった。それだけ。

いまだに何の意味も見えない。しかし、これは彼だけに理解できる何かだという感覚は残っていた——胃の中の不安も消えていなかった。それは大きくなる一方だった。それは今や、マリアとケヴィンとは関係のない不安だった。

69

ミーナは深呼吸を一回した。中心街を歩く間、自分が発見したかもしれないことを考えないよう努めた。明日の午前、またヴィンセントに会うこと——とりわけ彼のにおい——も考えないようにした。オッシアンとリッリのこととか、自身の母親がナタリーにうっかり余計なことを喋ったらどうなるのだろうとかも考えないようにした。自分の世界がいつ崩壊してもおかしくないということも考えないよう努力した。母はどこまで喋るだろうか？　例の薬のことは？

それとも単にミーナが去ったというくらいしか話さないだろうか？　イーネスが何と言おうが、娘はミーナのことをずっと嫌うだろう。ミーナは突然、胃に痙攣を感じ、歩道の真ん中で立ちどまった。

駄目。

今、そんなことを考えちゃいけない。

楽しい午後を過ごすことに心を集中させよう。他のことは忘れて。とても楽しい午後を。先入観を持たないよう、自分に言い聞かせた。

うまくいかなかった。

両方の口角を引っ張り上げてぎこちない笑みを作ったが、思い直して建物の角を向こうに曲がった。アミールが地中海博物館の正面玄関前で彼女を待っていた。〈ティンダー〉に上げてある写真とまるで同じ容姿だ。これは注目すべき点だ。彼女は、写真と現実の姿の間には数年の差があるのが通常だと思っていた。年齢だけでなく、体重と髪の毛の量だってそうだ。彼女自身はこういった点は気にならないと言えばならないが、驚かされるのは好まなかった。

アミールの黒い巻き髪は、写真と同様に首筋でゆるくまとめてある。そんなふうにだらしなくまとめるなら、ヘア・ネットを使ってみたらと言いたい気持ちになった。白いシャツにはアイロンがかかっているが、プレスはしていない。ミーナがそのシャツをチェックしたところ、抜けた髪の毛は付いていなかった。彼女は、肩の力を少し抜いた。

「こんにちは！　遅れてごめんなさい」彼女は言った。「職場から直行したものですから」

「ぼくもですよ」彼は言った。「それに、あなたが遅刻したことで、ぼくも少しだけ遅れたと認めなくて済みますから、都合がいいですしね」

彼は博物館の入り口に掲げられた目下の企画展のポスターを見つめた。本当のところ、ミーナは博物館で何が展示されているか、さほど興味はなかった。ここを選んだ唯一の理由は、博物館はいつもエアコンが効いているからだった。知らない人と街を歩いて汗をかくという選択肢はなかった。

「じゃあ、博物館ということで」アミールは言った。「入場券を買っておこうと思ったのですが、ここは入場無料なんですね」

ミーナは眉をひそめた。アミールが彼女の代金を払おうと考えていたのは嫌だった。

「そんな顔をしないでくださいよ」彼は笑った。「あなたが遅かったので、時間を節約したかっただけですから」

彼女は薄笑いをして返事とした。そのとおりだ、彼女は遅刻したのだし、彼はミーナのために来てくれたのだ。彼女は横目で時計を見た。必要とあれば、二十分で警察本部に戻れる。

二人は館内へ入って、メイン展示ホールへ向かった。

「興味があるのはこれですか？」アミールはそう言って、キャプションを読んだ。「『キプロスの歴史』」

「あなたは関心ありませんか？」彼女が言った。

「ええ。まったく。でも、関心を持てるかもしれません。プロフィール欄にも書きましたが、仕事を減らして、他のことにもっと時間を費やしたいんです。ただ、手始めがテラコッタの彫刻になるとは思っていませんでしたが」

展示の目玉は、数えきれないほどの小型の彫刻が並ぶ大きなガラスのショーケースだ。〈テインダー〉に関する記事に出ていた質問が飛んでくる完璧なタイミングかもしれない。「どの彫刻と自分を重ね合わせますか？」とか「それはどうしてですか？」といった類の質問だ。もし彼がそんなことを尋ねてきたり、「あなたをピザのトッピングに例えたら何ですか？」と訊いてこようものなら、即、この場を去ろう。

彼女は、ショーケースにかがみこむアミールを横目で見た。ガラスケースの中の彫刻に、ずいぶん興味を示しているようだった。フロアーボール（北欧などで盛んなホッケーに似た屋内球技）好きの体育会系は勘弁願いたい。警察には、その手の男がわんさといる。だけど、違う。アミールのような男性なら、もっと意識が高いだろう。きっとパデル（テニスに似たスペイン発祥の室内球技）をするのだろう。

「でも、仕事以外にもなさることはありますでしょう？」ミーナが言った。

アミールは笑って、身を起こした。「もちろん。弁護士はどこまで行っても弁護士なんですけどね。わたしが仕事以外に、何をするのか当ててください。ヒントは――『あなたの偏見はすべて正しい』」

「まさか……ゴルフ？」

アミールは銃で撃たれたかのように胸に両手を当て、呻きながら後ろによろめいた。顔にはバツの悪いような恥ずかしいような表情を見事に浮かべている。ミーナはまたも、つい少し笑ってしまった。

「一発で当てちゃいましたね」彼は言った。「実は、高校時代から競技ゴルフをしているんです。もちろんその頃は、弁護士になるなんて思っていませんでした。ぼくの同僚たちもゴルフをしますが、それは弁護士はみんなゴルフをするからというのが主な理由です。ぼくの場合はその逆で、ゴルフをしていたから弁護士になったみたいな感じです」

「ゴルフと結びついている職業は他にあまりないですからね」彼女は言った。「弁護士以外の選択肢はなかったわけですね。お気の毒さま」

彼は笑い返し、二人は観覧を続けた。ミーナは、アミールの話を聞きつつも、展示に集中できなかった。残りの展示が、最初のショーケースの展示ほど素晴らしくなかったからだろう。それだけだ。そうに違いない。他に理由なんてない。

「あなたはどうなんですか？」彼が言った。「刑事ですから、ぼくと同様、お忙しいでしょう。でも、それ以外は？」

「仕事以外はこれと言ってありません」彼女は言った。

「そうなんですね」彼は立ち止まると、真剣な顔で言った。「じゃあ、二人で変えていきませんか？」

彼女は一瞬、どう答えていいのか迷った。

「ゴルフの話を聞かせてください」今、彼は口説こうとしたのだろうかと考える暇を自分に与えないよう、彼女は急いで言った。

「どんなことが知りたいですか？」彼の声は、驚いているようにも、どこか面白がっているようにも聞こえた。

きっと、いつものデートはもっと楽なのだろう。

「ゴルフはかなり数学的だと聞いています」彼女は言った。「ホールまでの距離に合わせてボールを打つ高さを計算したり、いろいろあるのだと思いますが、どんなふうにするんですか？基本的な公式があるのか、それとも個人の身体能力で人によって違うのでしょうか？」

これほど病みつきになっている人が多いのだから、ゴルフの背景にはきっと科学的な考えがいろいろあるのだろう。ヴィンセントがここにいたなら、説明のために壁にベクトルを描き始めてもミーナは驚かない。ヴィンセントにゴルフの経験があるとは思わないが、それに関連した方程式なら、必要以上によく知っているに違いない。

アミールはひどく当惑していた。

「どのクラブで何メートルくらいの距離が出るかは分かっているつもりですが」彼は言った。「無風のとき、追い風、向かい風、高低差があろうと分かります。ですが、意識的に計算はしませんし、計算したくとも方法が分からないですからね。ぼくはただ……プレーするだけで。体で覚えるって言うか。そういうことは考えないですね」

ミーナはアミールを見つめた。彼は思いやりもあるし親切だし、計算高いところもなく、それが彼の本来の性格のようだ。話していても興味を持って聞いてくれるし、せわしくもない。興味深い生活を送っているようだが、すごく興味深い生活ではなさそうだ。面白い人だし、ルックスもいい。女性が、この人の子供がほしい、その子のパパになってもらいたいと望むような、稀なタイプの男性だ。そして、不要な計算にはまったく興味がない。

こういう人とはうまくいかない。

70

「やっと！　来てくれないのかと思ったわ」

ミーナは口に手を当ててあくびをかみ殺しながら、オーデン通りにあるパティスリー〈リトルノ〉の一番奥のテーブルに着いた。イーネスとは視線を合わせない。水曜日の朝の七時で、二人は開店早々やってきた客に混じることになった。

早朝に会うというのはミーナの提案で、そうすれば母親が関心を惹くような話でもするつもりなのか、と気を揉まなくて済むからだ。かなりの遠出が強いられるのに、イーネスは反対しなかった。

イーネスにどう接したらいいのかミーナには分からなかった。二人が親子関係にあったのは、彼女が今とは違う人生を歩んでいた、違う時期のことだ。

イーネスは物理的に家族を捨てたわけではない。それでも、捨てたも同然だった。イーネスのアルコール依存症が原因で、ミーナは自宅よりも母方の祖母エレンのところにいるほうが多かった。ミーナが十五歳のときにエレンが亡くなってからは、イーネスと数年間、一つ屋根の下で暮らすことを余儀なくされた。正しくはイーネスの幻影との暮らしだった。母親が家にいるのは稀だったからだ。それに、家にいるときは酔っていた。

可能な限り早く家を出たミーナは、二度と母親とは口を利かないと誓った。ところが、ナタリーが生まれたときにイーネスから電話があり、和解しようと言ってきた。自分は禁酒している、祖母になりたいと言った。でもその頃はミーナが薬物の依存症だった。ナタリーを娘の父親のもとに預けたとき、彼女はイーネスが孫と接することを禁じた。せっかく依存症者から引き離した娘を、別の依存症者に乗り換えさせたくはなかった。

それ以来、ミーナが母親に電話をするのは、せいぜい一年に一回、クリスマスの挨拶がほとんどだった。最後に挨拶をしたのは何年も前のクリスマスだ。ミーナは昔とは違う人間だし、それはきっと、イーネスだって同じだろう。二人は母と娘かもしれないが、他人同士でもある。少なくとも、ミーナにとってはそうだ。

実際、自分の母親のことよりも、きのう一緒に二時間過ごしただけのアミールのことのほうがよく知っているくらいだ。アミール——二度目のデートの提案をしてこなかったくらい感受性に優れた男性。でも博物館の前での別れぎわ、傷ついた子犬のような表情を浮かべずにはいられなかった彼。ミーナは「原因はあなたじゃなくてわたしなの」と言いかけて、そんな古くさい決まり文句は使いたくなくてやめた。

「おはよう」イーネスの言葉で、ミーナの考えは遮られた。「子供の頃のあなたは、このパティスリーがお気に入りだったけど、覚えてる？　あなたがいつも食べてたのは……」

母は指をパチンパチンと鳴らしながら、カウンターに目をやって、そのお菓子を探した。

苛立ちがこみ上げてきた。自分は間違っていた。イーネスは他人ではない。馴染み深過ぎるそんな母の行動を目にすると、あまりにたくさんの記憶が蘇ってしまう。ミーナがうんと時間をかけて抑え込んできた記憶を。

「ハート型のパイ菓子《パルミエ》でしょ」現在に戻ってきて、ミーナは素っ気なく言った。「それに、わたしがここに来ていたのはおばあちゃんとで、あなたとじゃない」

「パルミエ」手を叩き、イーネスは繰り返した。「そうだった。それに、あなた間違ってるわよ。わたしとだって、ここへ来たじゃないの」

ミーナは答えないことにした。都合のいいことだけ覚えているのは、依存症者の人格の一部であることをよく知っているからだ。必要に応じて記憶を美化したり増やしたり編集したりするのは、彼女のDNAに刻まれている。自身が人生を生き抜けられるよう、何もかも実際よりもよくするのだ。

「何かほしいものある？」ミーナは立ち上がって、カウンターに向かった。

「紅茶にするわ」イーネスが言うと、ミーナがうなずいた。「どの種類でもいいから」

紅茶。へえ。ミーナの記憶の中で、母親といえば何と言っても何杯ものコーヒーだった。ブラックで。そして、いつもタバコを吸いながら飲んでいた。

ミーナはイーネス用にアールグレイ、そして自分用にダブル・エスプレッソを注文した。紙コップに入れてもらう。並ぶペストリーをガラス越しに見つめた。パルミエはまだこの店で売っているが、どれくらいの時間ここに置かれているかも、何人の人が触れたのかも分からない。だから、パスすることにした。使い捨てのウェットティッシュのパッケージを開けて、紙コップの縁を拭いてから席に戻った。この行為をイーネスには見られたくなかった。

「それほど時間はないのよ」腰掛けたミーナは言った。「捜査の真っ最中だから」

荒れて赤くなっている手を隠そうとしている自分に気づいたミーナは、また怒りがこみ上げるのを感じた。どうして恥じる必要などある？　こんなに時間が経ったのに？　そう、そんな必要はない。彼女は堂々と、手を目の前のテーブルの上に置いた。テーブルの上を新しいウェットティッシュできれいにしたい衝動を堪えた。

「ナタリーの話をしたいんでしょ?」イーネスが穏やかに言った。

ミーナの手には気づいていないようだった。

「ええ、控えめに言っても、あの子の父親は心配している。あの男があなたのところへ行って力ずくであの子を連れ戻そうとするのを、わたしはもう防げない。正直なところ、そうしたほうがいいんじゃないかって思い始めてる。こんなふうに突然どこからともなく現れられても困るの。しかもナタリーを森の中に……閉じ込めるなんて。もうすぐ一週間になるのよ。いいこととは思えない」

イーネスは大笑いした。目の周りに小さな笑いじわを寄せた母親を見て、ミーナは不本意ながら、とても美しいと思った。とても健康そうだった。最後に会ったときとは大違いだ。ミーナはそれがいつだったたか、思い出すことすらできなかった。

「言わせてもらうと」イーネスが言った。「あなたはいつだって話をドラマチックにする才能があったわね。わたしはナタリーを閉じ込めてなんていないわよ。刑務所でもあるまいし。それに、あの子は夏休み中でしょ。自然の中で過ごせるなんて最高じゃないの」

ミーナは苛立たしげに手を振った。「それはそう。でもわたしの言っていることは分かるでしょ?」

「ええ、分かってるわ。冗談を言ったつもりはないのよ」

イーネスは真剣な顔になった。慎重に、熱々の紅茶をすすった。

「あなたたちが心配なのは分かるわ」彼女は言った。「だけど、わたしとナタリーにはあと数日、時間が必要なのよ。まだお互いを知り合っている最中だもの。あとね、例の秘密をばらすつもりはないから安心して。ナタリーは訊いてきたわよ。でも、肝心なところは何も明かさないように答えてる」

「本当に？」

「本当に。もう少し、あの子の父親を近寄らせないようにしてくれたら、ナタリーだって喜ぶわよ。それにわたしも。あの子は楽しんでるわ。わたしたち相性がいいのよ」

「分かった」ミーナは渋々言った。

コーヒーを飲む気にすらなれなかった。彼女は素早く立ち上がった。

「そろそろ仕事に行かなくちゃ。だけど、あと数日なら何とかしてみる。ナタリーのためによ。でも、わたしを裏切るようなことはしないで。あなたを許せる余地なんて、もうないから。わたしにとって、あなたとの生活は裏切り以外の何ものでもなかった。あなたが家族よりもアルコールを選ぶたびに裏切られたと感じた。もう二度と、わたしを失望させないで」

「分かってるわ」イーネスは言った。その穏やかな口調がミーナの神経を逆なでしていた。

ミーナはうなずき、踵を返して、店を出た。テーブルの上には紙コップが置かれたままだった。

71

「わたし、あなたはあの女刑事に会うのをやめたと思ってたのよ」

マリアが、キッチンテーブルの上の、口の開いた段ボール箱の向こうから彼を睨んでいた。注文品を送るときに同封することにしたチラシの試し刷りが届いたところだった。**メールマガジンに登録していただくと、次回ご注文分のお値段が十五パーセント引きとなります！** これがだれのアイデアなのか訊く必要はなかった。するとレベッカとアストンが声を限りに歌いながら、玄関から入ってきた。

「オール・ウィ・ヒアー・イズ」レベッカが始めた。

「レディオ・ガガ」アストンが続けてから、二人は大声で歌った。

「レディオ・ググ、レディオ・ガガ！」

春にレベッカが、クイーンの名曲集を発見したのだった。ヴィンセントは控えめに言って驚いた。BTSなるケン人形（バービー人形の彼氏）みたいなアーティストが受ける時代に、クイーンのような昔のバンドを知っているどころか好きになる十七歳がいるとは。不満だということではない。子供たちに驚かされるのは嬉しいことだった。うんざりするときもあるにせよ。目下アストンがお姉ちゃんに夢中なことを考えると、あの子もクイーンにハマったのは当然だった。〈レディオ・ガガ〉が、あの子の大のお気に入りになった。レベッカが自分の弟を受け入れて、積極的に励ましてすらくれることに、ヴィンセントは感激していた。ただし、姉弟間のこの強い絆が保たれるのは一か月と予想していた。それも最長で。そのあとは、また喧嘩三昧になるだろう。だけれど今のところ、仲良くしている二人は実にかわいかった。

だが、レベッカとアストンは、マリアとヴィンセントを見て静かになった。

「やばっ、何この冷え切った空気」レベッカが言った。「アストン、また外に行くよ。アイスキャンディー買おっか。夏休みだし。あ、それと牛乳も買ったほうがいいかも。アストンが今朝、全部飲んじゃったでしょ」

「ちょっと待て」ヴィンセントが言った。「おまえとベンヤミンがママのところへ行くのはどの週だ？　むこうが夏休み中は預かる週を少し変えたいと言ってたんだが、まだ何も言ってこなくてね」

「ママからショートメッセージ届いてないの？」

ヴィンセントと前妻ウルリーカとの関係は、二年前のレストラン〈ゴンドーレン〉での出来事の前からすでに乏しかった。あの出来事のあとは、ショートメッセージのみで連絡を取り合っており、取るにしても必要最低限だった。子供たちが成長するにつれ、二人が連絡し合う必要性も減ってきていた。ヴィンセントは自分と同様、ウルリーカにとってもそのほうが都合がいいのだろうと思っていた。しかし、そのおかげで子供たちの面倒をどっちがみるかという予定が混乱することがあった。離婚の際、一週間おきに子供たちと過ごすことで話がまとまったが、それだって守れたのは数年だけだった。少し前から、子供たちは好き勝手に行動するようになっていた。ヴィンセントはきちんとチェックしないと済まない癖の持ち主なのに、なぜかこれに関しては気にならなかった。最後に子供たちがウルリーカのところにそれなりの期間滞在していたのがいつだったか思い出せないくらいだったから、ヴィンセントも気にせずに済んだのだろう。自分のところに子供たちがいるのは喜ばしかった。とりわけ、ツアーで家にいられないことが多い時期には。そんなときは、家族のいる自宅に帰ると、現実に戻ってきた気分になれる。

「あと数週間、ここにいるつもりだったの」レベッカが言った。ヴィンセントはそれに、頭を左右に振るだけで応えた。「だって、夏休みなんだし。ベンヤミンは知らない。でもあの人、もうそろそろ、実家を離れてもいいんじゃない？　お兄ちゃんの部屋なら、わたしが引き継ぐけど。ただし、パパが火炎放射器であの部屋を殺菌してくれたらね。さっ、行くよ、アストン」

「お姉ちゃんが牛乳を飲みなよ」アストンが反抗した。「ぼくは一番大きいアイスを食べる」

マリアは、レベッカがアストンと一緒に玄関ドアを閉めるのを見届けてから、ヴィンセントに向き直った。

「あの刑事の話の続きだけど。カウンセラーが言ったこと覚えてないの？　わたしたち二人にとってよくないことはすべきじゃないって言われたじゃない。なのに、あなたはまた始めたわけね」

「一体何……分かったよ」

ヴィンセントは口を閉じた。カウンセラーの言葉ならよく覚えていた。その言葉が指していたのはマリアの嫉妬と、その嫉妬が二人の関係をどれほど損ねてきたかということだったのも覚えていた。実際、カウンセリングのあと、マリアの嫉妬が治まった時期もあった。完全に消えてくれるのではないかとヴィンセントは期待すらした。

だが、ミーナからまた電話がき始めた途端、変わってしまった。

「イェーンの事件以後は、ミーナとは話をしていなかったんだ」彼は言った。「月曜日に彼女が電話をかけてきて、ぼくだって驚いたよ。だけど、彼女は、ぼくの同僚の話をしたいということだった。ぼくがその人物と知り合いだと思ったから電話をしてきたんだ。ミーナは、自分の娘のことが心配なだけなんだよ」

マリアは鼻を鳴らして、段ボール箱を閉じた。

「じゃあ、あなたのボクサーパンツから突然女性用香水のにおいがしたのは、それとは関係ないってわけね？」彼女が辛辣に言った。「あなたたち二人が今日また会うのも関係ないってこと？」

「まずぼくのパンツだけど、香水のにおいなんてしていない」彼は言った。「それに、今週洗濯を担当してきたのはぼくだ。だから、においが付いていたとしても、きみに嗅げたはずはない。でも、ぼくがもう少しで警察本部に向かうというのは正しい。むこうはぼくに捜査協力をしてもらいたいみたいなんだよ」

マリアは諦める気はなかった。口を開かずとも、目を見れば明らかだった。

「なんであんなに洗濯を急いだのか、おかしいとは思ってたんだ」彼女は言った。「でも、染みと香水のにおいは、わたしに気づかれる前に取ってしまうのが一番だもんね。あの女と机の上でやったの？」

その言葉で、一年のカウンセリングの成果は消え去った。反論すべきでないのは十分に分かっていたが、すでにアドレナリンが彼の体内を駆け巡っていて、どうしようもなかった。言葉が口をついて出た。

「きみがケヴィンとしていないことは、ぼくたちだってしてない」彼は言った。「それより、ここ十五分ほどの間に、あの男はきみに三回メッセージを送ってきたよ」

彼は向きを変えて、マリアが答える前に部屋を出た。彼女が何と言うか、聞く勇気がなかった。

72

警察本部正面ロビーのエアコンは建物内の他の場所より効果的なことが多いのだが、この日の暑さにはもうたいして役に立たなかった。窓が大き過ぎるのだ。ロビーにいるのは、日光を集めている虫メガネの下にいるようなものだった。ミーナは、ガラスが暑さでゆっくりと溶ける様子を想像した。ウェットティッシュは使い果たしていた。ポケットから普通のティッシュペーパーを出して額を拭いてから、不快そうに近くのゴミ箱に捨てた。待てるのはあと一分だ。長くて一分。

彼女がそう考えたその一秒後に、窓の向こうにブロンドの髪が現れた。

ヴィンセントが入ってきて、受付で来訪者名簿に名前を書き込んだ。

「遅くなって失礼しました」ミーナのいるゲートのそばまでやって来て、彼が言った。「マリアと口論になってしまって……いや、あなたそんなこと聞きたくないでしょう」

「そうおっしゃるんでしたら」彼女は言って、ヴィンセントのためにゲートを開けてやった。暑過ぎて階段で行く気になれず、ミーナはヴィンセントをエレベーターまで連れていった。前回エレベーターに乗ったときは大丈夫だった。

「先日話していた件……うまくいきましたか？」彼が慎重に訊いた。

「ナタリーの祖母が、いつの間にか、あの子の一番の親友ということになっていました」彼女は言った。「父親の方は、娘がこんなに長く家に帰らないのが気に入らないみたいですが、それは彼の問題です。あの人は自分のイメージを守らなくちゃいけない人ですから。わたしが一番恐れているのは、最終的にナタリーが悲しむような結果になることです」

ミーナが、これほどナタリーの父親の話をしたことはなかった。ヴィンセントには訊きたいことがあったが、やめておいた。彼なりに、ちょっとした気配りというものを学んだつもりだ。

「今回のこれは公式な要請ということでしょうか？」代わりに彼はそう訊いた。

彼がいくらか傷ついているように聞こえたのは思い過ごしか、とミーナは思った。

「まず申し上げておくと、これはわたしの提案ではありません」彼女は言った。「わたしはずっと、あなたを採用するべきだと考えていたのです」

「あなたの提案ではないというのは、何がです？」

「特捜班の他のメンバーは……コンサルタントのような形でノーヴァに協力してもらうことにしたんです。わたしはもうあの人にはうんざりなのに」

ヴィンセントは眉を上げてみせた。

「でも、当初からわたしは、彼女がどの程度役に立つか疑問でした」ミーナが言った。「それに、彼女がここで話したことは、さっぱり説得力を持たなかった。ただし、彼女の言ったことで唯一正しいと思うのは、二つの殺人事件をつなぐある種のパターンがあるということです。わたしたちが追っているのは、目に見えないルールに従って行動する殺人犯ではないかと思います。ノーヴァはそれを〝儀式〟と名付けたいようですが。とにかく、わたしたちが必要としているのは集団の振舞いについて講じる自己啓発の導師《グル》ではなく、人間の心理を理解し、殺人犯の行動の意味を解釈できる人です。つまり、あなたのような人が必要なのです」

「なるほど」彼は言った。「ノーヴァは大変有能なんですよ、専門分野においては。そのうえ、美人ときている。だから彼女のほうがメディア向けにはぴったりでしょうね」

ミーナは歩く足をとめないよう、自分を抑えた。ヴィンセントがノーヴァを美人だと思っている？　胸に秘めておいてほしかった。もちろん、ミーナはそんなこと気にしていない。まるで気にしてない。

「今、ノーヴァが来ているんです」彼女は言いながら、エレベーターに乗り込んだ。「二度目です。ユーリアと会ってるんですよ」

「挨拶くらいしておきたいところですね」ミーナが行き先階のボタンを押すのを見ながら、ヴィンセントは言った。

「時間があれば」彼女は素っ気なく答えた。

ミーナは急に、話を続けたくなくなった。二人は、無言で上階に向かった。

「ミーナ」エレベーターの扉が開く寸前に、ヴィンセントが言った。「ええと……また会えてぼくは嬉しい」

彼女は振り返って、彼と目を合わせた。彼の心が読み取れる気がした。そこに達人メンタリストはいなかった。彼女の目に入ったのは彼のすべて、他の人には見せない本性、前回会ったとき、勇気を奮って彼女にだけ見せてくれた彼の姿だった。あのヴィンセントがやっと戻ってきた。彼女の心が揺らいだ。

「わたしも会えて嬉しい、ヴィンセント」彼女は小声で言った。

エレベーターの扉が開き、二人は廊下に足を踏み出した。彼女は自分のオフィスを指した。

「あなたのオフィスなら覚えていますよ」彼は言った。

「でしょうね」彼女は言った。「わたしのオフィスの面積は何平方メートルで、その数字にはどんな意味が、みたいな講義は結構です。他に話すことがあります」

「そんなことしませんって！」彼は気を悪くしたふりをしてみせた。

ミーナはオフィスのドアを開けた。床に扇風機が二台立っていて、最大風速で音を立てていたが、涼しさはまったく広がっておらず、部屋の埃を旋回させているだけだった。自分はそれをごっそり吸い込んでしまったかもしれない、とミーナは思った。でも、どうしようもなかった。窓を開けたら外の汚れや排気ガスを部屋に入れることになる。彼女にとっては、そのほうがずっと耐え難かった。今回ヴィンセントはスーツではなく半袖のシャツを着ていたが、ミーナと同じくらい汗をかいていた。

「これは公式の要請かとおっしゃっていましたね」彼女はそう言って、自分の机を指した。

「事実を言えば、今はまだ成り行き次第。だから、あなたにここに来てもらった。わたしとあなたとで、ここで成り行きをうかがうために」

権威主義じみた言い方だったろうか。思いのほかぶっきらぼうで大ざっぱな言い方になってしまったか。

「力を貸して、ヴィンセント」穏やかに言った。「わたしに物の見方を教えてほしい。あるいは、もしわたしが見立て違いをしていたら言ってほしい。今回の捜査にあなたが必要なんです」

机の半分を占めるのは、オッシアンのリュックサックのほか、フレードリックとヨセフィンから受け取った写真と捜査資料のプリントアウトだった。残りの半分には、リッリのポケットから発見された遺留品を拡大した写真と、関連する報告書と写真があった。特定の資料に意識が集中しないよう、ミーナは資料の置き方に十分気を配った。机の上には百もの情報の断片があり、それを組み合わせる方法は千通りあった。この段階で、ミーナがうっかりヴィンセントを特定の思考方向に導いてしまってはいけない。彼が独自に導き出した結論を知りたかったからこそ、彼を呼んだのだから。

「ここにあるのが、先日お話しした二つの事件の資料」彼女は言った。「どう思われます?」

ヴィンセントは顎を擦りながら、机のそばまで行った。ミーナの聞き違いかもしれないが、彼が喜びの溜め息を漏らしたように聞こえた。

「関連性があるか知りたいということですね。触れてもいいですか?」

「あなたがこれからご覧になるのは、すべて機密情報に当たります。ですが、どれに触れても構いません」

彼はまず、オッシアンとリッリの写真をじっくり見た。類似点を探しているのだろう。報告書をめくり、写真に視線を戻した。今度は二人の衣類を綿密に観察しているようだった。

「同様の手口、しかし実行犯は同一人物ではない……」彼は呟いた。「まず考えられないことではあるが、不可能ではない。なるほど」

彼は、遺留品を指さした。

「これは二人が……オッシアンくんとリッリちゃんが、発見されたときに身に着けていた衣服でしょうか？」

彼女はうなずいた。

「このしおりは」彼は写真を指しながら言った。「新品です。リッリちゃんがポケットに入れていた他のものの状態と比べると、このしおりは彼女のものではない可能性が高い。そして、この報告書にあるご両親の供述を見る限り、このリュックサックもオッシアンくんのものではない。となると、これも犯行後に置かれたということになります」

やはりヴィンセントはそのことにすぐに気づいた。彼はリュックサックを持ち上げた。しおりをしげしげと見る。

ミーナは息をひそめた。

リュックサックに描かれた〈マイリトルポニー〉のロゴの周りには、大きな目をした七頭のポニーのイラストがある。どのポニーも色鮮やかで、笑っている。一番前のものには翼まである。

リッリのしおりにもイラストが描かれているが、こちらはより現実的なスタイルだ。水岸の絵で、水際でアラブ種の馬が前足を上げて跳ね上がっており、後ろ足には波がぶつかり劇的に砕けている。

「馬」彼は言った。「両方とも馬だ」

ミーナは息を吐き出した。たとえ彼が何と言おうと、あるいはどんな結論に至ろうと、ヴィンセントはミーナと同じようにモノを見た。だがリッリちゃん事件についての情報は、九一年も警察の手にあったのだ。だが——彼女は壁の時計を見た——ヴィンセントがかけた時間は九十秒。

「わたしもそう考えました」彼女が言った。「しかしそれが関連するパターンでしょうか?」

「どうでしょう」そう言って、彼はリュックサックを開けた。「偶然にすぎない可能性のほうが高いでしょう。ただし、それらがいずれも犯行後に置かれたのは偶然ではありません。ノーヴァは何て言ったんです?」

「馬に関して? 何も。気づいたのはわたしだけです。そして、あなた。ノーヴァは、殺人犯にとって水が象徴的な意味で重要だという馬鹿げた説を唱えていました。あと、数字の3。彼女によれば、犯行はグループによるもので、その集団には表には出てこないリーダーがいるそうです」

「組織的犯行ということですか?」ヴィンセントは言って、眉を上げた。「みんなそう思ってるんですか?」

彼はミーナの味方だった。キスをしてもいいくらいの気持ちになった。もちろん、文字どおりにではない、あくまで比喩的だ。あるいは比喩でなく……いや、比喩だ。彼女は額にしわを寄せた。一体自分はどうしてしまったのか。ヴィンセントに気づかれる前に気を引き締めなければ。

「組織的な児童殺人とは、安っぽいペーパーバック小説みたいですね」ヴィンセントは言った。「わたしが皮肉な見方をしているだけかもしれませんが。さて、ではわたしたち二人が気づいた点に焦点を合わせましょう。ここには一つのパターンがあると確定させるには、三つの同じような情報ピースが必要です。それはノーヴァの……『水』説にもわたしたちの『馬』説にも言えることです。つまり今のところ二つしかない。犯行の手口についてもそうです。二つでは偶然の一致かもしれない。すべては第三の点によって確定されるのです。点Aと点Cの間に線を引くのと同じです。それが直線だと確定するには、二つの点の距離の間にあり、かつ線上にある点Bが要ります」

「一体、何の話？」

彼はリュックサックを置いて、しばらくの間、しおりの写真を手に取った。それから、その写真も置いて、ポケットからハンカチを出した。それで顔の汗を拭いてポケットに戻す。

「ご心配なく」ミーナの表情を見たヴィンセントは言った。「帰宅したら漂白剤で洗いますから。あるいはまさか、洗ってくださるとか？」

彼はミーナに意味ありげな視線を向けながら、ポケットからハンカチを出し始めた。

「今回の案件があなたにとって史上最短の捜査協力になってもよろしければ」彼女は言った。

彼はまたハンカチをしまって、机の上の消毒液のボトルから少し液を出し、両手をきれいにした。それを見てミーナはホッとした。

「リッリちゃんとオッシアンくん」彼が言った。「これは共通点なのかそうでないのか。口にしたくもない質問ですが……被害者は二人だけ？　この二件の間に殺された子供は他にいない？」

「二人でも多過ぎると思いますけど」彼女は頭を左右に振りながら言った。「他にもいたら、耳に入っているはずです。子供が死亡した事案、まして未解決となれば、全国の警察がじっとしてはいません」

彼女はパソコンの前に腰掛けて、警察内のデータシステムにログインした。

「児童殺害事件が他にもあるか、もちろん再確認できますが、先ほども言ったように、あったら耳に入っていたはずです。だから何も……」

ミーナはあっけに取られた表情で、画面を見つめた。

「そんな馬鹿な」

半年前の事件が彼女を見つめ返していた。ヴィンセントにも見えるよう、彼女は画面の向きを変えた。

「冬に死亡した四歳児がいます」彼女が言った。「担当はわたしたちではなかったけれど、思い出した。でも、状況はまるで違います。誘拐でもありません。この男児、ヴィリアム・カールソンくんは、ベックホルメンで発見されました。〈グレーナ・ルンド〉遊園地のそばにあって、古い造船所がある、あの小島です。乾ドックの底に横たわっているところを発見。誤って落下して死亡したと見られていました。しかし、家庭内暴力の前歴がありました。父親による虐待を疑った近隣住民からの通報が記録されており、遺体には過去の虐待の痕がいくつも見られました。捜査本部は、ヴィリアムくんは乾ドックに落ちたのではなく、身体的虐待の事実を隠そうとした父親による粗雑な犯行だと見て、父親は殺人容疑で緊急逮捕されました。疑問の余地のない単純な事件で、リッリちゃんやオッシアンくんの事件とは何の関係もないはず。ただし、子供が一人死んではいます」

ヴィンセントは険しい表情で、ミーナの肩越しに、画面に身を乗り出した。彼からは、かすかに香辛料の香りがした。自分が恋しいと思っていたことさえ知らなかった香りだった。彼に近づこうと、思わずミーナは、ほんのわずか体を後ろに傾けていた。

「この子を殺害したのが父親だと、警察はどの程度、確信しているのですか？」彼が言った。

「非常に」彼女は言って、画面にある報告書の一角を指した。「本件は記録的なスピードで刑事裁判にかけられました。父親は現在ハル刑務所に服役中で、ご覧のように、ほとんどの虐待に関して本人も認めています。唯一認めなかったのは、息子を殺害したことだけです。ただし、薬物乱用の旨の記載がありますね。ですから、犯行時に父親が薬物の影響下にあったかどうかが問題となった。何もかも悲惨な事件です」

ヴィリアム・カールソンについての記録に、二人で目を通していった。ヴィリアムの遺体は、凍えるほど寒い真冬の日に、グレーのTシャツと股引のみの姿で発見された。リュックサックはなく、不自然な所持品もなく、馬が描かれていようとなかろうと、ものは何も発見されていない。あったのは、いくつもの大きなあざとおぞましい悲劇だけだった。

「ですが、つまりは分からないということですね」ヴィンセントは言った。「父親は自供していない。そのうえ……」彼は、ヴィリアムが見つかった現場の写真を指した。あの小島には、乾ドックが三基ある。使用されているのは一基だけだ。ヴィリアムは、ドック内の二隻の船舶の間で発見されている。写真の中で忌まわしい事件の存在を物語るのは、船の間に張られた規制線だけだった。

「またもや水の近く」ミーナが言った。「だとしたら、ノーヴァの説が有力になる」

ヴィンセントはうなずいたが、表情は明るいものではなかった。

「かもしれない」ヴィンセントは言った。「ドックが水で満たされていなかったのは運がよかった。でなければ、この子は発見されなかったかもしれません。とにかく現地に行って確認すべきだと思います。警察が何も発見しなかったからといって、何もなかったとは限りません」

「警察の手抜きとでも言うんですか？」ミーナは彼の腕をふざけるように軽く叩いた。

「いいえ、まったく。でも、当時の鑑識員には、説明のつかない奇妙な物を探す理由がありませんでした。何かが今も残っている可能性があったとしても――そもそも最初から何かがあったとしても――それは最小限だと、承知の上です。ヴィリアムくんは父親に殺されたという警察の結論はきっと正しい。わたしたちがやろうとしていることは、息を吹きかけただけで折れてしまうほど弱い藁のように無価値なことかもしれない。でも、この事件がリッリちゃんともオッシアンくんとも本当に何の関係もないという確信を、わたしたちは得なくてはならないと思うんです。なぜなら、もし関係があるとしたら……」

最後まで言う代わりに、彼はまたポケットからハンカチを引っ張り出した。ミーナをちらりと見てから、ポケットにしまった。

画面を見つめていたミーナは、この暑さにも関わらず、全身が凍りついたような感覚に打たれた。

「わたしたち、急いで特捜班のメンバーに伝えないと。まずはユーリアに」彼女は言った。

「すぐにでも捜査会議を開けるか確認します。今ならみんなこの建物にいるはず」

「わたしたちって言いました？」ヴィンセントはびっくりした目をミーナに向けた。

「特捜班へまたようこそ、ヴィンセント」

73

ヴィンセントが最後にメンバーに会ったときより、特捜班の人数は増えていた。新たなメンバーのアーダムは、長身ではっきりした顔立ち、知的な目をしている。アメリカのテレビドラマから連れてきたようなタイプだ。

「初めまして、ヴィンセント」彼はヴィンセントに手を差し伸べた。

アーダムに右手を強く振られて、ヴィンセントの左手のコーヒーがこぼれた。

「アーダムといいます。お噂は聞いていますよ」

ポンプを漕ぐように手をしっかり上下に動かすこと三回、そしてアイコンタクト、それから上半身を十度前に傾けてお辞儀。金賞に値する握手だった。強くて明確だが、高圧的でない。

「状況ならコントロールしています」とも「うまく共同作業ができそうですね」ともとれる握手。ヴィンセントは他のメンバーにも目をやった。クリステルとペーデルは、ねぎらうように会釈した。ペーデルのほうはふさふさ揺れる顎ひげを生やしている。残るルーベンは挨拶代わりに腕組みをして睨みつけてきた。

「ルーベン、あれを送ってくれたのに、まだお礼をしていませんでしたね」ヴィンセントは言った。「とてもありがたかった。ちょっとすみません、わたしがバッグを掛ける間、コーヒーカップを持っていてもらえますか?」

彼がカップを差し出すと、ルーベンは驚いた表情で思わずカップを受け取った。自分はヴィンセントのカップを本当に持ちたいのかどうかルーベンの意識が考え始める前に、ルーベンの身体が反射的に動くだろうというのがヴィンセントの読みだった。ルーベンはすでにカップを手にしていて、もはやノーというには遅過ぎる。

これには腕組みしていたルーベンにそれを解かせ、好意的なボディランゲージをさせようという意図があった。そういう姿勢を取らせると受容的になり、今からヴィンセントとミーナが話すことを受け入れやすくなる。その一番手っ取り早い方法は、彼に何か持つよう頼むことだった。

でも、ヴィンセントには、ルーベンにきちんと感謝をする理由もあった。ほぼ二年前の十月、一緒に事件に取り組んでから少しして、ヴィンセントはルーベンから封筒に入った郵便物を受け取った。中にはヴィンセントの母親の死に関する新聞記事が入っていた。あのとき捜査していた殺人事件にヴィンセントが関与している証拠として、ルーベンが特捜班の面々に提示した記事だった。たしかに彼は事件に関与してはいたが、それは彼らが思っていたのとは違う形でだった。

『この記事を送ってきたのが何者なのか、現在も不明』記事にはペーパークリップで紙きれが留めてあり、ルーベンがそう書いていた。『だが、おれにはこの記事は必要ない。もう一度見たい人間はいないと思う。だから燃やすなりなんなり、好きなようにしてくれ』

ヴィンセントは感激したものだった。でも、記事を送ってくれたあのルーベンは、今日の会議には存在しないようだった。ヴィンセントが「ありがとう」と言うと、彼はただ肩をすくめて、コーヒーカップを返してきた。言い換えると、すべてがいつもどおりということだ。もちろん今回は、ヴィンセントにそれほど大きな役割を負わされることはなさそうではあった。何と言っても、彼らはノーヴァに助言を求めたのだ。だから、彼らの態度には目をつぶるべきだろう。だが、警察にルーベンみたいなタイプだけでなくアーダムのようなタイプがいることは、警察にとっては幸運だ。

「お久しぶり、ヴィンセント」ユーリアが言った。「ミーナと今回の捜査のことで意見をやりとりしたと聞いています。正規のプロセスを踏んでやってもらえていたら、あなたが再び特捜班に参加すると、あらかじめ知っておけてありがたかったんだけど」

「何か有益なものが得られるかも分からなかったので」申し訳なさそうにミーナが言った。「まずは確信してからにしたかったんです。今も確信できているとは言えません。でもとにかくヴィリアム・カールソンくん事件を検証してみたいんです。まずは発見現場を」

「冬に、自分の父親に殺された男の子の件か?」ルーベンは背筋を正した。「今回の事件と何の関係があるんだ?」

「ひとこと差し挟ませていただけば」アーダムが言った。「ヴィリアムくんの父親、ヨルゲン・カールソンが、異例な速さで殺人の有罪判決を受けたのは確かなのですが、自分の記憶に間違いがなければ、彼は殺人については認めていません。その他の虐待についてはまったく躊躇することなく自供しただけに、自分もそれが少し引っかかっていました。そのほうが、罪が軽くなると思ったのかもしれません。また、細かい部分は不明ですが、捜査の初期段階で、目撃者を見つけています。庭の遊び場が見渡せるアパートに住む初老の女性で、ヴィリアムくんはヨルゲンではないだれかと歩いていった、と主張しています。あいにくヨルゲンが自身はどこにいたか証明できず、証人の視力に不十分な点が多かったため、本証言は退けられました」

「オッシアンくん事件、リッリちゃん事件と照らし合わせると、それは間違いだったように思われてきますね」ユーリアが言った。「殺したのは自分ではないというヨルゲン・カールソンの主張は、正しかった可能性がある。だとしたら、彼は不当に有罪判決を受けたことになります」

ルーベンはまた腕組みをして、まずいものでも食べたような顔をした。

「ヨルゲン・カールソンは、どうしようもないろくでなしでした。あいつにふさわしいのはムショ暮らしでしょう」彼は鼻を鳴らした。

「同感です」ペーデルが言った。「あの事件のことなら、ぼくも覚えてます。全身と言っていいくらいあちこちに、時期の異なる外傷痕が見られました。小さいうちからあれほどの暴力を受けてきたのに、あの齢まで生き延びたなんて奇跡ですよ。たしか母親も息子と同じくらい殴られていたはずです」

ボッセがクンクン鳴いて、ペーデルの手を舐めた——まるでこの犬は、児童虐待のことを想像したら、ペーデルがどれほど心を痛めるか分かっているようだった。

「おれに言わせれば、あの子を殺ったのは父親ってことで何の疑いもないですね」ルーベンが言った。「あの男の家には何度か出動したことがあって、一度なんてクリスマスイブで、あれはひどかったですよ。家に駆けつけたら大惨事だった。ヨルゲンの野郎が奥さんのローイスの顔をコンロに打ちつけて、キッチンが血の海だった。おれたちがヴィリアムを見つけたとき、あの子は、オーナメントのボールやキラキラモールで飾られて、プレゼントが下に置いてあるクリスマスツリーの後ろに隠れてた。三歳くらいだったと思う。ヨルゲンは無罪なんて冗談じゃない。ああいう野郎は牢屋に放り込んで錠を掛けて、鍵を捨てちまうのがいいんです」

その場が静まり返った。ヴィンセントは向かいの壁に貼ってある唯一の装飾品を見つめた。大きなストックホルム地図だ。ルーベンが今話したばかりの光景を頭に浮かべないよう努めた。でも、遅過ぎた。写真で見たヴィリアムの体のあざを記憶から消そうと、地図上の旧市街《ガムラ・スターン》を凝視するうちに涙が出てきた。あの子の身体は数年前のアストンの体とよく似ていた。


　クリステルが咳払いをした。

「おれもルーベンに賛成だ」そう低く言った。「ヨルゲン・カールソンはブタ野郎だ。二度と太陽を拝んじゃいけない人間だよ。あいつが認めた罪だけで、そこそこ長い間、やつをムショに入れておけるというのは、おれたちにとってラッキーだった。ラッキーだ、っていうのは文字通りの意味だぞ。なぜならアーダムは痛いところを突いたからだ。つまり、ヨルゲンが息子を殺したかどうかは定かじゃない」

「アーダム、ルーベン、すぐにでもヴィリアムの母親ローイスに話を聞くのがベストだと思います」ユーリアが言った。「ヴィリアムが連れ去られる様子を目撃した隣人にも話を聞いて、視力が本当に悪いかも見てきてください。今日中に両方やってほしい。それから、月曜日にはハル刑務所のヨルゲンを訪問。二人が行くことをあちらに伝えておきます」

ルーベンはアーダムのほうを見た。「今回は、どちらが〝いい刑事〟を演じるかはお預けだ。相手が、あのくず野郎だからな」

アーダムは険しい顔でうなずいた。同じ考えのようだった。ユーリアは、ミーナとヴィンセントに目をやった。

「何が見つかるとあなたがたが思っているか分かりませんが」ユーリアが言った。「現場の捜索を許可します。髭のペーデルも一緒にね。もし道中、理容院があったら警察で髭剃り代を持ちます。あと、ヴィンセント。ここにいるついでに会ってほしい拘束中の女性がいるの。名前はレノーレ・シルヴェル」

74

「スウェーデンに住んで何年になる？」

アーダムは内心ため息をついた。ルーベンからのこの質問に答える気はなかったが、パトカーの中でのお喋りは、この職業につきものだ。ただ彼としては、違うタイプの質問をしてほしかった。

「スウェーデン生まれですが」

「へえ。なるほど」そして沈黙。

こう答えるたびに相手が黙りこんでしまうことに、アーダムはいつも驚かされてきた。

「だけどご両親は？　どこ出身？」ルーベンが言った。

「ウガンダです」

「へえ、ウガンダ」またも沈黙のあとで、「いや、実は、ウガンダのことはこれっぽっちも知らないんだよな」

「まあ、当然でしょう。自分だってウガンダのことはたいして知らないですから」

アーダムは内心呆れた。ルーベンにはどこか彼を苛立たせるものがある。一連のありがちで無神経な質問のせいばかりではない。この手の警官は何度も見てきた。筋肉ばかり強調して、おつむのほうはいまいちのタイプ。

「ご両親はいつスウェーデンに逃げてきたんだい?」

「逃げてきたわけじゃないですよ。母親は大学教授として来たんです。妊娠に気づいたとき、母親はすでにここにいた。しかし父親と関係を保ちたくはなかった」

「そりゃまた」ルーベンはうなずいた。「だけど、親父さんのこと考えることはない? まったく連絡も取ってないの?」

「取ってないですね。そんな必要ないでしょう。自分は母の判断を信じてるんですよ。母が、自分の人生について考えてくれた上で、あの男は必要ないと決めたのなら、それはそれなりの理由があるからだと思っています」

「ああ」ルーベンは突然、苦しげな顔をした。「その手の父親ね」

アーダムは一瞬、彼のことを見て、すぐに道に目を移した。アーダムは同僚の私生活をあれこれ聞き出すことに興味がなかった。相手がルーベンであればなおのこと。

ローイスの住むリッスネ地区の高層アパートが見えてきて、アーダムは駐車場にハンドルを切った。ルーベンはまだ沈んだ表情で、黙って座っていた。アーダムは携帯電話で住所を確認した――駐車場を出て最初のドア。彼は辺りを見回し、指さした。

「あそこですね。ヴィリアムくんの両親が息子を最後に見た場所だと主張しているのは、あの遊び場に違いない」

「ヴィリアムを殺したのはあの父親じゃないなんて、おれはまだ信じてないからな」ルーベンが呟いた。

「議論するつもりはありません。自分たちにはやるべきことがあります」

口調がきつくなり過ぎたかもしれない。でも、安易な解決ばかり求める警官たちにはうんざりしていた。現実はそう簡単ではない。複雑なのだ。

二人は階段を上がって、四階のローイスの部屋へ向かった。隣の部屋のドアの前に、赤ん坊が寝ている乳母車が置いてある。ローイスの部屋のドアをノックすると、その子はもぞもぞ動き、寝たまままぐずった。応答の声が聞こえるまで時間がかかった。やっと、ドアの向こう側から重い足取りが聞こえた。そこで長い沈黙が続いた。ためらい。それから鍵を回す音が聞こえて、ドアがゆっくりと開いた。ほんの少しだけだが。

「はい？」

その声はしわがれていて、ドアのわずかな隙間越しにも鼻を突く、饐えたアルコールの臭いがアーダムにも届いた。

「警察の者です、ヴィリアムくんについて話を聞かせていただきたいのですが」

「あら、ヴィリアムの話を今さら？」

彼女はドアを閉めようとしたが、アーダムが隙間に足を差し込んだ。

「ローイスさん、ヴィリアムくんのためです。中に入れてください」

またもや沈黙。それからドアが開いた。彼女は二人の前を重い足取りで歩いて、部屋へ入った。中は暗かった。光は全く入ってこず、窓はすべて黒い生地で覆われている。ゴミと腐った食べ物とタバコの臭いが混じった悪臭が漂っている。アーダムの後ろでルーベンが軽く咳をした。

「そこに座って」

二人を居間へ案内したローイスは、染みとタバコの焦げ跡だらけのぼろぼろのソファを指した。その前のテーブルには、吸い殻でいっぱいになった灰皿と、蒸留酒やワインの空瓶が散乱している。唯一壁に飾ってあるのは、ところどころに掛けてある数枚の額入り写真だった。ローイスとヴィリアム。ヨルゲンとローイス。子供が——恐らくローイスだろう——誇らしげに馬の背中に座っている写真。

ためらわずに腰掛けたアーダムの目の隅に、立ったままでいようかと考えているらしいルーベンが映った。アーダムは彼に目配せをした。殺された子供の母親に話を聞きに来ているのだ、アンデルセン『エンドウ豆の上に寝たお姫さま』式の扱いは期待などしちゃいけない。意図が伝わったか、ルーベンはわずかに顔を歪めつつも、ソファに座った。

「ヨルゲンのこと？　ヨルゲンに何かあったの？　あの人は、刑務所なんかにいちゃいけないのよ。ヴィリアムを殺してないんだもの」

ローイスは震える手でタバコに火をつけて深く吸い込み、二人を睨んだ。それから、挑発するように指を突きつけた。

「あの子！　あの行方不明になった男の子！　そのことで来たんでしょ！　あの子を誘拐したやつがヴィリアムを殺したのよ！　言ったわよね、ヨルゲンじゃないって！　あたし言ったじゃないの！」

「現在のところ、こちらとしては何もお話しできません」アーダムは両手を大きく広げた。

「息子さんの件の事情を調べているということ以外は。ですから……」

「出てって！」

ローイスは二人を睨みつけた。

「お聞きしたいことがありまして……」

アーダムは咳払いをした。煙で気管が刺激され、目に涙が浮かんだ。

「出てってよ！」

ローイスは立ち上がり、テーブルの上の〈スミノフ〉の空瓶を手で払った。瓶は音を立てて床に落ちて、しばらく転がってからとまった。

「帰ってって言ってるでしょ！　出ていけ！」

ルーベンが立ち上がり、アーダムはそれに従った。また戻ってくることになるかもしれない。でも今は、ローイスを落ち着かせるほうが賢明だ。

二人の後ろでドアがバンと閉まり、アーダムは失望感を振り払った。ローイスから情報はさほど得られなかった。

訪問先はあと二軒。目撃者。そのあとはヨルゲン。

75

ミーナにとっては馴染みの廊下だが、ヴィンセントは興味深げに辺りを見回していた。ユーリアが二人の前を歩き、便利なことに警察本部内に設置されている〈クロノベリィス〉留置場へと向かっていた。

「先ほど言ったように、女性の名前はレノーレ・シルヴェル」ユーリアは言った。「自由剝奪と児童を被害者とする人身売買の疑いで拘束中です。今までのところ、オッシアンくんについても他の子供たちについても事件への関与を頑強に否定していますが、もう一度尋問をしても損はないでしょう。というか、あなたに尋問をしていただいても、ということですが、ヴィンセント」

ヴィンセントは足をとめて、顔をしかめた。

「前回も言ったように、わたしは……」彼は、そう言いかけた。

「分かっています」ユーリアが遮った。「あなたは警察官や取調官としての教育を受けていない。だからこうしたことについて責任を負えない。たしかに、前回あなたが我々の捜査に協力してくれた事件では、わたしが何度も苦しい思いをさせられました。でも最終的にはうまくいった。それにわたしがあなたにしてほしいのは……レノーレと話をすることだけ。あなたの得意分野でしょ？」

三人は取調室が並ぶ箇所に到着した。黒い番号がついただけの無個性なドア。どこの役所にあってもおかしくない廊下だ。だが、ひとつのドアの向こうで待つ女は、見るたびにミーナをおじけづかせた。自分と正反対の人間だからだ。自信満々。おしゃれ。容姿端麗。指先も長い爪にマニキュアがきれいに塗られていて、乾燥して赤くなってなどいない。そして恐らく彼女はサイコパスだ。

「分かりました、やるだけやってみますが、何もお約束はできませんよ」ヴィンセントは言った。「そして、自己流でやらせてもらいます。どなたかペンはお持ちですか?」

ユーリアは彼にボールペンを渡した。

メンタリストは自分の片頬、目の一センチほど下の位置に、慎重に小さな点を描いた。

「何してるんです?」ユーリアが訊いた。

「これが自己流です」

ユーリアは頭を振った。事態は早速、間違った方向に進み始めたと思ったようだった。

「ミーナ、あとは任せるわ」彼女は言った。「わたしは階上《うえ》で、お偉いさんたちに特捜班の今後の方針について説明しなくちゃいけないの。レノーレは3番の取調室にいます」

ユーリアは廊下を去っていった。ミーナは脇の下に汗を感じた。これから取り調べる相手のせいではない——ひどく暑いからにすぎない。

彼女は深呼吸を一回して、レノーレの待つ部屋のドアを開けた。この暑さの中で拘束されていたのに、身なりは涼しげできちんとしていて、メイクも崩れていない。彼女が座るのは三脚ある椅子の一脚で、部屋に机はなかった。ヴィンセントが仕事をしやすいように、ユーリアが片づけさせたのだろう。

メンタリストを見て、レノーレの顔から微笑みが消えた。

「なんでこの人がここにいるのよ?」彼女は言った。「テレビで見たことあるわ」

「これからヴィンセントがあなたにいくつか質問をします」ミーナはそう言って、レノーレの向かいの椅子に座った。もう気分が少し楽になっていた。汗も引いてきた。ヴィンセントが隣に座った。

「何も答えないから」レノーレは胸元で腕を組んだ。「弁護士なしじゃね。あたしは金曜日からここにいて、今日は……水曜日? そろそろ釈放しなきゃいけないんじゃないの?」

「そのとおり」ミーナが言った。「でも、レノーレ。あなたのところで発見した女の子の身元が判明したんです。ミッドソンマルクランセンに移ってきたばかりの移民家族の子供でした。あなたが、五年前と同じように、あの子を売ろうとしていたことは分かっています。あなたの名前は減刑を期待している共犯者の口から、すでに挙がっているんですよ」

最後のセリフは嘘だった。共犯者は見つかっていない。確かなのは女の子の身元と、この事件は他の刑事たちの担当になっていることだけだった。だが、レノーレが両手で腕を握りしめているところを見ると、ミーナの賭けはうまくいったようだ。

「今のところ、あなたの件にかかわりたいという弁護士は一人も名乗りをあげていません」ミーナは続けた。「もちろん、国選弁護人制度はあります。ですが、優秀な人を付けてもらえるとはわたしには思えません。協力の姿勢を見せるなら今です。いいですか、あなたにとってもそうしたほうがいいと思います」

レノーレは両手を膝に置いて、背筋を伸ばして座り直した。

「で、その人は何を知りたいわけ？」彼女は言った。

「ちょっとしたゲームみたいなものです」ヴィンセントは笑って言った。

「今からわたしが言う言葉を聞いて、真っ先に頭に浮かんだことを言ってください。深く考え過ぎてはいけません。大切なのは、最初に頭に浮かんだという点です。どんなにおかしなことでも構いません。いいですか？」

レノーレは、ため息をつきつつもうなずいた。

「ありがとうございます。では、いきます。馬」

「鞍」レノーレはヴィンセントの目を見つめながら言った。

「水」ヴィンセントは続けた。

「喉の渇き」

「子供」

「他の人のもの」

レノーレはまた腕を組んだ。その眼はじっとメンタリストを見つめていた。

「死」

「生命」

「オッシアン」

「アイルランド」

「リッツリ」

「結婚式」

ヴィンセントは片眉を上げた。

「街にそういう名前のウエディングドレスの店があるんだよ」レノーレは言った。

「結婚の予定でも？」ミーナが言った。

「あんたに関係ないことでしょ。これで終わり？」

「もう少しだけ」ヴィンセントが言った。「ヴィリアム」

「スペッツ」（ヴィリアム・スペッツは一九九六年生まれのスウェーデンの俳優・脚本家）

「殺す」

「テレビドラマ」

「ありがとうございました。とてもよかった」ヴィンセントはそう言って立ち上がった。「おしまいです。話をしていただけて助かりました」

彼が手を差し伸べたので、レノーレは無意識にその手を取った。そこで突然ヴィンセントは彼女の手首の下に自分の左手を滑り込ませ、右手を緩めた。差し出されていた彼女の手が、ヴィンセントの左手に載る形になった。彼はレノーレの腕が前後にゆっくり動くよう、左手を優しく揺らしながら、もう一方の手で先ほど目の下に描いた点を指した。

思わずミーナは見入ってしまう。

「レノーレさん、この点を見てください」先ほどとはまったく異なる口調で、ヴィンセントが言った。

優しい声だったが、有無を言わせぬ響きもあった。ミーナもつい彼の頬に目をやってしまった。あまりにも不可解な状況の中で自分が何とか理解できたのがこの指示だったから、思わず従ってしまった。そこが狙いなのだ、と彼女は思った。自分の腕を意識していないようだった。

レノーレの目がぼんやりし始めた。

「これを見ていると」ヴィンセントは続けた。「感じませんか、あなたの頭の中も、目と一緒にぼんやりしてきます、そう、そんなふうに、そして目がぼんやりすればするほど、頭の中で考えることもなくなっていきます。考えるのをやめて、自分の考えの中に思い切って流れ込んでみましょうか――そこはまるで、大きくて優しい海のようです、そこにあなたは沈んでゆきます……では身を任せて、心地よい海の底へと沈んでいきましょう……さあ今」

彼が手を外すと、レノーレの腕が支えを失って落ちた。レノーレの頭もがっくりと垂れた。ミーナは、彼女の目が閉じていることに気づいた。

「いいですよ。その調子で」ヴィンセントはそう言って、レノーレの首筋に手を置き、彼女の頭がさらに垂れるようにした。「もっと深くへ、あなたが安心できて、あなたがいい気分になれるところまで沈んでいきましょう。どうですか、着きましたか?」

レノーレがゆっくりとうなずいた。ミーナは催眠術は信じていないが、ヴィンセントが何をしたにせよ、レノーレはかかっているようだった。許される手段ではないだろうが、ヴィンセントの協力を認めた時点で、ユーリアはこのようなことを期待していたのだろう。

「今から、また同じ質問をします」ヴィンセントは言った。「今度は、あなたの心の中の、奥深いところで見つけた答えを教えてください。いいですか?」

レノーレはまたうなずいた。室内で聞こえるのは、ヴィンセントがレノーレの前の椅子に腰掛けたときのきしむ音だけだった。

「ペニス」

ミーナが想像していた催眠状態の人間の話し方と違って、レノーレの声ははっきりしていた。しかしレノーレの心がまるで別の場所にあるらしいこともはっきりしていた。演技とは思えなかった。

「水」ヴィンセントが言った。

「溺死」

「オッシアン」

「大洋《オーシャン》」

ヴィンセントがミーナにちらりと目をやった。続けるよう、彼女はうなずいてみせた。

「子供」

「お金」

「死」

「わたし」

「リッリ」

「白ユリ《リリャ》」（スウェーデン語でユリはlilja）

「ヴィリアム」

「願望《ヴィリヤ》」（スウェーデン語でvilja）

「殺す」

「馬」

「悪夢」

ヴィンセントはまた彼女の手を握り、体から真っすぐ伸びる格好で上げた。彼が手を離しても、彼女の腕は宙に浮いたままだった。

「腕がだんだん下がっていきます」彼は言った。「するとあなたはもっと深く深く沈んでいきます」

腕がゆっくりと下がり始めた。先ほどまでの自信に満ちた女はもはやここにはいない。レノーレの表情は子供のようだった。

「手が膝に触れたら、あなたの夢をしまってある場所の扉を開けてください」

手が膝に届いた途端、レノーレは顔をしかめた。

「あなたが最後に言ったことについて質問します」ヴィンセントが言った。「あなたは殺人を犯したから悪夢を見るということですか、それとも、だれかを殺す夢を見るということですか？」

「あとのほう」レノーレは言った。

今や彼女の声はずっと暗く、こもっていた。喉の奥深いところから出てくるかのようだった。

「でも、それをすると、悪夢ではなくなります。闇は消えます」

「闇の中で見つけたものを殺すということですか？」

「はい」

「レノーレ、闇の中にいるのはだれ？」

「ウルフ。父方の伯父」

ヴィンセントは間を置き、ミーナを見た。彼はひどく痛ましげな顔をしていた。

「今から、5から1まで数えます」ヴィンセントはレノーレに言った。「5と言ったら、水面まで泳いで戻ってきてください。4と言ったら、あなたはすっきりした元気な気持ちになります。3と言ったら、さっきわたしたちが話したことの中から憶えていたいことを選んでください。憶えていたくないことは忘れていいですからね。2で、深呼吸。最後に1と言ったら、目を開けてください」

レノーレは目を開け、当惑したように辺りを見回した。

「何？」彼女が言った。「あたしたち何の話をしてたっけ？」

「何も」ヴィンセントは立ち上がった。「時間を割いてくださって感謝します。もう、お邪魔はしませんから。最後にひとつだけ——大きな布をまとって笑う動物は何でしょう？」

レノーレは、ますます困惑した。「は？　どういうこと？」

彼が部屋から出ていってしまったので、ミーナはあとに続くしかなかった。レノーレが驚いた目で二人を見つめるなか、ミーナはドアを閉めた。

「大きな布をまとって笑う動物？」二人が廊下に出たところで、ミーナが訊いた。

「催眠術のあとで一部の記憶を消してしまいたいときには」ヴィンセントが言った。「何が起こったのか考えてしまわないように、意識を紛らわすものが必要なんですよ」

「それで、何が分かりました？」

「あなたも聞いていたじゃありませんか」彼は、驚いたように彼女を見た。「彼女が『水』と聞いて『溺死』と答え、次に『オッシアン』と聞いたら『オーシャン』を連想したので、もしや、と思いました。これは手掛かりではないかと。でも単に言葉の連想なのだと気づきました――つまり、オッシアンとオーシャンは音が似ているんです。その前の質問が『水』でしたが、そこからの連想が次の連想の際に残っていてもおかしなことではない。それに、リッリとヴィリアムの名については、そういった連想は起きませんでした。『馬』についてもそうですね。だから彼女が今回の誘拐殺人事件に関与しているとは思えません」

ミーナはうなずいた。ミーナもそう推測していた。ただ、試した甲斐はあった。

「でも」ヴィンセントはそう言って、立ちどまった。「レノーレは、子供を主に金儲けの手段とみている。彼女は強い共感障害を抱えているのだと思います。扁桃体の機能障害とか前頭葉と海馬の間のシナプスの損傷といった、脳の生理的欠陥かもしれない。ですが、わたしは心理的防御じゃないかと思っています。白ユリ？　レノーレは、死に固着しています。幼少期に伯父から虐待を受けていた、彼女の言っていたウルフというやつです。ウルフのことを彼女はもちろん抑圧してきたのでしょう。しかし彼女の心の中でその男が大きな領域を占めてしまっています。心理学者と話をさせるのがいいと思いますよ」

ミーナはヴィンセントを見つめた。子供の名前以外に、彼がレノーレに訊いたのは五つの言葉だけ。なのに、ほぼ一週間の取り調べで警察が得た情報よりも、レノーレ・シルヴェルのことを知ることができた。

「ひとつだけ質問させてください」彼女が言った。「ペーデルを迎えにいってベックホルメンに向かわなくてはいけないんですが、どうしても気になって仕方ないことがあるんです。『大きな布をまとって笑う動物』って？」

ヴィンセントは口元に微笑みを漂わせた。

「マントヒヒ」彼が言った。

ミーナに肩を強く叩かれて、ヴィンセントは「ヒヒー」と笑いをあげた。

76

ナタリーは使い終えた工具を集め、彼らと一緒にゆっくりと物置へ運んだ。彼女は疲れ果てていた。ハンマーものこぎりも決められた場所に掛けなくてはならない。カールにとって、整頓は大切だった。

〈内なる輪〉に属するメンバーも数人参加していたが、みんな同じような白装束で、一緒になって一生懸命、改修作業に加わっていた。白い服はまるで実用的ではなく、毎日仕事が終わると、すっかり汚れてしまっていた。少し離れたところにある全焼した建物の片づけをしたあとはとりわけひどかった。以前その家は何に使われていたのかナタリーは尋ねてみたが、返ってきたのは沈黙だけだった。

ナタリーは伸びをして筋肉をほぐした。力仕事では、今まで感じたことのないような満足感が得られた。でも、彼女はまだ一人前に作業ができるとは言えない。然るべき筋力も体力もなく、この時間になると物置の扉を閉めるのも一苦労だった。

朝にモーニカとカールが仕事の開始を告げ、それから一日中、ナタリーたちは働き続けていた。おかげで今や、立ったまま寝込みかねないほど疲れ切っていた。これほど空腹でなければ、眠り込んでいただろう。一方でグループ内の雰囲気は素晴らしく、不満を述べるつもりはなかった。予想外にとても風変わりな夏休みとなりはしたが。

彼女は他の人たちのあとについて、ここ数日間自分の住まいとなっている建物へ入った。人数はそう多くないのに、まだ彼らの名前を憶えられていない。でも、みんな白い服を着て絶えず微笑んでいるせいか、紛らわしいほど似ている。ナタリーは目をしょぼしょぼさせながら寝室へ向かった。今では自分のものとなった折り畳み式ベッドに横になれるのは素晴らしいことだ。でもパパに連絡はしたかった。だって最後にメッセージを送ったのは……

彼女は立ちどまった。

いつだったっけ？

一日一日が渾然となっていた。イーネスと地下鉄駅で出会ったのがどれくらい前なのか、指で数えてみた。一週間前？　二週間前？　考えているうちに頭が痛くなってきた。まずは、少し体を休ませなくては。でも、そのあとで。そのあとでパパに連絡を入れよう。

まずは携帯電話を充電する必要があった。充電器はどこで借りられるのだろう……？

「ナタリー？　ナタリー、どこへ行くの？」

もう少しだったのに。ベッドまであと数メートルだったのに。でも、祖母の声が聞こえた。何か特別な用事でもあるような声だった。振り返って祖母を目にしたナタリーは驚いた。イーネスもナタリーと同様白い服を着ていたが、Ｔシャツとズボン姿から長いスモックに着替えていたのだ。肩に緑の帯状のものを掛けていた。

「どうしたの？」ナタリーにはそう言うのが精いっぱいだった。

「ヨンの言葉の意味を理解するときが来たのよ」イーネスは言った。「いらっしゃい」

祖母は彼女の手を取って、いつも食事をする部屋へと連れていった。ナタリーはくたくたで、抵抗できなかった。食事の際に着くテーブルは壁に押しやられており、長い板が作業台の上に置かれ、部屋の端から端まで伸びていた。グループのメンバーたちが板の上に両手を載せて、肩を触れ合うようにして立っていた。イーネスは、その人たちの間に立つよう、ナタリーに手で示した。彼女が板の端、カールの隣に立つと、イーネスが板の反対側の端に立った。

「すべては苦痛であり、痛みは浄化なり」イーネスが言った。

「すべては苦痛であり、痛みは浄化なり」グループが答えた。

「皆さんは、いろいろな痛みを抱えています」イーネスは続けた。「あなたたちに世界をはっきりと見せてくれる痛みを。今日、新しい仲間がここに来ています。わたしの孫ナタリーです。彼女の痛みは身体的というよりは精神的なものですが、たとえそうであれ、その痛みは実在するのです。今日、わたしたちはナタリーを仲間に迎え入れることになりました。わたしたちは痛みを恐れていない、と思い起こそうではありませんか。痛みは恐れるものではなく、むしろわたしたちに明晰さを与えてくれるものであると」

イーネスは乗馬鞭を手にして、自分に一番近い場所に立つ、六十代の銀髪の男のところへ向かった。彼は体全体を緊張させていた。

「すべては苦痛であり、痛みは浄化なり」祖母が言った。

「すべては苦痛であり、痛みは浄化なり」男は小声で答えた。

乗馬鞭はヒュッという音を立て、板へ振り落とされた。イーネスが男の指を打った音がこだまする。男は電気ショックでも受けたかのようにビクッとしたが、両手を板に置いたまま立ち続けていた。彼の目に涙が溢れ、指に真っ赤な線がすぐに浮かび上がった。ナタリーは懸命に理解しようとした。この人たちは罰せられているのだろうか？　いや、そういう雰囲気ではない。祖母は怒っているふうではない。それどころか、室内は崇敬の念で満たされていた。男は集中しようと額にしわを寄せた。すると口元にかすかな微笑みが浮かんだ。彼がイーネスにうなずくと、彼女は次に移った。

「すべては苦痛であり、痛みは浄化なり」そう言って、彼女は鞭を上げた。

ナタリーはひどく疲れて空腹で、考えることができなかった。でも、祖母から叩かれたくはなかった。ひどく痛そうだったから。痛みを感じたくなかった。

「怖がらないで」カールがナタリーに呟いた。「痛みは消えるから。でも君が得ることになる明晰さは……信じてほしい、君がまったく新たな視線で世界を見られるようにしてくれるんだ」

イーネスは列に沿って進んでいった。鞭で叩かれた五人は、抱き合いながら、笑ったり涙ぐんだりしていた。ナタリーに分かっていたのは、もし板から手を離したら、疲労で倒れるだろうということだけだった。他の人たちは、みな嬉しそうだった。彼女も仲間に加わりたかった。

彼女の隣で鞭が宙を裂いた瞬間、カールがあえぐのが聞こえ、直後に鞭が銃声のような音を立てて彼の手を打った。それから、イーネスはナタリーに目を向けた。カールは頭を垂れ、苦しそうな息をしていた。彼の指にできた赤い線から、小さな血の滴が滲み出てきた。

「さあ、ダーリン」イーネスは、ナタリーの顔から髪の毛を払ってやった。「真実へようこそ」

乗馬鞭が彼女の指を打つと、脳の一部が爆発した。彼女は絶叫した。手に火をつけられたとか、ハチの巣に手を突っ込まれたようだった。ナタリーが板から手を離さないよう、イーネスは彼女の両腕を押さえた。

「抵抗するんじゃなくて」イーネスが囁いた。「痛みを探求するの。痛みを受け入れなさい。痛みを通して、外を見るの」

ナタリーはイーネスの言葉に従おうとしたが、痛みは激し過ぎた。痛みに圧倒されていた。この痛みからできる限り遠ざかりたかった。

「あなたはショック状態にいる」イーネスがナタリーの耳元で囁いた。「だけど、あるがままの痛みを見つめなさい」

ナタリーはまた試した。ひどい痛みだった。でも、実のところ、痛いとは何だろう？　それは何を意味するのだろう？　それは脳内のシグナルにすぎない。彼女は痛みの構成要素を見極めようとした。大人がワインの味を分析するのを見たことがあった。あんなふうに痛みを吟味しようとした。彼らは、いろいろな味や香りや感覚を懸命に見つけ出そうとしていたっけ。すると突然、痛みがわずかに和らいだ。まだひどい痛みではあったが、さっきほどではない。歯と歯の間から息を吸い込んだ。どこかに明晰さも感じられた――アドレナリンが彼女の脳に鋭利さをもたらしていた。彼女には何が大切で何が大切でないかが見えた。祖母の言っていたヨンの言葉が理解できた。

イーネスはナタリーの両手を、だれかが板の上に置いてくれた氷のように冷たい水が入ったたらいに入れた。痛みを和らげる水のもたらす刺激はあまりに強く、ナタリーはとめどなく泣いた。祖母は正しかった。痛みが浄化してくれる。そして、ナタリーはたくさんの痛みを抱えていた。彼女自身、その存在すら知らなかったような痛みだ。祖母の胸に頭を押し付けて、ナタリーはすすり泣いた。

「そうそう」祖母は慰めてくれた。「みんなでずっとあなたの面倒を見てあげる。約束するわ。もうあなたはわたしたちの仲間よ」

77

ペーデルはざらざらの壁にもたれていた。四メートルの深さの乾ドックなら、少しは暑さを防いでくれるのではと期待していたが、そんなことはなかった。ドックの中には船が三艘、金属製の盤木の上に配置されており、ペーデルは、これから修理されるのだろうと推測した。

「ああ、冬のあの件は本当に痛ましかったよ」彼の前に立つ男が言った。「ほら、あの男の子のさ」

男性はベンクトといい、〈ベックホルメン・ドック協会〉の人間だった。ヴィリアムを発見したのはベンクトではないが、警察に通報したのは彼だった。

「ここには一年中船があるよ」彼は続けた。「だけど、ほとんどの船は夏にここに入渠《にゅうきょ》して、一週間ほどで出てゆく。他の時期だったら、ゲートを開けたときに遺体も流れ出していたと思う。だけど、冬にここに入渠した船には新しい外板が必要だったから、一か月ほどここにあったんだ。あの子を発見したのは、その船の作業員だった。ひどい話だ。おまけにそのあとも、ここに残って修理を続けなきゃいけないなんて……。おかげで作業は遅れたよ。あんたのお仲間の警官が、ここの作業員が犯人じゃないか全員を確認したんでね。だから、年内の仕事のスケジュールは完全におじゃんさ、でも……」

「外板ってのは？」ペーデルが遮った。

ベンクトは、船の知識がまるでない人たち向けにとってあるらしき目つきでペーデルを見た。

「木船を見たことないかな？　ほら、船の側面の厚板、あれのことだよ。船体全体を構成しているあれだ。あれが外板さ」

ペーデルはうなずいた。それから、少し離れたところのものに目を留めたふりをして、ドックの隅にいるミーナのところへ逃げた。日光もまだ、そこまでは差し込んでいなかった。

ヴィンセントは背中で両手を組んで、船の間を行ったり来たりしながら周辺を調べていた。集中している表情が、サングラスの下に見えた。ヴィンセントのサングラスは角縁のものだった。一九五〇年代にはもうすたれていたものだが、どういうわけか、彼には似合っていた。

ヴィンセントが捜査会議にいるのを見て、ペーデルは驚かされた。彼が今回の捜査にかかわることをだれも教えてくれなかったからだ。ミーナのアイデアらしいが、それをユーリアが容認したということだ。前回ヴィンセントはいい仕事をしてくれた。それは否定しようがない。二年前のように睡眠に関する蘊蓄《うんちく》を聞かされなくて済むなら、彼が参加しても問題はなかった。

ヴィンセントが何を発見できると思っているのか、ペーデルは理解しているわけではなかった。ベンクトの指摘どおり、船が水域に引き出されるたびに、ドックは水で満たされる。ベンクトによると、それは週に一度の頻度で行われているという。いかなる痕跡も、ずっと前に流れてしまっているはずだ。

「何か特定のものでも探しているんですか？」彼は髭を掻きながら呼びかけた。

髭を残すべきか否か、ペーデルとアネットのバトルは続いていた。アネットは、髭に引っかかれて自分のほうがかゆくなると主張していた。発疹ができるのだという。だが同時に、髭がすごくセクシーだと認めてもいた——写真で見るぶんには。となると今後、彼は写真でしか姿を見せられないということらしい。

ヴィンセントは頭を振りながら、彼とミーナのところへやってきた。

「まずは現場を感じたいんですよ」彼は言った。「この場そのものが手掛かりかもしれないので。でも、今ひとつですね。何のつながりも見つからない。それでも、今回の一連の事件は水に関係しているというノーヴァの説は当たっているかもしれない。何にせよ、わたしたちがいるここは、船舶用のドックの中ですから。ただ、彼女の説は、あまりにも……範囲が広過ぎる気がする。漠然とし過ぎています。ストックホルムでは、どっちを見ても水があります。だから、水に関係すると言われても意味がない。ヴィリアムくんは他の事件と関連性がないというルーベンの推理だって正しいかもしれない。少年を殺したのは父親で、事故に見せかけるよう、ここに息子の遺体を置いた、というのもあり得る。つまりヴィリアムは点Bではなく、我々の手元には連続殺人の法則性を示す手掛かりはないということですね」

「ルーベンが聞いたら喜ぶでしょうね」ミーナが言った。

「振り出しに戻ったってことかあ」ペーデルはため息をついた。

「ところで、女性は豊かなあご髭の男性を魅力的だと感じるというドイツの研究結果を知っていますか？」ヴィンセントが言った。

「えっ、いえ、でも、それって……」そう言いかけて、ペーデルは自分がまた髭を掻いていることに気づいた。

「ちなみに、アミールは髭を生やしていますか?」ヴィンセントは、意味ありげな視線をミーナに送った。

ペーデルには何の話かさっぱり分からなかったが、ミーナが殺意のこもった目でヴィンセントを睨みつけたところを見ると、彼女は何のことか理解したようだ。

「でもその一方で、その他の研究のほとんどでは、反対の結果が出ています」ヴィンセントは気にする様子もなく続けた。「例えば、髭に関するかなりの研究を行ってきたニュージーランドのバーナビー・ディクソンやイギリスのニック・ニーヴとケリー・シールズによれば、逆の結果が出たそうです。ちょっとした無精ひげならいいけれど、それ以上となると魅力的ではないと。何と言っても面白いのは、この反対の結果に対してドイツ人たちがつけた説明でしょうね。彼らは、髭で顔のかなりの部分が隠れてしまうから、その残りの部分を女性たちが自由に想像できるからだと言っています」

ペーデルは、もしかしたらアネットにはドイツの血が流れているのかもしれないと考えた。これで、妻の髭に対する考え方だけでなく、二人のいい関係の説明もつく。ヴィンセントは、自分の話にだれも反応を返さないことに気づいていない。本格的に話し始めた彼をとめるのは不可能だった。

「でも、刑事としてのあなたには、髭は怒った表情を強調するというディクソンの研究のほうが大切かもしれません」ヴィンセントは言った。「自分を危険に見せたいときには役立つのです。だとしたら、あなたは正しい道を歩んでいるわけです」

ミーナは日陰で苦笑を浮かべた。

「今、ルーベンのことを考えていますね?」彼女が言った。

ヴィンセントは彼女のほうを向いて、うなずいてから続けた。

「オランダのトゥウェンテ大学の興味深い修士論文もあります。それによると、就職の面接の際、長い髭は、髭をきれいに剃ったのと同じくらいのプラス効果がある一方、髭の長さがその中間程度だとマイナス効果になると立証されているんです。なので、ペーデル、転職するなら向いていますよ。ただし髭には、ひどく汚れた犬の毛よりも多くのヒト病原性細菌が存在していることを気にしなければの話ですが。数年前にスイスの放射線科医数人が立証……」

ヴィンセントは話を中断した。細菌の話をしたせいで、ミーナが恐怖に目を見開いていたからだ。ああ、またやっちゃったよ、ヴィンセント。これからしばらくは、会議室で彼女の隣に座れないだろう、とペーデルは覚悟した。彼が髭を剃るまで、ミーナは二人の間に最低椅子二脚分の距離を置いて座ることになる。むしろ問題は、ヴィンセントのコメントのあとも、クリステルの犬ボッセが入室を許されるかどうかだ。まったくヴィンセントときたら、事を面倒にしてくれた。本部へ戻る途中で理容院へ寄るべきだとミーナが彼に要求し始める前に、急いで彼女の考えを転向させせなければならない。

「それより」沈黙の中、彼は言った。「うちの三つ子たちが『ユーロビジョン・ソング・コンテスト』のスウェーデン国内予選の歌に合わせて歌っている動画、見せたことありましたっけ? まあ、歌うと言っても……」

　ポケットから携帯電話を取り出しながら、ペーデルはミーナの苦悩に満ちた顔つきに気づいて、ため息をつきながら、電話をまたポケットにしまった。髭の話ならいいのに、元気な子供たちの動画はNGだなんて。子供がいない人間の典型だ。彼らには、子供の素晴らしさが分からない。

「月曜日に見せたばかりでしょう」ミーナは言った。「先週も。それ以前だって何度も。ルーベンは大げさじゃない。とにかく、国内予選が冬だったかいつだったか正直言って覚えてないけど、それ以来、わたしたち、その動画はかなり定期的に見せられてるんですよ」

　だから？　三つ子たちを見飽きるなんてあり得ない。でも、彼は従うことにした。同じくらいかわいい動画が他にもたくさんあるのはラッキーだ。少なくとも、ミーナは苦悩に満ちた目で彼の髭を見るのはやめていた。

　メンタリストが突然眉をひそめ、ドック内の、ヴィリアムが発見された場所へ再び足を向けた。ペーデルとミーナについてくるよう手で合図する。

「どうしました？」ミーナが言った。

「ヴィリアムくんが発見された場所の写真はすべて、この角度から撮影されていると思うんです」ヴィンセントが言った。「ここに立って、自分はカメラだと想像してみてください。レンズに何が映っていますか？」

「どうして……まあいいです、分かりました」ミーナが言った。「見えるのは……ヴィリアムくんの遺体が置かれていたコンクリートの床。数メートル先の岩石の壁。壁は四メートルほど空に向かってそびえ立っている。自動車のタイヤが壁に沿って掛かっている。多分、船がドックに入ってくるときにざらざらの石の壁にぶつからないようにするため。壁の縁の上には、赤い柵、それと赤い建物が見える」

「視線を少し下に移して」ヴィンセントが言った。「壁と柵が接触する辺り」

「オーケー、注意が足りなかったかも。壁の最後の一メートルはコンクリートです。ドックの縁のところのこと。そこのコンクリートにだれかが四角をいくつも描いて、その中に名前を書いたような……アルタシャール、サンビーム、パナマ、アフロディーテ」

彼女はヴィンセントのほうを見た。

「このドックに入渠した船の名前ではないかと」

ヴィンセントはうなずいた。「今あなたが言ったことは、警察にある写真に写っています。では今から、見たことのない光景を見ることにしましょう。ヴィリアムくんの遺体が撮影されたときに、カメラの後ろにあったもの」

「どういうこと？」彼女が言った。

「反対側を向いて、ミーナ。何が見えますか？」

ミーナは言われたとおりにした。同じ方向を見たペーデルは、ミーナと同じくらい、困惑した。

「だいたい同じですけど」彼女が言った。「コンクリートの床、岩石の壁、コンクリート、落書き、柵。ただ、上に赤い建物はない。壁に書かれた名前も、それほど多くない」

「そのとおり。ヴィリアムくんがここ、つまり、わたしたちの足元に横たわっているとしましょう。彼が手前に来るように写真を撮ると、写真に写る名前はいくつですか？」

ミーナは両手の親指と人差し指で四角を作って、視界を仕切った。

「二つ。イェーラとH……何とか。このHで始まる名前は、水で消されてしまって読めない。最後がOなのは確かです。違う、イェーラが写真に写るはずない。だって、壁の一番上まで写真に収めるとなると、縦に撮らなくちゃいけない。ということは、恐らくHの名前だけが写るはず」

ペーデルはつい笑ってしまった。

「船にそんな名前を付けるなんて」彼は言った。

ミーナとヴィンセントは、ポカンとした表情で彼を見た。ヴィンセントが理解できないのはおかしいことではないが、ミーナが気付かないのには驚いた。

「何て書いてあるか分かりますよね？」彼は言った。「そりゃあ、水で多少流れてしまってますけど、理解するのはそう難しくない。悪名高き警察車両の名前ですよ。一九七〇年代に南アフリカの警察と軍隊に使用されて、地雷にも耐えられる特別製です。とは言え、もともとは型落ちのイギリス製軍用トラックで、それに装甲を施しただけです。えらく重い車両で、運転手はほとんど前が見えなかったそうですし、人員輸送車というよりは戦車でした。だけど、するべきことはした。しかも、複数の戦争で。ただ、撃たれると弱かった。地雷には耐えたけれど、銃弾にはそれほど強くなかったんですよ。そんな車両の名前が付いている船ですから、重い装甲が施されていないことを願いますね。でなきゃ、沈んでしまう」

ミーナとヴィンセントは、いまだに彼を見ていた。

「どうしました？　お二人にだって個人的な関心はあるでしょう？　ぼくだって、始終、三つ子たちと一緒にいるわけじゃないんですから」

最後のセリフは百パーセント真実ではなかった。南アフリカでの戦争についてのドキュメンタリーをディスカバリーチャンネルでずっと見ていたのは、彼の敗北に終わった三つ子とのレスリングのあと、三人が彼のお腹の上で重なるように眠ってしまったからだった。子供を起こしてしまいそうで、床から起き上がる勇気がなかったのだ。彼から四十センチ離れているテレビがついたままだった。ドキュメンタリーは一時間続いた。そのあと、アネットが帰宅して、彼を救ってくれた。

ヴィンセントはドック協会のベンクトを手招きして、半ば判読不可能な船の名前を指した。

「あの船がここにあったのはいつですか？」

ベンクトはキャップをかぶっているのに目に手をかざしながら、熟考した。

「うーん」それから、ためらいがちに言った。「ここに入渠するすべての船を覚えているわけじゃないからね。でも、その名前の船はここには来なかったと思うよ。軽率な若者の落書きで間違いないないね」

「わたしはそう思いません」ヴィンセントはペーデルに目をやった。「南アフリカ軍が問題の車両に名前をつけたときに、トロイア戦争から発想を得たかどうか分かりますか？」

しまった。軍事史に詳しいなんて自信満々に話すんじゃなかった。例のドキュメンタリーでは、古代ギリシャの戦争については何も言っていなかった。

「トロイア？」ペーデルは時間を稼ごうと、そう言った。「兵士が中に隠れられるやつを木で作ったという」

「それです。なぜなら、あなたが教えてくれた軍用車両の名前――つまりヴィリアムくんが発見された場所の真上に書かれている名前――は、ギリシャ語の単語、『hippo』だからです」

ヴィンセントはしばし間を置き、ミーナがコンクリートに書かれた消えかけた言葉を確認するのを待った。

「『hippo』とは馬という意味です」彼は言った。

78

ルーベンは中庭を歩いていた。ヴィリアムが生前最後に目撃された遊び場には人けがなかった。この暑さのなか、外で動き回る者はいなかった。人々は水浴場へ逃れているか、室内で扇風機のそばにいた。

「それでも、おたくは暑さに強いんだろ?」半袖の制服シャツの袖で額の汗を拭きながら、ルーベンが言った。

「どうしてです?」数歩前を歩いていたアーダムが言った。

二人は中庭を経由して、ローイスの隣人が住むアパートの入り口を目指していた。

「いや、だって……何でもない」

ルーベンは遅れないよう、歩く速度を上げた。アーダムは馬鹿なふりをしているか、頭がおかしいかのどちらかだろう。おかしな質問じゃないだろ? アーダムやアフリカの黒人たちは日光や暑さに強く、ルーベンのような青白い北欧人は長くて寒い冬を乗り切るのに適している。

人種差別的な意味合いはない。生物学上の事実にすぎない。

ベビーカーを押す三十代の女性が、二人のほうへ歩いてきた。ベビーカーの片側に取り付けてあるパラソルで子供は日光から守られているが、女性自身はひどく暑そうだった。彼女が二人の真ん前で足をとめたので、アーダムはベビーカーにぶつからないよう、立ちどまった。

「ひとつ言わせてもらいますけど」女性が言った。

「もちろんどうぞ」ルーベンが前に出た。「ご用件は?」

「あと一年でマクシミーリアンを保育園に入れる予定なんです」女性はベビーカーを指した。「わたしたち、楽しみにしてたんですよ。でも、もうそんな気になれない」

彼女は突き刺すかのように、ルーベンに向かって指を振った。

「子供が幼稚園から誘拐されたのに、警察は何もしてない」女性はそう言いながら、ルーベンのシャツに縫い付けてある警察のワッペンを指で押した。「恥ずかしくないの? わたしがあなたなら転職するわよ。いや、電車に飛び込むかもね。テッド・ハンソンの言うとおり。移民たちが白昼堂々子供を誘拐して警察は何もしないような世界でマクシミーリアンを育てるなんてあり得ない」

彼女は、細めた目をアーダムに向けた。

「ま、その理由は明らかですけど」女性は言った。

「一連の誘拐事件に移民が関与していることを示す証拠は何もありませんよ」ルーベンはこわばった笑みを唇に浮かべて言った。

「嘘ばっか」そうなじった女性は、ベビーカーを押しながら歩き始めた。「選挙でテッドが勝ったら、あんたもその黒人もクビだから」彼女は肩越しに叫んだ。

ルーベンがアーダムを横目で見ると、アーダムは、その女性が遊び場の反対側の角を曲がるまでじっと見ていた。

「B玄関でしたね?」そう言って、彼は一番近くにある建物の玄関に向きを変えた。

ルーベンはうなずいた。「Bの玄関から入って、七階。それより、大丈夫か……?」

「どうってことないです」アーダムは言った。「初めてじゃないし、最後でもないだろうから」

「慣れるものなのか?」

「あなたなら慣れると思います?」

ルーベンは頭を振った。建物の中へ入った二人は、屋内でも暑さに見舞われた。玄関ホールに大きな手書きの張り紙があった。〈エレベーター故障中〉。

「冗談じゃない」ルーベンは見上げた。

七階までの階段。七階まで続くくそ階段。

「さて自分との戦いですね」アーダムは無駄に威勢よく言ってから、キビキビと階段を上り始めた。

ルーベンは彼のことが、ますます気に食わなくなった。七階まで上ったときには、ルーベンは心臓発作寸前だった。全身汗まみれ、息は壊れたふいごのように荒い。でも、アーダムですら同じくらい汗まみれで少し苦しそうなのを見て、ルーベンは溜飲を下げた。ちょっとした勝利だった。ちょっととはいえ、勝利は勝利だ。

呼び鈴を押すと、少しして中からゆっくりとした足音が聞こえてきた。小柄でやせこけた年齢不詳の女性がドアを開け、ドアチェーンのかなり下から二人をまじまじと見た。

「何でしょう？　何か売りたいのなら、わたしは何も買いませんから。それに、神のひとり子イエス・キリストの憐れみとか救いにも関心はありません」

「警察の者です」アーダムはそう言い、警察手帳をかざした。

ルーベンも手帳を取り出そうと思ったが、その力がなかった。階段を上ったせいで、腕も脚も言うことをきかなかった。

「警察？　だったら、お入りください」

女性はいったんドアを閉めてドアチェーンを外してから再びドアを開け、二人を玄関ホールに入れた。ルーベンは、胸が締めつけられる思いになった。父方の祖母のアパートの部屋と、まるで同じにおいがした。それに、部屋のどこかで時を刻む時計の音は、彼が子供のころからずっと聞いてきた音そっくりだ。いつも彼に安心感を伝えてくれる音だった。

「コーヒーはいかが？」

報告書にヴィオーラ・ベリィとあった女性は、キッチンに向かって二人の前をゆっくりと歩いた。時計の音はキッチンに近づくほど大きくなり、部屋の一角にあるモーラ市産の美しい振り子時計の音であることが判明した。

「ダーラナ地方出身なんですか？」ルーベンが言った。「父方の祖母がエルヴダーレン出身なんですよ」

「エルヴダーレン？　あら、じゃあお隣さんみたいなものね。でも、ずっと昔のこと。わたしね、十九でストックホルムに越したのよ。まあ、それが西暦何年だったかは、あなたたちのようなハンサムさんには教えませんけど」

女性は二人にウインクをしてから、すでに音を立てているコーヒーメーカーのほうを向いた。

「あの男の子のことでいらしたんでしょ？」ロールストランド（スウェーデンの陶器メーカー）社のブローブローム・シリーズのカップにコーヒーを注ぎながら、彼女は言った。

それからキッチンの角の戸棚の扉にゆっくり向かい、テーブルにクッキーも並べてくれた。ルーベンはためらった。健康を考えなくては。今や自分は父親でもあるわけだし。階段で一階まで下りる途中で、脳卒中に襲われるのは嫌だった。でも、アーダムが惜しみなくクッキーを取って食べている姿を見て、ルーベンもそうした。割れた腹筋の持ち主のアーダムがクッキーを食べていいなら、当然ルーベンだっていいはずだ。

「あの子のことです。はい、おっしゃるとおり」アーダムが言った。「もう何度も話してくださったことは存じています。事件から時間がずいぶん経っていることも承知しています。それでも、ヴィリアムくんが行方不明になったあの日に見たことを、もう一度話していただきたいのです」

「ということは、父親の犯行ではないと思っている？」ヴィオーラは目を細めた。

彼女は歯と歯の間に角砂糖を挟み、その砂糖を通して、おいしそうにコーヒーを数口飲んだ。ルーベンの祖母と同じ飲み方だった。ルーベンは感情を抑えた。

「捜査に関する情報は、お話しできないことになっています」アーダムはそう言って、また自家製のクッキーに手を伸ばした。

ルーベンもまたひとつ取った。

「まあ、そうでしょうね」ヴィオーラは言った。「でも、やったのはあのぐうたら旦那じゃないって、ローイスがいつも言ってました。まあ、実際のところは分かりませんけど。ここの住民はみんな、あの男がローイスとあの子をどう扱ってたか見てます。壁は厚くありませんし。でも、とにかくわたしは見たんです、あなたがた警察のかたは聞きたくないようでしたけど」

「あの朝あなたは……」アーダムは助け舟を出した。

「そう、早朝にね、ヴィリアムが一人でブランコに乗っているのを見たのよ。別におかしなことじゃない。あの子は休日にはいつも早起きだったし、一人で遊び場にいたもの。一番落ち着けたんでしょう」

「ヴィリアムくんを見たのが何時だったか覚えていますか？」

「何時だったかきっちり覚えてますし、毎回警察にも言いました。わたしはバルコニーに腰掛けて、『メロディークリッセット』（音楽に関するクロスワードパズル番組）が始まるのを待ってたの。十時に始まるときもあれば、十一時のときもある。だけど、あの日の朝は始まるのが早かった。ラジオをつけたら、すぐ始まったもの。ちょうど九時半でした。そのとき、あの男がヴィリアムに声をかけるのを見たのよ」

「男性だったんですね。一人でしたか？」

「そう、男が一人だけ。若くてしゅっとしていた。きちんとした身だしなみで、目立つような格好じゃなかった。濃い色のジャケット。短髪。ブロンド。遠過ぎて、顔は見えなかった。そう、どこにでもいるようなタイプだったわ」

「失礼なことを言うようですが」ルーベンが言った。「本当にここからあの遊び場が見えたんですか？」

「そりゃ、最近のわたしの視力は誇れたもんじゃないわよ」ヴィオーラは笑った。「だから、双眼鏡を使うの。これがあれば、遊び場の向こう側のアパートの中だって見えるのよ」

ルーベンは笑い、アーダムに目をやった。

「その男はどれくらい、ヴィリアムくんと話していましたか？」彼が訊いた。

ルーベンは指を濡らして、チェック柄のオイルテーブルクロスの上に溜まったクッキーの屑を拾った。

「それほど長くありませんでしたよ。一分か、二分くらいかしら。そこまできっちり考えていなかったたわ。『メロディークリッセット』が始まってましたしね、あの男は……危険そうに見えませんでした。いい笑顔だったのよ。それは、ここからでも見えました」

「それから？」

アーダムはヴィオーラを観察しながら、コーヒーを飲んだ。壊れやすそうなカップは、彼の大きな手には不釣り合いだった。

「それから、その男はヴィリアムの手を取って、歩いていったわ。わたし、何もおかしいことだとは思わなかった。親戚かローイスの友人だと思ったんですよ。手助けにきた人だと。あの家族に必要なものがあるとすれば、手助けしてくれる人だったもの。力の強い男性なら申し分なかった。ようやくローイスの目が覚めたって期待したのかもしれないわね」

「その後、二人を見かけることはなかった？　ヴィリアムくんとその男のことですが」

「ええ。あれから、見かけることはありませんでした。わたし、あのときからずっと、警察には言ってたのよ、あの子の父親じゃなかったって。なのに、だれも聴いてくれなかった」

ヴィオーラは頭を振った。彼女はクッキーの載った皿を押し出して、二人にクッキーを強いたが、ルーベンは自分の腹を軽く叩いた。

「いいえ、結構です」彼は言った。「もう、たくさんいただきました」

「自分も同じです」アーダムは立ち上がった。「ありがとうございました」

「嬉しかったわ」ヴィオーラは後片づけを始めた。「来客も多くないし。歳をとると、こうなるんですよ」

ヴィオーラが玄関ドアを閉めてからも、ルーベンにはまだ、あの時を刻む時計の音が聞こえていた。ヴィオーラの最後の言葉を反芻していた。帰宅途中に、祖母のところにちょっと立ち寄ってみようと思った。

第三週

79

新たな週に入った。先週の木曜日と金曜日は、特捜班が収集した情報のまとめに費やしたが、正直なところ、その量は多くなかった。ミーナは週末中、何もせずに少し休もうと思った。それが必要なことは分かっていたが、週末が終わる前には居ても立ってもいられなくなっていた。何か動いていないと——仕事をしていないと——頭の中で思考が妙な方向に行ってしまいそうだった。だから、月曜日の朝、法医学委員会のミルダ・ヨットのところに戻ってこられて嬉しかった。作業中の仕事が済むまで待つようミルダには言われたが、気にならなかった。

ミーナは、ミルダが何をしているのか見ようと、身を乗り出した。助手のローケがミルダに何やら器具を手渡し、ミルダは極めて集中した様子で解剖台の上の遺体の検分を始めた。遺体は三十五歳前後の女性。細身のブロンド、体に複数の傷跡がはっきりと見られる。ローケはメスを執り、ゆっくり着実に、喉から恥骨まで真っすぐ深く切った。それから、肋骨を切断するための骨剪刀《こつせんとう》を手に取った。これを見ても、ミーナは動揺しなかった。ミルダが自分のオフィスの代わりにこの場所で会うことにした理由も分かっていた。無菌状態の解剖室ほど、ミーナが心地よく感じられる場所はない。

「この女性の死因は」ミーナが言った。「もう判明しているんですか？」

ミルダは頭を左右に傾けた。イエスともノーともとれた。肋骨が除去され、臓器があらわになった。

「この女性が病院に来たとき、夫は妻が階段で転倒したと主張した」ミルダは言った。「彼女は数時間後に死亡、事故の経緯についての夫の説明が正しくないことを示す証拠がたくさん出てきた。女性の喉周辺にひどい打撲が見られることとかね。だから今わたしは、喉の器官をすべて摘出しようとしているところ」

ミルダが解剖台に近づけるよう、ローケは一歩下がった。本来なら助手が続ける作業なのだが、ここはミルダが自分でやりたいのだろう、とミーナは想像した。

「だったら、どうして開胸する必要があるのですか?」彼女は言った。「調べたいのは喉なのに」

ミルダの仕事ぶりを見るのは、芸術家の仕事を見るようなものだ。他人のいない〝工房〟で、流行歌に合わせて大声で歌いまくりながら仕事に勤しむ芸術家といったところか。

「さあ注目」ミルダはメスで何やらやりながら、そう言った。「今から、器官を固定している筋肉と靱帯を切り離す」

ミルダは女性の頭部へ両手を移した。

「ここが一番の難関」

慎重の上にも慎重を期して、ミルダはメスを軽く動かした。

「今わたしは皮膚を頸筋などから剝がしているところ。もちろん、皮膚には穴を開けないように」

「どうやってメスを入れる箇所が分かるんですか?」ミーナが感心したように言った。

「目では見えないから、経験と勘ね」

ミルダは身を起こして、背筋を伸ばした。それからメスを置いて、右手を女性の顎の下に差し込んだ。慎重に引っ張ると、舌と喉が開胸部に下りてくる。あとは、残りの器官と一緒になった完璧なパッケージのように取り出すだけだった。

「ほらね!」

ミルダはパチンと勝ち誇った音を立ててビニール手袋を外し、輝くスチールの上で遺体の横に置かれた、見事に切除された器官の塊を指さした。

「五分後に再開」彼女はローケに言った。「少し休んできて。わたしはミーナと確かめなくちゃいけないことがいくつかあるから」

助手は物静かに部屋を去った。ミルダは、そんな彼の姿を目で追いながら微笑んだ。それから、頭を振った。

「あの子、謎なのよ」そう言った。「ローケのこと。あの子、経済的に自立しているって知ってる? あんなに若いのに。遺産か何かだとわたしは思うんだけど。その気になれば一生仕事もせずに、一日中テレビゲームをして過ごすことだってできるのに、ここへは朝だれよりも早く来て、夜は一番最後に帰宅する。しかも、超有能。天職ってやつなんでしょうね。わたしが彼と同じ境遇なら、同じことをしたかどうか」

「だけど、仕事をしてなかったら、あなたはきっと解剖の夢を見ると思いますよ」ミーナはそう言って、彼女に微笑みかけた。「あなたは最高なんですから」

「ありがとう」そう言ったミルダは、台の上の器官を顎で指した。「何か気づくことはある？」

ミーナはじっくり見た。

「圧挫損傷？」

「よく見分けたわね。明らかに圧挫損傷。喉頭だけじゃなく、舌骨と甲状軟骨にも。過去の負傷も加えると、夫にとってかなり不利になりそう」

「ひどい話ですね。ある意味、ヴィリアムくんの事件に似たところがあります。父親が殺人罪で有罪になりました」

「当時わたしたちに分かっていた証拠から見れば、そうなるでしょうね」ミルダはそう言い、紙コップに水を注いだ。「わたしたちは、その時点で手元にある事実を根拠に判断するだけだから」

「責めてるわけじゃありません。おっしゃったように、ヴィリアムくんの事件に新たな光を当てるような情報が入ったのは最近で、当時はなかったんですから。ルーベンとアーダムが今日、父親に改めて話を聞きにいく理由もそこにあります。当時の検死報告に目を通す時間はありました？」

ミルダは水を飲んでからうなずいた。「入念に目を通してみた。すると共通点がいくつか見つかった――ヴィリアムの死と、今回のリッリとオッシアンの死に共通するものが」

「その共通点とは？」ミーナが言った。

「ヴィリアムの遺体には、他の二人よりずっと多くの外傷が認められた。肺には肋骨が押し付けられたことによる痕があったけれど、これは長期にわたる虐待の被害者であれば珍しいことではない。でも、リッリとオッシアンの肺にも同様の痕がついていたことを考え合わせると、これは興味深い事実ね。ただし、そこに至るまでの過程が、わたしにはまだ推測できていないの」

「えっ、ちょっと待ってください、何ですって？　オッシアンくんにも痕があった？　どうしてもっと早く言ってくれなかったんですか？」

ミルダはびっくりしたように彼女を見つめた。

「わたしの検死報告に書いてあるでしょ」

ミーナは内心、悪態をついた。こんなに重要な事実を、警察は見逃していた。自分は見逃してしまった。オッシアンの報告書は読んでいなかったのだ。当時の担当者は、説教ものの失策をしでかした。ともかく……たとえ届くまで時間がかかったとしても、この情報は貴重だ。

「ということは、この三件の事件は確実につながっているということですか？」ミーナは言った。口調のせいでひどく焦っているとミルダに思われても構わなかった。

「体内の痕だけだったら、そこまでは踏み込めなかっただろうけど」ミルダが言った。「さっきも言ったように、ヴィリアムの体にそういった痕跡が見つかっても不思議ではないから。でも……」

彼女は黙り込んで、ミーナを見つめた。

「繊維」そう言った。「ヴィリアムの咽喉部から繊維が発見された。リッリとオッシアンの気管からも。これ自体はおかしなことではないのよ。一生のうちに、人間の喉には想像もできないくらい多くの、顕微鏡でしか見えないほど微細な断片が入る。だけど、三人全員の体内から、まったく同じ羊毛繊維が見つかった。これと肺にあった不可解な痕を考え合わせれば……」

関連性ありと確定したわけではない。今のところはまだ。些細な事実のうち、どれが重要で、どれがそうでないかを判断するのはいつだって困難だ。でも、ミーナは全身で感じていた。彼らがずっと探していたものをミルダが発見したのだ——パターンを。

ついに手掛かりが得られた。

「何の繊維なのか厳密に調べなくてはなりませんね」興奮を抑えながら、ミーナは言った。

「残念だけど、それはわたしの専門外ね」ミルダが言った。「国立法医学センターなら、力になってくれるはず」

かすかにタバコのにおいを漂わせたローケが戻ってきた。

「アンドゥー・マイ・サッド、アンドゥー・ホワット・ハーツ・ソー・バッド」彼は鼻歌を歌いながら、手を洗い始めた。

サンナ・ニールセン（一九八四年〜。スウェーデンの歌手）の歌だ。

「ここで働いているとこうなるんですよ」ミーナがこっちを見ているのに気づき、彼はバツが悪そうな顔で弁解がましく言った。

休憩は終了だ。

「帰る前にもうひとつ」ミーナが言った。「ヴィリアムくんについて、他には何かありませんでしたか？」

「世の中には、社会に放ってはいけない人間がいるってことくらいかしら」ミルダは素っ気なく言った。「ヨルゲン・カールソンは檻の中で朽ち果てればいいわ」

そして、台の上の箱から出した新しいビニール手袋をつけた。

「ありがとうございました。お仕事中お邪魔しました」そう言って、ミーナはミルダの助手に会釈して部屋を出た。

ドアを閉めたときに、ポケットの中の携帯電話が着信音を発した。電話を取り出して、画面に目をやった。またナタリーの父親からだ。GPSはいまだに頼りにならないが、メッセージから判断して、ナタリーはまだ帰宅していないようだ。ナタリーの父親なら、今すぐにでもヘリコプターで娘を迎えにいきかねない。

80

ルーベンは腕時計を外して、携帯電話と一緒に灰色のプラスチックのトレイに入れた。ズボンのポケットを数秒探って鍵を取り出し、それもトレイに入れた。それから、口元に手を当ててあくびを堪えた。いつも月曜日は他の日よりフル回転モードに入るのに時間がかかる。週末の間も、早くこの面会を済ませたいと思ってきた。

「週明けすぐにあなたがたが来訪すると、マグヌスから聞いてます」二人を面会者用通路を通じてハル刑務所内へ案内する役割を担う看守が言った。

「マグヌスとは？」

「マグヌス・スヴェンソン、ここ付きの警部です。そちらのユーリア班長が、先週の金曜日に警部と打ち合わせたそうです。制式の武器はお持ちですか？　もし携帯しているのなら、この棚でお預かりします」

彼は壁に掛かっている、大きな鍵付きの棚を指した。

ルーベンは頭を振った。武器はなし。

二人は当初、制服で刑務所へ行くことを検討したが、ヨルゲン・カールソンに心を開かせるには、平服でリラックスした面会という形を取るほうがいいという結論に達した。ルーベンの記憶では、ヨルゲンは法執行機関にあまりいい印象を抱いていない。不当な有罪判決を受けたことを考えれば不思議なことではなかった。あいつが人間のくずであることに変わりはないが、法的手続きに誤りがあるのはいいはずがない。

ルーベンとアーダムは、看守と一緒にエアロックのような役割を果たす小部屋にいた。室内には保管棚があり、そこに入れるべき持込禁止品が何であるかについての詳細な説明が掲示されていた。ハルは最高警備刑務所であるため、いかなるリスクも冒せないのだ。

「技術的装置に関する連絡は受け取っていませんが」看守が言った。「もし持ち込むのでしたら、わたしの承諾が必要です」

「武器なし、装置もなし」アーダムが言った。「やつに話を聞きたいだけです」

うなずいた看守は、部屋の突き当りにある金属探知機に二人を連れていった。ルーベンが最後にこういう検査機を通ったのは、パルマ行きの飛行機に搭乗するときだった。

「一人ずつでお願いします」そう指示を受けた。「カールソンは、通路の右側、手前から二番目の面会室にいます」

「今年で一番侘しい貸し切り旅行ってところですね」アーダムが探知機を通過しながら呟いた。

ルーベンがあとに続き、二人は廊下に出た。

「ヨルゲンがここに入れられたのはなぜなんだろうな?」アーダムに追いつくと、ルーベンが言った。「おれが最後にここに来たとき、ハル刑務所は脱獄リスクが高いとか、脱獄を手助けする手下がいるような囚人のための施設だった。つまりはギャングや犯罪組織のメンバーってことだな。だがヨルゲン・カールソンほど組織というものに縁のない犯罪者は見たことないくらいだ」

アーダムは肩をすくめた。

「ヨルゲンは留置所にいる段階で脱走を試みたそうです」彼は言った。「それに、やつの罪状を鑑みるに、ヨルゲンにチャンスをやりたい人間なんていないでしょう」

面会室まで来た二人はドアを開けた。ヨルゲン・カールソンが机に着いて二人を待っていた。やや長く伸ばした髪を後ろに撫でつけ、ルーベンが今まで見たこともないくらい細い口髭を生やしていた。腕もガリガリと言っていいほど細く、タトゥーだらけだった。こんな弱そうな外見の人間が、あんなふうに自分の家族を恐怖に陥れていたなんて、ルーベンには理解し難かった。だが、筋肉を使うことだけが暴力ではない。

「何の用だよ?」ヨルゲンは腕を組んだ。

「自分はアーダム、こっちはルーベン」アーダムはそう言って腰掛けた。「分かっているだろうが、警察の者だ。きみの息子さんが行方不明になったときの話を聞かせてもらいたい」

ヨルゲンは身を起こして、両手を机の上に置いた。

「行方不明だ?」口を歪めて笑いながら、彼は言った。「へえ、面白い言い方をするじゃねえか。あんたら、おれが息子を殴り殺したって言ってたのによ。文句を言ってるわけじゃねえよ。ここの飯のほうが、あのくそ女のローイスの作る飯よりよっぽどうまいしな。でもな、あの女、あっちのほうはうまかったんだよ。だけど、その結果がガキだぜ」

ヨルゲンは、ルーベンの記憶以上にむかつく男だった。立ち上がって、あのにやついた顔に一発食らわせる自分をつい想像してしまった。自制しようと、深呼吸を一回した。ヨルゲンはわざとこういう態度を取っている。おれのどこを突けば効くのか、探っているのだ。**その結果がガキだぜ**。まさに痛いところを突かれた。でも、つい最近、自分に子供がいたことを知ったのだと、ヨルゲンに教えるつもりはなかった。

「きみの不利になった証拠には不足がある」アーダムが言った。「だから、別の説明ができないか調べているところだ。それにはきみの協力が必要なんだよ」

今度はアーダムが痛いところを突く番だった。そして、効果はあったようだ。身を乗り出したヨルゲンの目が、ギラギラ光っていた。

「なるほど、おれがあんたらに協力したら、おれの懲役は取り消してもらえるんだよな?」彼は言った。「こんなくそみてえな生活から逃れられるってことか?」

「ここも悪くはないと言ってたろ?」ルーベンが冷たくあしらった。

こんなくそ男を喜ばせるのは我慢ならなかった。しかし他に選択肢がなかった。

「ここの食いものは悪くないって言ったんだ、でもよ、おれだって自由に糞くらいしてえんだよ、ケツをだれかに拭いてもらうんじゃなく。分かれよ」

うなずいて、アーダムも身を乗り出した。ヨルゲンと秘密を共有するかのように、囁き声で言った。

「協力してくれるのなら、殺人についての判決は破棄だろう」そう言った。「自分には何も約束はできないが、きみは自由だけじゃなく、かなりの賠償金も期待していいんじゃないかな」

ルーベンはこっそり笑わずにはいられなかった。小声で喋られると、聞く側はついついその内容に引き込まれてしまう。それにアーダムは嘘を言っていなかった。厳密には。だが、ヨルゲンが殺人罪を逃れても、ヴィリアムとローイスへの何件もの虐待について有罪だから、これから先も長いこと、トイレには付き添いがついてくることになるだろう。ルーベンは、法に関するヨルゲンの知識が、主にTVドラマで得たものであることを祈った。

「そういうわけで、きみの再審を請求できるよう、手を貸してもらいたい」そこまで言うとアーダムは再び上半身を起こした。「きみがやってないのなら、だれがヴィリアムくんを遊び場から連れだしたのか、教えてもらえないか？」

ヨルゲンは両腕を大きく広げ、アーダムと同時に椅子にもたれた。

「知らねえよ」彼は言った。

「それだけじゃちょっとな」ルーベンが言った。「ヴィリアムくんをベックホルメンに連れていったのはおまえのダチで、それからおまえら二人であの子を殺したってことで、こっちとしては問題ないんだぞ。もっと頭の回るやつだと思ってたのにな」

ヨルゲンの上唇に汗の滴が浮かび上がった。細い口髭を人差し指と親指で擦った。ここのエアコンは、警察本部に負けないほど効果がない。この世の中に、公平なことは少なくともひとつはあるということだ。

「おれは、あのガキを家の外で殴ったことはなかった。な？」ヨルゲンは言った。「おれだって、そこまで馬鹿じゃねえ。だが、ヴィリアムがいなくなったとき、おれはあそこにいなかった、だからだれがあいつをさらったのかも知らねえんだ。取り調べで毎回そう言っただろうが」

ルーベンは、机の縁を握りしめた。このくそ野郎。父親に愛を与える以外に何もできやしない幼子を殴ることを、よくもぬけぬけと話せるものだ。あんなに小さい子供を。しかも虐待するのは自宅だけだと、さも賢いことのように思い込んでいやがる。ルーベンは、ますますこの男の顔面にこぶしを叩き込みたくなった。

「そうだった。確かきみは……『広場でたむろしていた』と言っていたようだな」アーダムはそう言って、ルーベンに視線を送った。「それを証明できる人間がいないんだよ。いれば、きみはここにいなくて済んだのにな」

ヨルゲンは目を左右に動かし、両手で髪を掻き上げた。「オーケー」小声で言った。「オーケー、あんたらの勝ちだ。あいつのためだと思って言わなかったが、ここに半年もいりゃ、もうたくさんだ。おれはスッシのところにいた。スッシのところで、やりまくってたわけよ、ウサギみたいにさ、分かるだろ？　でも、あいつを巻き込みたくなかったのさ、だってスッシはローイスのダチでさ。いや、ダチ以上か。ローイスの親友なんだよ。だけど、スッシはサツには何にも話さないぜ。そんなことしたら、えらいことになるって分かってるからな。そんなわけで、おれがあいつのとこから帰ってきて、あれだ、オメコのにおいぷんぷんでよ、で帰ってきたらヴィリアムはいなかったってわけよ」

ルーベンはため息をついた。こいつは刑務所の中からでも他人をコントロールできると思い込んでいる。アーダムはメモ帳を取り出して、スッシの住所を聞き出そうとしていたが、ルーベンはもう何も聞いておらず、今ではひどく汗まみれになったヨルゲンの細い口髭を見つめていた。あの髭をむしり取りたくてたまらなかった。アーダムがまた何か言ってから立ち上がり、ルーベンも立ち上がった。

「必要なことはうかがえました」アーダムがメモ帳を振りながら、そう言うのが聞こえた。スッシからたいしたことは聞き出せないとすでに分かっていた。ヨルゲンは真実を語った。この男は、自分の息子を誘拐したのがだれなのか知らない。

「できるだけ早く連絡するよ」

ルーベンはその場を去ろうと向きを変えた。こんな部屋は早く出るに限る。

「ひとつ覚えておいてくれ」二人の背後から、ヨルゲンが突然言った。「おれはヴィリアムを愛していたんだ。な？　あの坊主はおれのすべてだった」

ドアノブに手をかけたところでルーベンは動きをとめた。もう我慢できなかった。彼の中で何かが破裂した。

ヴィリアムの遺体の写真が脳裡に見えた。

無数のあざ——服で隠れる部分すべてにあった。

ヨルゲンのタトゥーが入ったガリガリの腕——始終振りかぶられて、殴るぞと脅す。

あの坊主はおれのすべてだった。

恐怖で歪んだローイスの顔、息子をかばっていたのかもしれない。そうじゃないかもしれない。

そして突然に――アストリッド。彼のアストリッド。

ヴィリアムよりほんの少しだけ年上の。

おれだって自由に糞くらいしてえんだよ、ケツをだれかに拭いてもらうんじゃなく。分かれよ。

ヴィリアム。

殴打。

アストリッド。

ルーベンは踵を返し、足早にヨルゲンに近寄ると、髪の毛を強く摑んだ。

「いてえ！」ヨルゲンが怒鳴った。「何しやが……」

ヨルゲンが言い終わる前に、ルーベンは彼の顔を机に強く叩きつけた。ブタのようにぶざまに喚くさまはヨルゲンにお似合いだと思った。ヨルゲンの髪の油をズボンで拭いてから、茫然としてこちらを見つめるアーダムのところへ戻った。

廊下を歩く間、アーダムは何も言わなかった。二人は金属探知機を通り、所持品を返してもらった。アーダムはまだ無言だった。ルーベンは、自分の鍵と携帯電話を受け取った。

「ところで」ルーベンが看守に言った。「面会室には監視カメラが設置されていますね。あとで見てもらうと分かりますが、おれたちが部屋を出るときに、ヨルゲン・カールソンが転んで額をぶつけるところが映っているはずです。もし録音もされてるなら、なんであいつがそんなことをしたのかも分かります。手当が必要かもしれない。でも、急がなくてもいいんじゃないかな」

81

「手掛かりが摑めたぞ！」

ルーベンが駆け足で警察本部の玄関から飛び出してきた。ミーナはミルダのところから戻ってきたところで、危うく手にしたカプチーノをこぼして自分の体にかけるところだった。何とかこぼさずに済んだのはツイていた。ましてコーヒーを買った店からどれほどの距離を歩かなくてはならなかったか考えると。その店には、持ち帰り用のカップを扱うことについて彼女が唯一信頼のおける店員がいるのだ。彼女はコーヒーを一口飲んだ。

角を曲がった店のコーヒーのほうが味はいいし、特捜班のメンバー全員に割引が利くよう、ユーリアが手配してくれている。でもコーヒーの入ったカップに触れるたびに身の毛がよだつ思いをしてほとんど口をつけられないのなら、何にもならない。一方、〈エスプレッソ・ハウス〉にはヴィッレがいる。彼はミーナの特別な要望をよく知っていて、彼女が行くと、いつも未開封のカップのパッケージを開けてくれる。彼がいないときは、何も買わずにその場を去る。持ち帰り用のカップを運任せにするわけにはいかない。でも、今日はヴィッレが店にいたおかげで、ミーナはこうして熱々のカプチーノを手にしている。危うく衣服にこぼしかけたカプチーノだ。

「何を叫んでるんです？」ミーナはルーベンのあとに続いた。「アーダムとハル刑務所へ行ったんじゃなかったの？」

玄関前にパトカーが一台とまっており、そのキーがルーベンの手にあった。

「少し前に戻ってきたところだ」大股で運転席に向かいながら、彼は言った。「アーダムが報告書を作成してる。でも重要なのはこっちだ。車の中で話す。乗ってくれ」

助手席側のドアを開ける前に、ミーナはためらった。ビニールのカバーを敷く贅沢ができるのは自分の車だけ――このような状況はいつも彼女にとって試練だ。だが同時に、生活を機能させるために払わなくてはいけない代償でもあった。とにかくも生活を機能させるためには。自分の恐怖症に完全降伏したら、仕事をするのなんて不可能だ。それに、彼女は自分の仕事が好きだった。給料をもらうのも好きだし、家賃を払って、橋の下で生活しなくて済むのも嬉しかった。野外生活を想像して彼女は身震いした。でも、それよりはまだましだと考えると、この車に乗り込むのも楽になったし、幸運にもパトカーとしてはきれいに掃除してあるほうだった。

「さっき言ったように、手掛かりが摑めた」運転しながら、ルーベンは続けた。「スヴェア通りにあるマウロ・マイヤーのレストランのトイレに子供服が隠されていたのを、客が発見した」

「子供服？」

「オッシアンと同じサイズの」

「こじつけたような話だわ」ミーナは言って、注意深くコーヒーを一口飲んだ。「別の客が、例えば子供が何かこぼしちゃったとかで着替えをさせたとか、お漏らししたから、その服を置きっぱなしにして帰った、ということもあり得そうです」

ルーベンはかぶりを振って、いささか乱暴にカーブを曲がった。一瞬ためらってから、ミーナはドアの上のアシストグリップを握る。ゆっくり深く呼吸するよう、自分に言い聞かせた。「子供服の写真を一枚、オッシアンのご両親に送ってある」彼は言った。「息子さんのものだそうだ。それに、見つかった服にはネームタグが付いているものもあったし」

ミーナは歯を食いしばった。今の話とリッリの父親マウロを結び付けるのは難しかった。彼女が見たマウロは、妊娠中の妻の足元のたらいに氷を入れたり、彼女の肩を優しく揉んでやる愛情溢れる男だった。しかし一方でミーナは、警官としてのキャリアを通じて、ありとあらゆるものを見てきた。外見からだれかの内面を推し量ることは決してできないことは承知している。

そのことは鏡に映った自分の姿を見るときにもいつも頭をよぎる。

「だけど、オッシアンくんの服のはずはないのでは？」彼女は眉をひそめた。「発見されたとき、オッシアンくんは服を着ていた」

「ああ、きみには子供がいないから分からないだろうが、あれくらいの子供は、幼稚園に着替えを持っていっていることが多い」ルーベンは偉そうに言った。「フレードリックとヨセフィンは、息子が行方不明になった日に着替え用にどの服を持たせたかは覚えていなかったが、発見された衣類がそれだったかもしれないと言っていた。あと、さっきも言ったように、ネームタグが付いてるんだ。子供たちが取り違えないように」

ミーナは彼をじっと見た。ルーベンはいつから子供や幼稚園の専門家になったのだろう？子供については、自分のほうが彼と比べものにならないほど経験がある、そう言いたいところをぐっと堪えた。

ルーベンは車を寄せ、別のパトカーのすぐ後ろ、レストランの前に駐車した。すでに客は帰されており、規制線が張られていて、静かで落ち着いた環境で作業できるようになっていた。店の正面に掲げられたイタリアの旗で、ここが何料理屋かは示されていたが、それを信じられない客も、店の入り口をくぐった途端に香るトマトとバジルの匂いで、どこの国の食事かはすぐに分かるだろう。ミーナは軽い吐き気を覚えた。毎年どれほど多くのストックホルムのレストランが検査機関に指導を受けているか、ミーナはその統計を知っていた。その数があまりにも多いので、ミーナは外食のときに落ち着けたためしがない。例外は、必要な清潔基準を保っていると自分で事前に確認したレストラン。今日、ここへ来たのが食事をとるためでないのは運がよかった。

「こちらです」二人を待っていた、制服姿の女性警官が言った。

ミーナとルーベンは彼女のあとに続いて、店の一番奥にある二つのドアへ向かった。ドアにはそれぞれ、男女のマークがあった。衣服が発見されたのは女性用トイレだった。二人は中に入らず、慎重に中を覗いた。鑑識員たちが指紋採取の粉末を刷毛で塗っている。トイレタンクの陶器の蓋が取り外されていることにミーナは気づいた。

「あそこに……？」彼女は便座を指した。

「おれの知るところでは、客が袋に入った子供服を発見した。あのタンクの中にあったらしい」ルーベンが言った。

ミーナは吐き気を堪えた。

「どうして客がレストランのトイレのタンクの蓋を持ち上げなくちゃいけないんです？　クス

リでも隠そうとしたとか？」

レストランのトイレの中で何かに触れるとか、ましてやいじくるとか、考えただけで吐き気を催した。

ルーベンは頭を左右に振った。

「いや、今回はそうじゃない」彼は言った。「七十代の祖母が孫とトイレに入ったところ、蓋がきちんと閉まっていなかったので、持ち上げて直そうとした。そのとき、水の中に何かあるのに気づいた。そのばあさんは新聞でマウロのことを知っていて、リッリとオッシアンの事件のことも読んでいたようで、すぐ警察に通報したらしい」

「ミス・マープルね」ミーナは片眉を上げた。

「いや、そのばあさんはスウェーデン人だと思うけど」ルーベンが言った。

「ミス・マープルは小説の登場人物で……まあ、どうでもいいことだけど」

ルーベンはあの作家の名前すら知らないだろう。

「マウロは何て言ってるんですか？」代わりにそう言ってから、レストランへ戻ろうとルーベンに顎で合図した。

「従業員の話によると、マウロと奥さんは一時間前に出産のため、ストックホルム南総合病院に行ったらしい。彼を引っ張れるよう、車は手配してある」

「少し待ったほうがいいのでは？」ミーナが言った。「奥さんの出産に立ち会っているのなら、差し当たりはその場を離れられないでしょうし」

彼女は、レストランのロゴ入りのシャツを着た若い女性のところへ行った。その女性はテーブルに座り、目を丸くして、周りの騒動ぶりを見つめていた。

「こんにちは。ミーナ・ダビリといいます。ここに座ってもいいかしら？」

彼女の目の片隅に、他の二人の従業員のところへ向かうルーベンが見えた。従業員たちは、キッチンドアのそばの隅に身を寄せるように立っていた。

「もちろん」若い女性は言って、肩をすくめた。「何……何が起きているんですか？」なかなかかわいい女性だったが、外見を若い世代に流行のどこかぼったりした感じにしているようだ。唇は少しふっくらし過ぎて快適そうには見えないし、そもそも口を閉じることができるのか、それとも絶えず半開きで、かすかに驚いたような表情でいなくてはならないのか、ミーナは気になった。

「ではまず、申し訳ないけど、お名前を教えてもらえますか？」

「パウリーナ。パウリーナ・ヨーセフソン」

「ありがとう。こちらから教えられることはあまりなくて、こっちから訊くことになってしまうんですけど、構いませんか？」

「ええ」パウリーナは、また肩をすくめた。

「店長が最後にこの店に来たのはいつ？」

「マウロですか？　今朝も来てましたよ。いつも一番乗りなんです。それに、すごくいい人。ほんと、あんなにいい店長、他にはいないですよ。超親切だし」

「でしょうね」ミーナはうなずいた。「店長がここを出たのはいつ？」

彼女はテーブルに肘をつこうとして、ぎりぎりのところでテーブルにパン屑とバターが残っているのに気づいた。ランチタイムの混雑のあと、パウリーナは片づけを済ませる余裕がなかったようだ。

「一時間くらい前。奥さんから電話があったんです。陣痛が始まったってことで、マウロは自宅に戻ったんですよ。産科に向かったのかも。そこは分かんないですけど。とにかく、店長はここを出ました」

「ありきたりの質問だけど、最近、マウロさんに変わった様子はなかった？　いつもどおりでしたか？」

「そうね……行方不明になった男の子のニュース以降は、少しおかしかったかも。だけど、それも当然じゃないですか。リッリちゃんのことがあったし。たった一年前のことだから」

「じゃあ、その子が遺体で発見されたと発表されたときは？　そのニュースに対する店長の反応はどうでしたか」

「店長はあの日、病気休暇を取ったと思う。マウロはそんなこと、決してするような人じゃないんです。だけど、無理ないじゃないですか。リッリちゃんがあんなことになって、マウロが本当に気の毒。それに前の奥さん、マジで頭おかしくないですか？　あの人、時折ここに来るんですよ。入ってくるなり怒鳴り始めるから、お客さんたちが何事だってびっくりするわけ。ほんとイカレてるんです。やばい人って感じ」

ミーナはうなずいた。ユーリアとペーデルから聞いていたイェンニの印象と一致している。ただ、叫んだり怒鳴ったりしたからと言って、必ずしもその人物が間違っているわけではない。

「トイレはどのくらいの頻度で掃除しているの？」果たして自分は答えを聞きたいのか、確信が持てなかった。

「毎日。マウロは毎日掃除に来てくれるおばさんを雇っているから。マウロはそういうことには気をつけているんです」

毎日。それに何か意味があるとは限らない。どんなに勤勉な清掃作業員でも、タンクの蓋の下まではきれいにしないだろう。でも鑑識が採取している指紋の分析には意味があるかもしれない。だれもが使用できる場所から指紋を採取するのは、たいてい悪夢のような作業であるとはいえ。

ルーベンが二人のところへ来て、ここを出るという合図をよこした。

「ユーリアと話した」彼は言った。「やつを引っ張る」

「だれを？」初めてパウリーナの表情が不安そうになった。「まさかマウロ？」

「さっきも言ったように、こちらからは何も教えられないの」ミーナはそう言って、立ち上がった。「ご協力ありがとう」

レストランの外には野次馬が集まっていた。人の本性はいつだって同じだ。しかも今時は携帯電話で撮影する大勢の人たちに相対しなくてはならない。ミーナはその野次馬の中に、見覚えのある顔を見つけた。〈エクスプレッセン〉紙がもう駆けつけているなんて。ルーベンも同じことに気づいたようだったので、二人は急いでパトカーへ向かった。混乱が待ち受けているような気がした。これは嵐の前の静けさなのだと。

82

ヴィンセントは、ベンヤミンの部屋のドアをノックして中に入った。最近では、この十五平方メートルの広さの部屋がずいぶん片づいていることに、いつも驚かされている。息子はパソコンの前にのめり込むように腰掛けて、数字に見入っていた。

「おまえが『ウォーハンマー』のマニュアルじゃなくて、株式相場を読んでいるなんて思わなかったよ」ヴィンセントが笑った。「講義で忙しいのに、よくそんな余裕があるもんだ」

「ポジションをいくつかクローズしなくちゃいけないから」画面から視線を移すことなく、ベンヤミンが言った。「数分待ってもらえる?」

うなずいたヴィンセントは、周りを見回した。ベッドはまだ乱れたままだから、座るにはふさわしくない。代わりに壁にもたれて、ベンヤミンが株取引を終えるのを待った。そもそも息子がデイトレーディングに関心を持つのは、驚くべきことではなかった。ただし、法学の学習と並行して、どうすれば株取引の時間を作れるのかは不思議だった。でも、ベンヤミンは成人しているから、自分で決断を下していい。ヴィンセントは口を閉じて、うまくいくよう願った。

「何か用?」ベンヤミンが立ちあがった。

「ああ。二年くらい前にパパが関与した事件のこと覚えているだろ? 実は、今また別の事件のことで、ミーナ……というか、特捜班に協力しているんだよ。今日は一日中警察本部にいて、またすぐに行くことになっている」

　ベンヤミンは笑った。

「まさかパパには他にも姉妹がいたとか？」息子は言った。「パパの家族は完全にイカレてるね」

　ベンヤミンがカバーを掛けにベッドへ向かうのをよそに、ヴィンセントはやれやれとばかりに頭を振った。息子に感謝の眼差しを送ってから、そこに腰掛けた。

「今回はパパの兄弟でも姉妹でもない」彼は言った。「親戚でもない。約束する。だけど、今回の事件にも、暗号が——あるいは隠されたパターンが——ありそうなんだ。問題は、そういうものが本当に隠されているのか、自分の希望的観測にすぎないのかが、パパには分からないことなんだよ。ノーヴァって人、知ってるか？」

　ベンヤミンはまた椅子に腰掛け、ぐるぐる回転させた。

「知らない人なんていないよ」そう言った。「インスタグラムのフィードにしょっちゅう、彼女の動画が現れるからね」

「なるほど。ノーヴァが警察に、カルト教団、あるいはカルトのような構造を持つ組織が絡んでいると信じさせたらしいんだ」

　いつのまにか、壁のストリングシェルフに並べてあったカラフルなフィギュアもなくなっている。代わりに、難解な法学に関する教科書がびっちり並んでいる。

「どうしてノーヴァはカルトだと思ってるの？」ベンヤミンが言った。「ちょっと極端な気がするんだけど」

「恐らく、過激な犯行が複数の人間によって実行されたからじゃないかな。だれかの指示で実行したようなんだ、通常なら……まずしないようなことをね。それに、殺人の手口には儀式的な要素が見られる。ノーヴァの説では」

「ということは、また殺人事件ってこと？」ベンヤミンは青ざめた。

軽率だった——そこまで言うつもりはなかったのだ。被害者が子供だと伝えることは厳に慎まなくては。それはベンヤミンに聞かせたくない。

「ああ、残念ながらそうだ」彼は言った。「最悪の場合、三件の殺人。三人が誘拐され、殺されたんだ」

「で、パパの考えは？ やっぱりカルトだと思う？」

ヴィンセントは熟考した。それから、頭を左右に振った。

「不必要に複雑な説明だと思う」彼は言った。「いつもしつこく『オッカムの剃刀』と言うのはおまえじゃないか。事件の背後にいるのは一人の人物だと考えているか？ ああ、考えている。でも、それがカルト指導者とは限らない。一見すると罪はないけれど破滅的な行動をだれかにとらせることができるくらい説得力がある主張ができさえすればいい。だれかの行動の指針となる現実認識を変えてしまうのは難しいことじゃない。だから、ひょっとすると誘拐の実行犯は、自分たちが誘拐した人間が死ぬことすら知らなかったのかもしれない」

「悪ふざけか何かをしたと思っているってこと？」ベンヤミンが言った。

ヴィンセントはうなずいてから、肩をすくめた。

「カルトによる犯行説の怖ろしいところは、たくさんの扉を開けてしまうことだ。終末論を奉じたカルト、オウム真理教の教祖・麻原彰晃《アサハラショウコウ》は、東京の地下鉄でサリンガスを散布して十二人

──のちに病院で亡くなった人を含めると十三人──を死亡させた。麻原の主張では、犠牲者のカルマを彼が負うことで彼らを解放し、涅槃《ニルヴァーナ》に入れるようにしたのだという。こうした現実認識に基づいて、麻原は、自分は間違いは犯していない、なかんずく自分は殺人犯ではなく、善行を行なったと主張した」

「じゃあ、その手のカルト教団の信者だったら、殺人を犯しても、自分たちは悪人ではなく犠牲者のためになることをしたと信じてるかもしれないってことか」ベンヤミンは、びっくりしたように目を見開いて言った。

「ああ、それに、スウェーデンにも破壊的なカルトはいくつもある。だけど、その破壊が信者以外に向かうカルトがあるという話は聞いたことがない。だから、一つの説に飛びつく前に、この誘拐の背後にいるのがカルト指導者でないとしたら、だれなのか、または何なのか、調べておきたいわけだ」

ベンヤミンはうなずいて、パソコンに向かった。

「じゃあ、その暗号またはパターンっていうのはどんなもの？」彼は、前回使用したスプレッドシートを開けた。

「そこなんだ」ベッドカバーの下に突っ込まれた寝具の塊の上で、もっと楽に座れまいかと、ヴィンセントは体をひねった。「被害者が……殺されるまで三日間行方不明だったことを除くと、今のところ二つだけだ。まず、三人とも水のそばで発見されている。もちろん、水に囲まれた町ではそう不思議なことじゃない。ノーヴァは、ここに象徴的な意味があると信じている。そのとおりかもしれないが、パパは、控えめに言っても疑わしいと思っている。むしろ関連性は遺体のそばに置かれていたもののほうにあるんじゃないかと考えている……馬だ」

笑われるのではないかと思っていたが、ベンヤミンはその情報を否定も肯定もせず、書き込んだだけだった。問題解決に集中的に取り組む息子を誇りに思わずにはいられなかった。

「三日。水」ベンヤミンは言った。「馬。これは生きた馬？　それともゲームの駒のこと？」

「どちらでもない、というより、どういうことだ？　ゲームの駒？」

「例えば、チェス。ナイトって、そもそも馬の頭の形をしてるよね。これは王の城を防衛する騎士は、馬に乗っていることが多かったから。スウェーデン語、デンマーク語、ノルウェー語にドイツ語、その他の言語でも、この駒はチェスボードの上を『走る』ことに由来する名称で呼ばれている。だけど、単に『馬』と呼ぶ言語もあるんだよ。スペイン語の〝caballo〟、イタリア語の〝cavallo〟みたいに。ロシア語でもそうだと思う。ぼくの記憶が正しければ、シシリア語では『ロバ』。『騎士《ナイト》』みたいに、馬に関連していない名称を用いているのは英語くらいだ」

ヴィンセントは息子をじっと見て、言った。「ウィキペディアみたいだとパパに小言をいう友人がいてね、今の今までそれがどういう意味なのかよく分からなかった。どうしてそんなことを知っているんだ？」

「関心があるからさ」ベンヤミンは言った。「パパなら、どういうことか分かるでしょ？」

ヴィンセントはうなずいた。よく分かる。ベンヤミンが自分の息子であることをとても誇らしく感じつつも、ベンヤミンがさっき言った「ゲームの駒」のことが頭のどこかに引っかかっていたが……あっ、そういうことか。

「おまえの言うとおり」彼は熱っぽく言った。「ゲームの駒のことだ。カルト教団のことなんか持ち出さなくても、すでにそこに過激な行動との関連性があったんだ」

ベンヤミンは画面から視線を上げて、困惑した視線を向けた。

「話についていけないんだけど」

「ロバート・J・リフトンって知っているか？」

ベンヤミンは一瞬眉をひそめてから、「知ってると思うよ」と言った。「洗脳と原理主義を研究した精神科医だっけ？」

ヴィンセントはうなずいた。やはり、自分の息子だけある。彼はリフトンが書いた中国共産党によるマインド・コントロールに関する論文から技法をいくつか借りて、ショーで使ったことがあった。しかし、これについては話すのを控えた。

「リフトンによれば、原理主義運動においては、ほとんどのメンバーが遅かれ早かれ、この運動は、もしかしたら自分が信じていたものとは違うのではないかと感じる状況に陥る。しかし、その頃にはもう脱会は不可能になっている。彼らは身動きが取れなくなるんだ。そこで精神が参らないように、メンバーの多くは、自分の意志のほうを運動の意志に沿わせて曲げることを選択する。それは当然ながら、他人を裏切ったり操ったりすることに関して、模範生になることを意味している。個人としての自分の意志を消し去るという犠牲を払ってね」

「そのことが馬やゲームの駒とどんな関係があるのか、さっぱり分からないんだけど。殺人事件ともどうつながるの？」

ベンヤミンは〈スポティファイ〉を開いて、プレイリストを検索し始めた。ヴィンセントの息子との時間は、もうすぐ終わりということらしい。

「リフトンは、だれかが自ら自分自身の意志を捨てるよう操作する戦略に名前をつけた」彼は言った。

「『ポーンの心理学』。歩《ポーン》とは、犠牲にすることができる駒のこと。例えば、チェスなどのゲームで。そして、さっき詳しく説明してくれたように、チェスには馬、つまりナイトもある」ヴィンセントは頭の中に解き放たれた関連性をすべて把握しようとしたが、うまくいかない。息子との話が終わったら、仕事部屋のじゅうたんの上に横たわり、思考をじっくり分類する必要がある。潜在意識の中でパズルがひとりでに組み上がるかもしれない。

ベンヤミンはすでに『ポーンの心理学』をグーグルで見つけて、読み始めていた。

「ねえ、リフトンによると、人がゲームの駒だけになるわけじゃないらしいよ」ベンヤミンは言い、画面に目を凝らす。「ゲームをプレイするプロにもなれる。事件に絡んでいるのがカルトであるとすれば。基準に達することのできなかった信者が殺された、みたいな。〈ゲーム〉をちゃんとプレイできなかったとか。殺人事件と〝馬〟は、他の駒——ここではカルトのメンバーということだけど——への警告なのかも。自分に同じことが起こらないよう、振舞いには気をつけろ、的な」

ヴィンセントは目を閉じて、頭を壁にもたれさせた。

「興味深い説だとは思うが、残念ながら、その可能性は低いな」彼は言った。「理由は二つある。第一には、さっきも言ったように、今回の殺人の〝馬〟は、ゲームやチェスの駒じゃない。それから……第二には……ベンヤミン、殺された人たちは、カルトの信者のはずがないんだ」

「どうして分かるの？」

もう少しのところだったのに、パズルのピースは、まだ組み合わせられなかった。二人でも駄目だった。想像を絶するほど忌むべき行為に及ぶことも辞さない人間が、いまだ野放しになっている。彼は息を吸った。

「なぜなら被害者はみんな五歳だったんだ」彼は言った。

83

「産科病棟」と書かれた扉を抜けるのは不思議な感じだった。ずっと昔の曖昧な記憶のようにミーナには感じられた。リアルに感じたのはにおいだけ。それで記憶が蘇った——他のことでは体験できないような至高の配分で交じり合った痛みと幸福感の記憶。

「あの叫び声、聞こえるか?」ルーベンが不快そうに身を震わせた。「二人で一斉に叫んでるぞ。こういう場所では防音をもっとしっかりしてもらわないと。これじゃまるでお化け屋敷だ。あり得ない」

ミーナは彼を無視して、受付窓口へ向かった。警察手帳を見せて、しばらく押し問答したあと、二人は中へ入ることを許された。ルーベンの言うことには一理あると認めざるを得なかった。不気味だったのだ。足を踏み入れた先は長く殺風景な廊下で、閉ざされた扉が並び、そこらじゅうから聞こえてくる悲鳴が交じり合って、奇怪な苦痛の合唱を形づくっている。

「どの部屋だ?」ルーベンが言った。

「5」

「どんぴしゃだ」ルーベンは5と書かれたドアの取っ手を押し下げた。

だれもいなかった。

「まさか、もう退院ってことないよな？　もし子供が生まれたにしても。そんな速く済むものなのか？」

「いいえ、ルーベン、そんなことはありません」ミーナは鼻先で笑った。「わたしの鋭い分析では、二人は休憩室に行ったと思われます」

「そんなところがあるのか？」ルーベンは驚いたように言った。

「ええ、すべての産科病棟には〈スターバックス〉があるんです。あそこ、病院とか空港をターゲットにしてるんです」

「そうなのか？」

ルーベンは、ますます目を丸くした。

「まったく、どうしてそんなに……そんなわけないじゃないですか。産科病棟を見たことありません？　コーヒーとかサンドイッチとかが置いてある、よくあるタイプの休憩室ですよ。長い刑事人生で一度くらい訪れたことはありません？」

「足を踏み入れたこともない」ルーベンが言った。

ミーナは彼の顔に悲しみを読み取ったような気がした。

「あそこです」彼女は、調理スペースとソファとテレビのある大きめの部屋を指した。

ソファにマウロとセシリアが座っていた。二人の横には、上段がプラスチック製のケースになっているキャスター付きのキャリーベッドがあった。

「こんにちは」ミーナは部屋の中に入った。

すぐに気まずさを感じた。マウロとセシリアは、新しい生命をこの世に迎え入れたばかりだ。二人は消耗しているが、人生バラ色に見えているに違いない。なのに今、彼女とルーベンはそんな人生に入り込んで、破壊しようとしている。ミーナは、ケースの中にちらりと目をやった。毛布にくるまれた性別不明の新生児が、仰向けで眠っていた。子供の横に、灰色の象のぬいぐるみが置いてある。

「どうも！」マウロがびっくりした顔で言った。「お二人がいらっしゃるとは」

警察が来るとは思いもよらなかったのだろう、とミーナは思った。彼が顔を曇らせて立ち上がった。

「何かあったのですか？」彼が言った。

「内密にお話ししたいのですが」ミーナはセシリアのほうを横目で見た。病院から借りた白い入院着を身に着けて、出産を終えたばかりの割には驚くほど元気そうだ。

「それはちょっと。お話があるのでしたら、わたしたち二人に話してください」

ミーナはルーベンと視線を交わした。ルーベンはうなずいた。ミーナは口を開いたが、言葉を発する前に、マウロとセシリアの顔色が真っ青になったことに気づいた。二人は彼女の背後のテレビを見つめていた。

ミーナは振り返った。画面にはイェンニが映っていた。マウロのレストランの前に立って、ミーナが見覚えがあると思った、あの〈エクスプレッセン〉紙の記者と話していた。

「音量を上げて！」マウロはそう叫ぶと同時に、リモコンに飛びついた。

彼が音量ボタンを押すと、イェンニの声が部屋中に響き渡った。マウロの前妻は、カメラを睨みつけながら話していた。怒りと狂気のにじむ目と、ひどく憎しみに満ちたその声で、ミーナの全身に悪寒が走った。

「わたしはずっと、あの男だって分かっていました」イェンニはひとつひとつの音節をうんと強調しながら言った。「わたしは、あの男の裏の顔を見たことがあり、それを理解している唯一の人間です。あいつがわたしたちの娘リッリに何をしたかも知ってる。守ってあげられなかったわたしを、娘が許してくれることを願っています。そして今、あの男の中の悪魔が新たな家族を手にかけた。あの男は邪悪です。今こそ、全世界はそれを知るべきです」

彼女の目は勝利を叫んでいた。ミーナは、マウロが震え始めたのに気づいた。ルーベンが一歩前に出て、彼の腕を掴んだ。

「われわれと一緒に来るのが一番だと思いますよ」

プラスチックのケースの中の赤ん坊がぐずり始めた。

84

折り畳み式ベッドに横たわるナタリーは、数メートル上の天井に渡してある木の梁を見つめていた。彼女がみんなと一緒に作った天井だ。自分は無重力状態にいて、梁に向かって浮かび上がり、そこに巣を作れるんじゃないかという気がした。

絶えず感じていた空腹も、それほどひどくはなくなっていた。たくさん食べるようになったわけではなく、空腹に慣れ始めたのだ。以前ほど腹痛を覚えなくなっていた。それよりむしろ……軽くなったような気がした。生き生きする感じがした。以前口にしていた食べ物はすべて、彼女を地面に留めておく重りのような気がした。

でも、もう違う。

彼女は今や、浮かび上がれる。

もちろん、熱心に考えたことを手元に留めておくのは難しい。どうしても浮かんでいってしまって、梁のところに溜まっている他の考えの中に紛れてしまう。前はもっと何かを考えるのが上手だったということは分かっていた。だけど、複雑なことを考える必要なんてあるだろうか。イーネスが一緒にいる。彼女は安心できる。そのことが分かっていれば、他には何もいらなかった。熱心に考えるなんて過去の人生のもの、外の世界に属するものだ。

外の世界はもう大切ではなかった。そんなものは、もう存在しないような気がした。今、ここがすべてだった。この場所。ここの人たち。母方の祖母。

彼女は、指に巻いたガーゼの包帯を見つめた。まだ包帯の下に赤い線が残っているか気になった。残っていればいいと思った。でなければ、祖母に新たな線を付けてもらう時期かもしれない。あるいは祖母がしているような硬いゴムバンドをもらえるかもしれない。ここの人たちに嫌われたり、努力が足りないと思われたりしたくなかった。自分のいるべき場所はここだ。そして、みんな彼女にたくさんの愛を与えてくれる。せめてお返しするくらいはできるはずだ。

彼女は人生を通して、保護された気泡の中にいるかのように、外界から隔離された狭い世界で暮らしてきた。だけどそれは、現実ではなかった。生活ではなかった。ただ存在していただけ。彼女はここでは生きている。

身を起こしたときに視界の隅がチカチカと光り、めまいを感じた。彼女はまたベッドに横たわり、思考を天井に浮かび上がらせた。何かするつもりだったのに、それが何なのか、もう思い出せない。どうでもよかった。知るべきことなら、イーネスが教えてくれる。彼女のためになることは、祖母が知っている。おばあちゃんは、すべての真実を知っている。

85

ヴィンセントは、ミーナや特捜班のメンバーに会いにいく寸前まで、衣服を身に着けないよう心掛けた。服が汗びっしょりになってしまうのが嫌だったからだ。週末のショーの最中に、舞台衣装までが臭うようになっていることに気づいたのだ。だから昨日の朝、クリーニング店の開店と同時に、すべての衣装を預けてきた。ミーナは観客たちよりはるかに敏感だ。彼は一瞬、ポケットの中に粉末洗剤を少し入れておいたらどうか、と思った。香りがプラス効果を生み出す可能性だってある。でも、うっかりポケットに手を入れてしまうに違いない、とすぐに気づいた。

警察本部受付のゲートのそばでヴィンセントを迎えたミーナは、何か心配事のありそうな面持ちだった。こんな顔の彼女を見るのは久しぶりだ。これではポケットに洗剤を入れていても、かおりに気づいてもらえなかっただろう。

「こんにちは、ヴィンセント」険しい顔でミーナが言った。

「どんな問題が起こりました？」

「まったくもう」彼女はヴィンセントにゲートを通らせた。「いきなり核心を突いてこなくても……」

「これは失礼。パデルの練習は順調か、訊きたかったんです」

彼女は弱々しい微笑みを浮かべた。

「まずまずです」彼女は言った。「でも、確かに何かがおかしいんです。昨日、オッシアンくん殺害事件の容疑者を任意で取り調べました。昨年の夏に、リッリちゃん殺人事件への関与も疑われたことのある人物です」

ヴィンセントは、二人で廊下を歩きながら、ミーナの体の動きが効率的であることに感嘆した。ためらうことを知らない人間に見られる動きの正確さだった。習得するのに長期間を要しただろう、とヴィンセントは思った。

「よかったじゃないですか」彼は言った。「幸先のいい一週間のスタートだ！　でも、実行犯ではなさそうな口ぶりですね。ノーヴァの組織による犯行説は正しかったということですか？　ついに黒幕を見つけた？」

「そこなんです」ミーナが言った。「問題だらけで頭が痛くて。マウロ・マイヤーは何が何だか分からないと言い張るばかりで、もし彼がすべてを陰で操っていたのだとしたら、かつて見たことがないほど素晴らしい俳優です。そうは言っても、彼に不利な証拠のほうが、わたしたちが発見した手掛かりより断然強力だということは知っておいてください。あなたとの会議が今日ではなく二日早ければ、みんなも耳を傾けてくれたかもしれません。でも、今はみんながどう反応するか心配です。それに、ノーヴァを捜査に巻き込んだのは間違いだったと上がみなしているという噂も流れています。マウロに焦点を合わせろということなのでしょう」

だとしたらヴィンセントは、こじつけめいた説を唱えるくだらないメンタリストに逆戻りということか。前回とほぼ同様に。それでも構わない、と彼は思った。それ以上だ。彼が間違っていても、彼が発見したと思った関連性が実のところ存在しなかったとしても、まったく問題ないということだから。

ただマウロ・マイヤーというのは聞き覚えのある名前だ。最近、聞いた気がする。聞いたのは確か……いや、文字で見たのか。ほんの数日前だ。その記憶はだれかの声と結びついている。ミーナの声だ。つまり自分とミーナが一緒にいて……彼は目を大きく見開いた。

「リッリちゃんの父親のマウロか！」

「複雑だって言ったじゃないですか。行きましょう。みんなが待っています。それから、クリステルに扇風機を貸してもらうのを忘れないように」


（下巻に続く）

本書は文春文庫のために訳し下ろされたものです。

DTP制作　言語社

文春文庫

罪人《つみびと》たちの暗号《あんごう》　上

定価はカバーに
表示してあります

2024年2月10日　第1刷

著　者　カミラ・レックバリ
　　　　ヘンリック・フェキセウス
訳　者　富山《とみやま》クラーソン陽子《ようこ》
発行者　大沼貴之
発行所　株式会社　文藝春秋

東京都千代田区紀尾井町 3-23　〒102-8008
TEL　03・3265・1211㈹
文藝春秋ホームページ　http://www.bunshun.co.jp

落丁、乱丁本は、お手数ですが小社製作部宛お送り下さい。送料小社負担でお取替致します。

印刷・図書印刷　製本・加藤製本

Printed in Japan
ISBN978-4-16-792178-1

（　）内は解説者。品切の節はご容赦下さい。

スティーヴン・キング（深町眞理子　訳）
ペット・セマタリー（上下）
競争社会を逃れてメイン州の田舎に越してきた医師一家を襲う怪異。モダン・ホラーの第一人者が〝死者のよみがえり〟のテーマに真っ向から挑んだ、恐ろしくも哀切な家族愛の物語。
キ-2-4

スティーヴン・キング（小尾芙佐　訳）
IT（全四冊）
少年の日に体験したあの恐怖の正体は何だったのか？　二十七年後、薄れた記憶の彼方に引き寄せられるように故郷の町に戻り、IT（それ）と対決せんとする七人を待ち受けるものは？
キ-2-8

スティーヴン・キング（深町眞理子　訳）
シャイニング（上下）
コロラド山中の美しいリゾート・ホテルに、作家とその家族がひと冬の管理人として住み込んだ――。S・キューブリックによる映画化作品も有名な「幽霊屋敷」ものの金字塔。（桜庭一樹）
キ-2-31

スティーヴン・キング（白石　朗　他訳）
夜がはじまるとき
医者のもとを訪れた患者が語る鬼気迫る怪異譚「N」、猫を殺せと依頼された殺し屋を襲う恐怖の物語「魔性の猫」など全六篇収録。巨匠の贈る感涙、恐怖、昂奮をご堪能あれ。（ｃｏｃｏ）
キ-2-35

邱　挺峰（藤原由希　訳）
拡散　大消滅２０４３（上下）
二〇四三年、ブドウを死滅させるウィルスによりワイン産業は壊滅の危機に――。あの地球規模の感染爆発の真相とは。〝台湾のダン・ブラウン〟と評された華文ＳＦ登場。（楊　子葆）
キ-18-1

ゲイ・タリーズ（白石　朗　訳）
覗くモーテル　観察日誌
ある日突然、コロラドのモーテル経営者からジャーナリストに奇妙な手紙が届いた。送り主は連日、屋根裏の覗き穴から利用客のセックスを観察して日記をつけているというが……。（青山　南）
タ-16-1

スチュアート・タートン（三角和代　訳）
イヴリン嬢は七回殺される
舞踏会の夜、令嬢イヴリンは死んだ。おまえが真相を見破るまで彼女は何度も殺される。タイムループ＋人格転移、驚異の特殊設定ミステリ。週刊文春ベストミステリ２位！（阿津川辰海）
タ-18-1

陳　浩基（天野健太郎　訳）
13・67（上下）
華文ミステリーの到達点を示す記念碑的傑作が、ついに文庫化！　2013年から1967年にかけて名刑事クワンの警察人生を遡りながら香港社会の変化も辿っていく。（佳多山大地）
チ-12-2

C・J・チューダー（中谷友紀子　訳）
白墨人形
三十年前、僕たちを震え上がらせたバラバラ殺人が今、甦る。白墨で描かれた不気味な人形が導く戦慄の真相とは？　S・キング大推薦、詩情と恐怖が交錯するデビュー作。（風間賢二）
チ-13-1

ジェフリー・ディーヴァー（池田真紀子　訳）
ウォッチメイカー（上下）
残忍な殺人現場に残されたアンティーク時計。被害者候補はあと八人…尋問の天才ダンスとともに、ライムは犯人阻止に奔走する。二〇〇七年のミステリ各賞に輝いた傑作！　（児玉　清）
テ-11-17

ボストン・テラン（田口俊樹　訳）
その犬の歩むところ
その犬の名はギヴ。傷だらけで発見されたその犬の過去に何があったのか。この世界の悲しみに立ち向かった人々のそばに寄り添った気高い犬の姿を万感の思いをこめて描く感動の物語。
テ-12-5

セバスチャン・フィツェック（酒寄進一　訳）
乗客ナンバー23の消失
乗客の失踪が相次ぐ豪華客船〈海のスルタン〉号。消えた妻子の行方を追うため、乗船した捜査官に次々に不可解な出来事が。ドイツのベストセラー作家による、閉鎖空間サスペンス。
フ-34-1

ウィリアム・ボイル（鈴木美朋　訳）
わたしたちに手を出すな
ハンマーを持った冷血の殺し屋が追ってくる。逃避行をともにすることになった老婦人と孫娘と勇猛な元ポルノ女優。米ミステリー界の新鋭が女たちの絆を力強く謳った傑作。（王谷　晶）
ホ-11-1

ピエール・ルメートル（橘　明美　訳）
その女アレックス
監禁され、死を目前にした女アレックス――彼女が秘める壮絶な計画とは？　「このミス」1位ほか全ミステリランキングを制覇した究極のサスペンス。あなたの予測はすべて裏切られる。
ル-6-1

（　）内は解説者。品切の節はご容赦下さい。

死のドレスを花婿に
ピエール・ルメートル（吉田恒雄　訳）
狂気に駆られて逃亡するソフィー。かつて幸福だった聡明な女は、なぜ全てを失ったのか。悪夢の果てに明らかになる戦慄の悪意！『その女アレックス』の原点たる傑作。（千街晶之）
ル-6-2

悲しみのイレーヌ
ピエール・ルメートル（橘　明美　訳）
凄惨な連続殺人の捜査を開始したヴェルーヴェン警部は、やがて恐るべき共通点に気づく――『その女アレックス』の刑事たちを巻き込む最悪の犯罪計画とは。鬼才のデビュー作。（杉江松恋）
ル-6-3

傷だらけのカミーユ
ピエール・ルメートル（橘　明美　訳）
カミーユ警部の恋人が強盗に襲われ、重傷を負った。執拗に彼女の命を狙う強盗をカミーユは単身追う。『悲しみのイレーヌ』『その女アレックス』に続く三部作完結編。（池上冬樹）
ル-6-4

わが母なるロージー
ピエール・ルメートル（橘　明美　訳）
『その女アレックス』のカミーユ警部、ただ一度の復活。パリで爆発事件が発生。名乗り出た犯人はまだ爆弾が仕掛けてあるという。真の動機が明らかになるラスト1ページ！（吉野　仁）
ル-6-5

監禁面接
ピエール・ルメートル（橘　明美　訳）
失業中の57歳・アランがついに再就職の最終試験に残る。だがその内容は異様なものだった――。どんづまり人生の一発逆転はなるか？　ノンストップ再就職サスペンス！（諸田玲子）
ル-6-6

魔王の島
ジェローム・ルブリ（坂田雪子・青木智美　訳）
その孤島には魔王がいる。その島の忌まわしい秘密とは――彼女の話は信じるな。これは誰かが誰かを騙すために紡がれた物語。恐怖と不安の底に驚愕の真相を隠すサイコ・ミステリ！
ル-8-1

魔術師の匣（上下）
カミラ・レックバリ　ヘンリック・フェキセウス（富山クラーソン陽子　訳）
奇術に見立てた連続殺人がストックホルムを揺るがす。事件に挑む生きづらさを抱えた女性刑事と男性奇術師。北欧ミステリの女王が最強メンタリストとのタッグで贈る新シリーズ開幕！
レ-6-1

ロバート・ジェームズ・ウォラー（村松　潔　訳）
マディソン郡の橋
アイオワの小さな村を訪れ、橋を撮っていた写真家と、ふとしたことで知り合った村の人妻。束の間の恋が、別離ののちも二人の人生を支配する。静かな感動の輪が広がり、ベストセラーに。
ウ-9-1

P・G・ウッドハウス（岩永正勝・小山太一　編訳）
ジーヴズの事件簿
才智縦横の巻
二十世紀初頭のロンドン。気はよくも少しおつむのゆるい金持ち青年バーティに、嫌みなほど有能な黒髪の執事がいた。どんな難題もそつなく解決する彼の名は、ジーヴズ。傑作短編集。
ウ-22-1

P・G・ウッドハウス（岩永正勝・小山太一　編訳）
ジーヴズの事件簿
大胆不敵の巻
ちょっぴり腹黒な有能執事ジーヴズの活躍するユーモア小説傑作集第二弾。村の牧師の長説教レースから親友の実らぬ恋の相談まで、ご主人バーティが抱えるトラブルを見事に解決！
ウ-22-2

クレア・キップス（梨木香歩　訳）
ある小さなスズメの記録
人を慰め、愛し、叱った、誇り高きクラレンスの生涯
第二次世界大戦中のイギリスで老ピアニストが出会ったのは、一羽の傷ついた小雀だった。愛情を込めて育てられた雀クラレンスとキップス夫人の十二年間の奇跡の実話。　（小川洋子）
キ-16-1

サン＝テグジュペリ（倉橋由美子　訳）
星の王子さま
「ねえ、お願い…羊の絵を描いて」不時着した砂漠で私に声をかけてきたのは別の星からやってきた王子さまだった。世界中を魅了する名作が美しい装丁で甦る。　（古屋美登里・小川　糸）
サ-9-1

パトリック・ジュースキント（池内　紀　訳）
香水
ある人殺しの物語
十八世紀パリ。次々と少女を殺してその芳香をわがものとし、あらゆる人を陶然とさせる香水を創り出した〝匂いの魔術師〟グルヌイユの一代記。世界的ミリオンセラーとなった大奇譚。
シ-16-1

アンネ・フランク（深町眞理子　訳）
アンネの日記
増補新訂版
オリジナル、発表用の二つの日記に父親が削った部分を再現した〝完全版〟に、一九九八年に新たに発見された親への思いを綴った五ページを追加。アンネをより身近に感じる〝決定版〟。
フ-1-4

（　）内は解説者。品切の節はご容赦下さい。

赤毛のアン
L・M・モンゴメリ（松本侑子 訳）
アンはプリンス・エドワード島の初老の兄妹マシューとマリラに引きとられ幸せに育つ。作中の英文学と聖書、アーサー王伝説、イエスの聖杯探索を解説。日本初の全文訳、大人の文学。
モ-4-1

アンの青春
L・M・モンゴメリ（松本侑子 訳）
アン16歳、美しい島で教師に。ギルバートの片恋、ダイアナの婚約。移民の国カナダにおける登場人物の民族（スコットランド系とアイルランド系）を解説。ケルト族の文学、初の全文訳。
モ-4-2

アンの愛情
L・M・モンゴメリ（松本侑子 訳）
アン18歳、カナダ本土の英国的な港町の大学へ。貴公子ロイに一目惚れされ、青年たちに6回求婚される。やがて愛に目ざめ……。テニスンの詩に始まる初の全文訳、訳註・写真付。
モ-4-3

風柳荘《ウィンディ・ウィローズ》のアン
L・M・モンゴメリ（松本侑子 訳）
日本初の「全文訳」、詳細な訳註収録の決定版「赤毛のアン」シリーズ第4巻。校長となったアンは医師を目指すギルバートと文通。周囲の敵意にも負けず持ち前の明るさで明日を切り拓く。
モ-4-4

アンの夢の家
L・M・モンゴメリ（松本侑子 訳）
医師ギルバートと結婚。海辺に暮らし、幸せな妻となるも、母になったアンに永遠の別れが訪れる。運命を乗り越え、愛に生きる人々を描く大人の傑作小説。日本初の全文訳・訳註付。
モ-4-5

炉辺荘《ろへんそう》のアン
L・M・モンゴメリ（松本侑子 訳）
6人の子の母、医師ギルバートの妻として田園に暮らすアン。子育ての喜びと淡い悲しみ。大家族の愛の物語。日本初の全文訳「赤毛のアン」シリーズ第6巻。約530項目の訳註付。
モ-4-6

虹の谷のアン
L・M・モンゴメリ（松本侑子 訳）
アン41歳、家族で暮らすグレン・セント・メアリ村に新しい牧師一家がやってきた。第一次世界大戦が影を落とす前の最後の平和な時を描く。日本初の全文訳・訳註付シリーズ、第7巻！
モ-4-7

赤川次郎
赤川次郎クラシックス
幽霊列車
山間の温泉町へ向う列車から八人の乗客が蒸発。中年警部・宇野は推理マニアの女子大生・永井夕子と謎を追う――。オール讀物推理小説新人賞受賞作を含む記念碑的作品集。（山前　譲）
あ-1-39

赤川次郎
マリオネットの罠
私はガラスの人形と呼ばれていた――。森の館に幽閉された美少女、都会の空白に起こる連続殺人。複雑に絡み合った人間の欲望を鮮やかに描いた、赤川次郎の処女長篇。（権田萬治）
あ-1-27

有栖川有栖
火村英生に捧げる犯罪
臨床犯罪学者・火村英生のもとに送られてきた犯罪予告めいたファックス。術策の小さな綻びから犯罪が露呈する表題作他、哀切でエレガントな珠玉の作品が並ぶ人気シリーズ。（柄刀　一）
あ-59-1

有栖川有栖
菩提樹荘の殺人
少年犯罪、お笑い芸人の野望、学生時代の火村英生の名推理、アンチエイジングのカリスマの怪事件とアリスの悲恋。「若さ」をモチーフにした人気シリーズ作品集。（円堂都司昭）
あ-59-2

阿部智里
発現
「おかしなものが見える」心の病に苦しむ兄を気遣う大学生のさつき。しかし自分の眼にも、少女と彼岸花が映り始め――「八咫烏シリーズ」著者が放つ戦慄の物語。（対談・中島京子）
あ-65-8

青柳碧人
国語、数学、理科、誘拐
進学塾で起きた小6少女の誘拐事件。身代金5000円、すべて1円玉で?!　5人の講師と生徒たちが事件に挑む。「読むと勉強が好きになる」心優しい塾ミステリ！（太田あや）
あ-67-2

天祢　涼
希望が死んだ夜に
14歳の少女が同級生殺害容疑で緊急逮捕された。少女は犯行を認めたが動機を全く語らない。彼女は何を隠しているのか？捜査を進めると意外な真実が明らかになり……。（細谷正充）
あ-78-1

（　）内は解説者。品切の節はご容赦下さい。

葬式組曲
天祢　涼
喧嘩別れした父の遺言、火葬を嫌がる遺族、息子の遺体が霊安室で消失……社員4名の北条葬儀社に、故人が遺した様々な〝謎〟が待ち受ける。葬式を題材にしたミステリー連作短編集。
あ-78-2

サイレンス
秋吉理香子
深雪は婚約者の俊亜貴と故郷の島を訪れるが、彼には秘密があった。結婚をして普通の幸せを手に入れたい深雪の運命が狂い始める。一気読み必至のサスペンス小説。（澤村伊智）
あ-80-1

お局美智　経理女子の特命調査
明日乃
地方の建設会社の経理課に勤める美智。普段は平凡なOLだが、会社を不祥事から守るため、会長から社員の会話を盗聴する特命を負っていた――。新感覚〝お仕事小説〟の誕生です！
あ-83-1

お局美智　極秘調査は有給休暇で
明日乃
突然の異動命令に不穏な動きを察知した美智。さらにパソコンには何者かによってウイルスが仕掛けられ……。犯人は社内の人間か、それとも――。痛快〝お仕事小説〟第二弾！（東　えりか）
あ-83-2

柘榴パズル
彩坂美月
十九歳の美緒、とぼけた祖父、明るい母、冷静な兄、甘えん坊の妹。仲良し家族の和やかな日常に差す不気味な影――。繊細なコージーミステリにして大胆な本格推理連作集。（千街晶之）
あ-87-1

カインは言わなかった
芦沢　央
公演直前に失踪したダンサーと美しい画家の弟。代役として主役「カイン」に選ばれたルームメイト。芸術の神に魅入られた男と、なぶられ続けた魂。心が震える衝撃の結末。（角田光代）
あ-90-1

星月夜
伊集院　静
東京湾で発見された若い女性と老人の遺体。事件の鍵を握るのは、老人の孫娘、黄金色の銅鐸、そして星月夜の哀しい記憶……。かくも美しく、せつない、感動の長編小説。（池上冬樹）
い-26-21

伊集院 静
日傘を差す女
ビルの屋上で銛が刺さった血まみれの老人の遺体がみつかった。「伝説の砲手」と呼ばれたこの男の死の裏に隠された悲しき女たちの記憶。『星月夜』に連なる抒情派推理小説。（池上冬樹）
い-26-27

石田衣良
うつくしい子ども
閑静なニュータウンの裏山で惨殺された9歳の少女。〝犯人〟は、13歳の〈ぼく〉の弟だった。絶望と痛みの先に少年が辿りつく真実とは——。40万部突破の傑作ミステリー。（五十嵐律人）
い-47-37

池井戸 潤
株価暴落
連続爆破事件に襲われた巨大スーパーの緊急追加支援要請を巡って白水銀行審査部の板東は企画部の二戸と対立する。日本経済の闇と向き合うバンカー達を描く傑作金融ミステリー。
い-64-1

池井戸 潤
シャイロックの子供たち
現金紛失事件の後、行員が失踪!?　上がらない成績、叩き上げの誇り、社内恋愛、家族への思い……事件の裏に透ける行員たちの葛藤。圧巻の金融クライム・ノベル！（霜月 蒼）
い-64-3

乾《いぬい》 くるみ
イニシエーション・ラブ
甘美で、ときにほろ苦い青春のひとときを瑞々しい筆致で描いた青春小説——と思いきや、最後の二行で全く違った物語に！「必ず二回読みたくなる」と絶賛の傑作ミステリ。（大矢博子）
い-66-1

乾 くるみ
セカンド・ラブ
一九八三年元旦、春香と出会った。僕たちは幸せだった。春香とそっくりな美奈子が現れるまでは。『イニシエーション・ラブ』の衝撃、ふたたび。究極の恋愛ミステリ第二弾。（円堂都司昭）
い-66-5

石持浅海
殺し屋、やってます。
《650万円でその殺しを承ります》——コンサルティング会社を経営する富澤允。しかし彼には、殺し屋という裏の顔があった…。殺し屋が日常の謎を推理する異色の短編集。（細谷正充）
い-89-2

（　）内は解説者。品切の節はご容赦下さい。

石持浅海
殺し屋、続けてます。
ひとりにつき650万円で始末してくれるビジネスライクな殺し屋、富澤允。そんな彼に、なんと商売敵が現れて――殺し屋が日常の謎を推理する異色のシリーズ第2弾。（吉田大助）
い-89-3

伊東　潤
横浜1963
戦後の復興をかけた五輪開催を翌年に控え、変貌していく横浜で起きた女性連続殺人事件。日米ハーフの刑事と日系三世の米軍SPが事件の真相に迫る社会派ミステリ。（誉田龍一）
い-100-3

伊岡　瞬
赤い砂
男が電車に飛び込んだ。検分した鑑識係など3名も相次いで自殺する。刑事の永瀬が事件の真相を追う中、大手製薬会社に脅迫状が届いた。デビュー前に書かれていた、驚異の予言的小説。
い-107-2

内田康夫
氷雪の殺人
利尻富士で、不審死したひとりのエリート社員。あの日、利尻島にわたったのは誰だったのか。警察庁エリートの兄とともに謎を追う浅見光彦が巨大組織の正義と対峙する！（自作解説）
う-14-24

内田康夫
贄門島《にえもんじま》（上下）
二十一年前の父の遭難事件の謎を追う浅見光彦は、房総に浮かぶ美しい島を訪れる。連続失踪事件、贄送り伝説――因習に縛られた島の秘密に迫る浅見は生きて帰れるのか？（自作解説）
う-14-25

歌野晶午
葉桜の季節に君を想うということ
元私立探偵・成瀬将虎は、同じフィットネスクラブに通う愛子から霊感商法の調査を依頼された。その意外な顚末とは？　あらゆる賞を総なめにした現代ミステリーの最高傑作。
う-20-1

歌野晶午
春から夏、やがて冬
スーパーの保安責任者・平田は万引き犯の末永ますみを捕まえた。偶然の出会いは神の導きか、悪魔の罠か？　動き始めた運命の歯車が二人を究極の結末へと導いていく。（榎本正樹）
う-20-2

冲方丁
十二人の死にたい子どもたち
安楽死をするために集まった十二人の少年少女。全員一致で決を採り実行に移されるはずのところへ、謎の十三人目の死体が!? 彼らは推理と議論を重ねて実行を目指すが。（吉田伸子）
う-36-1

江戸川乱歩・湊 かなえ 編
江戸川乱歩傑作選 鏡
湊かなえ編の傑作選は、謎めくパズラー「湖畔亭事件」、ドンデン返し冴える「赤い部屋」他、挑戦的なミステリ作家・乱歩に焦点を当てる。（解題／新保博久・解説／湊 かなえ）
え-15-2

江戸川乱歩・辻村深月 編
江戸川乱歩傑作選 蟲
没後50年を記念する傑作選。辻村深月が厳選した妖しく恐ろしい名作。恋に破れた男の妄執を描く「蟲」。四肢を失った軍人と妻の関係を描く「芋虫」他全9編。（解題／新保博久・解説／辻村深月）
え-15-3

榎田ユウリ
この春、とうに死んでるあなたを探して
妻と別れ仕事にも疲れた矢口は中学の同級生・小日向と再会する。舞い込んできたのは恩師の死をめぐる謎——事故死か自殺か。切なくも温かいラストが胸を打つ、大人の青春ミステリ。
え-17-1

折原 一《いち》
異人たちの館
樹海で失踪した息子の伝記の執筆を母親から依頼された売れない作家・島崎の周辺で次々に変事が。五つの文体で書き分けられた目くるめく謎のモザイク。著者畢生の傑作!（小池啓介）
お-26-17

大沢在昌
闇先案内人（上下）
「逃がし屋」葛原に下った指令は、「日本に潜入した隣国の重要人物を生きて故国へ帰せ」。工作員、公安が入り乱れ、陰謀と裏切りが渦巻く中、壮絶な死闘が始まった。（吉田伸子）
お-32-3

大沢在昌
心では重すぎる（上下）
失踪した人気漫画家の行方を追う探偵・佐久間公の前に、謎の女子高生が立ちはだかる。渋谷を舞台に描く、社会の闇を炙り出す著者渾身の傑作長篇。新装版にて登場。（福井晴敏）
お-32-12